Danksagungen

Die folgenden Songs wurden von Barbara Keith für The Stone Coyotes komponiert und werden mit Genehmigung der Stone Coyotes verwendet (www.stonecoyotes.com): »The Church of the Falling Rain«, »Hammer on the Nail«, »My Little Runaway«, »The Changing of the Guard«, »Odessa«. Copyright 1998, Mohawk Trail Music. Eingetragen bei ASCAP.

Mein Dank gilt Aerosmith und Stephen Davis, deren Buch *Walk This Way*, Copyright: 1997, ich Material für das Porträt entnahm.

1

Sie saßen an einem der Tische auf dem Bürgersteig vor Swingers, neben dem Bistro am Beverly Boulevard: Chili Palmer mit seinem Cobb-Salat und dem Eistee, Tommy Athens hatte das gegrillte Pestohähnchen und eine Flasche Evian.

Gelegentlich schlenderten Anwohner an dem Tisch vorbei – oder vielleicht kamen sie auch aus dem Beverly Laurel, dem Motel nebenan –, und wenn es eine junge Frau war, schaute Tommy Athens auf und ließ sich Zeit, sie ausgiebig zu begutachten. Das erinnerte Chili an früher, als sie noch junge Spunde in Bay Ridge, Brooklyn gewesen waren und Tommy auf der Straße nie, aber auch wirklich nie an einer jungen Frau vorbeiging, ohne daß er hallo zu ihr sagte. Chili sprach ihn darauf an. »Du guckst immer noch, sagst aber nichts mehr.«

»Damals«, antwortete Tommy, »hab ich nach dem Prinzip gehandelt, wenn man das Eis nicht bricht, weiß man nie, ob man nicht 'ne Gelegenheit verpaßt hat. Ihr Aussehen war völlig unwichtig, es kam drauf an, sie flachzulegen, Mann. Unsere jungen Körper verlangten danach. Heute sind wir erwachsen und wählerisch. Außerdem gibt's in dieser Stadt mehr Frauen pro Einwohner, wenn man die ganzen Weiber mitzählt, die hoffen, entdeckt zu werden. Sie schauspielern oder singen, und zwar meistens beides miserabel. Dreh dich mal um und guck sie dir an – die da mit ihrem Hund Gassi geht, der Rock bedeckt gerade mal ihren Arsch. Guck mal. Jetzt wirft sie sich in Positur. Weil der Hund haltmacht und an die Palme pinkelt, kann sie mal kurz stehenbleiben und uns ihren hübschen kleinen Hintern zeigen. Sie sieht gar nicht so übel aus.«

»Stimmt, sieht gut aus.«

Chili widmete sich seinem Salat. Er sah wieder auf, als Tommy fragte: »Wie läuft's bei dir so?«

»Meinst du frauenmäßig?«

»Ich meine beruflich. Wie läuft's denn so? Ich weiß, daß du mit *Schnappt Leo* ganz gut gefahren bist, übrigens ein phantastischer Film, phantastisch. Und weißt du noch was? Er war echt gut. Aber die Fortsetzung – wie hieß sie noch?«

»*Schnappt zu.*«

»Ja, als ich mir den ansehen wollte, war er schon aus den Kinos verschwunden.«

»Er lief nicht besonders gut an, darum hat sich das Studio nicht voll engagiert. Ich war von vornherein gegen eine Fortsetzung. Aber der Produktionsleiter hat gesagt, sie machen den Film, mit mir oder ohne mich. Da dachte ich mir, wenn ich mit 'ner guten Story rüberkomme, und wenn ich dafür sorge, daß ein anderer den Kredithai spielt ... Bei *Schnappt Leo* ist dir doch bestimmt aufgefallen, daß Michael Weir nicht der Richtige für die Rolle war. Er ist einfach zu klein.«

»Schon, aber es hat funktioniert«, wandte Tommy ein, »weil der Film witzig war. Aber du hast schon recht, so 'nem kleinen Kerl nimmt man nicht ab, daß er sich auf der Straße durchgeboxt hat. Trotzdem war's ein echt witziger Film.«

»Außerdem«, fuhr Chili fort, »wollte ich nicht schon wieder was mit Michael Weir zu tun haben. Der geht einem mächtig auf den Sack. Ständig kommt er mit irgendwelchen Vorschlägen für neue Einstellungen an, wegen denen man das Set neu ausleuchten muß. Also hab ich gesagt, okay, wir drehen die Fortsetzung, aber mit 'nem anderen Schauspieler. Darauf meint dieser Studioarsch in so einem herablassenden Tonfall: ›Wenn wir nicht denselben Schauspieler nehmen, Ernest, ist es doch keine richtige Fortsetzung mehr, oder?‹ Er ist der einzige Mensch in L.A., der mich Ernest nennt. Darauf ich: ›Ach ja, und all die vielen verschiedenen Typen, die James Bond spielen, treten wohl nicht in Fortsetzungen auf?‹ Das hat auch nichts geholfen. Sie hatten Michael schon verpflichtet und ein Drehbuch schreiben lassen, ohne es mir zu sagen.«

»Du sprichst jetzt von *Schnappt zu?*«

»Genau. Der Typ hat einen Autounfall und wacht in 'nem Krankenhaus wieder auf, mit 'ner Kopfverletzung. Sein ganzes früheres Leben hat er vergessen, seinen Namen, alles. Er weiß weder, daß er Kredithai mit Unterweltverbindungen ist noch, daß der Autounfall gar kein Unfall war. Als ich das Skript gelesen hatte, habe ich zu dem Studioknilch gesagt: ›Ist das euer Ernst? Ihr wollt einen Amnesiestreifen drehen? So was macht man, wenn einem gar nichts einfällt, man verpaßt dem Hauptdarsteller einen Gedächtnisschwund und sieht zu, wie er Scheiße baut.‹ Darauf sagt dieser Studiomensch: ›Ernest‹, als wär er der geduldigste Scheißtyp von der ganzen Welt, ›wenn Sie den Film nicht produzieren wollen, sagen Sie's mir, dann nehmen wir jemand anderen.‹«

»Dann hast du ihn gemacht, und er ist gefloppt«, stellte Tommy fest. »Na und? Mach einen neuen.«

»Das hab ich auch vorgeschlagen. Ich sag zu dem Studiotyp: ›Warum probieren wir's nicht gleich noch mal, wenn wir schon dabei sind? Wir können ihn *Schnappt über* nennen.‹«

»Hört sich an«, stellte Tommy fest, »als wär die Stimmung bei euch nicht mehr ganz so gut.«

»Wo, im Studio? Ich hab mit Tower einen Vertrag über drei Filme, davon steht einer noch aus, und ich habe eine gute Verbündete. Den Schwachkopf, der für die Produktion verantwortlich war, haben sie rausgeschmissen und den Job wieder Elaine Levin gegeben. Sie hat das Okay für *Schnappt Leo* gegeben und dann aus verschiedenen Gründen gekündigt, unter anderem wegen geplanter Fortsetzungen; die Probleme wurden ausgeräumt, und jetzt ist sie wieder da. Neulich bin ich ihr beim Mittagessen begegnet. Als sie wissen wollte, ob ich eine ausbaufähige

Idee hätte, hab ich gesagt: ›Wie wär's mit einer jungen Frau, die für eine Partnervermittlung arbeitet und sich mit einsamen Männern einläßt?‹ Darauf Elaine: ›Und da erscheint plötzlich ein einsamer und zufällig kleinwüchsiger Kredithai auf der Bildfläche?‹ Ich hab geantwortet, keine Kredithaie, egal wie groß, und mehr hab ich nicht gesagt.«

»Wieso? Mehr hattest du nicht?«

»Man verrät doch nichts, was einem gerade durch den Kopf geht, so daß man es selbst zum erstenmal laut hört, außer man weiß, wie es sich anhört. Die Einstellung, das ganze Drum und Dran muß stimmen. Man muß also seine Figuren kennen, und zwar bis in alle Einzelheiten, wie sie frühstücken, was für Schuhe sie tragen ... Sobald du weißt, wer sie sind, lassen sie dich wissen, wie sich die Geschichte entwickelt.«

Offensichtlich hatte Tommy keinen blassen Schimmer, wovon er da redete.

»Anders gesagt, ich denke mir keine Handlung aus und bevölkere sie dann mit Figuren. Ich fange mit unterschiedlichen Figuren an und warte ab, in welche Richtung sie mich führen.« Tommy nickte ein paarmal. »Egal, um noch mal auf die Partnervermittlung zurückzukommen ... Ich hab mal 'ne Werbung im Briefkasten gefunden, so einen Brief, der an ›den Bewohner‹ adressiert ist ...«

»So 'n Dreck liest du?«

»Ich mach gerne Post auf. In dem Brief laden sie dich ein vorbeizukommen, dich vorzustellen, ihnen zu erzählen, was du beim anderen Geschlecht suchst, oder sie anzurufen. Und das hab ich gemacht.«

»Ein Begleitservice. Klar, so einen hab ich mal für Momo geleitet.«

»Tommy, das hier hat nichts mit Nutten zu tun, das ist legal. Die Leute bringen Paare zusammen, finden die Richtigen zueinander.«

»Ich dachte, du hättest was mit der Tussi vom Filmstudio, Sharon Soundso?«

»Karen Flores. Die hat einen Autor geheiratet.«

»Du machst wohl Witze.«

»So 'nen beschissenen Drehbuchautor. Die meisten von diesen Clowns wissen nicht mal, wo man die Kommas hinsetzt. Von deren Gekritzel muß man die Hälfte umschreiben.«

»Karen hat dich abserviert, und darum versuchst du's mit 'ner Partnervermittlung?«

»Tommy, ich suche eine Figur für einen Film. Ich will wissen, wie sich eine Frau von einer Partnervermittlung anhört. Bei der, mit der ich geredet habe... sobald ich ihre Stimme gehört hab und wie sie mich werben wollte, dachte ich: Vielleicht bringt mich das auf eine Idee. Also hab ich sie auf Band aufgenommen.«

Wieder nickte Tommy. »Schön, aber angenommen, du baust diese Idee aus, gehst damit zu Tower, und deiner Freundin Elaine gefällt sie nicht?«

»Dann geh ich zu 'nem anderen Studio. Tower hat eine Option, mehr nicht. Wenn sie das Projekt ablehnen, kann ich es auf dem freien Markt anbieten.«

»Na schön, sagen wir, du tust das und wirst immer wieder abgelehnt.«

»Worauf willst du hinaus?«

»Trägst du immer 'ne Krawatte?«

Das brachte Chili kurz aus dem Konzept. Er sagte: »Wenn mir danach ist«, und drückte sein Kinn nach unten, um die Krawatte zu betrachten, die er zu seinem marineblauen Sommeranzug trug: winzige rote Punkte auf knallblauem Grund, sein Hemd war blaßblau: »Irgendwelche Einwände?«

Tommy Athens hatte ein beschriftetes T-Shirt an, außerdem ein grobes, ungebügeltes Baumwollhemd, zerschlissene prewashed Levis und Joggingschuhe mit Zoom-Air-Sohle von Nike; die Schuhe waren Chili aufgefallen, als Tommy mit zwanzig Minuten Verspätung zu ihrer Verabredung erschienen war. Dieser breitete jetzt die Arme aus, so daß man seine Wampe sah.

»So zieht man sich in dieser Stadt an, wenn man im Bereich Kunst und Unterhaltung tätig ist.«

»Oder wenn man als Gärtner arbeitet«, warf Chili ein.

»Das gleiche in Grün, oberflächlich betrachtet. Man zieht sich nicht an, um andere zu beeindrucken. Scheißegal, wie man aussieht, laß dein Talent für dich sprechen. Doch falls irgendwelche Zweifel aufkommen« – dabei nickte Tommy in Richtung seines Wagens, der auf der Straße hinter einem Ford-Pickup geparkt stand –, »fährst du in deinem dicken Rolls vor, damit steht fest, wer du bist, bombenfest. Was fährst du zur Zeit?«

»Mercedes. Steht um die Ecke.«

»Ein neuer?«

»Achtundsiebzig, ein Cabrio.«

»Damit kommst du durch. Wo wohnst du?«

»Rosewood.«

»Nie gehört.«

»Das Haus sieht irgendwie spanisch aus. Man sieht's nur nicht, weil 'ne riesige Hecke davor wächst.«

»Beverly Hills?«

»Los Angeles.«

»Welche Postleitzahl?«

»Neun null null vier acht. Ein paar Straßen von Chasen's.«

»Dann wohnst du im Los Angeles County, aber das geht in Ordnung, ist praktisch Beverly Hills. Ich will damit folgendes sagen: Image. Wenn ich Anzug und Krawatte tragen würde …« Tommy verstummte. »Wir sind doch beide im gleichen Geschäft, oder? Im Grunde genommen? Unterhaltung?«

Bei Tommy war sich Chili nicht so sicher, doch er nickte trotzdem.

»Das gilt also für uns beide. Ich *weiß*, wenn ich Anzug und Schlips tragen würde, außer auf einer Beerdigung oder bei Krawattenzwang… ich nehm das zurück. Auch bei Gelegenheiten, wo man eigentlich Krawatte tragen müßte, bindet sich heutzutage keiner mehr eine um.«

Chili sagte: »Aber mit so einem Hemd siehst du aus wie ein Pfarrer.«

Offenbar war Tommy seiner Meinung und zuckte mit den Achseln. »Schon möglich. Oder, bei den Leuten, mit denen ich geschäftlich zu tun habe, trägt man Schwarz, aber dann vielleicht nur 'ne Smokingjacke oder einen Frack und dazu Jeans und Cowboystiefel. Aber deine Arschtreter da sind ja auch ziemlich groß, mit Stahlkappe vorn. Man muß modisch auf Draht sein, mein Bester. Angenommen, ich komme in Anzug und Krawatte zu einer Aufnahmesession ins Musikstudio? Die würden mich anglotzen, als käme ich aus Fort Wayne, Indiana, oder irgendeinem anderen Scheißkaff. Angenommen, ich habe eine Idee für 'ne Aufnahme, und ich will noch ein paar Extraspuren einspielen, sie noch ein bißchen aufmotzen. Wenn sie bei mir kein gutes Gefühl haben, Bruder, dann hören sie nicht auf mich, da wo ich herkomme. Der Produzent, der Toningenieur, die Band, Scheiße, die *Band*, die Freunde der Band, die ziehen sich alle lässig bis exzentrisch an, wo sie halt gerade Bock drauf haben. Und dann steh ich in Anzug und Krawatte da? Wenn's hochkommt, seh ich aus wie ein verdammter Agent, und wer hört schon auf Agenten.«

Er meinte es ernst.

Chili nickte, um Tommy zu zeigen, daß er darüber nachdachte. Dann sagte er: »Wo soll ich mir also meine Klamotten besorgen, von der Heilsarmee?«

»Siehst du?« sagte Tommy. »Deine ganze Einstellung stimmt nicht. Du weißt alles besser – du brauchst dir nur die Leute hier anzusehen, wie die rumlaufen, aber du mußt einfach anders sein.«

»Ich war noch nie hier.«

»Lockere Typen, Leute aus dem Musikgeschäft und Leute, die hier einfach bloß mal abhängen wollen. Hör dir an, worüber sie quatschen. Aufnahmesessions, wer noch mal ins Studio mußte, wer Heroin nimmt, wer damit aufgehört hat, wer welche Band verlassen hat und jetzt woanders spielt. Du hörst, wie sie von der Plattenfirma über den Tisch gezogen werden. Wie sie dieses oder jenes Label nicht dazu bringen, sich ihre Demobänder anzuhören... Aber wenn du dich umschaust, kannst du die, die's geschafft haben, nicht von den Möchtegernstars unterscheiden.«

Chili sagte: »Darum sind wir hier, wegen der Modenschau?«

Tommy schob seinen Teller weg, legte beide Arme auf den Tisch und rückte näher an Chili heran.

»Ich hab dich angerufen, weil ich eine Idee für einen Film habe.«

Chili mußte aufs Klo, verschob es aber. Vielleicht würde das hier nicht lange dauern. »Worum geht's? Kannst du es in weniger als fünfundzwanzig Worte fassen?«

»Ich kann's in zwei Worten sagen«, antwortete Tommy. »Um mich.«

»Deine Lebensgeschichte.«

»Nicht alles, nein. Man muß aufpassen, was vielleicht noch nicht verjährt ist. Weißt du, in meinen Augen bist du der Richtige, Chil, weil uns beide einige Erfahrungen verbinden, könnte man sagen. Wenn ich dir was erzähle, weißt du, wovon ich rede. Ich will aber sicher sein, daß du die Beziehungen zu einem großen Studio hast und nicht mit deinem Auftreten alle Leute vor den Kopf stößt.«

»Du meinst mit meiner Kleidung?«

»Ich meine damit, wie du Leute verprellst, und zwar die, von denen die Knete kommt, mein Gott. Wenn sie den Scheck unterschreiben, sind sie meiner Ansicht nach berechtigt, genau das zu kriegen, was sie wollen.«

»Ein Studioboß liest ein Drehbuch«, sagte Chili und holte dabei eine Cohiba-Panatella aus der Innentasche seines Jacketts. »Er legt das Skript beiseite, läßt den Agenten kommen, der es ihm geschickt hat, und sagt: ›Mann, das liest sich phantastisch, ist aber nicht das, was wir zur Zeit suchen …‹«

Tommy wartete. »Und …?«

Er wartete, während Chili die Spitze der Cohiba mit einem Zigarrenschneider kappte und die Zigarre mit einem Streichholz anzündete, das er an seinem Daumennagel angerissen hatte, bis Chili sagte: »Der Studioboß hat keinen blassen Schimmer, was sie suchen. Wenn er's wüßte, würde er es von irgendwem schreiben lassen.«

Jetzt zeigte Tommy mit dem Finger auf ihn. »Eins muß man dir lassen, Chil, du warst schon immer der selbstsicherste Typ, den ich kenne. Irgendwie schaffst du's immer, daß es klingt, als ob du weißt, wovon du redest.«

»Hältst du mich etwa für einen Aufschneider?«

»Für einen der besten. Vor allem deshalb glaube ich, daß du den Film trotz deines Auftretens gemacht kriegst.«

»Der wovon handelt, von deinem Leben als Plattenpromoter? Und diese ganze Bestechungsgeschichte, die diesen Payolakram abhandelt?«

»Der davon handelt, wie ich mir den Arsch aufgerissen habe, um einer der höchstbezahlten unabhängigen Promoter in der Branche zu werden, und wie ich das wurde, was ich jetzt bin, mit meinem eigenen Label, NTL Records, Inc. Das mit dem Payola, das Schmieren, funktioniert heute anders. Erinnerst du dich noch an einen gewissen Carcaterra?«

»Nicky Car, Nicky Cadillac«, sagte Chili, »ein kleiner Gangster, logo.«

»Der ist jetzt ein großer unabhängiger Promoter, Car-O-Sell Entertainment. Läßt sich von der Plattenfirma die Knete geben und macht damit die Programmdirektoren weich, die bei den Sendern die Playlists erstellen. Fliegt mit ihnen zu Boxkämpfen nach Vegas, zur Super Bowl … Nennt sich jetzt Mr. Nick Car. Wenn du ihn Nicky nennst, läßt er dir von einem seiner Schläger die Wagenfenster zertrümmern. Das ist eine echte Schweinebranche, mein Wort drauf.«

»Was bedeutet NTL?«

»*Nothing to Lose* – nichts zu verlieren. Meine Frau Edie ist Mitinhaberin. Du bist ihr bei den paar Lakers-Spielen und auf einigen Empfängen begegnet. Die Rothaarige.«

Edie Athens, und ob. Als er im Forum neben ihr saß, hatte Chili mehrmals ihre Hand auf seinem Oberschenkel gespürt, und als er ihr den Kopf zuwandte, hatte sie ihm direkt in die Augen gesehen, hatte ihn wissen lassen, daß sie zu haben war, falls er wollte.

»Ich hab ihr erzählt«, sagte Tommy, »daß ich dich heute treffe. Darauf meint Edie: ›Unbedingt. Chili ist der Richtige dafür.‹ Egal, ich hab Büros und ein Aufnahmestudio draußen am Silver Lake. Ich hab ein paar Bands, die in der Welt des Punk Rock groß im Kommen sind, und ich habe kürzlich erst einen Künstler verpflichtet, den ich groß rausbringen will, Derek Stone und Roadkill. War mal so 'ne langhaarige Band, jetzt machen sie Post-Metal-Funk mit Ska-Elementen. Sagt dir das was?«

»Tommy, ich war dabei, als wir die Musik für meine beiden Filme aufgenommen haben. Ich weiß ziemlich genau, was so gespielt wird.«

»Dann hast du garantiert von meiner Hiphop-Gruppe gehört, Ropa-Dope. Die spielen dieses Gangsta-Zeugs, und das verkauft sich wie bekloppt. Aber für die kann man machen, was man will, es ist nie genug. Versuch mal, Rapper zufriedenzustellen. Ich sitze in meinem Büro und gucke hoch, stehen da fünf große afroamerikanische Nigger vor meinem Schreibtisch, mit verschränkten Armen. Der Bimbo in der Mitte ist der Manager von Ropa-Dope, Sinclair ›Sin‹ Russ*ell*. Nicht Russell, Mann, Russ*ell*. Ich begrüße ihn also wie gewohnt, ›Yo, Sin, mein Alter. Was liegt an, Brother?‹ Sin sieht mich an, als wollte er jeden Moment über den Schreibtisch springen. ›Ich hab dich vor zwei Stunden angerufen, Motherfucker, und du hast nicht zurückgerufen.‹« Tommy streckte eine Handfläche in die Höhe. »Gott ist mein Zeuge, wenn man nicht sofort rangeht, sobald einen diese Typen anrufen, bringen sie einen womöglich um.

Jetzt hab ich Ropa-Dope am Hals … die wollen meine Bücher einsehen, ob ich ihre Tantiemen pünktlich überweise. Und dann will mir so ein Einwanderer-Arsch Feuerversicherungen verkaufen. Ist das nicht unglaublich? Auf dem Gebiet macht mir keiner was vor. Ich hab ihn rausgeschmissen.«

Chili stand auf.

»Wo willst du hin?«

»Aufs Klo. Als ich auf dich gewartet habe, hab ich zwei Eistee getrunken, und danach noch mal zwei.«

»Aber wie hört sie sich an, die Idee?«

»Noch hast du keine Idee«, antwortete Chili. »Du hast einen Rahmen, in dem sich die Idee entwickelt und zur Handlung wird.« Er drehte sich noch einmal um, ehe er ging. »Du brauchst noch eine junge Frau.«

»Da hab ich jede Menge. Was für eine soll's denn sein?«

»Eine Sängerin, die groß rauskommen will.«

»Auf den Brettern, die die Welt bedeuten – kalter Kaffee. Wie wär's mit 'ner Tussi mit Irokesenschnitt? Meine Sekretärin Tiffany. Von der Frisur und den Tätowierungen abgesehen ist alles dran, was eine Frau braucht.«

Chili wandte sich von dem Tisch ab. Tommy rief hinter ihm her: »Überleg dir mal, wer *mich* spielt.«

Auf dem Weg zum Männerklo bemerkte er zwar, daß ihm einige Blicke folgten. Aber er dachte nur an eine junge Frau namens Linda Moon. Allmählich fügten sich in seinem Kopf verschiedene Ideen wie zu einem Puzzle zusammen. Ein Film über einen Typ aus der Musikbranche. Und über eine junge Frau, die in einer Partnervermittlung arbeitet.

Und so hieß sie: Linda Moon.

Er hörte wieder ihre Stimme am Telefon, die ihm – nachdem sie es aufgegeben hatte, ihm einen Vermittlungsvertrag aufzuschwatzen – erzählte, ihr wirkliches Leben sei die Musik und bis letztes Jahr habe sie eine eigene Band gehabt. Jetzt rufe höchstens mal ein Aufnahmestudio an, wenn man eine Backupstimme für irgendeinen aktuellen Popstar brauche, dann finde sich die Stimme des Mädchens von der Partnervermittlung irgendwo im Hintergrund auf einem Hit wieder. Außerdem trete sie mit einer Band in Clubs und auf privaten Partys im Großraum L.A. auf, falls er also ausgehen und mal wieder ordentlich lachen wolle... Sie sprach mit leichtem Akzent, der für ihn eher nach Westen als nach Südstaaten klang. Sie sagte, ihre Gruppe heiße Chicks International – eine Weiße, eine Schwarze und eine Asiatin; und wenn sie irgendwo auftraten, sei das immer peinlich, weil sie Coverversionen sängen, nichts eigenes; sie hätten nichts eigenes. Er wußte noch, daß er erwidert hatte, für den Anfang sei das doch gar nicht so schlecht, um herauszufinden, wie man miteinander harmoniert. Worauf sie antwortete, wenn man einen Hit landen wolle, müsse man eigene Songs bringen, »und zwar selbstbewußt und keß«. Das gefiel ihm. Und dann sagte sie, als wäre es nicht schon schlimm genug, daß sie Coverversionen sängen, »wir bringen Songs von den Spice Girls, dabei können diese blöden Schnepfen nicht mal singen.«

Danach waren sie beide verstummt.

Chili stand am Pinkelbecken, Zigarre zwischen den Kiefern, und hörte Lindas Stimme am Telefon sagen: »Tut mir leid, das ist mir so rausgerutscht.« Dann fragte er sie nach ihrem Namen, und sie antwortete: Linda, Linda Moon.

Es gab noch mehr, der Kassettenrecorder hatte noch einige Minuten Konversation aufgenommen. Einen Teil davon hatte er noch einmal durchlaufen lassen, um diese Stimme wieder zu hören, diese junge Frau mit dem lockeren, entspannten Akzent, die völlig ungekünstelt wirkte. Wenn er sie sich das nächstemal anhörte, dann mit einer Story im Hinterkopf: eine Frau, die singen konnte, aber ihre Songs nicht mochte... Warum ließ sie es nicht bleiben?

Auf dem Rückweg durchs Bistro überlegte Chili, was er zu Tommy sagen würde. Überrasche ihn und gib dich interessiert. Setz ihm spontan ein Szenario vor: Der Typ, der Tommy Athens spielt, ist die Hauptperson. Er heißt... Tommy Amore, wie in dem Lied, *when the moon hits your eye like a big pizza pie*. Die junge Frau – sie gehört zu einer Gruppe, will aber ihre eigenen Sachen singen, darum kommt sie zu Amore Records. Kommt hereinspaziert, Tommy sieht sie nur einmal an, und zack, schon liegt Liebe in der verdammten Luft. Aber ist sie auch gut? Sagen wir mal, sie hat Potential, sie wird es schaffen, wenn sie auf Amore hört und tut, was er sagt. Doch Linda hat ihren eigenen Kopf. Bei jeder Kleinigkeit legt sie sich mit Amore an. Unterdessen entwickelt sich eine Nebenhandlung. Irgendein Geschäft, das Tommy für längst beendet hielt, bereitet ihm jetzt Kopfschmerzen. Dazu wird der echte Tommy mit dem Kopf nicken, das könnte nämlich zutreffen. Wie in *Schnappt Leo* hast du die Handlung, überredest einen Star dazu, deinen Film zu machen, und dann hast du die Nebenhandlung, nämlich alle Hände voll zu tun, während der Arbeit an dem Film nicht umgebracht zu werden. Denk es dir aus, während du es ihm erzählst. So klingt es ohnehin immer, wenn man jemandem eine Filmidee schmackhaft machen will.

Chili Palmer verließ das Swingers und schaute dabei auf die Uhr. Es war dreizehn Uhr fünfzig an einem schönen sonnigen Septembertag, die Temperatur betrug siebenundzwanzig Grad Celsius, und auf dem Beverley Boulevard floß der Verkehr zähflüssig, so wie tagsüber immer.

Eine viertürige Limousine, schwarz, schon länger nicht gewaschen, bog von der Laurel Avenue eine Seitenstraße in den Beverly ein und mußte vor dem Abbiegen halten. Ein paar Augenblicke hielt der Wagen direkt vor Chili, der stehenblieb, um seine Havanna wieder anzuzünden. Der Beifahrer fiel ihm auf, und er starrte den Mann an, der vielleicht fünf Meter entfernt war und dessen Haare nicht zu seinem Gesicht paßten. Das Gesicht sah viel älter aus als das dichte dunkle Toupet, eine Zweitfrisur, die ihm ein paar Nummern zu groß zu sein schien. Jetzt drehte sich der Mann um, er trug eine Sonnenbrille und schien Chili direkt in die Augen zu sehen. Doch das tat er nicht, er sah an ihm vorbei, und nun fuhr der Wagen wieder an, bog in den Beverly Boulevard ein, schlich aber immer noch neben den am Straßenrand geparkten Autos her, vorbei an Tommys Wagen – der weiße Rolls thronte da wie eine Hochzeitstorte – bis zu dem Ford Pickup, neben dem er anhielt. Chili wartete. Vor seinen Augen schien eine Filmszene abzulaufen.

Die Beifahrertür der Limousine ging auf, und der Typ mit der Zweitfrisur stieg aus. Ein drahtiger, kleiner Bursche von etwa fünfzig Jahren, der die Haare irgendeiner Koreanerin auf dem Kopf trug, um jünger auszusehen. Er tat Chili leid, der Typ hatte keine Ahnung, wie lächerlich er mit der Zweitfrisur aussah. Jemand sollte es ihm sagen und dann schnell verschwinden. Er sah aus wie ein kleiner Mann von der Sorte, die sich ständig auf den Schlips getreten fühlen, immer alles in den falschen Hals bekommen. Chili sah, wie er jetzt konzentriert zu Swingers hinüberschaute. Dann hob er beide Hände, o Gott, hob mit beiden Händen einen Revolver, Metall glänzte in der Sonne, der Typ hielt jetzt die Waffe mit einer Hand, mit ausgestrecktem Arm, und Chili schrie: »Tommy!« Laut, aber zu spät. Der Typ mit der Zweitfrisur schoß auf Tommy, drückte ab, als wäre er im Schießstand, die Schüsse peitschten durch die Luft, und auf einmal hörte man Schreie, Stühlerücken, Leute warfen sich zu Boden, während das Fensterglas hinter Tommy zersplitterte, der immer noch auf seinem Stuhl saß, den Kopf auf dem Tisch, von Glassplittern übersät, auch die Haare ... Chili sah, wie der Perückenträger dastand und sein Werk betrachtete. Wie er sich dem Wagen zuwandte, dessen Tür immer noch offenstand, und eine Hand hineinstreckte, auf die Fensterkante. Doch dann zögerte er und blickte in Chilis Richtung, musterte ihn gründlich. Der Mann sah ihn sich gut an, bevor er einstieg und das Auto davonfuhr.

Eine Frau sagte: »O mein Gott«, und wandte sich ab, um sich einen Weg aus der Menschenmenge zu bahnen, die sich inzwischen versammelte, um den auf seinem Stuhl zusammengesackten Tommy Athens anzugaffen, und Chili spürte, wie er überall von Leuten umgeben war, die ihm immer näher auf den Pelz rückten. Stimmen erkundigten sich, ob der Mann tot sei. Sie fragten, ob jemand einen Arzt, einen Krankenwagen gerufen habe. Sie fragten, ob der Erschossene ein Promi sei. Eine Stimme sagte: »Sie haben 911 angerufen.« Neben Chili sagte jemand: »Sie waren doch mit ihm hier, stimmt's?« Jemand anderes: »Die beiden waren zusammen.«

Anscheinend hatte Tommy einen Kopfschuß abbekommen, nur einer der fünf Schüsse, die Chili immer noch hören und zählen konnte, hatte ihn getroffen, doch dieser eine genügte. Chili stand da und sagte kein Wort. Er hatte es passieren, aber nicht kommen sehen, und das machte ihm angst. Lieber Himmel, der Typ mit der Zweitfrisur hatte ihm leid getan, damit hatte er Zeit vergeudet, statt Tommy eine Warnung zuzurufen, sobald der Kerl aus dem Wagen gestiegen war.

Er wußte, daß er sich sofort aus dem Staub machen mußte, wenn er nicht den Rest des Tages Beamten der Mordkommission erzählen wollte, welche Verbindung zwischen ihm und Tommy Athens bestanden hatte, warum sie zusammen gegessen hatten. Warum er nicht am Tisch gewesen war, als man Tommy umgelegt hatte. Sie würden in ihrem Computer nach Tommy suchen, nach ihnen beiden, Scheiße, und stundenlang ihr anderes Leben durchkämmen.

Aber er konnte auch nicht einfach weggehen, nicht bei den vielen Zeugen, den vielen hilfsbereiten Bürgern, die nur darauf warteten, der Polizei beizustehen. Er schaute sich um und sah, daß ihn Gesichter anstarrten. Die Leute blickten zur Seite, wenn er zurückstarrte, und traten beiseite, als er sich einen Weg durch die Menge bahnte, ein paar gutaussehende junge Frauen, kein einziger Mann mit Anzug und Krawatte. Als er die Ecke erreichte, waren sowohl ein Notarztwagen als auch ein Polizeiauto eingetroffen, und zwei Uniformierte forderten alle auf, sich nicht von der Stelle zu rühren, niemand dürfe den Ort des Geschehens verlassen. Als erstes sammelten die Uniformierten die Führerscheine sämtlicher Zeugen ein, also derjenigen, die sagten, sie hätten den Mann gesehen, bevor das Fensterglas zersplitterte.

In einem Ford Crown Vic trafen Detectives ein und folgten Zeigefingern zu Chili Palmer, unterhielten sich ein paar Minuten mit ihm und fragten, ob er einverstanden wäre, sie zum Wilshire-Revier zu begleiten, La Brea Avenue Ecke Venice Boulevard; später würden sie ihn zu seinem Wagen zurückbringen.

Chili sagte weder ja, er sei einverstanden, noch nein. Er hielt den Mund und sah sich die Szene noch einmal genau an, schrieb sie in Gedanken um, der Typ, der Tommy verkörperte, spielte nicht mehr die Hauptrolle. Man konnte schließlich den Star nicht zehn Minuten nach Beginn des Films umlegen lassen.

Nein, aber damit könnte man ihn anfangen lassen. Einen Film über die Musikbranche.

2

Sie brachten Chili durch den Hintereingang auf die Wache und führten ihn durch einen Mannschaftsraum, der aussah, wie am Set von *Barney Miller*, nur viel größer – Reihen paarweise aneinandergeschobene Schreibtische, auf jedem ein Computer, reihenweise Aktenschränke, stapelweise Kartons mit der Aufschrift »Konfisziert«... durch den Mannschaftsraum in ein Büro, wo sich ihm ein Detective namens Darryl Holmes vorstellte und ihm eine Tasse Kaffee anbot. Chili antwortete, warum nicht; schwarz, bitte, und dann: »Wissen Sie was? Von einem Polizisten habe ich bisher noch nie etwas anderes angeboten bekommen als eine windige Absprache.«

Darryl Holmes fragte: »Ach ja? Haben Sie sich darauf eingelassen?«

»Ich habe immer die Ausage verweigert oder mich nicht schuldig bekannt«, antwortete Chili. Er hatte das Gefühl, Ehrlichkeit käme bei Darryl Holmes gut an, wenn er merkte, daß er sich nicht durch irgendwelche Lügengeschichten wühlen mußte. Hier dürfte es keine Probleme geben: ein Weißer und ein Schwarzer, die beide gute Anzüge trugen – Darryl einen beigefarbenen –, plauderten im Büro des Leiters der Kriminalpolizei.

»Der L.T. hat uns freundlicherweise sein Büro zur Verfügung gestellt«, sagte Darryl, »hier haben wir ein wenig Ruhe und Frieden. Wenn sie all die Augenzeugen in den Mannschaftsraum bringen, ist das genauso, als hätten sie 'ne Ladung Nutten von der Straße geräumt. Dabei ist es sowieso schon überfüllt.«

Chili sagte: »Sie sind nicht der Lieutenant?«

»Ich bin bei der Abteilung für Organisiertes Verbrechen, helfe hier aus«, antwortete Darryl, der gerade Kaffee holen wollte, doch dann sagte er zu Chili: »Haben Sie den Film *Schnappt Leo* gemacht? Mann, das war ein witziger Streifen. Ich hab nur einen Einwand, und zwar gegen Michael Weir. Der Mann ist zu klein für seine Rolle, wie will der irgendwen einschüchtern?« Und weiter: »Machen Sie sich's bequem. Ich bin gleich wieder da.«

Machen Sie sich's bequem – Blödsinn. Der Mann gehörte zur Abteilung Organisiertes Verbrechen, war gar nicht beim Morddezernat. Damit stand für Chili fest, wonach ihn Darryl fragen würde. Machen Sie sich's bequem... das Büro war genauso überfüllt wie der Mannschaftsraum: Überstundenformulare türmten sich auf einem runden Tisch, der den meisten Platz vor dem Schreibtisch des Kripochefs beanspruchte. Auf einer Wandtafel las man die Namen von Kautionsflüchtlingen, daß 123 Haftbefehle ausgestellt, 53 Verhaftungen vorgenommen worden waren. Auf einem Schild stand: »Wir haben eine ganz einfache Taktik für den Umgang mit Plünderern: Erst nehmen wir sie uns vor, dann nehmen wir sie fest.« Chili saß an dem runden Tisch mit Blick auf Überstundenformulare, die Wandtafel, an den Wänden hängende Fotos von Cops und gerahmte Auszeichnungen, und wartete genau zwölf Minuten – er sah auf die Uhr –, bis Darryl Holmes mit ihrem Kaffee in Styroporbechern zurückkam und neben ihm Platz nahm.

»Aus alter Erfahrung«, sagte Chili, der inzwischen wußte, daß sie sich über ihn schlau gemacht hatten, »hatte ich gedacht, Sie würden mich in eins dieser Verhörzimmer stecken.«

»Sie meinen Vernehmungsraum«, korrigierte ihn Darryl.

»Wenn man das heute so nennt. Früher standen immer ein Metalltisch und ein dreckiger Aschenbecher aus Blech darin.« Chili trank einen Schluck Kaffee, heiß, aber abgestanden, noch vom Morgen übriggeblieben. »Falls Sie es nicht wußten, ich bin zwar in meinem früheren Leben tatsächlich einige Male festgenommen, aber, wie ich zu meiner Freude berichten kann, nie eines Gesetzesverstoßes überführt worden.«

Darryl sagte: »Wucher ist wohl kein Gesetzesverstoß?«

»Das war später, in Miami Beach. Man könnte sagen, ich war ein Kredithai. Doch was die Ungesetzlichkeit dieses Gewerbes angeht, so sage ich immer, das liegt in einer Grauzone, ist fraglich. Deswegen bin ich nie festgenommen worden, und beschwert hat sich auch noch keiner.«

»Hatten Sie Angst?«

»Darryl, zu mir sind nur Menschen gekommen, mit denen die

Banken nichts zu schaffen haben wollten, bei denen ein hohes Schadensrisiko bestand. Wenn der Kreditnehmer nicht kreditwürdig ist, muß man einen ziemlich hohen Zinssatz verlangen. Ich hab jedem, der zu mir kam, gesagt: ›Wenn du glaubst, daß du Probleme hast, es zurückzuzahlen, dann nimm das Scheißgeld bitte nicht.‹ Sie unterschreiben nichts, geben auch keine Sicherheit an, nicht einmal – was ich häufig vorgeschlagen habe – den Wagen der Frau.« Chili hielt inne, aber Darryl Holmes lächelte nicht, der Detective von der Abteilung Organisiertes Verbrechen wartete darauf, seine Fragen zu stellen. »Man hat also nur ihr Wort, sonst nichts. Alle meine Kunden haben rechtzeitig gezahlt, bis auf einen, Leo Devane, hat eine chemische Reinigung betrieben. Leo ist vor mit abgehauen, ich hinterher, und ehe ich mich versehe, stecke ich im Filmgeschäft.«

»Ich weiß«, sagte Darryl, »ich habe in der Zeitung die Artikel über Sie gelesen, wie es dazu kam, daß Sie *Schnappt Leo* gemacht haben. Gab's dann nicht noch eine Fortsetzung?«

»Ja, aber das ist wieder 'ne andere Geschichte. Sie sollen auf jeden Fall die Wahrheit über meine Vorstrafen wissen. Das heißt, falls es noch eine Akte über mich gibt, das weiß ich gar nicht. Die paarmal, als ich in Brookyln festgenommen wurde, als Jugendlicher, das war wegen Beihilfe zur Erpressung. Hat irgendwas mit organisiertem Verbrechen zu tun, lag aber wohl hauptsächlich an den Leuten, mit denen ich damals zu tun hatte. Von denen sind einige eingeknastet worden, soviel ich weiß.«

Darryl nickte. »Und ein paar sitzen immer noch.«

»Ich hab aber keinen einzigen Tag gesessen, außer wenn ich darauf warten mußte, dem Richter vorgeführt zu werden. Sie kennen das ja, da kann man nichts machen.«

»Ich weiß, wie lästig Warten sein kann«, bestätigte Darryl und schaute an Chili vorbei zur Tür. »Die vielen Augenzeugen, die warten müssen, bis sie einer nach dem andern sagen dürfen, wie der Schütze ihrer Meinung nach aussah. Sie wissen, was ich meine? Sie erzählen es einem Polizeizeichner, und dann versuchen wir, ein Phantombild des Gesuchten zu erstellen, mit dem alle einverstanden sind. Das dauert seine Zeit.« Darryl nahm einen Schluck Kaffee. »Es sei denn, Sie erzählen uns, wie der Schütze heißt, und wir ziehen los und verhaften ihn.«

Chili lächelte. »Sie sind ja ein ganz Raffinierter. Das hätte ich Ihnen gar nicht zugetraut, Darryl. Woher sollte ich den Typ kennen?«

»Aus Ihrem eben erwähnten früheren Leben, woher Sie auch Tommy Athens kannten.«

»Ich hatte die ganze Zeit das dumpfe Gefühl«, sagte Chili, »daß wir uns über die alten Zeiten unterhalten würden. Um eine Verbindung zwischen den Typen mit Mafiaverbindungen und Tommys Vergangenheit herzustellen, die ihn offenbar eingeholt hat. Hatte ich irgendwas damit zu tun? Nein. Nächste Frage: Weshalb war ich zufällig gerade nicht am Tisch, als er umgelegt wurde? Weil ich pinkeln mußte. Übrigens die beste Pinkelpause meines ganzen Lebens. Mein Retter, die Harnblase. Mir ist nämlich klar, ich hätte auch umgelegt werden können. Nicht weil ich auch auf der Liste stand, das nicht, sondern weil der Typ ein hundsmiserabler Schütze war.«

»Er hat ihn in den Kopf getroffen«, warf Darryl ein.

»Ja, er feuert aus knapp sieben Metern Entfernung fünf Schüsse auf Tommy ab, trifft ihn einmal und macht mit den anderen vier Schüssen die Fensterscheiben kaputt. Ist Ihnen so was schon mal untergekommen, Darryl? Daß ein Typ 'n Mordauftrag kriegt, der ums Verrecken nicht schießen kann?«

Dieser Darryl Holmes war geduldig. Er hörte Chili zu und fragte dann seelenruhig: »Aber damals in Brookyln haben Sie mit ihm zusammengearbeitet?«

»Mit Tommy? Nie. Ich kannte ihn, bin ihm gelegentlich begegnet, mehr nicht. Seit ich hier an der Westküste lebe, bin ich ihm ab und zu mal über den Weg gelaufen, hauptsächlich bei

Spielen der Lakers. Gestern ruft er mich aus heiterem Himmel an.«

»Er hatte Ihre Nummer?«

»Die muß er nachgeschlagen haben.«

»Sie stehen im Telefonbuch?«

»Wie jeder andere auch. Nur daß ich keine ›Anklopfen-Funktion‹ habe. Wenn mir einer mit ›Moment, ich hab einen anderen Anruf in der Leitung‹ kommt, leg ich auf.«

»Es war nicht andersrum, daß Sie ihn angerufen haben?«

»Glauben Sie mir, Mann, ich hab ihm keine Falle gestellt, wenn Sie das meinen. Er hat angerufen, wollte sich zum Essen verabreden.«

»Über alte Zeiten quatschen?«

»Er dachte, er hätte 'ne Idee für einen Film.«

»Über Gangster?«

»Über sich selbst. Tommy war in der Musikbranche, offenbar ganz erfolgreich, hat einen Rolls gefahren …«

Das Telefon auf dem Schreibtisch klingelte. Darryl machte keine Anstalten, den Hörer abzunehmen. Das Telefon klingelte dreimal, dann war Schluß, und Darryl fragte: »Wie heißt diese Plattenfirma?«

Chili mußte überlegen. Als es ihm einfiel, ging die Tür hinter ihm auf und eine Frauenstimme sagte: »Darryl, Apparat zwo«, dann fiel die Tür wieder ins Schloß. Chili sah zu, wie Darryl aufstand, um den Schreibtisch herumging, den Hörer abnahm und dann in seinem beigefarbenen Anzug dastand, mit der rotbraunen Krawatte und einem schneeweißen Hemd, das sich deutlich von seiner Haut abhob. Er nannte seinen Namen, hörte einige Sekunden lang zu und sagte schließlich: »Du hast noch nie von Swingers gehört? Am Beverly Boulevard, Nähe Fairfax … Den haben wir mit dreizehn Uhr fünfzig festgelegt … Athens, wie die Stadt.« Darryl fuhr fort: »Ihm hat eine Schallplattenfirma gehört«, und sah dabei Chili an.

»NTL Records, draußen am Silver Lake.«

»NTL Records, am Silver Lake.« Darryl hörte zu und schaute dann wieder Chili an.

»Nothing To Lose.«

»Nothing To Lose ... Ja, Schuß in den Oberkörper. War sofort tot, die Rettungssanitäter haben es gar nicht erst probiert ... Nein, er war nicht allein«, sagte Darryl, wieder mit einem Blick auf Chili. »Ich bin nicht befugt, dir das zu sagen, noch nicht. Eins mußt du mir verraten. Wieso taucht das Fernsehen auf, aber von dir ist weit und breit nichts zu sehen? ... Aha, soso, mehr kann ich dir zur Zeit nicht sagen, ich bin beschäftigt.« Dann sagte Darryl Holmes: »Keine Ursache«, legte auf und nahm wieder an dem runden Tisch Platz, von Chili beobachtet.

»Sie wissen doch, daß Tommy in den Kopf geschossen wurde.«

»Wenn wir mit der Presse reden«, antwortete Darryl, »nennen wir alles oberhalb der Hüften Oberkörper. Eben am Telefon, das war ein Freund von mir bei der *Times*, ein guter Freund, aber ich habe ihm nicht verraten, mit wem Tommy Athens gegessen hat, oder?«

»Nein, das haben Sie nicht, und dafür bin ich Ihnen dankbar.«

»Das dachte ich mir. Wenn der Schütze Ihr Foto in der Zeitung sieht, erinnert er sich womöglich an Sie, von früher?«

Er ließ nicht locker in seinem ruhigen Tonfall. Chili schüttelte unwillkürlich den Kopf. »Darryl, Sie versuchen immer noch, eine Verbindung zwischen Tommy und mir zu konstruieren. Sie sind bei der Abteilung Organisiertes Verbrechen, deshalb verstehe ich, warum Sie das als Mafiasache sehen wollen, aber da muß ich Sie enttäuschen. Tommy hat sich nur mit mir verabredet, weil er über einen Film reden wollte.«

»Schon, aber Sie erzählen mir da was von einem Mordauftrag, daß Tommy umgelegt wurde. Das hört sich für mich auch ziemlich nach einer Mafiageschichte an.«

Darryl machte jetzt auf naiv.

»Der Typ ist aus dem Wagen gestiegen«, sagte Chili, »hatte ihn abgeknallt und stieg wieder ein. Den Fahrer hab ich nicht gesehen. Den Begriff ›Auftrag‹ verwende ich im weitesten Sinn. Ob der Schütze dafür bezahlt wurde oder auf eigene Faust handelte, es war Mord, Tommy sollte erledigt werden. Aber falls es eine Mafiageschichte gewesen wäre, hätte man mit Sicherheit jemanden genommen, der wenigstens schießen kann. Wenn man mit 'ner Pistole schießt, hält man sie beidhändig, stimmt's? Nicht dieser Cowboy. Der hat seine Knarre in der ausgestreckten Hand gehalten, eine vernickelte .357, vielleicht war's auch eine .44, und losgeballert.«

»Sie kennen wohl solche Waffen?«

»Ich verwende sie in meinen Filmen.«

»Sie müssen ihn richtig gut gesehen haben.«

»Es war ein kleiner Weißer«, sagte Chili, »keine eins siebzig, eher darunter, mindestens fünfzig Jahre alt.«

»Haarfarbe?«

»Weiß ich nicht, er hatte eine Perücke auf.«

»Sind Sie da sicher?«

»So was seh ich. Das Ding hat ihm nicht gepaßt, war zu groß. Keine Ahnung, warum, aber ich mußte dabei an eine Geschichte denken – ich glaube, es war Robert Mitchum, der sieht einen Schauspieler mit Perücke zu den Dreharbeiten kommen und sagt zu einem der Kamerabühnenmänner: ›Hast du das Toupé von dem Typ gesehen? Sieht doch genauso aus wie Joan Crawfords Muschi.‹«

»Robert Mitchum, klar, kann ich mir gut vorstellen«, sagte Darry. »Sie sehen also, wie dieser Mann eine Schußwaffe zieht ...«

»Ich hab Tommy eine Warnung zugerufen, aber zu spät.«

»Hat der Kerl Sie gehört?«

»Schon möglich. Beim Einsteigen hat er zu mir rübergeschaut.«

»Und hat Sie gesehen.«

»Sie wollen wohl unbedingt glauben, daß er mich kennt?«

Darryl zuckte mit den Schultern. »Ich kann verstehen, daß Sie es nicht glauben wollen. Was für ein Wagen war es?«

»Schwarze viertürige Limousine. Vielleicht ein neuer Olds oder irgendein ausländisches Modell.«

»So, wie Sie das beschreiben, könnte es alles sein.«

»Schon, aber ich habe mir einen Teil des Kennzeichens gemerkt.« Chili hielt inne. »Wenn ich da mit drinsteckte, würde ich Ihnen doch nicht beim Auto helfen, oder?«

»Da es sehr wahrscheinlich gestohlen ist«, antwortete Darryl, »macht es keinen Unterschied. Sie verraten niemanden.«

»Kalifornisches Kennzeichen, sieben-T-L-vier und zwei Ziffern, die ich nicht erkennen konnte.«

Das notierte sich Darryl. »Sie sagen, es könnte ein Importauto gewesen sein. Und was ist mit dem Mann?«

»Sie meinen, ob er mexikanischer Abstammung war?«

»War er's?«

»Wohl kaum.«

»Sah er zufällig wie ein Russe aus?«

Chili antwortete: »Ich merke, was Ihnen durch den Kopf geht, Darryl. Wenn es nicht unsere Mafia war, dann vielleicht die russische. Über die liest man ja zur Zeit viel, organisiertes Verbrechen mit russischem Akzent, unsere neuen Gangster. Kommen hierher, weil's zu Hause nichts gibt, was sich zu klauen lohnt.« Zum erstenmal verspürte Chili eine gewisse Erleichterung. »Tommy hat erwähnt, daß ihn irgendwelche Einwanderer ausnehmen wollten, aber von ihrer Nationalität hat er nichts gesagt.«

Darryl fragte: »Hat er sie nicht ernst genommen?«

»So hörte sich's an. Er sprach allerdings von irgendwelchen Hiphoppern mit schlechten Manieren, und von solchen Leuten liest man ja immer wieder – daß die sich gegenseitig umlegen und so.«

Darrly fragte: »Was für Hiphopper sind das denn?«

Später fand Darryl Holmes den Commander in der Abteilung Bandenkriminalität, wo er sich mit einem der Sergeants unterhielt. Mit Lieutenant Moyers, einem großgewachsenen schwergewichtigen Mann, kam Darryl gut aus. Der L.T. kleidete sich wie ein weißer Cop mit zwanzig Jahren Berufserfahrung, der er nun mal war. Doch der Mann war korrekt, kannte sich aus, und man konnte etwas von ihm lernen. Während Darryl auf den L.T. wartete, betrachtete er eine Pinnwand voller Fotos von erschossenen Gangmitgliedern, die tot auf der Straße lagen, aus einigen ragten Schläuche, die ihnen das Leben retten sollten, doch es war zu spät. Auf sämtlichen Fotos stand mit Filzschrift R. i. d. H., *Ruhe in der Hölle*. Er sah die Nahaufnahme eines jungen Mannes, der sich das Leben genommen hatte, als ihn seine Freundin wegen eines anderen verließ, er hatte sich mit einer Schrotflinte das Schädeldach weggepustet. Unter dem Foto stand: LOVE HURTS.

Der L.T. war mit dem Sergeant fertig. Er kam rüber und sagte: »Was ist bei Mr. Chili Palmer rausgekommen? Waren die beiden nur zufällig zusammen Mittag essen?«

»Er hat gesagt, sie wollten über ein gemeinsames Filmprojekt reden. Er sagt, seines Wissens gäbe es keine Verbindung zur Vergangenheit, keine offenen Rechnungen, darum hatte ich keine Veranlassung, ihn noch länger dazubehalten. Da gibt es ein paar Rapper, die ich mir vornehmen könnte, Sin Russell und seine Rüpel. Laut Mr. Chili Palmer sind sie Tommy Athens auf den Geist gegangen.«

Der L.T. sagte: »Die gehen jedem auf den Geist«, klang jedoch nicht besonders interessiert, »allein schon, wie die sich benehmen.«

»So sind sie nun mal«, bemerkte Darryl. »Ich habe mit der Mordkommission gesprochen, da heißt es, keiner der Zeugen hat den Schützen erkannt. Alle stimmen darin überein – und das hat es wohl noch nie gegeben –, er sei ein kleiner Weißer mittleren Alters und habe irgendwie komisch ausgesehen. Einige Zeugen haben erklärt, er hätte ein Haarteil getragen, darunter auch Mr. Chili Palmer, der ihn am besten zu sehen bekam und uns einen Teil des Kennzeichnes gegeben hat. Aber jetzt gibt es eine mögliche Spur. Einige Zeugen haben Tommy Athens verschiedentlich mit seiner Sekretärin gesehen, einer gewissen Tiffany. Tiffany wiederum ist die Freundin eines Metal-Freaks namens Derek Stones. Angeblich verdrischt Derek Tiffany, wenn er sieht, daß sie sich zu intensiv mit einem anderen Mann beschäftigt, oder wenn er sich im Haus umsieht und seinen Drogenvorrat nicht findet. Derek steht in den Akten – Zerstörung von fremdem Eigentum.

»Derek *Stones?*«

»Jawohl, Sir. Mehrzahl.«

»Nie gehört.«

»Er macht ziemlich Krach, Lieutenant. Seine Gruppe nennt sich Roadkill. Wir werden ihn mal besuchen und fragen, ob er 'n kleinen Weißen mit Perücke kennt.«

»Halten die Russen Sie nicht auf Trab?«

»O Mann, das sind vielleicht Typen«, sagte Darryl. »Ich stehe im Supermarkt, da will mich einer von denen beiseite schieben, um an die Hot dogs zu kommen. Verstehen Sie? Als wär's die letzte Würstchenpackung im ganzen Laden.« Darryl hielt inne. »Tommy hat Chili gegenüber behauptet, irgendwelche Leute wollten ihn ausnehmen. Nannte sie ›Einwanderer‹. Vielleicht wußte er nicht genau, ob es sich um Russen, Ukrainer oder Georgier handelt …«

»Reden Sie mit der Sekretärin. Wie heißt sie noch gleich?«

»Ja, mit Tiffany, während ich sie wegen Derek befrage.«

»Was ist mit seiner Frau, mit Tommys Frau?«

»Auf die wollte ich gerade kommen. Mrs. Edith Athens, sechsunddreißig, Tommys zweite Frau, seit sieben Jahren verheiratet. Sie wohnen oben auf dem Hügel, Nähe Mulholland Drive. Die Leute von der Mordkommission waren bei ihr, haben gesagt, wie leid es ihnen tut, ihr diese schreckliche Nachricht überbringen zu müssen, daß ihr Mann ermordet wurde. Darauf sie, und die Kollegen haben das notiert: ›Dann hat er ihn wohl endlich in echte Schwierigkeiten gebracht.‹ Auf die Frage, wen oder was sie damit meinte, antwortete sie: ›Seinen Schwanz.‹ Weder hat sie geweint, noch schien sie überrascht.«

»Er ist also fremdgegangen«, stellte der L.T. fest, »und seine Frau wußte Bescheid.«

»Ja, Sir, das hat uns auf die Idee gebracht, daß diese Tiffany vielleicht nicht die einzige war, und irgendein Ehemann oder Freund den Aktivitäten des Mannes ein Ende bereitet hat.«

Offenbar dachte der L.T. erst einmal ein Weilchen darüber nach, dann antwortete er: »Wir wollen keine voreiligen Schlüsse ziehen. Ich habe Frauen erlebt, die nur so taten, als würde ihnen so was nichts ausmachen. Der Typ ist ein Arsch, klar, war aber trotzdem ihr Mann, sieben Jahre verheiratet, und jetzt isser tot. Was weiß ich, vielleicht hat sie mit ihrem Zusammenbruch gewartet, bis die Mordkommission wieder weg war.«

»Möglich wär's«, sagte Darryl. »Obwohl sie gefragt hat, ob die Kollegen nicht einen Drink wollten, und sie aufforderte, Edie zu ihr sagen.«

3

»Sind Sie zur Zeit mit jemandem befreundet? Oder haben Sie eine Beziehung mit einer Person, die verhindern würde, daß Sie andere Menschen kennenlernen?«

Chili hörte sich die Kassette im Gärtchen hinter dem Haus an, einer kleinen Lichtung zwischen der Garage und einer Gruppe alter Bananenstauden, es war früh am Abend, und die Sonne war weitergewandert. Er saß in einem Plastikliegestuhl, hatte immer noch den Anzug an, der Kassettenrecorder stand neben ihm auf einer Trittleiter, von der aus er nach reifen Bananen Ausschau hielt. Er hörte Linda erzählen, die Partnervermittlung habe von allen Mitgliedern Videos und schriftliche Profile, »und wenn man sich einmal für eine Person entschieden, deren Video gesehen und ihr Profil gelesen hat, ist eine erste Verabredung eher so eine Art dritte Verabredung, weil man schon so viel über den anderen weiß. Dadurch wird das ganze Verfahren ...«

Er stellte auf schnellen Vorlauf.

Jetzt sagte Linda: »Ich kann Ihnen die Preise nennen, aber treffen Sie bitte keine Entscheidung, bevor Sie sehen, wie das Programm Ihr Privatleben garantiert in Schwung bringen wird.«

Als Chili wieder auf schnellen Vorlauf drückte, dachte er, daß er sein Privatleben schon immer mal in Schwung bringen wollte. Er kam an die Stelle, wo er sie fragte, ob sie den ganzen Tag am Telefon nach einsamen Männern suchte, und sie ihm antwortete, ihr eigentliches Leben sei die Musik, sie habe bis letztes Jahr eine eigene Band gehabt, spiele Gitarre und singe. Hin und wieder bekomme sie einen Anruf, weil sie als Backupsängerin gebraucht werde: »Einmal hab ich einen Guide Track für einen großen Star gesungen. An mehreren Stellen haben sie meine statt ihrer Stimme benutzt. Ich singe auf einer Platte, die Platin bekommen hat, aber nach meinem Namen brauchen Sie darauf nicht zu suchen.«

Schließlich kam die Stelle, wo Linda sagte, sie trete mit einer Gruppe namens Chicks International auf, wann immer sie einen Gig bekäme. Linda, ein schwarzes und ein asiatisches Mädchen, eine Vietnamesin. Sie spielten auf Privatpartys und in Clubs in der Gegend, im Viper Room, im Spaceland, in Jacks Sugar Shack, in der Martine Lounge. »Kommen Sie doch mal vorbei und hören Sie sich uns an, wenn Sie mal wieder ordentlich lachen wollen. Auf der Bühne sind wir Miki, Viki und Tiki, aber *nur* auf der Bühne. Ich bin Miki. Viki ist die Schwarze; sie war früher mal eine Harlette, hat für Bette Midler Backup Vocals gesungen. Sie kann nur auftreten, wenn sie bekifft ist. Tiki spricht kaum Englisch, sie bewegt nur die Lippen. Ich muß auf der Bühne an irgendwas anderes denken, an nächtliche Lagerfeuer oder dergleichen. So peinlich ist das Ganze.«

Er wußte noch, wie er an diese Stelle gedacht hatte: Warum Lagerfeuer? Und warum hörte sie nicht auf, wenn es ihr nicht gefiel?

Jetzt kam die beste Stelle, als Linda sagte: »Wir singen Coverversionen, weil wir keine eigenen Songs haben. Meine Sachen wären hier fehl am Platz.« Chili hörte sich selbst sagen, anderer Leute Material zu singen sei doch immerhin ein Anfang, man könne herausfinden, wie man miteinander harmonierte.

Darauf Lindas Stimme: »Wenn man in die Charts kommen oder auch nur einigermaßen mit sich zufrieden sein will, muß man seine eigenen Sachen machen, Mann, hinter denen man steht und an die man glaubt. Hören Sie, als wär's nicht schon schlimm genug, daß wir Coverversionen machen müssen, wir bringen auch noch Songs von den Spice Girls, und Scheiße, die können nicht mal singen.«

Dann wurde es still. Und als sie sich wieder meldete, klang sie ganz geschäftsmäßig. Allerdings nur kurz.

»Tut mir wirklich leid, ist mir nur so rausgerutscht. Wenn Sie's an die große Glocke hängen wollen, stelle ich Sie zu meiner Vorgesetzten durch.« Dann fuhr sie fort: »Aber tun Sie's lieber nicht, okay? Ich kann nicht mehr in irgendwelchen Kneipen kellnern, hiermit schlage ich mich noch am besten durch.« Als er sie nach ihrem Namen fragte, antwortete sie Linda, Linda Moon. Auf seine Frage, ob das ihr richtiger Name sei, sagte sie: »So richtig wie nötig.«

Das Band lief weiter, jetzt sagte Linda: »Als Sie anriefen, habe ich Sie nach Ihrem Namen gefragt...«

»Ich war mir nicht sicher, ob ich mein Privatleben schon immer in Schwung gebracht haben wollte.«

Beide schwiegen.

»Und möchten Sie ihn mir jetzt verraten?«

Er hörte sich selbst sagen: »Ich heiße Ernest Palmer«, versteckte sich hinter seinem bürgerlichen Namen. Doch als sie wissen wollte, was er beruflich tat, beschloß er, ehrlich zu sein.

»Ich mache Filme, Spielfilme.«

»Ach? Habe ich vielleicht mal einen davon gesehen?«

Sie glaubte ihm nicht.

»Haben Sie *Schnappt Leo* gesehen?«

Wieder eine Pause, dann sagte Linda: »Augenblick mal. Sie sind Chili Palmer? Ach *ja*... Sie waren mindestens eine halbe Stunde lang bei Charlie Rose. Sie haben zugegeben, daß Sie Ernest heißen, und jetzt erkenne ich auch Ihre Stimme wieder. Ich habe alles über Sie gelesen – die Interviews, in denen gefragt wurde, ob Sie wirklich mal Gangster in Florida waren? Oder war es Brooklyn?«

»Beides.«

»Ich fand *Schnappt Leo* phantastisch, hab ihn zweimal gesehen. Nur eins hat mich gestört, ein bißchen...«

»Der Typ ist für seine Rolle zu klein?«

»Na ja, das auch. Aber als Zuschauer weiß man schon vorher, daß er klein ist.«

»Was hat Sie dann gestört?«

»Er ist so selbstsicher. Ich kann Männer nicht ausstehen, die glauben, sie wissen alles. Was haben Sie noch für Filme gemacht?«

Er antwortete nach kurzem Zögern. »Danach hab ich *Schnappt zu* gemacht.«

Als sie sagte: »Den habe ich immer noch nicht gesehen«, entgegnete er: »Eine Fortsetzung muß besser als das Original sein, sonst funktioniert es nicht. Zur Zeit stecke ich zwischen zwei Produktionen, spiele mit einer Idee, mal sehen, wie sie sich entwickelt.«

»Darf ich fragen, worum es sich handelt?«

»Bis jetzt habe ich eine junge Frau, die in einer Partnervermittlung arbeitet.«

»Das soll wohl ein Witz sein.«

»Aber ihre Leidenschaft gehört der Musik.«

Wieder eine Pause, ehe Linda wieder etwas sagte. »Sie haben einen unserer Prospekte bekommen und daraufhin angerufen… Wie lange spukt Ihnen diese Idee schon im Kopf rum?«

»Vermutlich seit ich neulich meine Post aufgemacht und darüber nachgedacht habe. Mit *irgendwas* muß eine Idee ja anfangen. Und wenn man sich intensiver damit beschäftigt, führt eine Idee zur nächsten.«

»Das kann ich mir vorstellen.« Linda klang jetzt reserviert, fast ablehnend. »Was kommt dann? Machen Sie einen Star aus mir?«

»Die Frau aus der Partnervermittlung könnte die Hauptrolle sein, klar, aber im Moment weiß ich erst, was passiert, wenn es passiert ist. Meine Arbeitsweise läßt sich nur schwer erklären. Darf ich fragen, wie alt Sie sind?«

»Wie alt möchten Sie mich haben?«

Ein wenig schnippisch, was ihm gefiel.

»Ich würde sagen, das ideale Alter wäre zwischen fünfundzwanzig und dreißig. So in dem Dreh.«

»Ich bin neunundzwanzig, geboren in Odessa, Texas, und zwar an dem Tag, als Janis Joplin starb. Krieg ich die Rolle?«

Nun war ihm klar, woher sie ihren Akzent hatte. Westtexas, und immer noch schnippisch. Er hörte aus seiner Stimme ein leises Lachen heraus, als er erklärte: »Ich besetze nicht, Linda, sondern ich suche eine Idee. Ehrlich.«

Linda: »Und trotzdem fragen Sie sich, wie ich aussehe.«

Seine Neugier war groß genug, daß er sagte: »Wollen Sie's mir verraten?«

Was sie auch tat, und zwar alles andere als bescheiden. »Es wird Sie freuen zu hören, daß ich absolut umwerfend aussehe, eins fünfundsiebzig mit Absätzen, anständiger Hintern, hellbraune Haare ... Wollen Sie 'ne Blondine? Ich laß sie färben. Es läuft doch so, Ernest, daß Sie dem Mädel alles versprechen, was Sie haben will, und wenn sie dämlich genug ist, bläst sie Ihnen einen, bis sie rausfindet, daß Sie 'ne große Klappe haben, aber nichts dahinter. Soll ich Ihnen verraten, was ich will?«

Er hätte ihr nicht seinen richtigen Namen sagen dürfen. Doch dann ritt er sich nur noch tiefer rein, als er fortfuhr, niemand sage Ernest zu ihm, okay? Oder Ernie. So habe ihn seine Exfrau gerufen – »Ernie, bringst du mir meine Tabletten, du stehst doch gerade?« –, und unter anderem deshalb hätten sie sich scheiden lassen. Er alberte mit ihr herum, aber es war ihm auch ernst.

Und sie revanchierte sich mit dem Satz: »Möchten Sie nun wissen, was ich will, Ernie, oder nicht?«

Ganz schön frech. Das gefiel ihm, darum blieb er geduldig, sagte zu ihr: »Hören Sie, ich arbeite so, ich fange mit einer Figur an statt mit der Handlung, mit einer Person, die einen Job hat, aus dem sich eine Handlung entwickeln könnte. Eine junge Frau, die für eine Partnervermittlung arbeitet. Ist das die Situation? Sie lernt einsame Männer kennen und verknallt sich in einen? Glaub ich nicht. Die Frau strebt eine Karriere in der Musikbranche an. Aber sie hängt in einer Gruppe fest, die Coverversionen von Spice-Girl-Songs singt, Bubblegum-Pop-Disco, und das lehnt sie ab, weil sie einen eigenen Stil hat, ein bißchen schnoddrig, und jetzt muß sie eine Gruppe imitieren, ein Retortenprodukt wie die Monkees und etwa genauso talentiert. Wenn sie Glück hat, versauert sie in einem Aufnahmestudio und singt Backup, während diese kleinen Mädchen Megastars sind, Millionen verdienen, wie verrückt Platten verkaufen.«

Linda: »An andere kleine Mädchen, an Teenybopper.«

Chili: »Die arbeiten aber doch hart, oder? Sie sorgen selbst dafür, daß es läuft.«

Linda: »Strikt nach Vorgabe. Die tun, was man ihnen sagt.«

Chili: »Aber wo steht geschrieben, daß man Talent haben muß, um Erfolg zu haben, um groß rauszukommen?«

Linda: »Darum geht's gar nicht.«

Chili: »Vielleicht nicht, aber so ist das eben. Nun erzählen Sie mir mal, was die Frau von der Partnervermittlung sich mehr wünscht als alles andere.«

Linda: »Ihre eigenen Lieder zu singen, mit ihrer eigenen Band.«

Chili: »Warum tut sie's dann nicht?«

Linda: »Sie kennen diese Branche nicht.«

Chili: »Warum steigt sie nicht aus der Chicky-Gruppe aus?«

Linda: »Das ist eine lange Geschichte.«

Chili: »Reicht sie für hundert Minuten?«

Er hörte sie sagen: »Scheiße«, wieder ganz die alte. »Meine Chefin kommt. Ich glaube, sie hat mitgehört.«

Die Verbindung wird unterbrochen. Ende der Kassette.

Chili ging durchs Haus, knipste Lampen an, sogar tagsüber war es hier düster, die große Hecke vorn und die Bananenstauden ließen kein Tageslicht herein.

Er hatte das Haus drei Jahre zuvor gekauft, gleich nachdem sich Karen Flores' Verhalten verändert hatte; entweder war sie still oder zu höflich, bis sie ihm schließlich gestand, es gebe einen anderen: ein Mann, so stellte sich heraus, der sich Golden Retriever in der Farbe seiner Haare hielt und Pfeife rauchte – keine Haschpfeife, sondern eine gewöhnliche Pfeife –, ein Drehbuchautor, um Gottes willen. Chili konnte es nicht lassen. Andererseits war Karen ohnehin sonderbar, schließlich hatte sie in all den Horrorstreifen mitgespielt, in der Serie über die Schleimmonster, und sie machte manchmal den Eindruck, als sei sie kurz davor, grundlos loszukreischen. Oder er ertappte sie dabei, wie sie ihn beobachtete, wenn sie miteinander schliefen, irgendwie abgelenkt wirkte … als hätte sie Angst, die Augen zu schließen, wenn er sie anfaßte. Oder es war einfach so, daß sie sich mit einem Mann, der Golden Retriever hielt, wohler fühlte als mit einem ehemaligen Kredithai aus Miami Beach. Wer weiß?

Er sagte der Häusermaklerin, er suchte etwas für ungefähr dreihunderttausend, er wisse nicht genau, wie lange er hier draußen bleiben würde. Die Maklerin erwiderte: »Versuchen Sie's in der Preisklasse doch mal in South Central L.A., vielleicht finden Sie da ja ein hübsches Häuschen, das bei den Unruhen nicht abgebrannt ist.« So eine freche kleine Jüdin. Sie fand dann für vierhundertneunundvierzigtausend diese winzige Hazienda hinter der Hecke und übernahm die Innenausstattung selbst, stellte für annähernd dreißig Riesen Retro-Möbel und einen Schreibtisch hinein, alles aus dem Designladen ihres Schwagers an der Melrose Avenue. Das Haus war nicht übel, aber kleiner, als er es sich vorgestellt hatte. Als er in dem mit Möbeln vollgestopften Wohnzimmer stand, sagte er: »Wenn man sich mal umdrehen will, geht man in den Flur, oder?« Sie antwortete, er solle dankbar sein, es gebe Leute im Filmgeschäft, die früher große Villen in Beverly Hills gehabt hätten und jetzt in ihren Autos wohnten. Kurz nachdem *Schnappt zu* angelaufen war, rief sie an, um zu fragen, ob er das Haus wieder verkaufen wolle.

Er hatte mit dem Film keine Verluste gemacht; er bekam noch sein Produzentenhonorar und die Wiederholungshonorare für *Schnappt Leo*, etwa anderthalb Millionen in steuerbegünstigten Sparanlagen und Schatzanleihen, genug, um einen Filmstoff einzukaufen und die Projektentwicklung anzuschieben. Aber daß jemand sein eigenes Geld in einen Film investierte, war in dieser Branche eine Todsünde, so was gab es praktisch gar nicht.

Chili goß sich einen eiskalten Wodka ein und warf gerade ein paar mit Anchovis gefüllte Oliven hinein, als auf seinem Schreibtisch im Wohnzimmer das Telefon klingelte. Linda Moon, dachte er. Weil sie ihm nicht aus dem Kopf ging. Das Telefon läutete dreimal, bis er hinkam und sich meldete; doch da hatte der Anrufer bereits aufgelegt. Als Chili auch auflegte, klingelte es an der Haustür. Diesmal fiel ihm niemand ein, den er sich gewünscht hätte, als er die Tür öffnete. Darryl Holmes stand vor ihm.

Darryl sagte: »Ist das ein Versteck oder Ihr Zuhause? Die Bude ist echt schwer zu finden.«

»Wollten Sie nur mal eben nachsehen«, fragte Chili, »wie ich wohne? Abgestandenen Kaffee hab ich keinen, kann Ihnen aber einen Drink anbieten.«

»Ich will Sie gar nicht lange aufhalten«, antwortete Darryl und wich nicht von der Türschwelle, ließ aber den Blick über das nicht aufeinander abgestimmte Mobiliar im Wohnzimmer schweifen. »Wollte nur fragen, ob Sie Edith Athens kennen, die Witwe.«

»Ich bin ihr ein paarmal begegnet, mehr nicht.«

»Was für ein Mensch ist sie Ihrer Meinung nach?«

»Wollen Sie wissen, ob sie fremd geht? Nicht mit mir, mehr kann ich dazu nicht sagen.«

»Aber Sie sagen, daß sie es tut, mit anderen Männern?«

»Ich sage gar nichts, Darryl. Edie geht mich nichts an.«

»Und eine junge Frau, eine gewisse Tiffany? Hat Tommy sie mal erwähnt?«

»Seine Sekretärin. Jetzt wollen Sie wissen, ob Tommy Edie betrogen hat. Wenn Sie sich umhören, kriegen Sie vielleicht heraus, daß er's getan hat, aber von mir erfahren Sie das nicht.«

»Sie halten sich an den Kodex, hm?«

»Respekt vor den Toten«, sagte Chili. »Falls Tommy irgendwas getan hat, wofür er sich schämen müßte, blieb ihm hoffentlich noch Zeit, um mit seinem letzten Atemzug Abbitte zu leisten. Aber das werden wir wohl nie erfahren, was?« Chili setzte eine feierliche Miene auf, während er beobachtete, wie Darryl ihn anstarrte und darüber nachgrübelte, ob er auf den Arm genommen wurde oder ob Chili ausgerechnet jetzt mit ihm über spirituelle Fragen debattieren wollte. Als er sich nicht äußerte, fuhr Chili fort: »Tiffany? Ja, Tommy hat sie kurz erwähnt, aber das kam eher spontan. Wir sprachen gerade über ein Mädchen, das in seinem Film mitspielen könnte.«

»Hat er nicht erwähnt, daß er was mit ihr hatte?«

»Er hat eigentlich nur herumgealbert. Gesagt hat er: ›Wie wär's mit 'ner Tussi mit Irokesenhaarschnitt?‹ Da war ich gerade vom Tisch aufgestanden, wollte aufs Klo.«

»Um pinkeln zu gehen, zu Ihrem Glück. Waren das seine letzten Worte an Sie?«

»Als ich wegging, sagte er, ich sollte mir überlegen, wer in dem Film *ihn* spielt.«

»War das Ihr Ernst, das mit dem Film?«

»Ehrlich gesagt, jetzt noch mehr als damals.«

»Weil der Mann umgelegt wurde?«

»Kein schlechter Anfang.«

»Aber wenn der Film von *ihm* handelt...«

»Man zeigt in Rückblenden, warum er umgelegt wurde, und schon hat man den Film. Oder er handelt gar nicht von ihm, sondern von einer jungen Sängerin, die groß rauskommen will, und der Typ, der Tommy verkörpert, tritt nur in dieser einen Szene auf.«

»Was passiert als nächstes?«

Chili zuckte mit den Schultern. »Ich warte darauf, daß Figuren auftauchen, die ich gebrauchen kann.«

»Kennen Sie Derek Stones?«

»Bin ihm nie begegnet.«

»Aber Sie wissen, wen ich meine?«

»Der Hardrocker, klar. So 'n Typ mit 'nem Nasenring.«

»Und gepiercten Titten«, ergänzte Darryl, »an die hängt er Ketten und so 'n Scheiß. Verstehen Sie, warum sich manche Leute so durchlöchern lassen?«

Chili antwortete: »Ihr habt das auch mal gemacht.«

Darryl runzelte die Stirn. »Was soll das heißen, *ihr?*«

»Eingeborene, aus Afrika. Bohren Knochen in ihre Ohrläppchen. Verpassen sich Stammesnarben. Und was ist mit denen, die sich die Unterlippe zu so 'ner Art Entenschnabel verlängern?«

Darryl revanchierte sich mit dem Satz: »Ihr hattet wohl nie irgendwelchen Körperschmuck, was?«

»Ein paar Tätowierungen, klar, aber die haben Schwarze auch.«

»Keine Bemalungen? Wie Mel Gibson in *Braveheart*, wo er sein halbes Scheißgesicht blau angepinselt hat?«

»Das war in Schottland.«

»Ist mir egal, wo das war. Er ist weiß, einer von euch.«

»Ich bin italienischer Abstammung, verdammt, mit ein paar Tropfen spanisch-puertorikanischem Blut väterlicherseits.«

Darryl sagte: »Bei Italienern kenn ich mich nicht aus, aber wenn Sie P. R. sind, stehen die Chancen gut, daß da auch afrikanisches Erbgut mit drin ist, außer Sie sind rein *Español*, was ich bezweifle. Erzählen Sie mir also keinen Scheiß, von wegen *ihr* und *euch*.«

Etwa fünf Sekunden lang schwiegen die beiden Männer, standen sich in ihren Maßanzügen Auge in Auge gegenüber.

Dann sagte Chili: »Ich wollte Ihre Rasse nicht beleidigen.« Und weiter: »Wollen wir beide uns nicht einen eiskalten Wodka genehmigen, mit ein paar Oliven?«

Darryl antwortete: »Hab nichts dagegen.« Er trat ein, sah sich noch mal im Zimmer um und sagte: »Was ist denn hier passiert, ist Ihre Oma gestorben und hat Ihnen die Möbel hinterlassen?«

Das Telefon klingelte, als er gerade zwei kalorienarme Fertiggerichte auspackte, das Hühnchen à l'Orange und das Hühnchen Piccata.

»Du lebst also noch.«

Er erkannte ihre Stimme, seine alte Freundin Elaine Levin, die in den Tower Studios wieder ihren alten Job als Produktionschefin angetreten hatte.

»Woher weißt du es?«

»Es kam in den Nachrichten.«

»Ich meine, daß ich da war.«

»Vier verschiedene Personen haben mich angerufen und es mir erzählt. Eine war sogar dabei, hat gerade zu Mittag gegessen. Sie hat dich auf die Toilette gehen sehen.«

»Nur deshalb bin ich noch am Leben. Ich weiß, was du jetzt sagen wirst, Elaine.«

»Daß deine Blase dir das Leben gerettet hat? Ich war überrascht, weil ich nicht wußte, daß du mit Tommy Athens befreundet warst.«

»War ich auch nicht. Er wollte, daß ich einen Film über ihn drehe, vom Gangster zum Manager einer Plattenfirma. Zuerst war ich von der Idee nicht sehr angetan.«

»Aber jetzt siehst du hinter dem Vorspann die Bilder, wie Tommy erschossen wird?«

»Die Bilder, wie Tommy mit einer jungen Frau zu Mittag ißt, die als Sängerin groß rauskommen will. Tommy mag sie, er ist ihre große Chance, eine Platte zu machen, und er wird umgelegt.«

»Wie wird sie dann ein Star?«

»Keine Ahnung, ob sie einer wird. Aber hör zu, ich möchte dir ein Band schicken. Erinnerst du dich an die junge Frau von der Partnervermittlung, von der ich dir erzählt habe? Die den ganzen Tag lang mit einsamen Männern redet?«

»Vage.«

»Sie ist die Sängerin, Linda Moon. Sie hat so eine direkte, kesse Art, die dir gefallen wird.«

»Aber wenn Tommy ihre große Chance war, und jetzt ist er tot…«

»Ich schreibe kein Drehbuch, Elaine, ich suche eine Figur. Irgendwann demnächst werde ich mir einen Auftritt von ihr anschauen, und danach weiß ich mehr. Mich würde aber interessieren, was du von ihr hältst. Darum schicke ich dir das Band.«

»Von Linda, wie sie singt?«

»Redet. Dann bekommst du eine Vorstellung davon, wer sie ist.«

»*A Star Is Born*.«

»Weiß noch nicht; vielleicht.«

»Mir gefällt deine Arbeitsweise.« Elaine zögerte und sagte dann: »Chili?«

»Was ist?«

»Ich bin froh, daß du noch lebst.«

Linda rief kurz nach zehn an.

Chili sah sich gerade im Fernsehen einen Film an, den er schon ungefähr fünfmal gesehen hatte, aber sich jedesmal wieder anschaute, wenn er in der Glotze kam, *Der letzte Mohikaner*, o Mann, dank Madeleine Stowe eine der besten Liebesgeschichten, die er kannte, dazu die phantastische Filmmusik, genau an der Stelle, wo dieser verkniffene englische Offizier aufgeknüpft wird, damit er bei lebendigem Leibe verbrennt, und Hawkeye losläuft, um von dem alten Mohikaner sein Gewehr zu holen...

»Hier ist Linda. Von der Partnervermittlung.«

»Wollen Sie immer noch mein Privatleben in Schwung bringen?«

»Wir treten heute abend auf, und zwar im Martini, falls es Sie interessiert. Wissen Sie, wo das ist?«

»Kann man nicht verfehlen, ein Block neben dem Paramount Boulevard.«

Sie sagte: »Ich setze Sie auf die Gästeliste; wenn Sie nicht wollen, müssen Sie aber nicht kommen«, und legte auf.

4

Linda stand vor dem Bühneneingang außerhalb des Clubs an der El Centro Avenue und rauchte eine Zigarette. Die Seitenstraße lag im Schatten von Bäumen, jede Menge kubanischer Ficus. Sie hörte, wie die Band drinnen aufdrehte. Gar nicht übel. Als Vita rauskam, dröhnte Roadkill hinaus auf die Straße, bis sie die Tür hinter sich zumachte. Jetzt zündete Vita einen Joint an, sie mußte sich zudröhnen, ehe sie ein International Chick werden konnte. Zu Linda sagte sie: »Dieser Filmproduzent, kommt der auch?«

»Ich hab ihm gesagt, wir sind um elf dran, und hab gleich wieder aufgelegt.«

»Willst schließlich von dem Mann keine Ausreden hören.« Vita zog an dem Joint und sagte mit gepreßter Stimme: »Du glaubst, der Typ hat was drauf, hm?«

»Werden wir ja sehen«, sagte Linda. Sie hatte Vita von dem Telefonat erzählt, wollte aber jetzt nicht darüber reden. Sie fragte, was Miss Saigon gerade mache.

»Trinkt ihren Kräutertee«, antwortete Vita. »Raji will sie überreden, Go-go-Tänzerin zu werden, und dann ein Viertel von ihrem Verdienst einstreichen. Will das arme Ding in seinen Stall einreihen. Als ich ihm gesagt habe, er soll ihr gefälligst erklären, daß es sich dabei um einen Oben-ohne-Schuppen handelt, sagt Raji: ›Na, dann ist die kleine Minh Linh da ja genau richtig. Oben rum ist sie ja platt wie 'n Bügelbrett.‹« Vita sah zu dem Clubeingang der Ecke hinüber und sagte: »Scheiße, da kommt er, um uns auf den Geist zu gehen.«

Ihr Manager Raji näherte sich im Dunkeln in einem seiner schwarzen Outfits: unter einem weiten schwarzen Seidenblazer nichts als eine goldene Halskette und hellbraune Haut, eine schwarze Discohose, an der sich seitlich Knöpfe hinabzogen, cremefarbene spitze Cowboystiefel, die er trug, um größer zu wirken; so kam Raji angelatscht. Die Sonnenbrille auf der Nase, die schwarze Kangol-Mütze mit dem Schirm nach hinten aufgesetzt, wie sie auch sein Idol Samuel L. Jackson trug, sagte er zu Linda: »Die Zigarette macht dir die Stimme kaputt, Mädchen«, und nahm Vita den Joint weg. Raji schob ihn sich zwischen die Lippen und meinte, während er die Luft anhielt: »Miss Saigon tanzt an vier Abenden die Woche, fester Job, läßt sich den String-Tanga mit Dollarscheinen auspolstern. Ich sag zu ihr, geh da rauf und stöhne: ›Mann, ich sein geil‹, und winde dich so 'n bißchen. Dann werden sich die Männer drum prügeln, wer bei dir Trinkgeld abgeben darf.« Und Raji fuhr fort: »Euch beide kann ich auch unterbringen, und zwar in den besten Go-go-Clubs von L.A. Privatpartys werden extra bezahlt, ihr könnt auftreten, wann ihr wollt.«

»Das hier ist schon schlimm genug«, sagte Linda.

»Hey, ihr habt's doch voll drauf. Ihr seid viel besser, als die Spice Girls in ihrem ganzen Leben je werden könnten. Ich suche noch zwei Chicks, eine Latina und irgend 'ne andere Ethnotussi, will den internationalen Aspekt noch ein bißchen hinausstreichen. Versteht ihr? Wir machen einen auf Hiphop. Das Label will es so, und die Songs hab ich fast fertig. Wir nehmen 'ne CD auf, und ihr hiphoppt wie neugeboren auf den Markt zurück, als Chicks-O-Rama oder die Chick Posee. Auf den Köpfen kleine Cowboyhütchen wie Dale Evans.«

Linda sagte: »Raj?«

Er zog gerade an Vitas Joint, und Linda wartete, bis er sie ansah.

»So 'n Bimboscheiß mach ich nich.«

Einen Moment lang dachte sie, sie hätte ihn soweit, hoffte, er würde ihr vielleicht sogar eine knallen. Doch der Moment ging vorbei, Raji schüttelte den Kopf.

»Du probierst es mit allen Mitteln, hm? Willst mich dazu bringen, daß ich dich rausschmeiße, obwohl du weißt, daß ich von

Natur aus ein liebenswürdiger Mensch bin und nie die Hand gegen dich erheben, nicht mal laut werden würde. Nein, aber an eins möchte ich dich erinnern: Groß raus kommt du nur mit mir, weil ich das mit euch gemeinsam durchziehe, entweder schaffen wir den Durchbruch zusammen, oder ihr schafft es gar nicht. Ist das klar? Ich kann dir 'n Arschtritt geben, Kleine, aber du mir nicht.«

Linda sagte: »Dann mach's doch.«

Raji lächelte sie an. »Aber mir gefällt dein Arsch.« Er wandte sich ab, wollte gehen, seine letzten Worte: »Kommt schon, Ladys, die Bühne ruft.«

Vita drückte ihren Joint an der weißen Baumrinde aus und steckte den Rest in die Tasche ihrer in Schritthöhe abgeschnittenen Jeans. Beide trugen enge Jeansshorts, Stöckelschuhe und Bikinioberteile. Vita sagte: »Warum redest du so mit ihm? Wenn du aufhören willst, geh nach Hause, aber stoß den Mann nicht vor den Kopf. Wenn einer so tut, als könnte er kein Wässerchen trüben, dann kommt er auf einmal mit miesen Tricks. Bei solchen Leuten weiß man nie, was sie abziehen.«

Vita wartete.

»Dazu fällt dir nix ein, stimmt's?«

Linda rauchte ihre Zigarette zu Ende und schnippte sie weg.

»Es bleibt dabei. Ich mach keinen Hiphop.«

Chili wollte gerade den Club betreten; er wartete noch, daß der Türsteher seinen Namen auf der Gästeliste fand, als Hy Gordon herauskam und sie stehenblieben und sich begrüßten. Hy Gordon, als musikalischer Berater des Filmstudios für *Schnappt Leo* und *Schnappt zu* zuständig, hatte Chili in die Clubs von L.A. geschleppt, als sie passende Filmmusiken suchten. Er sagte: »Du machst einen Film und hast mich nicht angerufen?« Chili verneinte, er wolle sich die Chicks anhören und sehen, ob sie was draufhätten.

»Die vielversprechende Gruppe hast du dir entgehen lassen«,

sagte Hy, »Roadkill mit Derek Stones, die sind gerade fertig. Die Chicks singen nur Coverversionen, die Weiße und die Schwarze singen; mit 'ner guten Band und ein wenig Promotion können die beide solo auftreten. Die Asiatin, keine Ahnung, die liegt meistens einen halben Ton daneben, ist 'n bißchen wacklig.«

»Ich kenn die Weiße, Linda Moon.«

»Ja, die könnte wohl Blues oder Country singen, alles, was sie will, Balladen. Und sie sieht umwerfend aus.«

Chili hörte die Band drinnen und die Stimmen der Frauen, es klang, als ginge es gut los, nach dem Stück wurde applaudiert und gejubelt. Er sagte zu Hy Gordon: »Dem Publikum gefällt's offenbar.«

»Die Leute trinken was, amüsieren sich. Warum auch nicht? Im Grunde ist es Fleischbeschau.« Ein Auto hielt am Bordstein, am Steuer saß eine Frau, und Hy sagte: »War schön, dich zu sehen, Chil.«

Drinnen war es dunkel und laut, der Sound mächtig aufgedreht, aber ihm gefiel es, der stampfende Beat, die geschmeidigen Bewegungen der drei jungen Frauen, während sie den Text schmetterten, jede ein Mikro in der Hand. Linda stand in der Mitte. Sobald er sie sah, war er froh, daß er gekommen war. Mann, diese Beine! Die Schwarze stand ihr nicht nach, sie hatte ihren Spaß, und die Asiatin war auch nicht übel, ein süßes Mädchen, aber nicht in derselben Klasse wie Linda und die Schwarze. Sie bewegten sich im Rhythmus der Musik, und sie wußten, wie sie ihre Stimmen den Texten und dem Funk anpassen mußten. Doch in Chilis Augen war Linda der Star. Sie hatte das nötige Talent, den entsprechenden coolen Gesichtsausdruck, wie eine gute Stripperin, die es nicht übertreibt, sondern die Anmache immer genau dosiert. Die Band belegte die gesamte Bühne, vier Typen mit goldblond gefärbten Stachelfrisuren an Gitarre, Baß, Keyboard und Schlagzeug. Deshalb sangen die Chicks International auf der Tanzfläche, näherten sich ein paarmal bis auf drei Meter der kleinen Bar, wo Chili auf einem wie ein Cocktailglas geformten Hocker saß und an seinem dunklen Bier nippte. Er ließ Linda nicht aus den Augen und merkte, daß sie zu ihm rübersah und dann bei »Who Do You Think You Are«, einem ziemlich guten Song, ihr Becken in seine Richtung schwenkte, mit der Hüfte auf ihn zielte, bis sie sich dann abwendete und wieder neben der Schwarzen einreihte. Wenn sie ihn bei Charlie Rose gesehen hatte, wußte sie, wie er aussah, allerdings hatte sie ihn nicht angelächelt oder ihm sonst ein Zeichen gegeben, von den Hüftschwüngen abgesehen. Vielleicht galten sie ihm, vielleicht auch nicht; möglicherweise war es zu dunkel, als daß sie ihn in seinem dunklen Anzug sehen konnte. Sie trugen zwölf Songs vor.

Nach sieben oder acht hatte er genug von dem stampfenden Beat und wünschte sich, es wäre vorbei, damit er Linda Moon kennenlernen und mit ihr reden konnte. Ihm gefielen ihre Haare und wie sie sich bei manchen Schritten mit den Fingern hindurch fuhr. Sie hatte eine phantastische Figur, nackte lange Beine in den kurzen weißen Shorts, die ein klein wenig Pobacken freigaben. Offenbar war sie topfit. Jetzt waren sie fertig, das Publikum klatschte wie wild, Männer johlten und pfiffen. Vielleicht hatte sie Freunde hier... Doch sie hatte ihn angerufen, wollte, daß er kam. Als er sah, daß sie in seine Richtung schaute, hob er eine Hand in den Lichtstrahl, der von der Decke fiel. Sie bemerkte ihn, drehte sich um und ging zu der Tür neben der Bühne.

Er war jetzt ein wenig aufgeregt, hatte es aber nicht eilig, sah sich in aller Ruhe um und fragte sich, wieso es hier drinnen so finster war, obwohl so viele bunte Laternen von der Decke baumelten und Punktstrahler Lichtkreise auf den Tresen und die an der Wand im Hintergrund stehenden Tische zeichneten. Die Hauptbar gegenüber vom Eingangsbereich des Clubs bestand aus zusammengeschweißten Tragflächen alter Düsenjäger, dahinter hing eine ovale Weltkarte. Doch jetzt kam Linda auf ihn zu, und er mußte nicht mehr überlegen, was die Tragflächen mit bunten Lampen zu tun hatten, oder ob sie für einen neuen, ihm unbekannten Trend standen. Linda trug jetzt ein T-Shirt.

Während sie sich auf den Hocker neben ihn setzte, legte sie ihm eine Hand auf die Schulter und fragte: »Wie fanden Sie's?«

Einfach so, ohne große Vorreden. Er antwortete: »Wollen Sie wissen, welches meine Lieblingsstücke sind? ›Who Do You Think You Are‹ und ›I'm Giving You Everything‹. Das sind gute Songs.«

»›I'm giving you everything‹«, sagte Linda, »ist der Refrain. Der Song heißt ›Say You'll Be There‹. Ein paar Lieder sind einem weniger peinlich als andere, und die beiden sind ganz in Ordnung. ›Mama‹, singe ich nicht, falls Sie das kennen. Ich rappe nicht, zeige nicht ins Publikum und kicke nicht mit den Füßen, kein so 'n Kung-fu-Mist.«

»Ich fand Sie toll.«

»Ich könnte das gleiche oben ohne machen und mit Trinkgeldern zweitausend die Woche verdienen.«

Der Barkeeper kam herüber. Sie bat um ein Bier, irgendeins, und wartete, während er sich bückte und eins aus dem Kühlschrank holte. Chili betrachtete ihr Profil, wie sie sich mit den Fingern durch die Haare fuhr, die zerzaust waren, weil sie das schon beim Singen getan hatte. Sie trank einen Schluck aus der Bierflasche, ließ das Glas auf dem Tresen stehen.

»Linda?«

Sie drehte ihm den Kopf zu, sah ihn an, ihre Wange an die Schulter in dem weißen T-Shirt gedrückt, gelassen, abwartend.

»Warum tun Sie's nicht?«

»Was?«

»Oben ohne tanzen.«

»Ich bin Baptistin.«

Vielleicht nahm sie ihn ein wenig auf den Arm und sagte ihm doch auch die Wahrheit. So wie sie am Telefon gesagt hatte, sie sähe absolut umwerfend aus. Es stimmte, sogar aus der Nähe. Das beste an ihrem Gesicht war, daß sie Chilis Meinung nach eine perfekte Nase hatte, und er fand, das dürfe er ihr nicht verschweigen.

»Sie haben eine perfekte Nase, Linda. Wußten Sie das?«

Sie wandte sich wieder ihm zu. »In welcher Hinsicht?«

»Die Form ist perfekt.«

»Sind Sie Nasenexperte?«

Chili sagte: »Warum hören Sie nicht auf, wenn Ihr Gig Ihnen die Laune verdirbt und Ihnen das Ganze sowieso zuwider ist?«

»Weil ich einen Vertrag unterschrieben habe.«

»Und der ist das einzige, was Sie hält?«

»Schuld ist der Typ, bei dem ich unterschrieben habe, Raji, unser Manager. Der sagt: ›Wenn du bei mir aufhörst, Kleine, kriegst du ernste Schwierigkeiten.‹«

»So redet er?«

»Raji ist Schwarzer. R-a-j-i. Er hat nur einen Namen, so wie Prince.«

Chili fragte: »Soll ich mit ihm reden?«

Das brachte sie zum Schweigen, und diesmal ließ sie sich Zeit.

»Sie meinen, mich aus dem Vertrag rausholen?«

»Klar, ihm sagen, daß Sie Schluß machen. Eins versteh ich nicht«, fuhr Chili fort, »wenn Sie wußten, daß ihr Coverversionen singen würdet, warum haben Sie dann überhaupt bei ihm unterschrieben?«

»Er hat mich in einem Club gesehen, es war so ein Talentabend, und mir irgendwelchen Schrott erzählt, von wegen er würde eine Gruppe zusammenstellen. Der Typ ist ein Zuhälter, nichts weiter.«

»Hat er eine Firma oder was?«

»Raji arbeitet für Car-O-Sell Entertainment, Artists Management und Promotion. Sie haben Roadkill unter Vertrag, die vor uns aufgetreten sind. Und noch ein paar andere. Raji ist für das Management zuständig, wenn man das so nennen will, und ein gewisser Nick Car, so ein Typ, der aussieht wie ein Gangster, macht die Promotion.«

»Er ist Gangster«, sagte Chili, »oder war mal einer. Nick Carcaterra, hat sich immer den Mund fusselig gequasselt. Den kenn ich noch von früher, hab aber nie mit ihm zusammengearbeitet.«

»Stimmt«, sagte Linda, »Sie waren ja mal Ganove.«

»So habe ich mich eigentlich nie gesehen. Ich habe Waren verkauft, die von Lastwagen gefallen sind – Kleider, Pelzmäntel, gefrorener Orangensaft.... Dann war ich eine Zeitlang Kredithai in Florida.«

»Vielleicht könnten Sie ja wirklich mit ihm reden«, sagte Linda, drehte sich um und sah zur anderen Seite des Raums hinüber. »Als wir von der Bühne kamen, war er drüben an der Bar.« Dann änderte sich ihr Tonfall, sie war sich offenbar ihrer Sache nicht mehr so sicher, als sie sagte: »Aber Sie kennen ihn ja gar nicht.«

»Wenn Sie mir sagen, der Typ ist Zuhälter, kenn ich ihn wahrscheinlich besser als Sie.«

»Das soll nicht heißen, daß er wirklich Zuhälter ist. Möglich wär's aber, er hat mit Stripperinnen zu tun.«

»Mir ist schon klar, was Sie gemeint haben; der Mann ist schmutzig, abstoßend. Wenn Sie wollen, daß ich mit ihm rede, mach ich das. Kein Problem.«

Linda schwieg, fischte eine zerquetschte Packung Zigaretten aus ihrer Shorts. Chili holte ein Streichholz aus der Hemdtasche und entzündete es an seinem Daumennagel. Linda sah ihn an, hielt dann ihre Haare nach hinten, als sie sich zum Feuer vorbeugte. Sie wandte den Kopf ab, atmete eine Rauchwolke aus und richtete sich auf, starrte quer durch den Raum.

»Da drüben ist er jetzt, mit Miss Saigon.«

Chili schaute hin. »Das Muskelpaket?«

»Das ist Elliot, Rajis Bodyguard. Er ist aus Samoa.«

Gebaut war er wie einer dieser Riesensamoaner, die man

manchmal sah, annähernd hundertzwanzig Kilo schwer in seinem Tanktop, ein Tuch um den Kopf gebunden und bis auf die Augenbrauen gezogen, dichte schwarze Haare hingen ihm auf die massigen Schultern. Chili sagte: »Elliot, hm?«

»Raji ist der andere«, sagte Linda, »der Stutzer.«

Raji hatte seinen Arm um die Schultern der Asiatin gelegt; er war einen Kopf größer als sie, aber neben dem Samoaner sah er aus wie ein kleiner Junge. Er wirkte ausgesprochen selbstsicher, ließ einen durch sein Auftreten wissen, daß er das Sagen hatte.

»Ich sehe Raji vor mir, wie er mit den Jungs an einer Straßenecke steht, große Töne spuckt, kleine Gaunereien plant... Wozu braucht er einen Bodyguard?«

»Vermutlich«, antwortete Linda, »weil er so ein Arschloch ist. Elliot kann die eine Augenbraue anheben, hat einen bestimmten Blick drauf. Er will zum Film.«

»Mehr nicht, eine Augenbraue?«

»Soviel ich weiß.«

»Wollen Sie mitkommen«, fragte Chili, »oder hier warten?« Er beobachtete, wie Linda nervös an ihrer Zigarette zog.

»Er wird sauer sein«, sagte Linda. »Ich weiß, daß er mich nicht gehen läßt, ohne, na ja, ohne *irgendwas* zu machen. Vita hat Angst vor ihm.«

»Vita?«

»Die schwarze Sängerin.«

Chili legte Geld auf den Tresen. »Mal hören, was er sagt.«

»Ich mein's ernst«, sagte Linda. »Das könnte seine großen Pläne versauen. Er läßt gerade Songs schreiben, stellt noch ein paar Ethnomädels ein... Er hat schon bei einem Label unterschrieben. Aber Vita hat gehört, und zwar von einem aus der Branche, einem Freund von ihr, daß die Plattenfirma Zweifel hat, ob der Markt noch eine Girlgroup verträgt. Und wenn eine von uns beiden aufhört, könnte das die Vereinbarung kippen.«

»Das leuchtet ein, die Show steht und fällt mit euch beiden.«

Dabei ließ Chili Raji nicht aus den Augen, prägte ihn sich genau ein, wie er dastand, den Arm um die kleine Asiatin gelegt, sein Eigentum.

»Das hat nichts mit mir zu tun«, sagte Linda, »sondern ist was Juristisches, es geht um irgendeine Option, die die Plattenfirma hat. Wenn ein Gruppenmitglied geht – ganz gleich, welches –, darf sie den Vertrag auflösen, die gesamte Abmachung beenden. Vita sagt, die suchen nach einer Ausrede, um da rauszukommen, deshalb muß ich bleiben, oder ich kriege Schwierigkeiten.«

Chili sah wieder zu den anderen rüber. »Sie gehen. Kommen Sie, wir schnappen ihn uns draußen.«

Linda legte ihm eine Hand auf den Arm. »Sie müssen das nicht tun, das wissen Sie doch.«

Er sah sie an, ein wenig überrascht.

»Wir wollen doch rausfinden, was als nächstes passiert, oder?«

»Das hatte ich ganz vergessen«, sagte Linda, »Sie benutzen mich. Ich bin eine Idee für einen Film.«

»Wir benutzen uns gegenseitig«, erwiderte Chili.

5

Sie kamen gerade rechtzeitig heraus, um Miss Saigon und Raji zu sehen, der immer noch den Arm um sie gelegt hatte, während sie auf seinen Lincoln zugingen, der am Lieferanteneingang des Clubs geparkt stand. Neben dem Wagen wartete Elliot.

Chili sagte: »Man fragt sich, was Samoaner essen, um so groß und dick zu werden. Und stark sieht er auch aus. Aber wie ein Elliot sieht er nicht aus.«

Es sah aus, als gingen sie spazieren, Linda hatte sich bei Chili untergehakt, während sie Bemerkungen über die Größe von Samoanern austauschten. Sein Selbstvertrauen gab ihr Hoffnung.

Soll ich mit ihm reden? Gleich war es soweit, und sie war nervös und konnte den Mund nicht halten, wollte Chili erzählen, daß der Lieferwagen der Band gehörte. Sie wollte erzählen, daß es junge Burschen waren, eine Garagenband, nicht besonders gut – falls ihm so was auffiel. Raji würde sie auswechseln, bevor die Chicks eine Platte aufnahmen. Die Jungs trugen ihre Verstärker und Instrumente durch den Lieferanteneingang, über dem ein riesiges beleuchtetes Martiniglas an der Wand hing. Linda sah die Stoppelhaare in dem Licht zu Gold werden und dachte: eine Goldene Krone. Ein fehlgeleitetes junges Mädchen läßt sich eine Stoppelhaarfrisur machen, um einem nichtsnutzigen Hohlkopf in einer Punkband zu gefallen, doch der lacht sie nur aus. Scheppernd, mit einem schwermütigen Refrain anfangen, dann schneller werden, wenn er sich über sie lustig macht, es leicht grungy klingen lassen. Sie stellte sich vor, wie sie den Song Chili vorspielte, falls er gut war, und ihm dann erzählte, wann ihr die Idee dazu gekommen war. Erinnerst du dich noch an den Abend vor der Martini Lounge?... Sie sah zu Chili hinüber.

Dessen ungeteilte Aufmerksamkeit galt jetzt Raji.

Raji, der sich mit Miss Saigon dem Lincoln näherte. Raji zielte mit einer Fernbedienung an seinem Schlüsselring auf die Zentralverriegelung des Wagens, und jetzt öffnete Elliot Miss Saigon die Tür, während Raji auf die andere Seite schlenderte. Nun schaute er in ihre Richtung, registrierte, wie sie auf dem Gehsteig näher kamen. Er war garantiert neugierig, wollte wissen, wer dieser Typ in dem Anzug war. *Irgendwas* mußte er sagen.

Und das tat er auch, als sie vielleicht ein halbes Dutzend Schritte von dem Wagen entfernt waren, sagte Raji: »Hey, Linda? Ich glaube, du bist heute ein wenig aus dem Rhythmus gekommen. Warst ein bißchen ansynchron. Verstehst du? Als hättest du zuviel gevögelt, die ganze Energie mit deiner Muschi verpulvert. Stimmt das, hast du Touristen abgeschleppt?«

Chili hielt sie auf, bevor sie etwas sagen konnte, berührte ihren

Arm. »Das galt mir. Rühr dich nicht vom Fleck, okay? Bleib cool.«

Sie spürte jetzt, wie ihr Herz pochte, war aber nicht so sehr ängstlich, als eher fasziniert, während sie Chili zusah, der sich dem Wagen näherte, sah, wie der ein paar Schritte entfernt stehende Elliot und die stoppelhaarigen Bandmitglieder mit ihren Instrumentenkoffern etwas weiter hinter ihm alle Chili beobachteten. Auch Raji wartete, bis Chili fast am Auto angelangt war.

Dann sagte er: »Der Mann im Anzug. Laß mich raten: Du bist zu einem Kongreß in der Stadt.«

Chili schüttelte den Kopf. »Nein, aber wenn ich's wäre, wärst du mein Ansprechpartner. Hab ich recht?«

Raji runzelte ganz leicht die Stirn, machte einen auf grüblerisch. »Wie kommst du denn darauf?«

»Entweder bist du Zuhälter oder Chauffeur«, sagte Chili. »So wie du angezogen bist, mußt du Zuhälter sein.«

Raji glitzte ihn einen Moment lang an, dann grinste er, sah dabei zu Linda hinüber. »Wer ist dein Freund, ein Witzbold? Betätigt sich auf der Straße als Standup-Comedian?«

Chili sagte: »He, Raj? Sieh mich an.«

Mit den Worten: »Ja, na schön, was is?« drehte sich Raji zu ihm um. Als wolle er bei dem Scherz mitmachen, kein Spielverderber sein.

»Du hast nachts deine Sonnenbrille auf, damit ich glauben soll, du wärst cool, aber so kann ich nicht erkennen, ob du mich ansiehst.«

Raji schob seine Brille auf die Nasenspitze, runter und wieder rauf. »Siehst du? Ich seh dich direkt an, Mann. Wenn du was zu sagen hast, dann sag's endlich, verdammt noch mal, damit wir hier fertig werden.« Er blickte nach unten und zog die Wagentür auf.

Chili sagte: »Raj?«

»Was ist?«

»Linda arbeitet nicht mehr für dich.«

Raji wartete. Schließlich sagte er: »Gehört das zum Auftritt? Wo bleibt die Pointe?«

»Das war's«, antwortete Chili, »sie ist nicht mehr bei den Chicks.«

Raji ließ sich Zeit, während er einen nach dem anderen ansah, zuerst Elliot: »Ist der Typ nicht zum Brüllen?« Dann Linda. »Hast du ihm erklärt, daß du einen Fünfjahresvertrag mit mir hast?«

Linda blieb stumm.

Chili sagte: »Den habe ich gerade gekündigt.«

Linda wandte den Blick nicht von Raji, dessen Kopf und Schultern über dem Wagendach zu sehen waren, und Raji starrte Chili an, schob jetzt die Sonnenbrille runter, um ihn kurz zu mustern.

»Mann, du kommst hier einfach aus dem Dunkeln angeschissen… ich weiß nicht mal, mit wem ich's zu tun hab.«

»Mit dem, der dir sagt, was Sache ist«, antwortete Chili, »mit Lindas neuem Manager.«

Er konnte sich denken, was jetzt kam, und machte sich bereit, drehte Raji den Rücken zu und winkte Linda zu sich heran. Als sie ihn erreicht hatte, hörte er Raji.

»Elliot, mein Alter.«

Mittlerweile hatte er Elliot sicher bedeutet, sie aufzuhalten, und der Samoaner kam bestimmt auf sie zu… jawohl, Linda blickte mit großen Augen an ihm vorbei. Chili drehte sich um, und da stand Elliot, die menschliche Garagentür, und verstellte ihnen den Weg: knapp zwei Meter groß und gut hundertzwanzig Kilo schwer. Sah gar nicht übel aus, gepflegtes glänzendes Haar, ein blaues Tuch auf dem Kopf – vielleicht war der Mann nur Halbsamoaner, Chili konnte afrikanische Elemente in seinen Gesichtszügen erkennen. Seine Haut war leicht gebräunt, der Blick fest, aber nicht ausgesprochen unangenehm, höchstens ein wenig schläfrig, als hätte der Mann irgendeinen Downer geschluckt. Chili hörte, wie Raji hinter ihm sagte:

»Elliot, mein Guter, du machst jetzt folgendes…«

Doch jetzt schaute Chili zu Elliot auf und grinste. »Sie sind beim Film, stimmt's? Ich bin mir sicher, daß ich Sie schon mal in irgendwas gesehen habe. Das Problem ist, ich schau mir so viele neue Streifen an, sitze fast jeden Tag im Vorführraum… Tut mir leid, ich bin Chili Palmer, der Produzent von *Schnappt Leo*. Für die Tower Studios. Und Sie sind also Elliot?« Chili legte den Kopf schief, um sich den Mann genau anzusehen, sah in seine tiefliegenden Augen, roch sein Aftershave, dann nickte Chili, verlieh seiner Stimme einen nachdenklichen Unterton, als er fortfuhr: »Ist schon erstaunlich, daß man nie weiß, wo man einen bestimmten Typ findet, den man gerade braucht. Da treibe ich Besetzungschefs in den Wahnsinn, blättere erfolglos Tausende von Fotos durch, und auf einmal läuft mir auf der Straße jemand über den Weg, der für die Rolle wie geschaffen ist.« Elliot senkte den Blick. »Dann sage ich mir: ›Das ist er. Aber hat er als Schauspieler was drauf?‹« Elliot zog eine Augenbraue in die Höhe. Chili nickte, immer noch nachdenklich. Dann sagte er: »Hören Sie, rufen Sie mich doch bei Tower an, okay? Jederzeit.«

Wieder hörte er Rajis Stimme, als er mit Linda wegging. Raji wurde ein wenig lauter.

»Elliot, verdammt noch mal.«

Doch keine Schritte eilten ihnen nach. Elliot redete jetzt bestimmt mit Raji, erklärte ihm, daß der *Schnappt Leo* gemacht hatte. Sie sahen sich nicht um, hörten aber Raji rufen:

»Linda, wir beide müssen uns noch unterhalten, Mädchen, du läufst mir nicht so einfach weg.«

Aber genau das taten sie, sie gingen die Straße runter Richtung Paramount Boulevard und um die Ecke.

Erst als sie im Dunkeln in Chilis Mercedes saßen, fragte sie ihn: »Seit wann bist du mein Manager?«

Er hatte schon die Hand am Zündschlüssel, um den Motor anzulassen, lehnte sich aber wieder zurück. »Ich hab das nicht geplant. Raji sagt... er hat nicht gefragt, wer ich bin. Er hat gesagt, er weiß nicht mal, mit wem er's zu tun hat. Hast du das gehört? In diesem Moment kam mir sozusagen die Idee, und ich hab gedacht: Warum nicht.«

»Hab ich da auch ein Wörtchen mitzureden?«

»Du kannst mich jederzeit entlassen. Aber du brauchst doch jemanden, der sich ums Geschäftliche kümmert, oder?«

»Ich brauche jemanden, der sich in diesem Geschäft *auskennt*.«

»Ich schätze«, erwiderte Chili, »daß es da keine nennenswerten Regeln gibt. Man versucht zu erreichen, was man durchsetzen kann, droht ein paarmal damit, daß man zur Konkurrenz geht und guckt, ob sie ein paar Vergünstigungen anbieten. Stimmt's oder hab ich recht?«

»Ich bin müde und möchte nach Hause«, sagte Linda. »Das ist in der Queens Road, oberhalb vom Sunset Boulevard.«

»Weißt du, wie du dich anhörst? Wie Doris Day, die Rock Hudson auf die Nerven geht.«

»Schönen Dank auch.«

»Doris hat immer ihren Kopf durchgesetzt, stimmt's? Das hab ich nie verstanden.«

»Warum nicht?«

»Ich glaube, sie hat sich nie flachlegen lassen.«

»Und ob«, widersprach Linda, »aber damals durfte man das nicht zeigen. Doris hatte so einen gewissen Blick drauf, der besagte, daß irgendwer sie abschleppen würde.«

»Glaubst du wirklich?«

»Ich bin mir ganz sicher.«

Chili ließ den Motor an und dachte darüber nach, versuchte, sich den gewissen Blick in Erinnerung zu rufen, den Doris eingesetzt hatte. Als sie losfuhren, sagte er: »Hast du gesehen, wie

Elliot die Augenbraue hochgezogen hat? Wenn er jetzt noch mit dem Kiefermuskel zucken kann …«

»Vita sagt, er ist aus Compton. Mir hat sie erzählt, er wär halb Samoaner und halb Farbiger … ich meine Afro-Amerikaner. Das Wort Farbiger benutzt sie nicht. Außerdem ist er schwul.«

»Ein schwuler Leibwächter?«

»Laut Vita war er im Knast, auf Hawaii, und hat da gemerkt, daß er auf Typen steht.«

»Ich schätze, so was sollte man wissen«, sagte Chili, »bevor man eingebuchtet wird. Wofür hat er gesessen?«

»Hat sie nicht gesagt.«

»Kennst du seinen vollen Namen?«

»Elliot Wilhelm.«

»Ich bitte dich – das soll Samoanisch sein?«

»Laut Vita hat er ihn sich ausgedacht, damit es sich nach Filmstar anhört.«

Das gab Chili neuen Stoff zum Nachdenken, während er den La Cienega Boulevard rauffuhr, wo so spät kaum noch Verkehr war. Als er zu keinem Ergebnis kam, fragte er Linda: »Schreibst du deine eigenen Songs?«

»Klar.«

»Taugen sie was?«

»Was soll ich darauf antworten, daß sie scheiße sind? Sie sind besser als gut, sie sind echt, sie sind unverfälscht.«

Er wußte nicht recht, ob ihm dieses *unverfälscht* gefiel, äußerte sich aber nicht dazu. »Was ist aus deiner Band geworden?«

»Die sind nach Austin gezogen.«

»Ihr habt in L.A. gespielt.«

»Überall – und zwar bis letztes Jahr –, wir hatten sogar einen Plattenvertrag. So ein A&R-Typ mit einem gräßlichen Pferdeschwanz hat uns gehört, und wir haben bei seinem Label, Artistry, einen Vertrag für eine CD unterschrieben. Du mußt wissen«, erklärte Linda, »daß Manager von Plattenfirmen keinen blassen

Schimmer von Musik haben. Die erzählen einem immer, daß sie sich auf ihren Instinkt verlassen. Oder sie sagen, der Song muß so richtig in die Magengrube treffen. Die hören sich ein Demoband an und sagen sofort, ob sie die Musik groß rausbringen können. Ich hab mir gedacht: Na ja, wenn sie glauben, daß sie meinen Stil verkaufen können... Ich war optimistisch, warum auch nicht? Aber dann kommen wir ins Aufnahmestudio und merken, daß uns Artistry einen Produzent aufs Auge gedrückt hat, und der Typ will uns Samples, mehr Drums, Blechbläser, bei ein paar Stücken sogar Streicher unterschieben. Damit meine ich keine echte Musik, sondern Zeugs aus dem Computer, aber es hört sich an, als hätten wir ein Orchester im Hintergrund.«

Chili fragte: »Und was ist daran so schrecklich?«

Er schaute zu ihr rüber und stellte fest, daß sie ihn kühl musterte.

Sie sagte ruhig: »Meine Band heißt Odessa. Wir sind zu dritt, mehr nicht, wir sind kein Orchester. Ich spiele *Dobro* und singe. Dale ist Bassist, und meiner Meinung nach ist er genausogut wie Flea von den Chili Peppers, bloß behält er seine Klamotten an. Speedy sitzt am Schlagzeug, zwei Drums und zwei Becken, ein Crash und ein High-hat, mehr braucht er nicht, und er benutzt Trommelstöcke. Unser Stil ist knallharter schnörkelloser amerikanischer Rock 'n' Roll, drei Akkorde, aber ohne Gekreische oder angeberische Frisuren. Es ist Metal mit Country-Einschlag, eine Mischung AC/DC und Patsy Cline. Das hat mal ein Kritiker über uns geschrieben.«

Chili sagte: »Oh« und nickte.

»Du hast keine Ahnung, was ich da quatsche, stimmt's?«

»Einen Teil hab ich verstanden. Aber du hast nicht zu Ende erzählt. Ihr habt bei Artistry Records unterschrieben...«

»Und als sie versucht haben, an unserem Stil rumzupfuschen, haben wir den Vorschuß zurückgezahlt und sind gegangen.«

»Wie hoch war der Vorschuß?«

»Hundertfünfzigtausend.«

»Die habt ihr *zurückgegeben?* Konntet ihr euch nicht irgendwie mit dem Label einigen?«

»Wenn du diese Branche kennen würdest, hättest du so eine Frage gar nicht erst gestellt.«

»Ich kenne mich mit Geld aus«, antwortete Chili, »und darum geht's hier doch.«

Beide schwiegen, bis sie auf dem Sunset Boulevard Richtung Osten fuhren und Linda sagte, sie wohne nicht allein.

Aha?

Carla, auch aus Texas. Sie war die nächsten paar Monate bei Dreharbeiten auf Puerto Rico; dort drehten sie einen Film, der vor hundert Jahren auf Kuba spiele, und Carla sei für die Skriptüberwachung zuständig. Linda zählte einige Filme auf, bei denen Carla mitgearbeitet hatte, und Chili hörte zu. An der Stimmung im Auto merkte er, daß er immer noch Linda Moons Manager war.

Sie bogen vom Sunset in die Queens Road ab, und als sie an eine Einfahrt im 1500er Wohnblock kamen, sagte Linda: »Hier steig ich aus, das geht in Ordnung.« Er hielt direkt hinter der Einfahrt, die wie eine schmale Straße aussah und laut Linda zu drei Häusern führte. »Im letzten wohne ich, oben auf einem Hügel. Vom Garten aus kann man fast ganz L.A. sehen, Los Angeles, Kalifornien.«

Es hörte sich an, als wäre Linda froh, hier zu sein.

Er wollte nicht mir ihr streiten. Wenn Sie aussteigen und laufen wollte – auch gut. Aber sie stieg nicht aus. Sie saßen im Dunkeln, Chili wartete geduldig, ließ sie sich zurechtlegen, was sie zu sagen hatte. Er stellte sich vor, wie er die Hand ausstreckte, ihr das Haar zurückstrich und ihr Gesicht berührte.

Als sie sich zu ihm umdrehte, sagte sie: »Ich hab nicht die Zeit, lange zu warten.«

Chili nickte. »Das verstehe ich.«

»Da bin ich mir nicht so sicher. Du benutzt mich auf der Suche nach einer Filmidee, aber in Wirklichkeit mischst du dich in mein *Leben* ein, in das, was ich mache und wer ich bin. Du sagst, du bist mein Manager, klar, warum nicht? Das machst du aus 'ner Laune heraus, hast ja nichts zu verlieren.«

Er mußte lächeln.

Und sie fragte: »Hältst du das für komisch?«

»Nichts zu verlieren – *nothing to lose*«, antwortete Chili. »NTL Records«, und wartete, ob sie begriff. Ja, sie wußte Bescheid, sah ihn jetzt an.

»Der Typ, der heute bei Swingers erschossen wurde«, sagte Linda. »Es kam in den Nachrichten, Tommy Athens, NTL Records, ein Foto von ihm. Was ist damit?«

»Ich war da«, sagte Chili und ließ sie nicht aus den Augen, »ich hab mit ihm zu Mittag gegessen.«

Und sie starrte ihn an, sagte: »Wow«, bewegte dabei kaum den Mund und schwieg dann, aber nur kurz. »Das willst du in den Film einbauen, stimmt's?«

Chili sagte: »Weißt du, was ich danach mitgemacht habe?«

»Wahrscheinlich kam die Polizei...«

»Danach. Ich bin nach Hause gefahren und habe mir die Kassette von unserem Telefonat angehört. Hab ich dir erzählt, daß ich es mitgeschnitten habe?«

»Nein.«

»Ich wollte noch mal deine Stimme hören, die Stelle, wo du über Musik redest, wo du schnippisch wirst. Und weißt du, warum? Ich hab mir überlegt, was ist, wenn die junge Frau von der Partnervermittlung Tommy gegenübersitzt, sich mit ihm über einen Plattenvertrag unterhält? Das wird die erste Einstellung. Ein Plattenmanager wird umgelegt, während er sein gegrilltes Pestohähnchen ißt. Das ist glaubhaft, weil es wirklich passiert ist. So ist das Leben.«

Er sah zu, wie sie darüber nachdachte und dabei nickte. Dann verblüffte sie ihn mit dem Satz: »Und wenn die Frau von der Partnervermittlung die Bedienung ist?«

»Sie hat ihren alten Job gekündigt?«

»Sie ist gefeuert worden«, sagte Linda, »weil sie Privatgespräche geführt hat. Sie hat eine Band, bei der sie war, verlassen, weil sie einen Typ kennengelernt hat, und jetzt muß sie kellnern. Ich meine, wenn es wie im wirklichen Leben sein soll. Oder wie wär's damit, wenn du dir wirklich die Musikbranche vorknöpfen willst: *Sie* erschießt Tommy Athens. Sie hat bei ihm unterschrieben, und er bescheißt sie um jeden einzelnen Cent. Die Rache der Sängerin. So heißt der Film.«

Jetzt nickte Chili.

»Gar nicht übel, aber wohl doch eher 'ne Idee für einen Fernsehfilm.«

Zu Hause angekommen, schlug er sofort Hy Gordons Telefonnummer nach und rief ihn an. Hy sagte: »Weißt du, wie spät es ist? Ich liege im Bett und schlafe.«

»Ich will dich nur was fragen. In Verträgen mit Plattenfirmen gibt's eine Klausel, die offenbar besagt, daß die Firma den Vertrag auflösen kann, wenn ein Mitglied einer Gruppe gefeuert wird oder aus irgendeinem anderen Grund geht.«

»Ja? Na und?«

»Was ist das für 'ne Klausel?«

»Genau die, wie du gesagt hast. Es ist die ›Mitwirkender-scheidet-aus‹-Klausel. Dadurch schützt sich die Plattenfirma für den Fall, daß sich die Zugnummer einer Band absetzt. Mick verläßt die Stones. Sind es dann immer noch die Stones? Das ist kein gutes Beispiel, von den Jungs kann's jeder allein schaffen, aber du weißt schon, was ich meine. Das Label sichert sich damit ab, daß diese Bestimmung für jedes Mitglied der Gruppe gilt. Außerdem, und jetzt kommt's, paß auf, behält sich die Firma vor, nach Auflösung des Vertrags denjenigen zu verpflichten, der die Gruppe verlassen hat.«

»Hast du so was schon einmal erlebt?«

»Nach achtunddreißig Jahren in der Branche«, sagte Hy, »und zwar bei drei verschiedenen Labels, bevor ich mit dir an den Filmen gearbeitet habe, hab ich alles erlebt. Und ich habe ein paar von den wirklich großen Künstlern verpflichtet, die du so im Lauf der Jahre gehört hast.«

»Ach ja? Und zwar?«

»Gruppen, Solisten ... im Popbereich, R&B, Disco in den späten siebziger Jahren. Country hat mir nie viel gegeben.«

»Aha.«

»Willst du sonst noch was wissen?«

»Das war's. Aber ich hab da eine Gruppe, die du dir unbedingt anhören mußt, ich will deine Meinung wissen. Sie heißt Odessa, schnörkelloser Rock mit Country-Einschlag. Ich bin ihr neuer Manager.«

»Das gibt's doch nicht!«

»Erinnerst du dich an Linda von den International Chicks? Die Weiße, die dir gefallen hat? Sie singt. Ein ausgesprochen cooles Mädchen, Hy, clever, weiß, was sie will.«

»Weißt du, was dir als Manager von so einer Schnepfe passieren wird? Du verschaffst ihr einen Gig, und sie ruft dich um vier Uhr morgens an. ›Ich weiß nicht, soll ich die Riemchensandalen oder die Plateauschuhe anziehen.‹ Hast du die Gruppe schon mal spielen hören?«

»Noch nicht.«

»Das ist so, als wärst du von dem Drehbuch begeistert, das du als nächstes verfilmst, und irgendwann willst du's mal lesen. Bleib bei Filmen, Jungchen«, sagte Hy und legte auf.

Chili dachte über die »Mitwirkender-scheidet-aus«-Klausel nach, während er den Anzug auszog, den er den ganzen Tag getragen hatte, und ihn in den Schrank hängte. Also gut, Linda trommelt ihre Band zusammen, und sie nehmen ein Demo auf, falls sie nicht schon eins haben, und er kommt für die Kosten auf. Er bezahlt, falls nötig, um ihre zwei Musiker herzuholen. Wie die vor einer Filmproduktion anfallenden Kosten, nur daß es sein eigenes Geld ist. Das ließ ihn innehalten, das Ganze noch mal überdenken, aber er hatte es Linda versprochen, und er würde sein Wort halten. Gut, dann würde er also das Demoband zu Artistry bringen, wo er aufgrund der Option einen Fuß in der Tür hatte: Sie können Linda problemlos verpflichten, wenn sie wollen. Er brauchte sie nur gut zu verkaufen. Morgen früh würde er Hy anrufen und herausfinden, wie Plattengeschäfte laufen. Und mit wem er bei Artistry reden sollte. Das war eine große Firma. Vielleicht sollte er es bei einem kleinen Label probieren. Das war Lindas Idee. Er mußte an NTL denken und fragte sich, was jetzt wohl aus dem Laden werden würde, ohne Tommy. Eins mußte er vor dem Zubettgehen noch erledigen, nämlich seinen Anrufbeantworter abhören.

Er drückte den Abspielknopf, und in dem dunklen, mit Möbeln vollgestellten Zimmer ertönte eine Frauenstimme – leise, ernst.

»Hi, Chil, hier spricht Edie Athens. Wirklich voll ätzend, was dem armen Tommy passiert ist, was? Warst du dabei? Ich weiß, daß er sich mit dir treffen wollte, aber in den Nachrichten wurdest du nicht erwähnt. Entweder warst du schon weg, oder du warst noch nicht da. Meine Güte, was für ein Tag, die Polizei war hier. Dann mußte ich die Leiche identifizieren. Mein Gott... Egal, Schatz, ruf mich doch morgen mal an, wenn du Zeit hast, ja? Ich wüßte nicht, warum wir den Film nicht trotzdem machen können, mit ein paar Änderungen.«

6

Zum Frühstück nahm sich Linda Roggentoast und eine Coke, aber sie aß nicht auf und trank nicht aus. Als letztes hatte er im Auto zu ihr gesagt: »Trommel deine Band zusammen, und dann geht's los.« Und weiter: »Ich laß dich nicht hängen, Ehrenwort.« Seine Zuversicht war offenbar ansteckend, denn sie hatte sich gut gefühlt, wie sie da im Dunkeln saß, und hatte gesagt, okay, sie würde die Jungs gleich morgen früh anrufen.

Doch die Aufgabe, Dale und Speedy zurückzuholen, war jetzt etwas ganz anderes als letzte Nacht. Vielleicht grübelte sie auch zuviel darüber nach, statt einfach zum Hörer zu greifen.

Wißt ihr was? Wir haben einen Manager. Ach ja? Er ist Filmproduzent. Und? Ein *wichtiger* Filmproduzent, er hat *Schnappt Leo* gemacht. Was du nicht sagst. Oder sie würden sagen: Na und? Nicht Dale, aber vielleicht Speedy.

Sie nahm das Telefon mit nach draußen, um nachzudenken und die Aussicht zu genießen, die ihr an dieser Wohnung am besten gefiel. Das Haus war eine ziemliche Absteige, ein mit Holzschindeln gedeckter Bungalow, in die Hügel geschmiegt zwischen alten Bäumen, deren Namen sie nicht kannte, da sie aus den Ölfeldern von Westtexas kam. Das gleiche galt für die wildwachsenden Sträucher, große belaubte Büsche, von denen sie nur wußte, daß es keine Mesquitbäume waren, aber zu denen ihr kein Name einfallen wollte. Wenn man aus dem Vorgarten trat, der dort in einen steilen Hang überging, stand man vor dem kompletten Los Angeles, Kalifornien, so weit das Auge reichte; das Panorama erstreckte sich vor diesem Haus, das nicht nur einen frischen Anstrich und ein neues Dach brauchte, sondern auch jemanden mit einer Machete, der das Gestrüpp stutzte. Nachts war der Blick auf dieses Riesengebilde, dessen Millionen Lichtpunkte dort unten Linien und Muster bildeten, noch eindrucksvoller. In Texas sah man bis zum Horizont nur plattes Buschland, statt Bäume gab es Ölförderpumpen und Himmel, da draußen hatte man mehr Himmel als sonstwas. Eine Nacht in Odessa war für sie die Erinnerung an abgefackeltes Gas im Dunkeln, als sie noch ein kleines Mädchen war, gen Himmel aufsteigende Flammen, die Erdgas verbrannten. Alle waren nur dort, weil es hier Erdöl gab, bis die Araber ihre Preise senkten und der Boom in Odessa zum Teufel ging. Ihr Dad, J. D. Lingeman, hatte in den Boomjahren Bohrausrüstungen verkauft – Bohrköpfe, Bohrlochräumer, Schwerstangen und dergleichen – und immer ein paar Pferde auf dem Grundstück gehalten. Er selbst ritt eine graubraune Stute namens Moon. Die Firma gehörte zwar immer noch ihrem Vater, er verbrachte jetzt jedoch mehr Zeit mit seinen Pferden, kaufte neue und verkaufte sie weiter. Ihre Mom, Luwayne, war Assistant Manager bei der Texas Bank. Ihre beiden älteren Schwestern waren verheiratet und wohnten in Midland, fünfundzwanzig Kilometer entfernt. Man sagte, Leute zögen nach Midland, um einen auf Familie zu machen, und nach Odessa, um ordentlich einen draufzumachen – in dem Odessa während des Ölbooms, als es dort noch Versuchsbohrer und Bohrarbeiter, verrauchte Kneipen und nächtliche Schießereien gab. Als sie vor ein paar Jahren zu Weihnachten nach Hause kam und allen erzählte, sie habe ihren Namen von Linda Lingeman in Linda Moon geändert, hielten alle sie für bescheuert, sich nach einem Pferd zu nennen; dabei war sie ganz anders auf den Namen gekommen. Zu ihren Schwestern sagte sie: »Ihr habt euch doch auch neue Namen zugelegt, oder?« Ihre Schwestern waren immer noch Baptistinnen und hatten Familie. Ihr Dad sagte: »Sis, ich hätte dir nie deine erste Gitarre kaufen dürfen.« Und sie erwiderte: »Das hast du nicht, Daddy, du hast mir meine zweite Gitarre gekauft, die gute.« Dale hatte ihr die erste geschenkt, eine lädierte Yamaha, und ihr das Spielen beigebracht, in ihrem zweiten Schuljahr in der Permian High School.

Zuerst mit Dale reden. Sie hatte das Gefühl, daß er viel lieber live spielen als in einem Studio arbeiten würde. Weißt du was? Wir haben einen Manager. Und Dale würde antworten: »Cool.« Falls es in die Hose ginge, würde er sagen: »Macht's gut«, und zurück nach Austin fahren. Dale Arden ließ sich durch nichts erschüttern. Er spielte seit seinem zehnten Lebensjahr.

Speedy war ein ganz anderer Fall. Mexikanischer Abstammung. James »Speedy« Gonzalez. Weißt du was? Wir haben einen Manager. Rede schnell, sag ihm, um wen es sich handelt, und erzähl ihm die Einzelheiten. Darauf Speedy: »Ach ja? Ein wichtiger Filmpoduzent, hm? Und was versteht der vom Musikgeschäft? Was hört er denn so?« Gute Frage. Falls er fragte, würde sie improvisieren. Och, die Chili Peppers, Mötley Crüe, ZZ Top. Womöglich dachte Speedy, sie wäre auf einem Trip. Sie hatte ein paarmal Acid eingeworfen, als sie bei den Chicks anfing, und einmal den Fehler gemacht, es ihm zu erzählen, am Telefon. Sie hatte das Zeug nicht vertragen, darum hörte sie damit auf und nahm jetzt gar nichts mehr – gelegentlich rauchte sie mal einen Joint mit Vita. »Was läuft da ab, Linda, gehst du mit diesem wichtigen Filmproduzenten ins Bett?« Das wäre typisch Speedy. Und falls es in die Hose ginge, würde er sagen: »Vielen Dank auch, Linda. Wir haben unsere Scheißjobs sausen lassen, und wofür?« Ihrer Meinung nach suchte er krampfhaft nach irgendwelchen Gründen, sich zu ärgern, um einen Streit anzuzetteln. Daß man ihn beispielsweise »Bohnenfresser« rief, damals auf der High-School. Speedy ging zur Odessa High und trieb sich in seiner Freizeit mit anderen Latino-Kids rum. Alle Jahre wieder schlug Permian, die Schule im Ostteil der Stadt, auf die Linda und Dale gingen, unweigerlich Odessa, die High-School im Westen, im Football, und das ärgerte Speedy am allermeisten. Linda sah ihn samstags abends in einem Pickup-Truck auf der Hauptstraße, wenn sie Stoßstange an Stoßstange von Wendy's bis runter zu Anthony's fuhren, wo Kids aus beiden Schulen auf dem Parkplatz des Einkaufszentrums rumhingen. Sie lernte Speedy eines Abends kennen, als er ein Bon-Jovi-Tape in seinen Ghettoblaster schob und sie rüberging und zuhörte; in diesem Jahr stand Linda total auf Richie Sambora. Ein andermal fuhr sie zu Speedy nach Hause, ein Farmhaus draußen an der 302 auf einem Ölfördergrundstück, um sich Bon-Jovi-Platten anzuhören und ein paar von Richie Samboras Riffs zu lernen. Speedy zeigte ihr sein mickriges Schlagzeug, trommelte mit einer Menge Power, und Linda holte ihre Gitarre aus dem Wagen. Sie brachte Dale und Speedy zusammen, sie probten, Linda schrieb ein paar Songs, ihren ersten Auftritt hatten sie im Dos Amigos am Abend für junge Talente. Einen Namen hatten sie nicht, bis der *Conférencier* M. C. wissen wollte, wie sie hießen. Linda sagte ganz spontan: »Odessa.« Das Publikum jubelte, und der Name blieb.

Sie rief also Dale an.

Und Dale sagte: »Ein Manager, super. Den hätten wir schon längst gebraucht.«

Aber wollte er auch wirklich mit der Arbeit im Studio aufhören und es noch mal mit der Band versuchen?

»Hab schon längst aufgehört. Zur Zeit spiele ich mit einer Band, die Squid the Incredible Suckers heißt, und ich will lieber heute als morgen weg. Bei der Band ist nicht nur der Name beschissen.«

Sie fragte Dale, ob er Speedy in letzter Zeit gesehen habe, wollte wissen, wie er drauf sei, schließlich mußte sie ihn ja anrufen.

»Speedy ist wieder nach Hause gezogen«, antwortete Dale. »Hat er dir das nicht erzählt? Er hatte bei einer Countryband unterschrieben, so 'n paar Bluegrass-Schrammler, die wollten hinter sich nur so 'n dezentes Rascheln mit den Stahlbesen hören, da hat er wieder aufgehört. Tja, jetzt ist er wieder zu Hause und arbeitet auf 'ner Förderstelle drüben bei Goldsmith, ackert von zehn Uhr abends bis sechs Uhr früh. Wenn er nach Hause kommt, ist er so verdreckt, wie ein Mensch nur sein kann. Aber das würdest du nicht glauben, wenn du ihn hörst. Samstag hat er angerufen, war total aufgeregt, wirklich *glücklich*, wenn du dir das vorstellen kannst.«

Linda verneinte und fragte, ob er betrunken gewesen sei.

»Er war total gut drauf, ehrlich. Bestimmt hast du nichts davon gehört. Odessa High hat letzten Freitagabend Permian geschlagen, ich schwör's, zwanzig zu siebzehn, ihr erster Sieg, seit Larry Gatlin damals Quarterback war, und das ist dreiunddreißig Jahre her. Du hättest«, fuhr Dale fort, »dir keinen besseren Zeitpunkt aussuchen können. Du weißt doch, wie Speedys Hirn funktioniert. Sag ihm, wir sind wieder zusammen, und er nimmt Odessas Sieg als Zeichen dafür, daß das die richtige Entscheidung ist.« Dale bot an, Speedy anzurufen, falls Linda Bedenken habe. »Aber keine Sorge, er kommt garantiert.«

Und schon war es geschafft, dabei hatte sie sich den ganzen Vormittag den Kopf zerbrochen, was sie sagen sollte.

Und keine Minute später, durch das Geräusch einer Autohupe und den Anblick eines schwarzen Lincoln, der die Auffahrt hochschlich, war die gute Laune wie weggewischt. Linda wartete, während Raji ausstieg und die in den Hang gebaute Holztreppe hinaufstieg, Raji heute in seinen preiselbeerfarbenen Designer-Fitneßklamotten und den Cowboystiefeln, nie ohne seine Stiefel, und er lächelte sie an, als hätte sich nichts geändert.

»Erzähl mir bei einem leckeren Täßchen Kaffee, wie du diesen Schwindler abserviert hast, schließlich hat der keine Ahnung von Musik.«

»Ich trinke keinen Kaffee«, sagte Linda und blieb stehen, wo sie war.

Raji gab sich gekränkt und verwirrt.

»Warum behandelst du mich so?«

»Damit du Leine ziehst. Ich will nicht mit dir reden.«

»Du läßt mich einfach stehen... was soll ich denn jetzt machen?«

»Raji, ich kann diesen Spice-Girl-Scheiß nicht mehr machen, mehr kann ich dir dazu nicht sagen.«

»Tatsächlich?« sagte Raji und klang nun wieder so cool wie eh und je. »Weißt du, was diese Mädels in ihrem jungen Leben verdient haben? Mehr als dreißig Millionen, Pfund, Dollar, keine Ahnung, und da ist ihr Film noch nicht mal mit eingerechnet. Weißt du, wieviel Linda, Vita, die kleine Minh Linh und noch zwei glückliche Chicks allein im ersten Jahr verdienen werden, ab dem Zeitpunkt, wo wir das Album auf den Markt bringen? Das kommt groß raus, ich weiß es, und das Label weiß es auch. Konservativ geschätzt, wird jede von euch ihre zwei Millionen einsacken.«

»Was haben wir gestern abend bekommen?« erwiderte Linda. »Hundertfünfzig? Du streichst deinen Anteil ein, die dämliche Band spielt für null, und die Chicks dritteln hundertzwölf Dollar fünfzig?«

»Elliot kriegt auch noch was ab.«

»Elliot ist dein Privatvergnügen. Ich will siebenunddreißig Dollar und fünfzig Cent, und zwar bar auf die Kralle.«

»Nicht schlecht, Linda, Kopfrechnen gut. Freu dich auf einen Job als Kassiererin in 'nem Supermarkt, weil du nämlich keine Auftritte mehr kriegst, du *weißt*, daß dieser Hollywood-Produzent für euch nichts erreichen wird. Ich überlege mir andauernd, was für Flausen dir dieser Mann in den Kopf gesetzt hat. Sieh mal, ich weiß, was in *seinem* Kopf vorgeht, weil ich weiß, wie diese Filmtypen ticken. Du bist für den nichts weiter als Frischfleisch, wenn er mal einen wegstecken will. Er hat dich doch gestern nacht nach Hause gebracht... hat er dich auch gevögelt?«

Raji wartete, die Kangol-Mütze à la Samuel Jackson aufgesetzt, mit dem Schirm nach hinten – wollte er darauf etwa eine Antwort hören? Am liebsten hätte sie ihm einen Tritt in die Eier verpaßt, und zwar kräftig, doch dann fiel ihr noch rechtzeitig ein, daß sie barfuß war, und sie unterdrückte den Impuls. Statt dessen streckte sie die Hand aus.

»Gib mir mein Geld und hau ab.«

Raji faßte sich an die Taschen. »Ich hab's nicht bei mir, muß es nachher vorbeibringen. Wenn ich hier verschwinde, fahre ich zu dem Mann, der das neue Material schreibt, mal sehen, wie er vorankommt. Ich dachte mir, wenn du vielleicht auch irgendwas schreiben willst, das wär cool. Oder dir noch mal Songs angucken, die du schon hast, ob davon welche zum Stil der Chicks passen.«

Der Mann war wirklich anstrengend. »Raji, hör mal gut zu. Ich bin kein Chick mehr. Ich bin ausgestiegen, Schluß aus.«

»Will nicht mehr mit mir reden... Mädchen, du hast ein Papier unterschrieben, in dem steht, daß du die nächsten fünf Jahre unter meiner Obhut stehst. Und anschließend kann ich von dir verlangen, daß du noch mal für fünf Jahre unterschreibst, wenn ich das will. Kapiert? So steht es da Schwarz auf Weiß, Kleine.« Seine Stimme wurde sanfter, als er fortfuhr: »Das soll jetzt nicht so klingen, als hätte ich dich in der Gewalt und würde dich zwingen zu bleiben. Wir sind uns in diesen Monaten so nah gewesen, Baby, verbunden durch die Intimität, gemeinsam als Künstler zu arbeiten.« Er breitete die Arme aus. »Na komm, umarm mich, und alles ist wieder gut.«

Linda sagte: »Soll ich dir etwa auf die Stiefel kotzen?«, und Raji ließ die Arme sinken.

»Alles rein geschäftlich, hm? Statt dich so aufzuführen, solltest du meiner Ansicht nach das, was ich für euch tue, ein wenig mehr würdigen; wie ich mich für euch abrackere, damit ihr Superstars werdet. Was erwarte ich als Gegenleistung? Meinen Namen auf der CD, und zwar so klein, daß man ihn kaum lesen kann. Wo steht er? Auf der Rückseite, ganz unten. ›Produziert von Raji‹. Da steht er, in klitzekleinen Buchstaben. Sobald sie auf dem Markt ist, behalt ich die Charts im Auge und kontrolliere täglich die Plattenfirma, damit die uns nicht übers Ohr haut.«

»Raji, du redest nichts als Scheiße.«

Etwas anderes fiel ihr nicht ein. Sie sah ihren Dad in seinem alten verschwitzten Stanton vor sich... Er hatte früher manchmal zu Leuten gesagt: »Ihr müßtet meine Kleine mal singen hören.« Sie stellte sich vor, wie er Raji ansah, ohne irgendwelche

Gefühle zu zeigen, ihr Dad mit einem Batzen Kautabak in der Backe, an dem er sog, bevor er eine Ladung Tabaksaft in die Nähe von Rajis cremefarbenen Boots spuckte und sagte: »Verlassen Sie sofort dieses Grundstück, und ich will Sie hier nie wieder sehen«, ihr Dad war noch nie in Los Angeles gewesen und war auch keine Farbigen im Musikgeschäft gewohnt. Wenn sie jetzt an Chili Palmer dachte, dann stellte sie ihn sich vor, so wie er letzte Nacht mit Raji gesprochen hatte, ohne zu drohen oder einen auf harten Mann zu machen... wie Raji sagte, er habe einen Vertrag, und Chili erwiderte, den habe er gerade gekündigt. Ihr neuer Manager. Sie wünschte, er wäre jetzt hier.

Raji ließ sie nicht aus den Augen, sein Blick war nicht mehr cool, sondern eiskalt, und er sagte: »Ich werd dir verraten, was Sache ist, Linda. Du hast ja gesehen, daß ich Elliot gestern nacht eine Standpauke halten mußte, schließlich hat er seinen Job vergessen, sich von dem Mann manipulieren lassen. Ich hab ihm erklärt, keine samoanische Schwuchtel mit 'nem Namen wie Elliot Wilhelm wird es je auf die Leinwand schaffen, bloß weil er eine Augenbraue heben kann. Ich hab ihm erklärt, der Mann hat dich mit seinen Worten durcheinandergebracht, damit er abhauen konnte. Darum ist Elliot jetzt deprimiert – du kennst ja solche Typen, wie die manchmal sind –, aber der wird schon wieder. Ich hab Elliot erzählt, ich hätte den Streifen gesehen, den Chili Palmer gemacht hat, *Schnappt zu*. Und er hat mir gefallen, ich mag gute Amnesiefilme. Ein Mann kriegt eins über den Schädel und kapiert nicht, warum ihm so viel Scheiße passiert. Ich hab Elliot erklärt, das gleiche könnte Chili Palmer passieren. Entweder macht er einen Rückzieher, ehe es zu spät ist, oder ihm passieren plötzlich eine Menge übler Dinge wie dem Kerl in dem Film.«

Linda sagte: »Jetzt bedrohst du meinen Manager.«

»Ich klär dich bloß auf«, widersprach Raji. »Es gibt da Leute, sozusagen am Rande unserer Branche, von denen du keine

Ahnung hast, aber derer ich mich möglicherweise bedienen muß. Dir ist ja klar, daß ich Chili Palmer vor Gericht zerren könnte, aber so was dauert ewig, und man muß sich 'n Anwalt nehmen und dessen Getue aushalten. Diese Leute am Rande, die erledigen den Job *sofort.*«

»Was ist mit deinem Partner«, fragte Linda, »hast du schon mit ihm geredet?«

»Nick ist in Ordnung. Ich gebe dir eine Chance, deine Meinung zu ändern, bevor wir ernst machen.«

»Diese Leute am Rande... wissen die, wer Chili ist?«

»Vielleicht kennen sie ihn, vielleicht auch nicht, das ist egal. Die machen, wofür sie bezahlt werden.«

»Aber du kennst ihn. Er hat dich einen Zuhälter genannt, und du hast dich nicht gewehrt.«

»Er hat Elliot durcheinandergebracht, das ist passiert.«

»Aber *du* hast nichts gemacht. Warum nicht?«

»Soll ich mich vielleicht auf der Straße rumprügeln? Dafür hab ich schließlich Elliot.«

»Ich glaube, du hast Angst vor ihm«, sagte Linda. »Und weißt du was? Du hast allen Grund dazu.«

»Ach ja, und warum?«

»Glaubst du«, sagte Linda, »ich gehe zu ihm, weil er so ein netter Typ ist? Frag doch mal deinen Kumpel Nick nach Chili Palmer. Der kennt ihn.«

7

Als erstes fielen Chili an Edie Athens die nassen Haare auf – naß, aber immer noch drahtig, mit jeder Menge Volumen, ein Dickicht aus roten Locken, das tief in die Stirn hing, aber im Nacken kurz geschnitten war. Edie sagte: »Chil, ich bin ja so froh, daß du gekommen bist«, umarmte ihn, schmiegte sich an den dunklen Anzug, den er für diesen Besuch bei einer erst gestern verwitweten Frau angezogen hatte, und da merkte er, daß sie am ganzen Körper naß war, der durchweichte kurze Bademantel an ihren Armen und Schultern klebte. Als sie zurücktrat, um die Tür zu schließen, sah er, daß sie unter dem offenen Bademantel nur einen winzigen Slip anhatte, mehr nicht, einen weißen, naß und transparent. Weniger wäre splitternackt gewesen, und ihn überraschte, daß ihr kleiner Körper irgendwie mollig war, aber auf angenehme Weise, Chili fiel das Wort *voll* ein. Tommy hatte Edie in Vegas entdeckt, und Chili sah sie vor sich, wie sie in einem knappen Kostüm Cocktails servierte. Sie sagte: »Derek ist da. Er war die Nacht über hier, komm aber bloß nicht auf falsche Gedanken, klar? Er wollte mir sein Beileid ausdrücken und hat ein wenig zuviel getankt, darum hab ich ihn nicht Auto fahren lassen. Heute morgen hat er ein bißchen rumgealbert und mich in den Pool geschmissen. Du kennst doch Derek Stones, oder?«

»Dem Namen nach«, antwortete Chili.

»Er hat einen Ring in der Nase.« Edie verzog die ihre zu einer niedlichen Grimasse. »Derek ist der letzte Musiker, der bei Tommy unterschrieben hat, bevor der aus unserer Mitte gerissen wurde.« Es hörte sich an, als wäre Tommy entführt und nicht in den Kopf geschossen worden.

Chili hatte ihr am Morgen am Telefon gesagt, das mit Tommy tue ihm leid. Was auch stimmte, nachdem er den Mann so ernsthaft, so selbstsicher erlebt hatte, und dann saß er am selben Tisch, tot. Jetzt wiederholte er: »Es tut mir leid, Edie. Falls ich irgendwas tun kann ...«

»Tja«, sagte Edie, »das Leben geht weiter, stimmt's?«

Sie wirkte müde, und ihre Augen waren leicht gerötet, doch das konnte auch von dem Sprung in den Pool, dem morgendlichen Herumalbern herrühren. Sie fuhr fort: »Schatz, ich muß mir was Trockenes anziehen. Komm mit.« Und damit ging sie, gefolgt von Chili. »Derek ist wie ein kleiner Junge. Er *ist* ein kleiner Junge, trinkt die ganze Nacht lang, ihm wird schlecht, morgens kippt er dann ein paar Drinks, damit er wieder auf den Damm kommt. Eins tue ich nie, und zwar mich übergeben.« Im Wohnzimmer blieb sie stehen und wandte sich Chili zu. »Du warst doch dabei, stimmt's, als es passiert ist?«

»Ich war gerade auf dem Klo.«

»Aber du warst in seiner letzten Stunde bei ihm. Tommy hat große Stücke auf dich gehalten, Chil.«

Sie gingen weiter durch das Wohnzimmer, das in Chilis Augen ein wenig spärlich möbliert war; es wirkte kahl und modern, man konnte sich nirgends hinsetzen, wenn man lesen wollte, auf einer Seite nichts als Glas, zur Terrasse und zum Swimming-Pool hin offen. Jetzt standen sie in dem völlig weißen Schlafzimmer, auch hier gläserne Schiebetüren, die sich zur Terrasse hin öffneten; Edie betrat das Badezimmer, pellte sich aus dem Bademantel und ließ den Slip fallen, die trauernde Witwe vergaß, die Tür hinter sich zu schließen. Chili sah, daß das extragroße Bett benutzt worden war, Decken heruntergezogen, Kissen zerwühlt; auf dem sauberen weißen Zweiersofa lag eine Jeans, ein T-Shirt hing über dem Lenker des Hometrainers. Aus dem Bad Edies Stimme: »Ich lasse Tommy einäschern. Vielleicht kann man mit der Asche irgendwo was machen, das ihm gefallen hätte. Fällt dir dazu was ein?«

Chili sah, wie sie sich mit einem pfirsichfarbenen Badelaken abtrocknete, das im selben Farbton wie das Badezimmer gehalten war. Er antwortete laut: »Nichts Vernünftiges.«

»Hast du eine Ahnung, wer Tommy erschossen hat?«

»Nein, gar keine«, antwortete Chili. »Und du?«

»Meine Meinung, wenn man bedenkt, daß ich den Mann besser kenne als sonst jemand? Tommy hat sich einmal zu oft mit runtergelassener Hose erwischen lassen.«

»Ein eifersüchtiger Ehemann?«

»Oder ein fester Freund.«

Edie kam zur Badezimmertür, in der Hand einen Fön, das Badetuch um die Taille geschlungen, sie zeigte ihre Brüste, aber nicht absichtlich, um ihn scharf zu machen – was sie taten –, nein, sie waren einfach da, gehörten zu ihr. Chili mußte dabei an Vegas denken, wie er immer dorthin geflogen war und Knete ausgegeben, sich mit den Frauen amüsiert hatte, die er dort kennenlernte.

Edie schaute an ihm vorbei ins Zimmer, auf das Bett. »Ja, das ist Dereks Hose, und ich weiß, du denkst, daß ich auch fremdgegangen bin wie Tommy; aber da täuschst du dich. So gut wie nie. Und hier ist auch nichts passiert. Derek hat versucht, mich flachzulegen. Ich hab ihm eins mit dem Buch verpaßt, das Tommy gerade las – da drüben liegt's, der Tom Clancy. Hab ihn beinahe bewußtlos geschlagen. Heute morgen konnte sich Derek nicht erklären, woher die Beule auf seinem Kopf stammt. Siehst du ihn da draußen? Er liegt im Pool.«

Alle viere von sich gestreckt auf einer gelben Luftmatratze, beide Hände hingen ins Wasser. Chili sah ihn an und wandte sich wieder Edie zu.

»Hast du mit der Polizei gesprochen?«

»Mit zwei Beamten von der Mordkommission. Ich hab ihnen erzählt, daß Tommy fremdgegangen ist, weil ich davon wußte und ihnen das vielleicht als Hinweis geben könnte. Einer der Detectives mustert mich von Kopf bis Fuß und sagt: ›Ich kann mir gar nicht vorstellen, daß Tommy Seitensprünge gemacht hat, wenn Sie zu Hause auf ihn gewartet haben.‹ Der Typ berichtet mir vom Tod meines Mannes, und im nächsten Moment macht er mich an.«

»Vielleicht«, sagte Chili, »hast du ihnen was zu trinken angeboten, hast nicht wie die klassische trauernde Witwe gewirkt.«

»Ich bin keine Italienerin, Chil. Ich werd mir doch keine schwarzen Klamotten anziehen, wehklagen und mir Asche aufs

Haupt streuen. Scheiße, das Leben ist zu kurz. Ich hab eine von Tommys Schwestern angerufen und es ihr erzählt, mehr hört die Familie nicht von mir. Er wird eingeäschert, sie brauchen also gar nicht erst anzureisen. ›Ach, du läßt also keinen Gottesdienst abhalten, keine Totenmesse?‹ So was finden sie toll, da können sie sich alle treffen und heulen wie die Schloßhunde. Ich hab die Familie mal kennengelernt, bei unserer Hochzeit. Es war der längste Tag meines Lebens. Gestern, Chili, brauchte ich einen Drink, und nur deshalb hab ich den Cops auch was angeboten.« Mit dem Fön in der Hand ging sie zu einer Spiegelwand. »Sie haben dich nach mir gefragt, stimmt's? Die Cops. Was hast du ihnen erzählt, daß ich kein Kind von Traurigkeit bin? Wie kommst du darauf?« Sie musterte sich im Spiegel und schaltete den Fön ein.

Chili ging zur Badezimmertür und beobachtete sie, wie sie sich im Spiegel betrachtete, das Laken um die Hüften geschlungen, während sie mit dem Fön über ihre Haare fuhr.

»Edie?«

Sie schaltete den Fön aus.

»Was ist?«

»Ich hab den Cops erzählt, daß wir beide uns ein paarmal begegnet sind, wenn du mit Tommy in der Stadt warst.«

Sie nickte, wandte den Blick nicht vom Spiegel.

»Mehr hab ich nicht gesagt.« Er wartete eine Weile, sah sie an. »Edie, was wird jetzt aus der Plattenfirma?«

Sie sah zu ihm rüber. »Die werd ich wahrscheinlich verkaufen.«

»Willst du das wirklich? Du bist schließlich Teilhaberin, und jetzt gehört sie dir.«

»Ich könnte mir auch vorstellen, eine Firma zu leiten.«

»Und wenn ich jemanden für dich finde, der das Geschäftliche übernimmt, der sich mit so was auskennt? Du bleibst Generaldirektorin, kümmerst dich mehr um die gesellschaftliche Seite des Geschäfts; Gäste einladen, mit Leuten reden oder Clubs besuchen, um dir neue Künstler anzuhören. Dir gehört eine Schallplattenfirma, du mußt doch Musik mögen.«

»Weißt du, auf wen ich stehe?« fragte Edie. »Auf Aerosmith. ›Dream On‹? Ich war mal scharf auf Joe Perry, bin ihnen auf Tourneen hinterhergereist und hab mit ihnen die Sau rausgelassen.«

»Du warst mal Groupie?«

»Viel besser, ich hab mich um ihre Wäsche gekümmert. Das Mädchen, das dafür zuständig war, hatte aufgehört, und ich hab's übernommen. Sie reisen immer mit Waschmaschine und Trockner. Ich hab für alles gesorgt, nur Steven hat seine Bühnenklamotten in der Wäscherei machen lassen. Es hat Spaß gemacht. Ich hatte nie was mit Joe oder einem der anderen, aber ich hab mit Tom Hamilton Tennis gespielt.« Sie lächelte und wirkte ein wenig traurig. »Ich war damals noch sehr jung.«

Chili sagte: »Edie, du wirst immer jung bleiben, du hast ein Händchen dafür.« Das gefiel ihr offenbar. »Aber hör zu, ich hab mir gedacht, wenn du die Firma behalten würdest, könnte ich mich auch da mit reinhängen, mal sehen, ob sie als Background für einen Film dienen kann.«

Sie sagte: »Ist das dein Ernst?«

Da wußte er, daß er sie an der Angel hatte.

»Ein Film über das Musikgeschäft. Eine Künstlerin auf der Suche nach Erfolg. Eine junge Frau mit Band…«

»Meine Güte, Chil, echt? Ich hatte gehofft… aber dann dachte ich, nein, wo Tommy nicht mehr da ist, hältst du das wohl nicht mehr für machbar.«

Es fiel ihm zu schwer, sich auf ihr Gesicht zu konzentrieren. Chili sagte: »Willst du dich nicht anziehen, und dann reden wir weiter?«

Er suchte das Weite, ging ins Wohnzimmer, wo er stehenblieb und sich umsah, mittlerweile wirkte es auf ihn wie die Lobby eines schicken Fitneßclubs, eines Kurorts – wenn man da durchging, kam man an den Pool, wo einer der Gäste in der Sonne schmorte. Von hier aus konnte Chili Derek gut erkennen, wie er auf seiner gelben Luftmatratze im Pool trieb; die Sonne knallte auf ihn herab, ihre Strahlen spiegelten sich in seiner Sonnenbrille. Chili ging ins Freie, überquerte die Terrasse bis zu einer fast vollen Flasche Absolut Wodka, die am gefliesten Rand des Beckens stand. Er sah auf Derek hinunter, der in seiner Unterhose dalag.

Dann sagte er: »Derek Stones?«

Und sah zu, wie der Knabe den Kopf von der abgerundeten Matratzenkante hob, durch seine Sonnenbrille in Richtung Chili starrte und den Kopf wieder sinken ließ.

»Deine Mutter hat angerufen«, sagte Chili. »Du sollst nach Hause kommen.«

Ein schmiedeeiserner Tisch und Stühle mit Sitzkissen standen in einer schattigen Ecke nahe beim Haus. Chili ging hin und nahm Platz. Er sah zu, wie sich Derek aufrappelte und mit beiden Händen heranpaddelte, die Matratze an den Rand des Beckens bugsierte; Chili beobachtete, wie er versuchte, aus dem Wasser zu klettern und hineinfiel, als die Luftmatratze unter ihm wegrutschte. Schließlich schaffte es Derek, kam zum Tisch und stand nun da, zeigte Chili seinen hageren weißen Körper, seine Nippelringe, die Tätowierungen, die schlabbrige nasse Unterhose.

»Du weckst mich mit irgendeinem Gewäsch auf, von wegen ich soll *nach Hause* kommen?« sagte Chili. »Ich kenn dich nicht mal, Mann. Bist du vom Bestattungsinstitut? Hast du dich in deinen Bestatteranzug geworfen und Tommys Asche gebracht? Nein, hab ich ja vergessen, die wird abgeholt. Aber du bist entweder vom Beerdigungsinstitut oder ... Scheiße, ich weiß, wer du bist. Du bist Anwalt. Das merk ich daran, daß ihr Arschlöcher alle gleich ausseht.«

Chili erwiderte: »Derek, willst du dich mit mir anlegen?«

Derek antwortete: »Scheiße, wenn ich mich mit dir anlegen wollte, würdest du's merken.«

Er hatte den Satz noch nicht zu Ende gesprochen, da schüttelte Chili schon den Kopf. »So was willst du wirklich sagen? ›Wenn ich mich mit dir anlegen wollte, würdest du's merken?‹ Das ›Wenn ich mich mit dir anlegen wollte‹ geht schon in Ordnung, falls das deine Meinung ist. Aber dann, ›würdest du's merken‹ – also wirklich, das kannst du bestimmt besser.«

Derek nahm die Sonnenbrille ab und sah ihn aus zusammengekniffenen Augen an.

»Was quatschst du da für 'n Scheiß?«

»Man hört einen Spruch«, antwortete Chili, »wie im Film. Einer sagt: ›Willst du dich mit mir anlegen?‹ Darauf der andere: ›Wenn ich mich mit dir anlegen wollte, Mann...‹, und dann möchte man gern hören, was er als nächstes sagt, weil es die Pointe ist. Er sagt bestimmt nicht: ›...würdest du's merken‹. Wenn der erste Typ sagt: ›Willst du dich mit mir anlegen?‹, dann weiß er schon, daß sich der andere mit ihm anlegt, es ist eine rhetorische Frage. Der zweite antwortet also auf keinen Fall ›...würdest du's merken‹. Verstehst du das? ›Würdest du's merken‹ ist nicht gut genug. Du mußt dir schon was Besseres einfallen lassen.«

»Moment mal«, sagte Derek in seiner nassen Unterhose und schwankte ein wenig, war immer noch ziemlich selbstsicher. »Der eine sagt: ›Willst du dich mit mir anlegen?‹ Okay, und der andere antwortet: ›Wenn ich mich mit dir anlegen wollte ... Wenn ich mich mit dir anlegen wollte, Mann ...‹«

Chili wartete. »Und?«

»Okay, wie wär's mit: ›...wärst du nicht mehr am Leben‹?«

»Meine Fresse«, rief Chili, »also wirklich, Derek, und daraus soll man schlau werden? ›Wärst du nicht mehr *am Leben*‹? Was soll das heißen? Sich mit jemandem anlegen ist gleichbedeutend damit, ihn umzulegen?« Chili stand auf. »Wenn du cool sein willst, Derek, mußt du folgendes machen, du mußt für jede Gelegenheit einen starken Spruch parat haben, der sitzt. Einer sagt: ›Willst du dich mit mir anlegen?‹ Darauf bist du vorbereitet und haust ihm deinen Spruch um die Ohren.« Chili sagte: »Denk mal drüber nach« und ging. Er betrat das Haus durch die Glastüren, die ins Schlafzimmer führten.

Edie hatte einen winzigen Slip an und zog sich gerade ein T-Shirt über den Kopf, die Haare wirkten noch voluminöser als vorher, ein helles Rostrot.

Sie sagte: »Warum kann der Film nicht von der Frau handeln, die das Unternehmen ihres toten Mannes übernimmt? Sie hat keinen Schimmer vom Geschäftlichen, aber ein unglaubliches Gehör; wenn sie einen neuen Song hört, weiß sie auf der Stelle, ob sie ihn zu einem Hit machen kann.«

»Sie kratzt und beißt sich nach oben«, sagte Chili. »Klar, das könnte funktionieren. Aber Filmideen können warten. Zuerst müssen wir über den Typ sprechen, den ich dazu bringen will, die Firma zu leiten, und was für einen Anreiz du ihm bieten kannst; der Mann ist seit achtunddreißig Jahren in der Branche ...« Er verstummte, als Edie woanders hinsah.

Sie sagte: »Derek ...«, und Chili drehte sich um.

»Ich hab's«, behauptete Derek. »Der eine Typ sagt: ›Willst du dich mit mir anlegen, Mann?‹ Und der zweite antwortet: ›Wenn ich mich mit dir anlegen wollte, Mann, wärst du jetzt platt wie 'ne Briefmarke.‹ Was hältst du davon?«

»Du bist auf dem richtigen Weg, der Spruch muß was Unerwartetes sein«, sagte Chili, »aber so ganz war's das noch nicht.«

»Moment«, sagte Derek, »ich hab noch einen.«

Doch inzwischen wollte Edie wissen, was los sei – »Was quatscht ihr beiden da eigentlich?« –, während Chili, ohne den Blick von dem Rockmusiker mit dem Nasenring zu wenden, eine Hand hob und sie auf Edies Schulter legte.

Zu Derek sagte er: »Ich weiß, du mußt weg, aber vorher will ich dir noch von einer anderen Möglichkeit erzählen. Der erste Typ, der sagt: ›Willst du dich mit mir anlegen?‹ Was wäre, wenn der den anderen die ganze Zeit verarscht, aber der merkt es nicht?«

Derek ließ sich Zeit. Dann sagte er: »Ja ...?«

Ein paar Minuten später lernte Chili Tiffany kennen.

Sie kam mit einer Porzellanurne herein, die auf einem flachen Pizzakarton thronte: Tommys Asche und eine extragroße Primo's Special mit Anchovis.

Edie nahm die Urne und sagte zu Tiffany: »Vielen Dank, daß du mir die Fahrt erspart hast. Das hätte ich wohl nicht geschafft.« Sie hielt die Urne vom Körper weg und betrachtete sie.

»Ich dachte mir«, sagte Tiffany, »das weiße Porzellan mit den Irisblüten würde besser zu den Tapeten passen als die Urne aus rostfreiem Edelstahl. Bei der aus Edelstahl spiegelt man sich, wenn man sie anguckt, als wäre man selber drin. Man kann auch massiv Bronze nehmen, aber die kostet über tausend Piepen.«

»Armer Tommy«, sagte Edie, »Friede seiner Asche.« Sie rüttelte leicht an der Urne und erstarrte, als aus deren Innern ein Klappern ertönte.

»Das sind Knochen«, sagte Tiffany, »kleine Knochenstückchen, die nicht verbrannt sind, hat mir der Typ im Bestattungsinstitut erklärt. Darauf hab ich gesagt, tja, Tommy hat sich schon immer Gehör verschaffen können, wenn er im Büro Leute angebrüllt hat.«

Diese Tiffany war eine große, gutaussehende junge Frau mit ihrem Irokesenschnitt; die Haare hatte sie an den Seiten abrasiert, aber zwei lange Strähnen stehenlassen. Sie hatte einen Ring in der Nase, zwei an jedem Ohrläppchen, und an den Fingern Tätowierungen in der Nähe der Knöchel; auf einer Hand stand L-A-D-Y und auf der anderen L-U-C-K. In einem Blumenmuster auf dem linken Oberarm standen die beiden Zeilen *Too fast to live / Too young to die*.

Sie trat zu Chili, während Edie mit der Urne auf der Suche nach einer Stelle, wo sie das Ding abstellen konnte, durchs Wohnzimmer wanderte. Derek saß mit der Pizza auf dem Sofa, hatte den Karton auf die gläserne Platte des Couchtischs gestellt.

»Hi, ich bin Tiffany! Ich finde Ihre Filme toll. Tommy hat gesagt, ich könnte in dem mitspielen, den Sie über ihn drehen wollen? Nur werden Sie den jetzt wohl nicht mehr machen.«

»Ich denke noch drüber nach.«

»Cool. Da würd ich unheimlich gern mitmachen. Tommy hat gesagt, ich könnte mich selber spielen. Na ja, bloß als Sekretärin, die sich von dem, der Tommy spielt, 'ne Menge Scheiß gefallen läßt, aber das geht in Ordnung. Ich meine, na ja, die Rolle ist halt wie im richtigen Leben.«

Chili fragte: »Aber du bist ganz gut mit ihm klargekommen?«

Noch während er das sagte, brüllte Derek Tiffany an: »Keine Anchovis, hab ich gesagt!«

»Du hast gesagt, ich soll bei Primo eine extragroße Special holen«, antwortete Tiffany. »Kein Wort von Anchovis.«

»Du weißt genau, daß ich die nicht ausstehen kann.«

»Du ißt sie doch, oder?«

Derek stand auf, ein Stück Pizza in der Hand. Er sagte: »Sieht das aus, als ob ich sie esse?« und schmiß das Stück hinter sich, so daß es auf dem Marmorfußboden landete und dort kleben blieb. Dann hob er die Schachtel auf, sagte: »Hä? Oder sieht das hier so aus?« und schmiß den Karton, der über den Marmor rutschte und gegen die Tür prallte, wo Pizzastücke rausfielen.

Chili sagte zu Tiffany: »Gehen wir raus«, und sie folgte ihm auf die Terrasse, wobei sie von Derek erzählte, wie unmöglich er sei, daß er so gern mit Dingen um sich schmiß.

»Neulich abends haben wir uns einen alten Film mit Paul Newman angesehen, *Zwei glücklose Cowboys*.«

Chili nickte. »Mit Lee Marvin. In dem Film passiert nicht viel.«

»Stimmt, aber wissen Sie, was Derek natürlich macht, sobald er bekifft ist?«

»Schmeißt euren Fernseher vom Balkon?«

»Aus dem zweiten Stock. Er landet auf der Motorhaube von 'nem Auto, Totalschaden, und wissen Sie, wem der Wagen gehört? Dem Hausverwalter, der seit fast einem Jahr versucht, ihn loszuwerden. Derek ist dermaßen... ich weiß nicht, dämlich, könnte man sagen. Oder verrückt.«

»Ihr beiden lebt zusammen?«

»Mehr oder weniger.«

»Warum, wenn du ihn für verrückt hältst?«

Sie schien verdutzt.

»Er kann nicht anders, so ist er nun mal. Er ist halt so ein Mensch. Als ob ihn das antreibt, was auch immer es ist – verstehen Sie, was ich meine? –, und er muß es einfach tun, bis zum bitteren Ende.«

Chili wollte nicht weiter nachhaken. Er ließ sie reden und fragte dann: »Hat er dich schon mal geschlagen?«

»Er probiert's manchmal, wenn er ausrastet. Scheiß drauf, dann schmeiß ich 'ne Lampe oder so was nach ihm und verschwinde.«

»Wie war dein Verhältnis zu Tommy?«

»Er war mein Chef.«

»Ist er nicht mit dir ausgegangen?«

»Schon, aber Sie wissen doch wohl, warum? Damit er mit dieser schrillen Tussi gesehen wurde und ihn alle für cool hielten. In seinem Alter mußte Tommy sich wegen so was kühl geben. Ehrlich, mehr war es nicht. Fragen Sie Edie.«

Chili fragte: »Seid ihr Freundinnen?«

Tiffany lächelte.

»Was gibt's da zu lachen?«

»Sie hören sich an wie dieser Cop, Darryl. Er hat gesagt, er kennt Sie.«

»War er bei Ihnen?«

»Heute morgen. Ihr beiden … ihr wollt mir ein Verhältnis mit Tommy anhängen, damit ihr sagen könnt: Klar, Derek muß es gewesen sein, der ist sowieso irre, ist jähzornig, schlägt gern Sachen kurz und klein. Vielleicht schläft er sogar mit Edie, hm? Dann sagt ihr: Na, wenn Derek es nicht war, dann irgendein anderer wahnsinnig eifersüchtiger Typ, denn dahinter muß irgendeine Frau stecken, mit der Tommy was hatte … sein Ruf sagt schließlich alles.«

Chili sagte: »Aber das wäre doch eine Möglichkeit.«

»Verzeihen Sie, wenn ich es so formuliere, aber würden Sie mit Tommy bumsen, wenn Sie eine Frau wären?«

»Ich kann mir vorstellen, daß eine Frau das tut«, antwortete Chili, »wenn sie dafür einen Plattenvertrag kriegt.«

»Wenn sie gut ist, hat sie's nicht nötig. Und wenn nicht, wer will sie dann haben? Sie findet ja nicht mal einen, der sie flachlegt. Ich bin sechsundzwanzig«, fuhr Tiffany fort, »was weiß ich schon? Beispielsweise hab ich seit der Gründung von NTL für Tommy gearbeitet. Ich weiß genausoviel über diese Branche wie er, und ich kenne alle Leute, die er kannte. Soll ich Ihnen verraten, was ich Ihrem Freund Darryl gesagt habe?«

»Was denn?«

»Ich hab gesagt, Sie sollten lieber mein Gedächtnis anzapfen, als hinter Tommys Schwanz herzuschnüffeln.«

8

Tommy Athens wurde an einem Montag im September erschossen. Zwei Tage danach war Chili Palmers Foto auf der Titelseite der *Los Angeles Times*.

Filmproduzent war der letzte Mensch, der Tommy Athens lebend sah

Der Artikel ging davon aus, daß Chili und Tommy alte Freunde gewesen seien. Im dritten Absatz kamen Chilis frühere Tätigkeiten in Brooklyn und Miami Beach zur Sprache, an einer Stelle bezeichnete man ihn als einen »ehemaligen Mafioso«. In dem Bericht stand nicht viel über seine Filme, weder Gutes noch Schlechtes.

Chili sah auf Darryl Holmes' Visitenkarte nach und rief ihn im Revier Nähe Wilshire Boulevard an.

»Haben Sie's gesehen?«

»Jedes Wort.«

»Sie haben Ihrem Freund bei der Zeitung gesagt, ich sei dagewesen.«

»Nein, von mir haben die das nicht. Offenbar hat jemand bei Swingers Sie erkannt. Diese Leute kennen ihre Prominenten.«

»Dieser Typ, der Schreiberling, nennt mich einen Mafioso. Sie wissen, daß ich nie verurteilt worden bin.«

»Da steht doch, Sie seien *angeblich* einer.«

»Klar, er bleibt schwammig, aber da steht, ich wär einer von denen gewesen, und das stimmt nicht. Ich sei zu keinem Kommentar bereit gewesen. Natürlich nicht.«

»Das hat man davon, wenn man sich mit diesen Italienern herumtreibt. Damals hielten Sie sich für ziemlich cool, stimmt's?«

»Logo, rumsitzen und über dumme Sprüche lachen. Sobald ich konnte, hab ich mich abgesetzt«, sagte Chili. »Was ist mit dem Schützen, haben Sie den gefunden?«

»Noch nicht. War es auch bestimmt ein Weißer?«

»Ganz sicher.«

»Ich habe mich mit den Typen von Ropa-Dope unterhalten. Sin Russell meint, es war einer, den Tommy bei 'nem Plattendeal übers Ohr gehauen hat, der habe sich einen angesoffen und ihn weggepustet. Zitat Sin. Er sagt, er hätte keine fünf Schüsse dafür gebraucht. Daß er's aber auf keinen Fall getan hätte, weil ihm die Plattenfirma Tantiemen schuldet. Also«, fuhr Darryl fort, »wer auch immer es war, weiß, daß Sie ihn gut gesehen haben. Wie fühlt man sich so auf dem Präsentierteller? Bleiben Sie im Haus und verrammeln die Tür?«

»Ich bin nachher bei NTL Records«, sagte Chili, »zusammen mit Edie Athens. Sie will die Firma weiterführen, darum hab ich mit einem Typ gesprochen, der sie vermutlich für Edie leiten wird. Er kommt vorbei.«

»Sind Sie jetzt im Musikbusiness?«

»Ich bin dabei, rauszufinden, wie es funktioniert, falls ich es mal für einen Film brauche«, antwortete Chili. »Aber hören Sie, gestern hab ich bei den Athens Derek und Tiffany kennengelernt. Tiffany sagte, Sie hätten mit ihr gesprochen.«

»Die täuscht einen mit dieser Frisur«, sagte Darryl, »als hätte sie einen Eichhörnchenschwanz auf dem Kopf, aber das Hirn darunter funktioniert ziemlich gut.«

»Das war auch mein Eindruck.«

»Ich sage zu ihr: ›Ms. Athens hat der Mordkommission erzählt, Tommys Schwanz hätte ihn in Schwierigkeiten gebracht.‹ Darauf Tiffany: ›Edie will den Eindruck erwecken, sie sei mit einem echten Hengst verheiratet gewesen. Als würde sie damit in Gedenken an ihn etwas Nettes sagen, mehr steckt nicht dahinter.‹ Ich werd noch mal bei Tiff im Büro der Firma vorbeischaun, mal sehen, mit wem Tommy geschäftlich so zu tun hatte. Derek hab ich noch nicht kennengelernt.«

»Wenn man Derek kennt«, sagte Chili, »versteht man Beavis und Butt-head besser, das ist alles. Als Verdächtigen können Sie Derek streichen.«

Darryl sagte: »Als Augenzeuge des Mordes müssen Sie die Augen offenhalten, ob Ihnen vielleicht jemand folgt.«

»Immer mit dem Rücken zur Wand sitzen.«

»Ich mein's ernst. Vielleicht sucht der Mann mit der Zweitfrisur nach Ihnen. Sie sagen, Sie kennen ihn nicht, was aber nicht bedeutet, daß er das weiß. Lernen Sie meine Telefonnummer auswendig, die hier und meine Privatnummer, sie steht auf der Karte. Wenn Ihnen irgendwas nicht koscher vorkommt, rufen Sie mich an. Verstanden?«

Nicky Carcaterra, der sich jetzt Nick Car nannte, trug beim Telefonieren Kopfhörer und Headset und hatte beide Füße auf die Ecke seines Schreibtischs gelegt. Saubere weiße Reeboks deuteten aus dem Fenster im siebzehnten Stock auf den Pazifik.

»Howard, was steht an, Bruder? Habt ihr gut gerappt ...? Das ist cool, Alter, echt supercool. Hör zu, ich will das hören, aber ich muß dich zurückrufen. Ich bin hier wie ein Irrer am Telefonieren. Fünf Minuten, Bro.«

Nick drückte auf einen Knopf an der Telefonkonsole, schaute dabei auf und sah Raji das Büro betreten.

Raji sagte: »Chili Palmer ...«

Nick hielt beide Hände hoch, um ihn zu unterbrechen; Nick hatte die Hände frei zum Gestikulieren, er konnte sich kratzen oder sie hinter dem Kopf verschränken, während er in das kleine Mikro aus Edelstahl sprach, das vor seinem Mund hing – ein Mund, der offenbar nie schwieg, Raji immer warten ließ.

»Tracy? He, Mädel, hast du dich gestern abend gut amüsiert ...? Soll das 'n Witz sein? Ich bin nach Hause gekrochen ... Nein, noch nicht, er war nicht da ... Tracy, ich hab doch gesagt, ich werde was unternehmen ... Du machst dir zu viele Sorgen. Hör zu, brauchst du einen Wagen zum Flughafen ...? Okay, bis zum nächstenmal, Mädel. Ich liebe dich.«

»Nick«, probierte es Raji, »kennst du Chili Palmer?«

»Hab von ihm und Tommy gelesen, ja.«

»Ich muß mit dir reden, Mann.«

Aber Nick hatte schon auf die nächste Taste gedrückt.

»Larry, du alter Zuhälter, wie stehen die Aktien? Was liegt an, Alter…? Larry, du hast ein prima Gehör, und ich liebe dich, aber es reicht nicht, wenn du die Scheißplatte summst, du mußt sie *ins Radio* bringen, Mann. Wozu bist du sonst gut? Ruf mich morgen an.«

Nick drückte auf eine Taste.

»Gary. He, Bruder, was ist Sache…? Gare, ich hänge hier am Telefon wie ein verdammter Irrer. Kannst du mal kurz dranbleiben…? Phantastisch.«

Nick drückte auf eine Taste und warf einen Blick auf seinen Fernseher, der auf einem Sideboard stand, gerade war auf MTV eine Band am Rappen.

Raji sah zu Ropa-Dope rüber, die umeinanderschlichen, einen auf aggressiv machten.

»Mitch, wie geht's denn so, mein Alter?« Nick nickte, hörte zu. »Ja, ich weiß, wir steigen momentan nicht in den Charts, die Scheibe wird nicht mehr so oft gespielt, aber Potential hat sie, Mann. Und du hast ihr Beine gemacht, von deinem Plattenspieler ins Radio, und dafür stehe ich mein Leben lang in deiner Schuld.« Nick hielt inne. »Mitch, du glaubst diesen Quatsch doch nicht etwa …? Ey, du bist immer noch mein bester DJ, und ich liebe dich, Bro. Ciao.«

Nick drückte auf eine Taste.

»Gary, mein Alter, sag bloß, du bist wieder in New York… Phantastisch. Also, was steht an? … Klar, ich weiß, du willst den Typ auf Touren bringen, ihm so richtig Leben einhauchen. Wie wär's mit Mund-zu-Mund-Beatmung? … Gary, das war ein Scherz. He, aber du könntest ihm 'ne Tussi besorgen. Kennst du Tracy, die ist echt scharf, Mann… Tracy Nichols, sie wohnt – Moment mal.«

Raji sah zu, wie Nick in Richtung Bürotür schaute und rief: »Robin, in welchem Hotel wohnt Tracy Nichols in New York?«

Robin in ihrem kurzen Röckchen tauchte in der Tür auf.

»Sie heißt Nicholson. Sie wohnt im St. Regis.«

»Gary? Sie wohnt im St. Regis. Tracy Nicholson... Nein, hab ich nicht. Lieber Himmel, das müßte ich doch wissen, schließlich war ich die ganze Nacht bei ihr. Laß jucken, Brother... Genau, bis demnächst.«

Raji sagte: »Nick?«

Als Nick auf eine Taste drückte, sagte Raji: »Scheiß drauf«, und ging rüber zu einem Fernseher, von wo aus er auf Dattelpalmen, auf Jogger und Inline-Skater, den Strand, den Pier von Santa Monica und das ein Stück weit entfernte Riesenrad schaute. Aus seinem eigenen Büro blickte Raji auf den Wilshire Boulevard, wo er auf die Ocean Avenue trat. Er hörte Nick sagen:

»Irv. Warum verdammt gehst du selber ans Telefon? Guten Morgen, Acme Records: CDs, Musikkassetten, Videos, T-Shirts und Eiersalat, womit kann ich dienen?... Was? Irv, das war ein Scherz, meine Güte. Du bist der erfolgreichste Mann in der Branche, den ich kenne, darum hab ich gesagt... Irv?«

Nick sah Raji an.

»Der Scheißtyp hat einfach aufgelegt.«

»Ich muß mit dir reden«, sagte Raji.

»Das ist mir in meinem ganzen Leben noch nie passiert. Der Scheißtyp hat einfach aufgelegt.«

»Ich muß mit dir über diesen Chili Palmer reden.«

»Der macht miese Filme«, sagte Nick mit einem Blick zur Tür. »Robin, wer ist auf drei?«

»Seattle.«

»Ich nehme erst Marty. Wo ist er?«

»Auf vier.«

Nick drückte auf eine Taste.

»Marty, mein Alter, bring mich zum Lächeln... Echt?... Echt?... Is' nicht wahr. Jetzt mal ehrlich, das hast du nicht getan. Marty, das ist super. Das ist ja Spitzenklasse. Mann, du hast also wirklich die Klappe gehalten. Marty, bleib mal eben dran, okay, Bro? Bin gleich wieder da.«

Raji sagte: »Nick, sprichst du jetzt mit mir?«

Der Mann war zu sehr mit seinen Telefonen beschäftigt.

Nick sagte gerade: »Ich kann diesen Typ ums Verrecken nicht ausstehen«, und drückte auf eine Taste.

»Jerry, mein Bester, was steht an, Bro? … Weiß ich doch. Ich wollte dir nur erzählen, Jer, ich war letzte Woche auf Maui im Grand Wailea. Bist du schon mal da gewesen? … Mußt du unbedingt machen, Mann. Die haben elf, in Worten: elf Swimming-Pools, Gärten ohne Ende. Da mußte ich gleich an dich denken, Jer, ich kenn dich ja schließlich als Orchideen-Freak. Mann, die hängen da so von den Bäumen … Tja, wenn ich ehrlich sein soll, nein, ist 'ne ordentliche Gruppe, aber der Name, *Tout Suite*, ist vielleicht ein wenig zu verspielt. Ich überlege mir, die Schreibung ein wenig zu amerikanisieren, ›Toot‹ wie 'ne Autohupe und ›Sweet‹ wie in Home, sweet Home. Den Namen ändern, bevor man sich dran gewöhnt hat … Sie spielen so 'ne Art Lo-Fi Indie Pop, knapp links neben der alternativen Mitte … Klar, das versteh ich, Jer. Hey, danke für das Gespräch, Mann.« Nick stellte das Telefon ab. »Arschloch.«

Raji ging zum Schreibtisch, setzte sich und sagte: »Klar, das versteh ich, Jer«, in einem näselnden Tonfall, so wie Weiße reden. »Danke für das Gespräch, Mann.«

»Wenn ich mit dem Arsch rede«, sagte Nick, »muß ich mich hinterher hinlegen. Der bringt mich völlig aus dem Konzept. Keine Ahnung, warum, aber wenn ich mit ihm rede, fang ich an zu denken, statt nur zu reden.«

Am Telefon locker bis zum Abwinken. Sobald er aufhört, ist er wieder der alte knochenharte Typ. Das kann er an- und wieder abstellen.

»Was willst du?«

»In der Zeitung steht, dieser Chili Palmer war mal Mafioso.«

»Er war Laufbursche, ein ganz kleines Licht.«

»Und du kennst ihn.«

»Sag mir einfach, was du willst, Raji.«

Jetzt spielte er den Paten in seinen Bluejeans und dem Sweatshirt mit UCLA-Aufdruck. Dieser mittelalte Makkaroni mit dichtem, schwarzgefärbtem Haar, Diamantring am kleinen Finger.

»Die weiße Sängerin, Linda«, antwortete Raji, »will bei den Chicks aufhören und diesen Chili Palmer zu ihrem Manager machen.«

»Das hat sie dir gesagt?«

»Nein, er.«

»Ach ja? Und was hast du gemacht?«

»Ihn wissen lassen, daß sie einen Fünfjahresvertrag hat.«

»Wieso hast du ihm das erzählt, statt ihn in den Arsch zu treten?«

»Der Typ hat Elliot Flausen in den Kopf gesetzt. Hat ihm eingeredet, er solle Schauspieler werden. Darauf zieht Elliot die eine Augenbraue hoch und windet sich. Verstehst du? Fühlt sich geschmeichelt.«

»Er hat 'ne Schraube locker, das weißt du doch. Du findest es vielleicht cool, einen Schwulen als Leibwächter zu haben. Aber wozu ist der Typ gut?«

»Auf seine Art ist er schlau«, antwortete Raji, »außerdem tut er anderen gern weh. Ich will damit nicht sagen, daß er schlauer ist als ich. Nein, der gute Elliot verschafft mir eine neue Perspektive.«

»Und Chili Palmer ist ein Schwätzer«, sagte Nick. »Das kann er, er redet. Du hättest ihm eine aufs Maul geben sollen.«

»Aber versteh doch, ich kenn den Mann gar nicht. Was ist das für ein Knilch, der da in einem flotten Anzug anmarschiert kommt, richtig elegant? Keine Ahnung, hat er 'ne Knarre oder was. Jetzt krieg ich raus, daß er Beziehungen hat.«

»Er macht Filme über einen Kredithai, Raj, das war er nämlich mal, und *mehr nicht*, ein verdammter Kredithai. Was willst du noch wissen?«

»Dieses *Schnappt zu* war nicht übel.«

»Ja, das mit dem Gedächtnisverlust. Mit Amnesie läßt sich 'ne Menge anfangen, sobald man sie erst mal am Laufen hat. Weißt du was, vielleicht gar kein schlechter Name für 'ne Gruppe. ›Amnesia‹.« Nick nickte mit dem Kopf. »Sie singen Soul, R'n'B? Vielleicht irgendwelche sanften urbanen Rhythmen.« Er brach ab. »Nein, eine Amnesia gibt es wohl schon.«

Der Mann dachte nur noch daran, wie man Schallplatten ins Radio brachte. Sah sich jetzt wieder MTV an. Offenbar Prodigy; genau, Prodigy mit »Smack My Bitch Up«.

»Ich will damit folgendes sagen«, meldete sich Raji, »wenn die Weiße, Linda, aussteigt, schmeißt mich das Label raus und ich kann wieder bei Null anfangen. Die sind ganz versessen auf Linda, und auf Vita auch. Wenn Linda geht, setzt sich Vita bestimmt auch ab. Ich muß diesen Chili Palmer aus dem Weg räumen. Meinem Elliot trau ich zu, daß er jeden eliminiert, außer diesen Chili Palmer. Wen soll ich also nehmen?«

Nick trommelte zum Rhythmus von Prodigy mit den Fingern auf seinen Schreibtisch und machte ruckhafte Bewegungen mit dem Kopf.

»Du nimmst Joe Loop.«

Einen von den Jungs fürs Grobe im Ruhestand, die Nick von der Ostküste mitgebracht hatte und für wenig Geld einsetzte.

»Den alten Knacker«, sagte Raji. »Von mir aus, wenn er's schafft. Ich will, daß Chili Palmer vom Erdboden verschwindet.«

»Du nimmst Joe Loop«, wiederholte Nick.

»Schon, aber was, wenn er Chili noch von früher kennt? Vielleicht waren sie ja mal Freunde.«

»Soll das 'n Witz sein? Die Hälfte der Typen, die er umgelegt hat, waren irgendwann mal in seinem Team. Weißt du, wo Chili wohnt?«

»Das krieg ich raus. Ich ruf die Sister an, die bei L.A. Gas arbeitet. Die sucht ihn mir raus.«

Im selben Moment hörte Nick auf, mit dem Kopf zu rucken, sagte: »Scheiße« und drückte auf eine Taste an der Konsole.

»Marty? Mann, tut mir echt leid, daß du so lange warten mußtest. Du kennst doch Raji...« Nick sah Raji an, während seine Finger den Kopf des kleinen Mikros zuhielten. »Marty sagt: ›Klar, dein Mädchen für alles.‹« Dann, wieder ins Mikro: »Raj ist wegen nichts und wieder nichts in Panik geraten. Ich mußte ihn beruhigen. Also dann, mein Brother, erzähl mir mal, was gibt's Neues in deinem Leben?«

Darryl Holmes sagte zu seiner Frau Michelle: »Gegen einen Sprung vom Kleiderschrank hätte ich nichts. Und du?« Sie waren ins Bett gegangen, eine Lampe brannte noch.

Michelle antwortete: »Ich hätte nichts dagegen.«

»Du hättest nichts *dagegen?*«

»So hast *du's* gesagt. Ich bin dir gern behilflich. Aber ich falle nicht mit, bin anderweitig beschäftigt.«

»Das haben wir nun davon. Wieviel Zeit bleibt uns noch, vielleicht zwei Monate?«

»Der Arzt sagt, man kann es tun, solange es nicht unbequem wird. Bis kurz vor der Entbindung.« Dann sagte sie: »Die kleine Maxine wird sagen: ›He, was ist denn das für 'n Gerumpel draußen?‹«

Darryl sagte: »O Mann ...«

So reagierte er darauf, daß sie nicht wie verabredet von »das Baby« sprach, und Michelle erwiderte wie immer: »Warum sollte man einer einsamen alten Lady nicht mal einen Gefallen tun?«

Sie meinte ihre Mutter, eine boshafte und unangenehme alte Frau, die deshalb einsam war.

Darryl begriff nicht, warum man allgemein annahm, daß alte Frauen wie Maxine weise wären, obwohl sie strohdumm waren, nie lächelten, kein Wort sagten, außer um zu kritisieren. »Ihr eßt eure Erbsen wohl lieber roh, wie? Wenn ich das nächstemal komme, koche ich sie besser selbst.« Sie kochte die Erbsen so lange in Milch, bis sie zu Matsch geworden waren. »Kinder sollte man sehen, nicht hören.« Sie hatte Unmengen solcher Sprüche auf Lager.

Sie hatte zwei Söhne, einer hieß Michael, der andere Darry junior. Wenn Darryl kein Machtwort gesprochen hätte, hieße einer von beiden heute Max, nach der alten Frau. Zu Michelle sagte er: »Man soll einem Kind nicht nur deshalb einen bestimmten Namen geben, weil man sich nicht traut, es nicht zu tun.«

Wie sie da beide im Bett lagen und einander im Schein der Lampe ansahen, versuchte er es mit einer anderen Begründung: »So, wie der Alzheimer bei ihr einsetzt, kennt sie bald keinen einzigen unserer Namen mehr, und wir können sie in ein Heim geben.«

»Willst du noch ein bißchen weiter darauf herumreiten«, fragte Michelle, »oder wollen wir vom Kleiderschrank springen?«

»Genau, langsam bis zur Kante vorarbeiten.«

Sie waren grade dabei, als das Telefon klingelte.

Sie sahen einander in die Augen, Kopf an Kopf.

Michelle sagte: »Ich sag dir doch, Mama hat übersinnliche Fähigkeiten. Bestimmt hat sie dich gehört.«

Darryl antwortete: »Wenn sie das ist, lasse ich mich scheiden.«

Er rollte zum Nachttisch und nahm den Telefonhörer ab, sagte hallo.

»Darryl, hier ist Chili Palmer.«

»Und? Was kann ich für Sie tun?«

»Ich komm heut abend nach Hause … und da liegt ein Toter in meinem Wohnzimmer.«

9

Darryl brauchte nur zwanzig Minuten.

»Ich bin durch die Hintertür reingekommen«, erzählte Chili. »Gerade will ich in der Küche das Licht anmachen, als ich im Eßzimmer und im Flur Licht sehe, das aus dem Wohnzimmer kommt. Ich weiß, daß ich alle Lampen ausgemacht habe, als ich am Morgen das Haus verlassen habe.«

»Sie sind hier reingekommen«, sagte Darryl.

»Durch das Eßzimmer. Und da sitzt dieser Typ an meinem Schreibtisch, vornübergebeugt, die Lampe brennt …«

»So wie jetzt?«

»Genau so, blutet auf meinen Scheißschreibtisch, auf den ganzen Sessel …«

»Hat er noch geblutet, als Sie reinkamen? Haben Sie das Blut fließen sehen?«

»Nein, das hatte wohl aufgehört.«

»Angefaßt haben Sie ihn nicht.«

»Nein.«

»Wie haben Sie dann sein Gesicht sehen können … Sie sagen doch, Sie kennen ihn nicht?«

»Als ich die Austrittswunde in seinem Rücken gesehen habe«, antwortete Chili, »habe ich seinen Kopf an den Haaren hochgehoben und ihn mir angesehen. Mehr habe ich an ihm nicht angefaßt, nur die Haare. Die sind übrigens ziemlich fettig.«

»Und die Waffe?«

Auf dem Schreibtisch lag eine Pistole, der Griff zeigte auf den Mann.

»An der hab ich gerochen, sie aber nicht angefaßt. Was ist das für eine, eine Walter?«

»Stimmt, PPK, eine drei-achtziger, wie's aussieht.«

Chili sagte: »Ich glaube nicht, daß damit geschossen worden

ist.« Er sah zu, wie Darryl sich vorbeugte und am Lauf der Pistole roch.

»Ich glaub's auch nicht«, sagte Darryl und richtete sich wieder auf.

»Riechen Sie mal an dem Typ.«

»Brauch ich nicht, der Mann stinkt nach Knoblauch.«

Darryl holte ein Paar Latexhandschuhe aus seinem Jackett und zwängte die Hände hinein. Dann griff er in die Haare des Mannes und hob sein Gesicht hoch. »Sehen Sie ihn sich noch mal an. Ist das der Mörder von Tommy Athens?«

Chili schüttelte den Kopf. »Der Körperbau kommt in etwa hin, aber der hier ist ungefähr zwanzig Jahre jünger und auch größer, da bin ich mir ziemlich sicher.« Für Chili sah er aus wie jemand, der im Freien einer körperlichen Tätigkeit nachging, ein Metallarbeiter oder Betongießer. »Haben Sie ihn bestimmt noch nie gesehen?«

»Ganz bestimmt.«

»Haben Sie schon mal einen Toten gesehen, dessen Augen offenstanden?«

Halb offen, nicht weit genug, daß man ihre Farbe erkennen konnte.

Chili sagte: »Nicht daß ich wüßte.«

Er beobachtete, wie Darryl die eine Hand des Mannes vom Schreibtisch hob und seine Finger fühlte, sie bog. »Noch keine Starre. Ist weniger als eine Stunde, höchstens anderthalb Stunden tot. Haben Sie mich sofort angerufen?«

»Ich hab mich zuerst im Haus umgesehen. Er hat ein Schlafzimmerfenster eingeschlagen, um reinzukommen.«

»Keine Alarmanlage?«

»Wer hier einbricht, nimmt so was in Kauf.«

»Sie meinen, er nimmt, was er kriegen kann. Wie ist sein Killer hier reingekommen?«

»Hab ich noch nicht rausgefunden.«

Darry betrachtete wieder den Toten. »Zweimal getroffen, beides Durchschüsse, auch durch die Rückenlehne des Sessels«, Darryl zeigte ihm die Löcher im kastanienbraunen Leder. »Kommen Sie mal her und sehen Sie sich die Wand an.«

Chili gehorchte und sah die zwei Löcher in dem weißen Putz, große Löcher, in die man seine Finger stecken konnte, größer als Kugeln sie hätten machen können. Er sah Darryl an.

»Der Schütze hat die Kugeln rausgepuhlt.«

Darryl sagte: »Der Mann war gründlich, hm? Der kannte sich aus.«

»Bloß daß er den Falschen umgelegt hat.«

»So sehen Sie das?«

»Wie sonst? Der erste kommt rein und setzt sich hierhin, wartet auf mich. Vielleicht hört er den zweiten reinkommen, vielleicht auch nicht. Oder er ist eingenickt, müde vom Warten. Der zweite kommt rein, fackelt nicht lange, sondern geht zum Schreibtisch und ballert dem Typ zweimal in die Brust. Dann knipst er die Lampe an, um nachzusehen, ob wirklich alles erledigt ist.«

»Und merkt«, ergänzt Darryl, »daß er den Falschen erwischt hat.«

»Falls er mein Foto in der Zeitung gesehen hat oder mich kennt, dann schon. Aber wenn er mich nie gesehen hat?«

»Es wäre möglich«, gab Darryl zu, »daß er den hier für Sie hält. Angenommen, man hat ihm nur die Adresse gegeben und ihm gesagt, er soll den Mann abknallen, der dort wohnt. Diesem Typen hier hat man vielleicht das gleiche gesagt. Vielleicht hat er Ihr Foto gesehen, vielleicht auch nicht. Aber daß er herkommt, gleich nachdem Sie in der Zeitung waren – sieht so aus, als hätten die Sie dadurch gefunden. Aber falls der Schütze Sie nicht schon vorher kannte, wird er bald herausfinden, daß er den Falschen erledigt hat. Dann denkt er: Und wer war der Typ am Schreibtisch?«

»Wollen Sie damit andeuten«, fragte Chili, »das hier kommt in die Zeitung, vielleicht sogar ins Fernsehen?«

»Sehr wahrscheinlich beides. Der Mann wurde in *Ihrem Haus* getötet, nicht draußen auf der Straße. Als erstes fragt jeder, wer hier wohnt.«

»Darryl, Sie wissen, daß ich ihn nicht erschossen habe. Ich besitze nicht mal 'ne Knarre.«

»Ich weiß, was Sie mir erzählt haben.«

»Hätte ich Sie sonst angerufen? Ich erschieße in meinem eigenen Haus einen Mann und rufe einen Cop an?«

»Wenn er ein Einbrecher wäre, dann schon.«

»Wenn das meine Story wäre, würde ich ihn dann am Schreibtisch sitzen lassen? Ich hätte meine Waffe in der Hand, nichts zu verbergen.«

»Sie wissen ja, man wird Ihnen alle möglichen Fragen stellen«, sagte Darryl, »aber diesmal nicht ich. Das ist nicht mein Fall. Sie wohnen hier nicht in der Stadt der Engel, für die Gegend hier ist die County-Behörde zuständig. Deren Leiche, deren Fall. Ich muß die County-Mordkommisson anrufen, denen die Sache übergeben.«

»Dann geht das also alles wieder von vorn los«, sagte Chili und klang müde, »meine Vergangenheit, die Suche nach irgendeiner Verbindung.«

»Ich kann den Kollegen was über Sie erzählen, das spart Zeit.« Darryl sah sich um. »Haben Sie noch ein Telefon? Das auf dem Schreibtisch will ich nicht benutzen.«

»In der Küche. Aber Darryl, wollen Sie nicht wissen, wer der Typ ist? Mann, ich kann's kaum erwarten.«

»Das werden wir bald erfahren.«

»Darryl, sehen Sie mal. Sehen Sie die Gesäßtasche, die Wölbung? Das muß seine Brieftasche sein.«

Darryl nickte, sah an dem Rücken des Toten hinunter, an dem Blut und den Rissen in der Jacke des Mannes vorbei. »Könnte seine Brieftasche sein, stimmt.«

»Sie haben doch Ihre Gummihandschuhe an, warum fassen Sie

nicht rein und holen sie raus, werfen einen Blick auf den Führerschein des Mannes. Mehr wollen wir nicht wissen, bloß seinen Namen. Und wo er wohnt, wenn wir schon mal dabei sind. Aber das reicht. Danach stecken wir sie zurück. Das merkt doch keiner.«

Darryl wandte den Blick nicht von der Gesäßtasche, betrachtete sie genau oder überlegte.

»Der Mann sitzt drauf.«

»Ich hebe ihn hoch«, schlug Chili vor, »Sie greifen nach unten und nehmen die Brieftasche raus. Kein Problem.«

»Möglicherweise zieht man mich bei diesem Fall hinzu; wahrscheinlich sogar. Aber da es nicht mein Fall ist, darf ich nicht mit den Ermittlungen beginnen und die Kleidung des Mannes durchsuchen. Juristisch gesehen hieße es, daß man sich an Beweismaterial zu schaffen macht.«

»Darryl, wenn wir rausfinden, wer dieser Typ ist, erfahren wir so vielleicht, wer ihn geschickt hat.«

»Es sei denn, er hat auf eigene Rechnung gearbeitet.«

»Wenn das so wäre, würde ich ihn kennen, wenn es was Persönliches wäre, oder? Ich schätze, das hier könnte etwas mit Tommys Tod zu tun haben.«

Das war ein gefundenes Fressen für Darryl. »Es *könnte* etwas damit zu tun haben? Was haben Sie denn noch für Dreck am Stecken, wofür Sie erschossen werden könnten?«

Wenn er darauf antwortete, auch nur spekulierte, Raji als Bedrohung, als möglichen Verdächtigen erwähnte – Chili wollte sich nicht ablenken lassen, indem er von Raji erzählte, wenn er sich nicht mal sicher war, daß der Mann wirklich eine Gefahr darstellte. Im Augenblick konnte er sich nur auf die Frage konzentrieren, wer dieser Tote war. Zu Darryl sagte er: »Nehmen Sie es doch einfach als die Grauzone, auf die ihr Cops so steht, wo ihr die Vorschriften beiseite legen und eurem Gefühl, eurem Instinkt folgen könnt. Sie vermuten eine Beziehung zwischen Tommy und diesem Typ hier.«

»Eine Verbindung, ja.«

»Dann sehen Sie sich seinen Ausweis an.«

»Nur seine Brieftasche«, sagte Darryl, »und die stecke ich sofort wieder zurück. Okay, bringen wir's hinter uns. Heben Sie ihn hoch.«

Chili ging auf die andere Seite des Sessels, schob eine Hand unter den Arm des Toten, packte ihn mit der anderen vorn an der Jacke und zog und hob gleichzeitig, bemühte sich, den Mann hochzuhalten, bis Darryl unten seine Hand in die Tasche gesteckt und »Alles klar, ich hab sie« gesagt hatte.

Eine abgegriffene braune Lederbrieftasche, verbogen, weil sie immer am Gesäß des Mannes gesteckt hatte.

»Zwei Zwanziger und ein paar Dollarscheine«, sagte Darryl. »Mehr kriegt man nicht, wenn man Sie umlegt?«

»Sehen Sie seinen Führerschein?«

»Ich suche noch«, sagte Darryl und griff mit gummibehandschuhten Fingern in die Falten und Taschen der Geldbörse. Erst sagte er: »Viel gibt's da nicht«, doch dann holte er eine Karte heraus.

Chili sagte: »Das ist kein Führerschein.«

»Es ist eine Aufenthaltserlaubnis«, sagte Darryl. »Der Typ ist Einwanderer und seit letztem Mai hier. Spricht garantiert keine drei Worte Englisch.«

»Darryl, na los. Wie heißt er?«

»Ivan Suvanjiev.« Darryl hielt die Karte hoch, so daß Chili den Namen sehen konnte. »Der Mann ist Russe.«

10

Man sagte Raji, er solle sich mit Joe Loop bei Canter's an der Fairfax Avenue treffen. Es war zwei Tage her, daß Joe Loop irrtümlich den Russen erschossen hatte. Er wollte nicht zugeben, daß er

Scheiße gebaut hatte. Zu Raji sagte er: »So 'n Auftrag hab ich überhaupt noch nie erlebt. Verdammt, man muß sich anstellen, wenn man den Typ abknallen will.«

»Der Mann ist beliebt«, sagte Raji, »stößt alle möglichen Leute vor den Kopf. Kennst du Chili Palmer?«

»Dem Namen nach. Wer er ist, kümmert mich einen Dreck.«

»Dienst ist Dienst«, sagte Raji. »Ich wüßte gern – das geht mir nicht aus dem Kopf –, wie viele Typen du schon umgelegt hast.«

»Das geht dich einen Scheißdreck an.«

»Soviel zum Small Talk«, sagte Raji.

Sie saßen sich in einer Nische gegenüber, Raji mit diesem dicken sechzigjährigen Itaker, hängende Schultern, kein nennenswerter Hals, der Mann hatte eine mit Fingerabdrücken verschmierte Brille auf der Nase, eine Sicherheitsnadel hielt auf einer Seite das Gestell zusammen, er trug einen muffigen Anzug, aber keinen Schlips. Nicht gerade ein Mann, dem man zweieinhalbtausend Dollar pro Auftrag bezahlte. Raji versuchte, ihn nicht direkt anzusehen; das hier war ein häßlicher Mensch mit einem häßlichen Charakter. Statt dessen sah er sich in dem Laden um, der größte Deli, den er je gesehen hatte, vorn ein Tresen für Backwaren, Joe Loop erzählte ihm, daß der Laden vom Gesundheitsamt geschlossen worden war, jetzt aber wieder offen hatte, anscheinend hätten sie die Schaben oder sonstwas beseitigt, erzählte Joe Loop, die Küche saubergemacht.

Komisch war, daß Raji immer wieder an seine Kindheit denken mußte, daran, wie er nachts in der Küche Licht machte und sah, wie Schaben um ihr Leben liefen. Das sah Raji wieder vor sich, als Joe Loop sagte: »Ich mach das Licht an – und wer ist denn dieser Typ?« Als hätte die Erwähnung der Küchenschaben *ihn* daran erinnert, daß er Licht angemacht hatte. Abgefahren. »Hab sofort gesehen«, fuhr Joe Loop fort, »daß das nicht der Kerl aus der Zeitung war.«

»Nein, sondern der, dessen Foto heute in der Zeitung ist«,

sagte Raji. »Es gab mal 'n Russen, vielleicht hast du von dem gehört, Iwan der Schreckliche? Und den hier nennt man Iwan den Blödmann, sitzt da im Dunkeln rum. Laut Zeitung: ›Angeblich Mitglied der Russenmafia.‹ Ist das zu fassen?«

Joe Loop beugte sich mittlerweile über die offen auf dem Tisch liegende Speisekarte. Er nuschelte irgendwas, das für Raji so klang, als nannte er die Russen kleine Gauner.

Auf Rajis Frage, wie er ins Haus gekommen sei, antwortete Joe Loop, er habe die Hintertür mit einem Dietrich geöffnet. Billiges Schloß, 'ne Haarnadel hätt's auch getan.

Sie schwiegen ein Weilchen und studierten die Speisekarte.

»Du warst noch nie hier«, sagte Joe Loop, »eigentlich isses jüdisches Essen, aber es schmeckt gut.«

Raji erwiderte: »Sie lassen hier jeden essen, sogar Italiener? Man muß kein Jid sein?«

»Sogar Bimbos«, sagte Joe Loop.

Eine Kellnerin mit Bestellblock tauchte in ihrer Nische auf. Während Joe Loop weiter die Speisekarte studierte, sagte Raji, er hätte gern Corned Beef auf Roggenbrot, eine saure Gurke, Krautsalat und eine Tasse Kaffee. Mehr wußte er nicht über das Essen in Delis.

»Ich würde ja die Kohlroulade nehmen«, sagte Joe Loop und schaute zu der Kellnerin hoch, »hab aber gestern Blähungen gekriegt. Wenn man zu spät ist, hat man lange damit zu kämpfen.«

Die Kellnerin in ihrer orangenen Dienstkleidung, kein Teenager mehr, sagte: »Das muß ich mir merken.«

Raji sagte: »Mann, bestell dir doch was von dem Krautsalat, der ist in deinem Zustand genau das richtige.«

Joe Loop sagte: »Genau, bringen Sie mir das und eine Diet Pepsi.«

Während sie auf ihr Essen warteten, sprachen die beiden über den Auftrag, Joe Loop erklärte, es werde mehr als die vereinbarten zweieinhalbtausend kosten, jetzt müsse er den Typ finden, und das könne dauern. Zwei Tage lang habe er bei dem Mann zu Hause angerufen, keiner sei rangegangen. Zu unterschiedlichen Uhrzeiten vorbeigefahren, der Wagen von dem Kerl sei nie dagewesen. Joe Loop sagte, der Mann habe »sich 'ne Matratze gesucht«, verstecke sich irgendwo, habe sich in eine sichere Unterkunft zurückgezogen, mit genug Matratzen, auf denen die Mannschaft schlafen konnte. Raji sah sich bei Joe Loop vor, hielt sichere Distanz zu ihm; der Mann war für ihn irgendeine Kreatur, der man Erdnüsse zuwarf. Doch diesmal sagte er, ja, er wisse alles über Matratzen und Mob-Sitten, als Junge habe er sich immer die ganzen Mafiafilme angesehen. Ein Fehler – das wußte er, sobald er es gesagt hatte.

Joe Loop beugte sich vor und glotzte ihn an.

»Du weißt also alles, hä?«

»Ich weiß das mit den Matratzen.«

»Hab noch nie 'n Schoko getroffen«, sagte Joe Loop, »der nicht geglaubt hat, er wüßte alles.«

»Das bin ich also«, fragt Raji, »ein Schoko?«

»Gefällt dir Preßkohle besser? Oder soll ich dich Bimbo nennen, ist mir scheißegal. Du mußt Nick nur ausrichten, das hier ist ein neuer Auftrag und kostet ihn fünf. Kapiert?«

Die Kellnerin brachte ihr Essen. Raji verteilte Senf auf seinem Corned Beef, sah zu, wie Joe Loop sich einen großen Batzen Krautsalat in den Mund stopfte, und wußte, das sollte er besser nicht beobachten, sonst würde ihm noch übel, doch er konnte nicht anders, er mußte den Mann ansehen.

»Ich kann das mit dir klarmachen«, sagte Raji, »weil es mein Auftrag ist; darum bin ich hier.«

»Du arbeitest für Nick, du kannst einen Scheißdreck klarmachen. Weißt du, wie man dich nennt?«

»Wer ist ›man‹?«

»Die Jungs«, antwortete Joe Loop, den Mund voller Krautsalat. »Die nennen dich Nickys Nigger.«

Raji blieb stumm, das kam überraschend. Dann sagte er: »Mann, Nick und ich sind Partner. Das weiß jeder. Entscheidungen treffen wir gemeinsam.«

»Wieso sagt dann Nick, yeah, du bist ein Hausnigger?«

»Wann hat er das gesagt?«

»Immer, wenn ihm danach ist.«

Raji sagte: »Was wäre, wenn ich dich eine fette Itakersau nennen würde?«

Joe Loop richtete sich auf und schob seine kaputte Brille auf seine kaputte Nase.

»Ich hab nur gesagt, *was wäre, wenn.*«

Joe Loop machte es sich wieder bequem.

»Das würdest du nicht sagen.«

Der Mann war ein selten dämlicher Kretin.

»Aber wenn doch, was würdest du dann tun?«

»Ich würd dir mit 'nem Baseballschläger eins aufs Maul geben«, antwortete Joe Loop, »den hab ich immer im Wagen liegen. Was glaubst du denn, wenn du so was zu mir sagst?«

»Du hast mich Nigger genannt.«

»Na und?«

»Das findest du in Ordnung?«

»Wenn du das hinnimmst, hast du anscheinend nix dagegen.«

Raji hob die Hand, damit Joe Loop schwieg, nahm sein Sandwich und öffnete den Mund so weit wie möglich, um abzubeißen. Während er das Corned Beef auf Roggenbrot aß, blieb ihm Zeit zum Nachdenken. Als Raji sah, wie Joe Loop den nächsten großen Bissen Krautsalat nahm, mußte er die Augen schließen. Er hätte den Mann nie auf die Idee bringen dürfen, Krautsalat zu essen. Schließlich wischte sich Raji den Mund ab.

Er sagte: »Erledigen wir unser Geschäft klar, okay? Du willst fünf Riesen.« Es fiel schwer, dauernd diesen Mann anzusehen, dem die sahnige Krautsauce in dem Mundwinkel klebte. »Hälfte als Anzahlung?«

»Ich will die fünf vorab«, sagte Joe Loop, »sonst kann Nick den Typ allein umlegen.«

»Ich sag's noch mal, das ist meine Sache. Ich bin der Auftraggeber.«

»Und ich will die fünf auf die Kralle, Smoke, bevor ich was unternehme.«

Der Typ konnte es nicht lassen.

»Wie wär's, wenn wir uns heute abend noch mal treffen?«

Er mußte warten, während Joe Loop seinen Teller mit einem Stück Brot sauber wischte und sich das Brot in den Mund steckte.

»Um elf vor dem Hollywood Athletic Club.«

»Wie bitte?«

»Nimm endlich das Ohropax aus den Ohren. Der Hollywood Athletic Club, am Sunset Boulevard. Ich bin vor dem Haupteingang, Punkt elf.«

»Nie davon gehört«, sagte Raji.

Joe Loop nahm seine Serviette. Er sagte: »Heißt das, es gibt etwas, was du nicht weißt?«, schneuzte sich in die Serviette und ließ sie dann auf den Teller fallen. »Du bist der erste Schoko, der so was zugibt.«

Chili rief von Linda aus Elaine Levin an. Er wollte sie nur fragen, ob sie sich die Kassette angehört hatte, und einen Termin machen, um sich demnächst im Studio mit ihr zu treffen. Doch Elaine hatte Fragen, brauchte ewig, um sie zu stellen, und dann mußte er sie so gut wie möglich beantworten, angefangen bei dem toten Russen in seinem Wohnzimmer. Warum ein Russe? Na ja, die Russenmafia hatte sich auf Erpressung verlegt, und es gab Grund zu der Annahme, daß sie Tommy Athens unter Druck gesetzt hatten und der sich geweigert hatte, sie zu beteiligen. Jedenfalls war das zur Zeit die Theorie der Polizei. Chili sagte, er habe jetzt einen Freund bei der Polizei von Los Angeles, »falls du das glauben kannst«, Darryl Holmes, und Darryl halte ihn über die neuesten Entwicklungen auf dem Laufenden. Man wisse noch nicht, wer den Russen erschossen hatte, ein anderer russischer Gangster oder, wie es Chili formulierte, einer von uns. Anschließend mußte er erklären, was er damit meinte. »Es gibt Leute in der Schallplattenbranche, Elaine, die sich für harte Burschen halten, oder sie kennen Leute, die welche sind. Ich erzähl dir mehr darüber, wenn wir uns treffen.«

»Bist du untergetaucht?«

»Gewissermaßen.«

»Zu Hause kannst du nicht bleiben. Wo steckst du?«

»Ich bin zur Zeit bei Linda, aber ihre Band kommt und wohnt erst mal bei ihr.«

»Geh in ein Hotel.«

»Das wäre eine Möglichkeit.«

»In New York.«

»Elaine, hast du dir das Tape angehört?«

»Ja, und du hast recht, was ihr Auftreten betrifft. Sie weiß, was sie will. Hast du die Nacht bei ihr verbracht?«

»In ihrem Haus. Der Kredithai kommt in dem Film nicht vor, Elaine, der ist hier nicht beteiligt.«

»Woher weißt du das?«

Eine berechtigte Frage, doch er äußerte sich nicht dazu. Beide schwiegen, bis Elaine sagte: »Höre ich da Musik?«

»Bob Dylan, schon den ganzen Vormittag.« Er fuhr fort: »Wie wär's, wenn ich morgen vorbeikomme? Ich erzähl dir, was los ist, außerdem will ich dir ein Video zeigen.«

»Einen Film?«

»Einen selbstgedrehten, Linda und ihre Band. Den hat sie mir gestern abend vorgespielt.«

Und so verblieben sie.

Er legte auf, und Linda kam in einem schlabbrigen weißen T-Shirt aus der Küche, mit einem Staubwedel bewaffnet hüpfte sie im Rhythmus der Musik durchs Zimmer, fuhr mit dem Wedel über

Lampen und Tische, und Chili sah zu, wie sie sich aufreizend zur Musik von Dylans »Cold Irons Bound« bewegte, mit dem Po wackelte, der von dem T-Shirt kaum bedeckt wurde. Sie nahm das neben Chili stehende Telefon hoch, wischte mit dem Wedel ein paarmal über den Beistelltisch und stellte das Gerät wieder ab.

»Du mußt nicht verschwinden«, sagte Linda, »nur weil die Jungs kommen.«

»Wo soll ich denn schlafen, hier?«

Damit meinte er das mit einem Schonbezug verhüllte Sofa, auf dem er saß. Zwei große Sessel wiesen das gleiche verblichene Blumenmuster auf. Außerdem standen ein paar tropisch aussehende Korbstühle herum; an den Wänden hingen mehrere Filmplakate.

Linda war mittlerweile bei den Bücherregalen angelangt und wischte mit dem Staubwedel über Reihen von Musikvideos und CD's, ein paar gerahmte Fotos und Taschenbücher. »Wie wär's mit dir und mir in meinem Schlafzimmer«, schlug Linda vor, »und die Jungs in dem anderen? Man muß nicht geil oder verliebt sein, um bei jemandem zu schlafen, sondern nur müde. Auf Tour, jede Nacht an einem anderen Ort? Da weiß man nie, neben wem man schläft.«

»Warst du nie verliebt?«

»In Dale oder Speedy? Die sind nicht mein Typ. Du hast sie doch gesehen.«

Und zwar auf dem vor einem Jahr in diesem Haus aufgenommenen Video, das sie ihm gestern nacht gezeigt hatte: Linda, Dale und Speedy, wie sie herumalberten, verschiedene Popmusiker nachäfften, etwa Hanson, die Stones, Linda nahm sich Alanis Morisette vor; so was wie eine MTV-Parodie, aber gut, voller Energie.

Jetzt sagte sie: »Aber sie beschützen mich.«

»Wenn du dir was anziehen würdest«, sagte Chili, »bräuchtest du keine Beschützer.«

Sie hob den Wedel über ihren Kopf, stellte sich in Positur und warf ihm über die Schulter einen Blick zu. »Ich habe Röcke, die genauso kurz sind, außerdem trag ich einen Slip.« Und sie griff nach hinten, hob das T-Shirt an und ließ Chili einen kurzen Blick auf ihr weißes Höschen werfen. »Siehst du?«

Er sagte: »Linda, was machst du da?« und kam sich alt vor; das klang gar nicht nach ihm.

»Dir zuliebe lege ich eine andere CD auf.«

»Du weißt genau, was ich meine.«

»Glaubst du, ich will dich anmachen?«

»Das frage ich dich.«

»Wieso bist du eigentlich so verklemmt? Also echt, liegt's an deinem Alter? Du bist vielleicht gerade mal zehn Jahre älter als ich.«

Linda nickte zu einem wummernden regelmäßigen Drumbeat mit dem Kopf, dann kam noch eine Gitarre dazu und eine helle Frauenstimme, der Text handelte von Tagen, die einem auf den Magen schlagen.

»Ich kenn dich nicht«, sagte Chili. »Ich kenn nicht mal deinen richtigen Namen.«

Die helle Stimme traf die Noten präzise und sang gerade vom fallenden Regen, von denen, die die Flammen am Brennen halten, als Linda leiser stellte. Sie sagte: »Ich heiße Lingeman. Kannst du dir das auf einer Anzeigetafel vorstellen? ›Odessa mit Linda Lingeman.‹ Die singende klingende Lingeman.«

Chili konnte die Musik noch leise hören, die Frauenstimme beim Refrain, »In the church of the falling rain«, eine Art stampfender Gospelbeat, als Linda fortfuhr:

»Mein Dad glaubt, ich hätte meinen Künstlernamen von seinem Lieblingspferd, der Stute Moon. In Wirklichkeit stammt er von… wir traten damals in einem Club in Miami auf, der Churchill's hieß, 'ne ziemliche Kaschemme, und es kam viel Publikum, außer wenn Dick Dale gespielt hat. Der Schuppen ist in Little Haiti, und da trauen sich die Leute nicht hin.«

Die leise Musik im Hintergrund legte nun einen Zahn zu, die junge Frau trug einen anderen Song vor, »Have I gone beyond the pale?« Ein paar unverständliche Worte, dann: »I hear the hammer on the nail.« Irgendwas an dieser Stimme, diesem Tonfall kam ihm inzwischen bekannt vor.

»Eines Abends«, fuhr Linda fort, »haben wir unser Set gesungen, und danach kam eine Frau zu mir – sie war schon etwas älter, aber attraktiv. Sie wollte mir sagen, wie gut ihr meine Stimme gefiel und daß wir eine Gemeinsamkeit hätten. Sie hieß Linda und hatte früher als Sängerin gearbeitet, hauptsächlich in Casinos, das eine war in Atlantic City, das andere auf Puerto Rico. Als ich fragte, ob sie unter ihrem richtigen Namen aufgetreten sei, antwortete sie, ja, Linda Moon. Ich hab gesagt, das klingt ja toll, und sie erwiderte: ›Nehmen Sie ihn, ich habe keine Verwendung mehr dafür. Ich hab zu Hause vier Kinder, alles Jungs, ich heiße jetzt Linda Mora, und mein Mann Vincent arbeitet bei der Polizei von Miami Beach.‹ Da habe ich mich nett bedankt, und seither benutze ich den Namen.« Linda schwieg. »Ich habe zwei verheiratete Schwestern, beide wohnen in Midland. Mein Dad züchtet Pferde, meine Mom arbeitet in einer Bank... Was willst du sonst noch wissen?«

In der nun folgenden Stille hörte Chili den wummernden Beat und die helle Frauenstimme:

It didn't seem so very long ago
We listened to Del Shannon on the stereo.«

Es dauerte eine Minute, in der Chili zur Decke hochsah, als überlege er, was er sie fragen sollte. Schließlich sagte er: »Das bist du mit Odessa, stimmt's?«

Linda drehte sich um, stellte die Anlage lauter und wandte sich ihm wieder zu, bewegte sich im Rhythmus der Musik und sang jetzt zu ihrer eigenen von der CD kommenden Stimme:

She went out there and they used her up
They threw her aside like a broken cup.
Poor baby, she's gone gone gone
Walkin' the streets with her eyeshadow on.

Dann stellte Linda die Musik leiser und sagte: »Das ist ›My Little Runaway‹. Gestern abend habe ich die komplette CD gespielt, angefangen bei ›Church of the Falling Rain‹ bis zum letzten Stück, und du hast kein Wort dazu gesagt.«

»Weil ich nicht hingehört habe. Tut mir leid…«

»Dir sind andere Sachen durch den Kopf gegangen. Aber ich hab unwillkürlich gedacht, mein Gott, er ist unser Manager und erkennt nicht mal meine Stimme.«

»Warum hast du nichts gesagt?«

»Also echt, wenn du nicht weißt, daß ich singe, obwohl du's hörst…«

»Auf Platte ist deine Stimme kräftiger. Na ja, so laut redest du halt nicht.«

»Und jetzt, wo du Odessa gehört hast…«

»Phantastisch. Ich find's großartig. Weißt du, warum? Ich versteh's. An ein Lied von gestern erinnere ich mich, ›The Changing of the Guard‹.«

Linda begann wieder zu singen, ihre Stimme war klar, mühelos:

It's the changing of the guard
It's the marching to the drum
To the beating of our hearts
Here we come.

»Das ist Odessa«, sagte Linda, »so stehen wir zu unserer Musik und zu dem, was wir tun.« Dann sang sie weiter:

We've come to visit
Yes, we have come to call
We have come to see
Your empire fall.

»Das ist ganz schön heavy«, sagte Chili, »aber auch witzig. Ihr habt wirkliche Drive, auch wenn ein paar Stücke ziemlich countrymäßig klingen.«

»Hab ich dir doch gesagt«, sagte Linda, »es ist Rock 'n' Roll mit Country-Einschlag. Unverfälscht, kein Ramsch.«

»Und diese Musik könnt ihr nicht verkaufen?«

»Doch, haben wir, aber dann wollte die Plattenfirma sie aufmotzen. Hab ich dir noch erzählt. Wir hatten den Vertrag für die CD hier.«

»Wer hat sie dann produziert?«

»Wir selbst. Ich hab mir von meinem Dad fünfzehnhundert gepumpt. Wir haben fünfunddreißig Dollar pro Stunde für die Aufnahmesessions in einem schäbigen Studio bezahlt, in dem's nicht mal ein Klo gab, und dann für zwölfhundert Dollar tausend Stück brennen lassen, im Pappcover, ohne CD-Box oder Booklets. Ich hab heute noch Schulden bei meinem Dad.«

»Darum kümmere ich mich«, sagte Chili. »Wir fangen bei Null an, dann sehen wir mal, wie wir aus dir einen Star machen.«

»Raji hat behauptet, er würde die Chicks zu Superstars machen.«

»Hast du noch was von ihm gehört?«

»Nicht, seit er mir was von all den harten Kerlen vorgequatscht hat, die hinter ihm stehen. Daß er das Syndikat mobil machen kann, wenn er Hilfe braucht. Ich hab ihm gesagt, er sollte sich besser vorsehen, Chili Palmer ist *kein* netter Mensch. Und daß er erstmal mit Nick reden soll, bevor er irgendwas unternimmt.«

»Du hast ihm gesagt, ich sei kein netter Mensch?«

»Bin ich dir damit zu nahe getreten? Meine Güte, du warst doch mal Gangster, oder?«

»Was soll das heißen, daß ich bei einer Gang war? Das war ich nie, es gab nur lockere Verbindungen, könnte man sagen.«

»Es hat nichts gebracht, daß ich ihn gewarnt habe«, stellte Linda fest, »sie wollten dich trotzdem umlegen. Aber wenn es Raji gewesen wäre, hätte er doch wohl kaum den Falschen erschossen?«

Chili sagte: »Ich will nur wissen, wer das Sagen hat, Raji oder Nicky?«

»Nick«, sagte Linda. »Er kriegt 'ne Krise, wenn man ihn Nicky nennt. Ich halte ihn für das Aushängeschild, den Verkäufer, er redet lauter als Raji, aber Raji ist link. Er macht vermutlich einen auf cool, weil er faul ist, aber er ist immer *da*, verstehst du. Bei Raji ist es wahrscheinlicher, daß er einem in den Rücken fällt.«

»Und er hat den Plattenvertrag für die Chicks abgeschlossen.«

»Mit Artistry. Dasselbe Label, das Odessa verpflichtet hat und das wir verlassen haben.«

Das überraschte ihn. »Davon höre ich zum erstenmal«, sagte Chili. »Artistry weiß also, was du kannst, wenn du kein Chick bist. Wenn du gehst, setzt das Rajis Vertrag außer Kraft, aber vermutlich wird Artistry dich halten wollen.«

»Falls ich einverstanden bin«, warf Linda ein. »Falls sie versprechen, nicht an meinen Songs herumzupfuschen.«

Chili erhob sich vom Sofa, strich seinen Anzug glatt.

»Ich muß unbedingt mit Raji und Nicky reden, ihnen den Kopf waschen. Aber zuerst werd ich bei Artistry reinschauen, mal sehen, ob wir uns einigen können. An wen wende ich mich da?«

»An den Typen, der uns verpflichtet hat, Michael Maiman, er ist der A&R-Mann – für Künstler und Programm zuständig«, sagte Linda. »Aber du hast doch noch nie einen Plattenvertrag ausgehandelt.«

»Dabei geht es darum, wieviel Vorschuß man kriegt«, sagte

Chili, »und wieviel sie einem von den Tantiemen abzwacken. Ich hab das mit Hy Gordon besprochen.«

Der Kleidersack, den er mitgebracht hatte, Klamotten für ein paar Tage, lag neben der Haustür. Er sah ihn an und dann wieder auf Linda. »Ich sag dir, wo ich wohne.«

»Du kannst mein Schlafzimmer haben, und ich nehm die Couch«, schlug Linda vor, »falls du irgendwelche Bedenken hast. Mir ist es egal, wo ich schlafe.«

»Es geht gar nicht darum, wer wo schläft«, sagte Chili. »Jemand will mich aus dem Weg räumen. Wenn die entsprechenden Leute hier auftauchen, werden sie keine Zeugen zurücklassen. Vielleicht werfen sie auch eine Rohrbombe durchs Fenster. Wer mit wem schläft ist völlig egal, wenn das Haus in die Luft fliegt.«

Offenbar dachte sie darüber nach.

»Hast du keine Waffe?«

»Nein, ich habe keine Waffe.« Wie kam sie bloß auf die Idee?

»Aber ich«, sagte Linda. »Eine Schrotflinte, hat mir mein Dad geschenkt.«

Als sie durch den Garten gingen, Chili mit dem Kleidersack in der Hand, sagte Linda, er solle sich mal Los Angeles da unten ansehen, Los Angeles, Kalifornien, und Chili unterbrach sie mit: »Ist das nicht eine von den Chicks?«

Tatsächlich, Vita kam die Treppe herauf, unten stand ihr Wagen.

Linda sagte: »Vita, das hier ist mein neuer Manager, Chili Palmer«, konnte es kaum erwarten, daß sich die beiden kennenlernten, doch im nächsten Moment fühlte sie sich als fünftes Rad am Wagen, während sie miterlebte, wie Vita das Kommando übernahm.

Denn Vita sagte: »Klar, von dir hab ich in der Zeitung gelesen«, ging gleich in die Offensive, wobei sie ihn von oben bis unten musterte. »Ich wette, du kannst auch uns beide managen, wenn du willst.« Vita mit ihrer lockeren Art. Am liebsten hätte Linda gesagt, sie solle sich gefälligst zurückhalten.

Statt dessen sagte sie nur: »Er wollte gerade gehen.«

Vita fragte: »Schmeißt sie dich raus?«

Chili sagte: »Nein, ich muß weg.« Und grinste.

Er grinste wie ein Trottel. »Er hat viel zu tun«, erklärte Linda.

»Das kann ich mir vorstellen«, sagte Vita zu ihm, »wo diverse Leute dich erschießen wollen. Übrigens, du kannst gern bei mir unterkriechen. In Venice werden sie dich wohl kaum finden.«

Linda ließ ihn nicht aus den Augen. Er bedankte sich bei Vita, gab ihr die Hand. Sah dann zu Linda hin, kam rüber, gab ihr einen Kuß auf die Wange und versprach, später anzurufen. Als ginge er zur Arbeit. Linda wartete, bis er die Treppe hinuntergegangen und in sein Auto gestiegen war.

»Warum hast du dich nicht gleich ausgezogen und ihn angesprungen?«

Vita drehte sich zu ihr um.

»Ach, wir haben da wohl was laufen? Kann ich dir nicht verdenken, Kleine, er ist ein gutaussehender kräftiger Mann. Kann mir nicht vorstellen, daß Raji ihm große Schwierigkeiten macht.«

11

Rajis rechte Hand Elliot Wilhelm wußte genau, wo der Laden war. Der Hollywood Athletic Club, am Sunset Boulevard kurz vor der Vine Street. Elliot sagte, da ginge man hin, um Poolbillard zu spielen, und abends träten Swing-Bands auf, unter anderem Johnny Crawford, der mal in der Fernsehserie *Westlich von Santa Fé* mitgespielt hatte, den Jungen von Chuck Connor. Elliot hatte die Serie nicht gesehen, das war vor seiner Zeit, hatte aber davon gehört. Raji wußte zwar nicht mehr, ob er sie gesehen hatte oder wann sie gelaufen war, sagte aber: »Klar, *Westlich von Santa Fé*, für so 'ne Serie gar nicht so übel. Verstehst du?« Elliot fuhr heute abend den Lincoln, Raji neben ihm hatte einen dicken braunen Umschlag auf dem Schoß.

»Da drüben ist es«, sagte Elliot, »auf der linken Seite.«

An der Ecke Schrader Drive. Raji fand, das Anwesen sähe eher aus wie ein altmodischer Country-Club, mit Palmen davor, das Ganze im heruntergekommenen alten Hollywood. Man brauchte sich ja nur mal die berühmte Kreuzung von Hollywood Boulevard und Vine Street anzugucken, wie es da jetzt aussah. In dieser Gegend hier war es genauso. Elliot bog um die Ecke und sagte, er sei oft in diesem Club gewesen, er möge Swing-Bands und sei ein begeisterter Tänzer. Raji erwiderte, das sei nicht sein Stil. Elliot fand es cool, dabei könne man so richtig abschwitzen. Er sagte, da sind sogar echt alte Leute drinnen und schwingen das Tanzbein.

Sie konnten auf den Parkplatz fahren, der hinter einer parallel zum Schrader Drive stehenden Backsteinmauer lag, oder sie konnten es in der Tiefgarage auf der anderen Straßenseite probieren. Was nun? Raji schwieg, er war nur ungern hinter oder umgeben von einer Mauer. Doch auf einmal sagte Elliot: »*Da*«, als sich ein Auto von der Bordsteinkante löste, jemand brach früh auf, und Raji war einverstanden: »Ja, den nehmen wir.« Genau das war's, am Straßenrand parken: Es war dunkel, direkt daneben stand die knapp zwei Meter hohe Mauer; hinten beim Clubeingang brannte Licht, aber nicht hier vorn. Elliot stellte das Auto ab, und sie stiegen aus, Raji ließ den Umschlag auf seinem Sitz liegen. Über das Wagendach hinweg wies er Elliot an, dazubleiben. Raji hatte ihm schon erklärt, was er tun sollte, wiederholte es aber noch einmal. Elliot nickte dazu, die samoanischen Bizeps in seinem Tanktop wie Felsblöcke, während er sich mit den Händen durch die Haare fuhr. Raji hatte seine schwarze Kangol-Mütze verkehrt herum aufgesetzt und trug eine glänzende schwarze Lederjacke. Er ging nun auf die Markise über dem Clubeingang zu, drehte sich um und sah Elliot auf dem Bürgersteig stehen, wo er hingehörte; Elliot zog sich gerade eine Nylonjacke aus dem Big Man's Shop an, dem Laden für Übergrößen, wo er seine Klamotten kaufte, Rajis Vorzeigeleibwächter, ein ebenso exotischer wie schweigsamer Samoaner, der nicht quatschte, nur um irgendwas zu sagen.

Raji hörte jetzt Tanzmusik aus dem Gebäude, typischer Big-Band-Sound, aber weder wußte er, was für ein Song das war, noch, ob er ihn schon einmal gehört hatte. Zwei zigarettenrauchende Typen standen in einigem Abstand voneinander vor dem Eingang. Der kleinere, übergewichtige von beiden schaute jetzt zu Raji hinüber und kam auf ihn zu, Joe Loop in einem dunklen Anzug, Jackett offen, so daß man seine Wampe sah, weißes Hemd, die Kragenspitzen nach oben gebogen, rotgestreifte Krawatte und ramponierte Brille.

»Du bist spät dran.«

»Na und, vielleicht fünf Minuten.«

Joe Loop drehte sich wieder zum Eingang um. »Hörst du das? ›String of Pearls‹, 'ne alte Glenn-Miller-Nummer. Eben haben sie ›Chattanooga Choo Choo‹ gespielt.«

»Verdammt, das hätte ich gern gehört«, sagte Raji. »Ich mag Songs über Eisenbahnen. Willst du dein Geld? Komm mit, mein Guter.«

»Ich bin nicht dein Guter, Arschloch.«

Nein, aber weil er sein Geld haben wollte, kam er mit. Raji fragte, ob er wohl gern das Tanzbein schwang. Joe Loop antwortete nicht, sprach erst wieder, als sie am Wagen ankamen.

»Warum hast du die Kreatur mitgebracht?«

»Elliot hat *mich* mitgebracht«, antwortete Raji, »er ist mein Chauffeur«, und rief: »Elliot, den Umschlag, bitte.« Zu Joe Loop sagte er: »Mein Chauffeur und Leibwächter.«

»Scheiß Niggerschwuchtel«, sagte Joe Loop. »Als wär einer nicht schon schlimm genug.«

»Elliot ist Samoaner, falls du das nicht weißt.«

»Logo, Alabama-Samoaner.«

Elliot streckte Joe Loop jetzt den dicken Umschlag entgegen und zog dabei eine Augenbraue hoch. Der riß ihn ihm aus der Hand und drehte sich um, wollte gehen.

Raji fragte: »Willst du nicht mal 'n Blick drauf werfen?«

Joe Loop blieb stehen und drehte sich halb um. »Wozu?«

»Es zählen, was sonst.«

»Warum sollte ich das tun? Ich vertrau dir, Smoke. Du würdest mir doch wohl kein zu leichtes Päckchen geben, oder?«

Damit ging er weiter.

Und Raji rief: »Mann, warte mal kurz. Ich will dir noch was zeigen.«

Elliot hatte inzwischen den Kofferraum des Town Car geöffnet. Er nahm einen Baseballschläger heraus und reichte ihn Raji, der ihn hochhielt und Joe Loop zeigte.

»Mir hat gefallen, was du erzählt hast, daß du immer einen Baseballschläger im Wagen aufbewahrst. Darum hab ich Elliot losgeschickt, mir einen zu holen. Was hältst du davon?«

Joe Loop sagte: »Einen *roten* Schläger?« Er streckte die Hand aus, und Raji warf ihm den Schläger zu, so wie es kleine Jungs machen, wenn sie Mannschaften wählen und abwechselnd das Schlagholz greifen, um zu sehen, wenn Hand am Ende oben ist und wer als erster wählen darf. Aber heute abend wählten sie keine Mannschaften. Joe Loop steckte sich den Umschlag unter die Achsel und packte den roten Schläger mit beiden Händen.

Dann sagte er: »Der ist aus Aluminium, du dämlicher Sack«, und warf ihn wieder Raji zu. »Man nimmt einen Schläger aus Holz, den berühmten Louisville Slugger, nicht so ein Stück Scheiße.«

Raji hielt den Schläger beidhändig am Griff, betrachtete das dicke Ende. »Elliot hat hundertneunundvierzig Dollar und 'n paar Cent für diesen Schläger bezahlt«, und Raji kam näher, damit Joe Loop ihn sich gut ansehen konnte. »Der Verkäufer hat ihm erklärt, er hat eine vergrößerte Schlagfläche, einen angenehm schlanken Griff.«

»Ja, aber wenn man einen hart geworfenen Ball damit trifft«, entgegnete Joe Loop, »hört man keinen anständigen Knall, sondern ein Ping, Herrgott noch mal. Was für 'n Geräusch ist das, so 'n beschissenes Ping? Wenn ein Junge so einen Schläger benutzt, versaut er sich seinen Schlag. Du hast die vergrößerte Schlagfläche erwähnt? Das versaut den Jungen, ermöglicht ihm eine längere Ausholbewegung. So entwickelt man nicht die schnellen Hände, die man als Baseballprofi braucht.«

Raji vollführte jetzt aus dem Handgelenk heraus mit dem Schläger kleine Kreisbewegungen in Bodennähe wie ein Golfspieler.

»Woher weißt du so was?«

»Du meinst, ich weiß etwas, was du nicht weißt? Hör zu, auf dem College kann einer mit 'ner Aluminiumkeule einen Superdurchschnitt schlagen, aber sobald er Profi wird, trifft er nix mehr, seine Hände sind zu langsam.«

»Schon, aber wofür ich das Ding hier brauche«, sagte Raji, »wie schnell muß ich da sein?« Er hob den Schläger in Hüfthöhe, holte aus und knallte das dicke Ende gegen Joe Loops Knie, verpaßte ihm einen mächtigen Schlag und sagte dabei: »War das schnell genug, du Scheißspaghetti?« Schlug dem Mann mitten ins Gesicht, als der stolperte und zu schreien anfing, und damit fällte er ihn, hob den Schläger hoch über seinen Kopf und wuchtete ihn ein-, zweimal nach unten, als wolle er einen Pfahl in die Erde hämmern. Als er ihn wieder hob, sagte Elliot: »Das reicht, Mann, das müßte genügen.«

Raji atmete tief durch und blickte zum Clubeingang hinüber, der Bürgersteig war menschenleer. Er stieß Joe Loop mit der Alukeule an und sagte zu Elliot: »Sieh nach, ob er 'ne Knarre hat.« Während Raji zusah, wie Elliot die Kleidung des Mannes durchsuchte, fuhr er fort: »Einer wie der geht nicht mal unbewaffnet aufs Klo.«

Elliot holte Joe Loops Brieftasche, seine Autoschlüssel, Zigaretten und – schau an – einen Dietrich hervor. Als Elliot wissen wollte, was das sei, antwortete Raji: »Damit macht man Schlösser auf, wenn man in ein Haus einbricht. Gib her.« Als nächstes brachte Elliot einen Parkschein für die Tiefgarage zum Vorschein.

Er sagte: »Ich hab Joe einen alten Pontiac fahren sehen. Soll ich mal nachsehen?«

»Später«, antwortete Raji. »Ich nehme die Beine, du das andere Ende, und dann wuchten wir ihn über die Mauer.«

Elliot rührte sich nicht, beugte sich immer noch über den Mann.

Raji sagte: »Nun mach schon«, und Elliot sah ihn an.

»Weißt du was? Der Kerl lebt noch. Kopf eingeschlagen, Mund zermatscht, er atmet durch die Nase.«

Raji hatte immer noch den Schläger in der Hand. Er hielt ihn Elliot hin. »Willst du ihm eine verpassen?«

»Ich finde, wir sollten ihn in den Kofferraum legen«, sagte Elliot, »hab ich von Anfang an vorgeschlagen. Den hab ich extra mit Müllsäcken ausgelegt. Dann bringen wir ihn an einen einsamen Ort und schießen ihm in den Kopf. Das ist würdevoller, als den Mann totzuschlagen.«

Raji fragte: »Und wenn in seinem Wagen keine Kanone liegt?«

»Ich kann uns problemlos eine beschaffen«, antwortete Elliot, »was für eine du willst. Die Frage ist, ob du's tun willst oder nicht. Ich seh das so, nachdem der Mann so verprügelt wurde, sollte man es jetzt besser mit 'ner Knarre versuchen.«

Raji sagte: »Also los«, wollte den Mann unbedingt rasch von der Straße kriegen. Sie hoben Joe Loop in den Kofferraum und schmissen den Schläger hinterher. Was noch?

Elliot sagte: »Den Umschlag«, und betrachtete das auf dem Gehsteig liegende Kuvert. Raji schlug vor, ihn dort liegenzulassen; außer Papierschnipseln sei ohnehin nichts drin. »Nichts drin«, wiederholte Elliot, »aber meine Fingerabdrücke überall drauf«, nahm den Umschlag und warf ihn samt Joe Loops Brille in den Kofferraum. Dann sah er Raji an.

»Und wenn er den Umschlag aufgemacht hätte?«

»Der Mann ist ein rassistischer italienischer Niggerhasser. Der wär nie auf den Gedanken gekommen, daß ein Farbiger versuchen könnte, ihn reinzulegen. Das wußtest du nicht? Ich dachte, du wärst intelligent.«

Raji wartete im Wagen, während Elliot zur Tiefgarage trabte. Es dauerte nicht lange; nach fünf Minuten war er wieder da. Elliot setzte sich hinters Lenkrad, blinzelte Raji im Licht der Innenbeleuchtung zu und zog eine Pistole aus seiner Jacke.

»Beretta, Mann, neun Millimeter, ein ganz schönes Teil.«

Raji nahm sie ihm ab, lud durch, und ein Magazin fiel heraus. Dann hob er die Pistole und zielte durch die Windschutzscheibe.

»Endlich ergreifst du die Initiative«, sagte Elliot. »Du beauftragst diesen alten Mann? Was gibt es denn für einen Job, den wir beide nicht erledigen könnten? Mann, dreh deine Mütze um und sei *du selbst*, nicht irgend jemand anderes. Sei der Boß.«

12

Elaine kam auf Strümpfen rüber, umarmte Chili, erzählte ihm, er habe ihr gefehlt, nahm ihn auf dem Weg zu ihrem Schreibtisch am Arm, und Chili betrachtete die kahlen Wände und die neben leeren Bücherregalen aufgestapelten Kartons.

»Ist das dasselbe Büro, in dem du früher warst?«

»Der Typ, der nach mir kam, hat ein Nasa-Kontrollzentrum draus gemacht, mit lauter elektronischem Spielzeug, Monitoren, Computern... Ich hab gesagt: ›Gebt mir einfach ein Büro, das wie ein Büro aussieht, okay? Und ein normales Telefon, kein Headset.‹ Headsets sind zur Zeit schwer angesagt, man hat die Hände frei. Dann kann man auf dem Drehbuch herumkritzeln, während man dem Produzenten erzählt, es lese sich zwar toll, sei aber nicht das, was man gerade suche. Ich tue nichts anderes als telefonieren, und das kotzt mich an. Ich muß meinen Gesprächspartner ansehen können, um zu wissen, ob er lügt.«

Elaine redete langsam; man hörte, daß sie New Yorkerin war. Einem intelligenteren Menschen als ihr war Chili noch nie begegnet. Anfang Vierzig, hübsche braune Augen – sie könnte sich ohne großen Aufwand attraktiver machen. Etwas mit ihren Haaren anstellen, die sahen immer irgendwie zerzaust aus. Auch über ihre Kleidung hatte sie sich offenbar nicht groß den Kopf zerbrochen, beiges Kostüm, die Ärmel hochgekrempelt, darunter ein T-Shirt mit V-Ausschnitt.

Sie sagte: »Als ich bei Universal angefangen hab, haben die mich ins Ivan-Reitman-Building gesteckt.«

»Er hat ein eigenes Gebäude?«

»Es ist unglaublich. Ich sitze also in meinem Büro und denke: Was soll ich hier machen, die Looney Tunes? Ich konnte mich partout nicht konzentrieren, darum bin ich wieder hier.« Dann sagte sie: »Setz dich« und ging um den Schreibtisch herum zu ihrem Sessel.

»Wo ist dein großer Aschenbecher voller Kippen?«

»Chil, in dieser Stadt darf man nicht mal mehr in Kneipen rauchen, man muß hinter die Garage gehen. Darum versuche ich aufzuhören. Wenn ich's nicht schaffe, ziehe ich nach Barcelona. Und du?«

»Nur Zigarren.«

Elaine sagte: »Das wäre also geklärt, was gibt's sonst?«

»Gestern abend«, fing Chili an, »war ein Pärchen im Griffith Park picknicken. So hat der Typ, Vernon, es genannt. Sie fahren dahin, um 'ne Nummer zu schieben.«

»Schon klar.«

»Sie liegen auf 'ner Decke, entspannen sich, betrachten die Sterne.«

»Rauchen eine Zigarette.«

»Genau das dachte ich auch«, sagte Chili, »aber davon steht nichts im Bericht. Die beiden sehen einen Wagen zwischen den Bäumen halten, nicht weit von der Stelle, wo sie picknicken. Zwei Typen steigen aus, machen den Kofferraum auf, ziehen jemanden heraus... das Pärchen denkt zuerst, er wär tot, weil er sich weder bewegt noch einen Mucks von sich gibt. Doch dann legen ihn die beiden Typen mit dem Gesicht nach unten auf den Boden. Einer der beiden nimmt eine Knarre und schießt ihn in den Hinterkopf, zweimal. Sie steigen wieder in den Wagen, ein großer schwarzer, der ziemlich neu aussah, sagt Vernon, aber das Modell konnte er nicht angeben, und fahren weg. Vernon geht zu seinem Auto und ruft neun eins eins an.«

»Hat ein Handy«, kommentierte Elaine, »fährt aber mit seiner Freundin in den Griffith Park, wenn er 'ne Nummer schieben will.«

»Sie sind verheiratet. Haben vier Kinder zu Hause, und der Vater der Frau wohnt bei ihnen, treibt Vernon in den Wahnsinn, der Alte quasselt pausenlos. Für ein bißchen Privatsphäre müssen sie sich zu einem nächtlichen Picknick davonstehlen. Die Cops kommen und wollen wissen, wie die beiden Kerle aussehen, und Vernon antwortet, es seien Farbige. Nun«, fuhr Chili fort, »war ich bei Artistry Records, kurz bevor ich zu dir kam. Ich rede gerade mit einem A&R-Mann namens Michael Maiman, als Darryl Holmes anruft, mein Kontaktmann bei der Polizei. Ich muß ihm jedesmal sagen, wohin ich fahre, damit er mich erreichen kann. Ich hab dir doch von Darryl erzählt, oder?«

»Du sagtest, du hättest einen Freund bei der Polizei von L.A., falls ich das glauben soll.«

»Darryl ist in Ordnung. Der Sheriff von L.A. Country ist für den Typ zuständig, der in meinem Haus erschossen wurde, dieser Russe, der mir den Schreibtisch vollgeblutet hat. Darryl benimmt sich, als wäre er mein Agent, legt ein gutes Wort für mich ein, gibt den Leuten des Sheriffs seinen Bericht über den Mord an Tommy. Wenn Darryl nicht wäre, würden die mich vielleicht immer noch verhören.«

»Will er zum Film?«

»Ich verrate dir was, Elaine. Meiner Meinung nach ist Darryl ein Naturtalent.«

»Er kommt also in dem Treatment vor, das du gerade lebst.«

»Treatment... wir könnten auch gleich das Drehbuch schreiben, jedenfalls damit anfangen. Ja, Darryl gehört unbedingt rein. Als er also anruft, reicht mir Michael Maiman, der A&R-Mann, mit echt angespanntem Gesichtsausdruck den Hörer. ›Für Sie. Die Polizei.‹ Er flüstert. Darryl erzählt mir, der Tote im Griffith Park habe nichts dabeigehabt, woran man ihn identifizieren könne. Aber sobald er ihn heute morgen gesehen hat, wußte er, wen er vor sich hatte, nämlich Joseph Anthony Lupino. Darryl ist in der Abteilung Organisiertes Verbrechen, er hat 'ne Akte über alle von denen, die noch am Leben sind. Er fragt mich, ob ich ihn kenne. Nein, aber ich kenne ihn dem Namen nach von früher, Joseph Lupino, sie nannten ihn nur Joe Loop, ein übler Kunde, aber jetzt lebt er hier, hat sich mehr oder weniger zur Ruhe gesetzt. Ob ich wisse, womit er sich seinen Lebensunterhalt verdiente? Nein, aber ich wäre nicht überrascht, wenn er für die Promotionabteilung von irgendeiner Plattenfirma gearbeitet hätte.«

Elaine sagte: »Soll das ein Witz sein?«

»Tommy Athens war Mafioso und ist in der Plattenbranche gelandet. Nicky Carcaterra ist auch so einer, der hatte Verbindungen zum Syndikat, als ich ihn kannte, jetzt ist er Plattenpromoter. Da ist jede Menge Geld zu verdienen, Elaine, darum gibt so ein Promomann keine Ruhe, quatscht einen zu. Er schmeißt sich an den Programmdirektor eines Radiosenders ran und wird sein Kumpel. Besorgt ihm Eintrittskarten für die Super Bowl, läßt im Sender Bands für Live-Interviews antanzen. Vielleicht leiht er dem Programmdirektor Geld, das der nicht zurückzahlen muß. Er verschafft ihm für den Urlaub ein Apartment auf Jamaika. Sie werden so gute Freunde, daß der Programmdirektor immer Zeit für den Promomann hat, wenn der vorbeikommt, aber nicht mal zwei Minuten für den Vertreter der Plattenfirma. Das kann so weit gehen, daß die Platte nicht gespielt wird, außer der Promomann bringt sie vorbei.«

Elaine fragte: »Sprichst du von Schmiergeld?«

»Wenn es nötig ist. Wie kriegt ein Label seine Platten ins Radio? Wenn man es in die Top Ten von *Billboard* schafft, verkauft man eine Million CDs. Von Hy Gordon weiß ich, wie das funktioniert hat. Er sagt: ›Weißt du, wie vielen Frauen von Programmdirektoren ich Waschmaschinen und Wäschetrockner besorgt habe?‹ Außerdem meint Hy, die Promoleute sind erfolgreich, so daß sie die Manager der Plattenfirmen schmieren. Hy meint: ›Was glaubst du denn, was diese freien Promofritzen für Typen sind, Ex-BWL-Studenten von Harvard? Nein, die kommen von der Straße. Um Erfolg zu haben, ist denen jedes Mittel recht.‹«

»Aber was ist«, wandte Elaine ein, »wenn der Promoter die Platte nicht verkauft?«

»Er verkauft sie. Nur eins kann er nicht garantieren, nämlich daß sie ein Hit wird. Aber die Promoleute geben sich nur mit erfolgversprechenden Platten ab, hinter denen Geld steckt. Die bringen sie auf die Playlists, und das hält andere Platten – beispielsweise die von kleinen unabhängigen Firmen – vom Radio fern. Man hört nur das, was die Promoter wollen.«

»Wenn das so ist«, sagte Elaine, »wie willst du dann Linda Moon verkaufen?«

»Hoffentlich mit der altmodischen Methode, aufgrund ihrer

Stimme und ihrer Musik. Linda nennt sie unverfälschten amerikanischen Rock 'n' Roll, und so werden wir sie wohl auch verkaufen. Es ist Rock, aber mit Country-Einschlag.« Chili holte eine CD in einer Papphülle aus seiner Seitentasche seines Anzugjacketts. »Du kannst dir anhören, wovon ich rede.« Aus der anderen Seitentasche holte er eine Videokassette. »Und dir angucken, wie die Band aussieht. Ein bißchen Musik ist auch drauf, aber im Grunde ist es ein Homevideo.« Er sah sich im Büro um. »Du hast keinen Fernseher.«

»Warum sollte ich bei der Arbeit fernsehen?« wollte Elaine wissen.

»Wenn dir die Comichelden ausgehen«, antwortete Chili, »machst du einen Kinofilm aus einer alten Fernsehserie. ›Bonanza – der Film.‹«

»Du glaubst, du machst Witze«, sagte Elaine, nahm den Telefonhörer ab und sprach hinein. »Jane, kannst du mir einen Fernseher und einen Videorecorder besorgen?... Nein, für hier, fürs Büro... Es muß doch irgendwo in diesem Haus einen geben, oder?« Das sagte sie langsam und gemessen.

Chili sagte: »Und einen CD-Spieler.«

»Jane, und einen CD-Spieler. Schau mal, was sich machen läßt.«

Chili lehnte sich in seinem Sessel zurück. »Du willst wissen, wie ich Linda verkaufen werde. Ich war bei Artistry, wo sie mal unter Vertrag gestanden hat, wollte rausfinden, ob man sich da noch an sie erinnert. Ich hab doch erwähnt, daß ich da war, als Darryl angerufen hat? Ich hab gerade mit Michael Maiman geredet, der Odessa ursprünglich verpflichtet hat, vor über einem Jahr.« Chili hielt inne. »Ist dir mal aufgefallen, wie viele Michaels es in der Unterhaltungsbranche gibt, in leitenden Positionen? Dieser Michael hat vorzeitig eine Glatze gekriegt und trägt zum Ausgleich ein dünnes langes Pferdeschwänzchen, aber er gibt sich Mühe und hat die richtigen Sprüche drauf. Sag ich:

›Michael, erinnern Sie sich an eine Gruppe, die Odessa heißt?‹ Er wiederholt: ›Odessa, Odessa‹, und guckt an die Zimmerdecke. ›Na klar, Church of the Falling Rain. Wenn ich mich recht entsinne, haben ihre Songs das Zeug zum Ohrwurm, aber der enge textliche Bezug fehlt.‹ Darauf frage ich: ›Warum habt ihr sie dann verpflichtet:‹, und er sagt: ›Haben wir das?‹ Ich sage: ›Linda Moon, ehemals Chicks International.‹ ›Ach, diese Linda Moon.‹ Er fährt fort, ja, Car-O-Sell hat Linda unter Vertrag. Ich erzähle Michael, jetzt nicht mehr, Linda ist ausgestiegen und hat Odessa wiederbelebt. Ich merke, daß ihm der Gedanke gefällt, er einem aber keine, na ja, Hoffnungen machen will. Dann meint er, das Problem zur Zeit sei, es gebe zu viele Sängerinnen, mehr, als wir bräuchten. Ich sage, schon klar, aber Linda steckt die Hälfte von denen in die Tasche, und das wußte er auch. Linda ist ein echter Knaller, und weißt du warum? Ihre Songs rufen eine emotionale Reaktion hervor, durch die Erinnerungen geweckt werden.«

Elaine glotzte ihn an. »Woher hast du das denn?«

»Von meinem Mentor Hy Gordon. Als nächstes frage ich Michael nach der Tantiemenklausel in dem ersten Vertrag. Ich erwähne beiläufig, ich wüßte, daß der Vorschuß hundertfünfzigtausend Dollar betragen hatte. Er antwortet, fünfzehn Prozent. Darauf ich: ›Wenn Sie also die CD im Preissegment von fünfzehn Dollar anbieten, belaufen sich die Tantiemen auf zweieinviertel pro Scheibe. Wenn ihr hunderttausend davon verkauft, schuldet ihr der Band noch mal zweiundzwanzigtausendfünfhundert. Hab ich recht?‹ Nein, nicht ganz. Michael erklärt, daß es sich, erstens, bei den hundertfünfzigtausend um einen Vorschuß auf Tantiemen handelt, die auf achtzig Prozent der gesamten Verkäufe basieren. Die restlichen zwanzig Prozent decken die Tatsache ab, daß die Plattenfirma überhaupt zur Verfügung stehe. ›Daß es uns überhaupt gibt‹, sagt Michael. ›Nur dadurch können wir Ihnen nicht bloß einen Vertrag, sondern auch unsere volle Unterstützung anbieten.‹

Also, sie verkaufen hunderttausend, werden aber für achtzig bezahlt, und zwar mit zwei Dollar fünfundzwanzig das Stück. Damit verbleiben Tantiemen in Höhe von zwanzigtausend, die man von den hundertfünfzig Riesen abzieht, dem Vorschuß. Darauf Mikey: ›Aber vorher müssen wir die CD herstellen.‹ Hä? Das wird nicht von den zwanzig Prozent beglichen, die sie von vornherein abziehen? Aber nein. Sie ziehen fünfundzwanzig Prozent für Verpackung sowie zehn Prozent für Verkaufsförderung und Vermarktung ab, außerdem noch mal zehn Prozent für Sonderangebote in den Läden und, sagen wir, zehn Riesen für einen freien Promoter, damit er sich der Scheibe annimmt. Darauf sage ich: ›Mikey, die Tantiemen sind inzwischen von zweieinviertel Dollar auf achtundsiebzig Cent runter. Wenn ihr dann noch zehn Riesen für den Promomann abdrückt und hunderttausend Stück verkauft werden, schulden wir euch am Ende noch ganze zweitausendzweihundert Dollar.‹«

Elaine sagte: »Das geht mir zu schnell.«

Chili: »Was erwartest du von mir, soll ich stottern lernen?«

Darauf Elaine: »Bogart, in *Die Spur des Falken*. Das ist der beste Satz in dem ganzen Film. Alles andere ist Exposition.«

»Aber der Film hat funktioniert«, sagte Chili. »Mikey ist noch nicht fertig, sondern sagt: ›Sie als Manager bekommen Ihre zwanzig Prozent. Der Anwalt kriegt zehn Prozent.‹ Damit meint er, falls wir einen haben. Dann sagt er: ›Wir müssen zusammenarbeiten, Chili‹ – er will mich auf seine Seite ziehen –, ›damit die Platte ein Erfolg wird.‹ Hy Gordon hat prophezeit: ›Jede Wette, daß er den Vergleich mit dem Baum bringt‹, und so war es. Die Plattenfirma, der Manager und der Anwalt sind der Baum und seine Äste. Sie nähren die Frucht, damit ist der Künstler gemeint. Der Baum muß gesund sein, damit er gute Früchte tragen kann, sonst fällt die Frucht zu Boden und verfault.«

Elaine runzelte die Stirn. »Wieso klingt das vertraut?«

»Peter Sellers«, antwortete Chili, »in *Willkommen Mr. Chance*.«

»Genau, das Gebrabbel eines Kretins. Eine Frage noch … Was ist mit den Aufnahmesessions? Wer bezahlt die?«

»Der Künstler, und das kann, mit einem Produzenten, leicht hundertfünfzig kosten, so wie die Plattenfirma dein Geld ausgibt. Wenn man ein Video für MTV drehen will … was kostet es, einen fünfminütigen Film herzustellen? Zwischen hundert Riesen und über einer Million. Dafür kriegt man dann diesen prätentiösen Müll, den sie auf den Markt werfen. Mit anderen Worten, die Firma bietet einem einen scheinbar ziemlich guten Vorschuß an, man sieht aber keinen Cent davon.«

Während Chili sprach, rollte ein Knabe aus der Poststelle ein Fernsehgerät samt Videorecorder herein. Elaine zeigte, wo er die Geräte hinstellen sollte. Als der junge Mann ging, um einen CD-Spieler zu suchen, wandte Elaine sich wieder Chili zu.

»Wie hast du das so schnell ausgerechnet, wie bist du auf Tantiemen von achtundsiebzig Cent gekommen?«

»Mit Prozenten kenne ich mich aus«, sagte Chili.

Das leuchtete ihr offenbar ein. Warum nicht. Nächste Frage: »Dein Treffen mit dem A&R-Mann – kommt das auch in den Film?«

»In der Szene wird sehr viel geredet, ich weiß«, gab Chili zu, »aber siehst du nicht Steve Buscemi vor dir, wie er Mikey spielt? Wenn der Drehbuchschreiber Verwendung für die Szene hat, ist sie drin.«

»Ich dachte, du würdest das Buch schreiben. Du hast gesagt, du könntest dich direkt ans Skript machen, das Treatment ausfallen lassen.«

»Eigentlich könnte ich das wirklich. Ein Typ, dem ein Limousinen-Service gehört, hat mir mal erzählt, ein Drehbuch zu schreiben sei keine Kunst. Man bringt einfach zu Papier, was man sagen will, dann holt man einen, der die Kommas und so 'n Kram reinmacht, wenn nötig die Rechtschreibung korrigiert. So wie sich dieses hier anläßt, schreibt es sich vermutlich von selbst.«

»Weißt du«, warf Elaine ein, »wenn es nicht funktioniert, kannst du dir immer noch was ausdenken. So machen das Schriftsteller. Falls sie keine Ideen aus Filmen klauen.«

Chili stand auf und ging zu dem Fernseher mit dem Videorecorder. Er sagte: »Mal abwarten, was passiert«, schob das Video ins Gerät und begab sich mit der Fernbedienung zurück zu seinem Stuhl. »Das hat ein Freund von Linda vor über einem Jahr gedreht. Das ist das Wohnzimmer in dem Haus, wo sie wohnt… Und das ist Linda.«

Die sich gerade ihre Gitarre umhängte und eine Handbewegung in Richtung Küche machte, damit ihre Band herauskam. »Gut sieht sie aus«, befand Elaine. »Glaubst du, sie kann schauspielern?«

Chili antwortete: »Würde mich nicht wundern. Sie kann ihre Stimmungen an- und abstellen. Das ist Dale, ihr Bassist, und der andere heißt Speedy Gonzalez, der Drummer. Hast du das Schlagzeug gesehen? Zwei Trommeln und ein paar Becken, mehr nicht. Laut Linda hat er ein cholerisches Temperament, das er an seinen Trommeln austobt.«

»Ist das ihre Musik?« fragte Elaine.

»Nein, darum hab ich die CD mitgebracht. Sie albern nur herum, spielen ein Stück von Hanson. Du weißt doch noch, diese drei Knaben? Das war ihr großer Hit, vielleicht zwei Jahre her. Linda singt hier drauf nichts von Odessa. Sie amüsieren sich, stimmt's? Die Band hat sich kurz danach aufgelöst.«

»Warum?«

»Sie haben den Durchbruch nicht geschafft.«

»Warum sollte er ihnen deiner Ansicht nach diesmal gelingen?«

Chili antwortete: »Na, weil sie *mich* haben«, ein wenig verblüfft.

Elaine musterte ihn eingehend, sagte aber kein Wort. Sie sahen sich das Video an, bis Elaine wieder zu Chili hinüberblickte, aber an ihm vorbei, und »Michael« sagte, und als Chili sich umsah, stand Michael Weir im Büro und schaute auf den Fernseher, während er zum Schreibtisch ging.

Michael rieb seine Handflächen gegeneinander, eine Marotte von ihm, und sagte: »Chili, wirklich schön, dich mal wiederzusehen, Mann. Was haben wir denn da, ein paar Muster? Du machst einen Film, ohne mich anzurufen? Kein netter Zug von dir.«

»Es ist ein Amateurfilm«, sagte Chili. »Freunde von mir. Da spielt kein Kredithai mit.«

Michael sagte: »Hey, das ist aber eine süße Tussi.«

Elaine sagte: »Kein Kredithai, aber wie wär's mit einem schwulen Samoaner? Interesse?«

»Ein Samoaner«, wiederholte Michael, was ihn offenbar auf eine Idee brachte, er fing an zu singen und dabei mit den Händen zu gestikulieren: »›*Oh I want some mo-ah of Samoa...*‹ Den Rest hab ich vergessen, aber ist das nicht ein richtiger kleiner Ohrwurm?« Ohne Punkt und Komma fuhr er fort: »Chil, weißt du, was bei *Schnappt zu* schiefgelaufen ist? Endlich bin ich drauf gekommen: Du hast die Amnesie zu früh aufgegeben. Ich hätte auch später *so tun sollen*, als litte ich unter Gedächtnisschwund, das noch ein bißchen ausreizen. ›Amnesie, ein Kunstgriff des Geistes, um gesund zu bleiben.‹«

»Gregory Peck in *Ich kämpfe um Dich*«, sagte Elaine. »Michael, wir sind gerade in einer Besprechung.«

»Ach so, ich dachte, ihr seht euch *Tammy vögelt rum* an. Also, das Mädel ist echt süß. Wie könnte ich in den Genuß dieser Freuden kommen, Chili?«

»Besorg dir eine Trittleiter.«

Michael sah Elaine an. »Hast du das gehört? Und das nach dem vielen Geld, das ich für dieses Arschloch verdient habe.«

Elaine erwiderte: »Michael, würdest du bitte verschwinden?«

Er sagte: »Na schön, aber für die Rolle als schwuler Samoaner könnt ihr mich vergessen«, und ging.

Chili sah sich um, ob er auch wirklich weg war. »Meint er das ernst?«

»Michael muß immer das letzte Wort haben. Das solltest du mittlerweile wissen.«

Etwa eine Minute lang sahen sie zu, wie Linda und Odessa einen auf Mick und die Stones machten und »Satisfaction« vortrugen, Elaine pochte mit den Fingern den Takt auf ihren Schreibtisch. Als ihr Telefon klingelte, nahm sie ab, lauschte, drückte auf eine Taste und sagte: »Dein Kumpel, der Cop«, und hielt Chili den Hörer hin.

Der stand auf, nahm ihn, fragte »Darryl?« und beobachtete, wie Linda ihren Mick-Jagger-Gang hinlegte, während Darryl ihm von Russen und Joseph Anthony Lupino berichtete. Chili hörte ein paar Minuten zu und sagte dann: »Ja, ich weiß, wo das ist. Wann?« Er hörte wieder zu, sah auf die Uhr und sagte: »Wir treffen uns da.« Chili gab den Hörer Elaine zurück. Als er wieder Platz nahm, hielt er Linda mit der Fernbedienung an.

Elaine wartete. »Ja?«

»Zwei Russen, beide auf Darryls Liste des organisierten Verbrechens, haben den toten Russen identifiziert und wollen seinen Leichnam bestatten lassen. Sie behaupten, sie hätten keine Ahnung, was er in meinem Haus gewollt hat. Joe Lupino? Der im Griffith Park abgeladen wurde? Bis jetzt hat ihn noch niemand als vermißt gemeldet.«

Elaine sagte: »Ich dachte immer, jeder hätte irgend jemanden.«

»Nicht, wenn dieser Jemand nicht mit einem in Verbindung gebracht werden will. Außerdem hat Darryl gesagt … Elaine?«

Sie musterte die auf dem Fernsehschirm erstarrte Linda, wandte sich aber jetzt Chili zu. »Ich höre zu. Darryl hat gesagt …«

»Daß der Typ in meinem Haus mit derselben Waffe erschossen wurde.«

»Mit derselben Waffe«, wiederholte Elaine, »aber nicht unbedingt von derselben Person.«

Alles klar? Sie hatte eine rasche Auffassungsgabe. Und jetzt nickte Chili.

»Stimmt. Und wenn das stimmt...«

Diesmal ließ sich Elaine Zeit. »Ich habe bestimmt schon an Plots gearbeitet, die ganz ähnlich waren. Dieselbe Waffe... Na schön, jemand hat Joe Lupino beauftragt, dich umzubringen – vorausgesetzt, es gibt keine privaten Differenzen zwischen dir und Joe. Oder doch?«

»Hab ich dir doch gesagt, ich kenne ihn nicht mal.«

»Lupino hat also irrtümlich den Russen erschossen. Der Russe war gekommen, um dich zu erschießen, weil du gesehen hast, wie er oder ein anderer Russe Tommy Athens erschossen hat. Nun wissen wir von dem Picknicker... wie heißt der Typ noch?«

»Vernon.«

»Vernon sagt, zwei Afro-Amerikaner haben Lupino erschossen. Ihn hingerichtet, und zwar mit seiner eigenen Waffe. Wieder vorausgesetzt, Lupino hat den Russen erschossen. Glaubst du das?«

»Unbedingt. Das haut hin, Elaine. Laut Darryl hat jemand Joe Loop einen Schädelbruch verpaßt, und zwar eine ganze Weile bevor er erschossen wurde. Sie haben ihm einen übergezogen und ihm eventuell anschließend die Knarre abgenommen.«

Elaine fragte: »Aber funktioniert das in einem Film? Wenn man diese Szenen ausspielt, sind die Zuschauer gleich über alles im Bilde, was passiert.«

»Und?«

»Wo bleibt die Spannung?«

»Sie wissen schließlich nicht, wie es ausgeht, oder?«

Sie mußte es einfach sagen: »Du aber auch nicht.«

»Ich verrate dir was«, sagte Chili. »Als ich mit *Schnappt Leo* zugange war, ich weiß noch, wie ich damals dachte: Mann, so ein Scheißende ist gar nicht so einfach, wie's aussieht. Aber der Streifen hat funktioniert, stimmt's? Man muß Geduld haben, Elaine. Man muß abwarten, wie es sich entwickelt.«

Er blickte auf seine Uhr und dann quer durchs Zimmer auf den Fernsehschirm, wo Linda ein Bein erhoben hatte. Er sagte: »Ich lasse dir das Video und die CD da«, sah immer noch auf den Bildschirm.

Elaine fragte: »Triffst du deinen Freund, den Cop?«

Da drehte er sich zu ihr um.

»Darryl hat einen Russen, den ich mir ansehen soll. Aber unterwegs muß ich noch woanders haltmachen.«

13

Chili konnte Nicky in seinem Büro sehen, Gesicht zu den Fenstern gewandt, Füße auf der Schreibtischkante, die Hände frei, um gestikulieren, in der Luft herumfuchteln zu können. Chili hörte ihn auch und sagte zu Nickys Sekretärin, die gerade gehen wollte: »Glauben Sie, er telefoniert noch lange?«

»Bis an sein Lebensende«, antwortete die Sekretärin und hängte sich eine Basttasche über die Schulter. »Das ist seine ganze Leidenschaft, telefonieren. Wenn man ihm das Headset runterreißt, stirbt er.«

Chili sagte: »Das klingt, als wollten Sie kündigen.«

»Echt? Nein, ich geh zum Zahnarzt. Sie können warten, wenn Sie wollen«, sagte Nickys Sekretärin und kam zu Chili rüber. »Ich habe Ihre Filme gesehen und freue mich sehr, Sie kennenzulernen.« Sie gab Chili die Hand. »Ich heiße Robin. Ich würde liebend gern noch ein wenig mit Ihnen plaudern, aber ich hab's eilig.«

Chili sah ihr nach, als sie winkend zur Tür ging.

Robin, hm?

Er drehte sich um und betrat Nickys Büro, der immer noch mit seinem Headset beschäftigt war: »Larry, bist du noch dran?... Hör mal gut zu. Überleg nicht zuviel, du klingst ja schon wie ein A&R-Mann. Das ist dein Problem, aber was ist deine Ausrede?«

Chili stand vielleicht einen Meter von dem Schreibtisch entfernt und sah den Promoter von schräg hinten, fast im Profil; Nicky Carcaterra sah in seinem UCLA-Sweatshirt und den Reeboks wie ein Berufsjugendlicher aus, ein Lockerslang quatschender Yuppie-Mafioso. Gerade sagte Nicky zu Larry: »Ich springe hier durch brennende Reifen, Mann. Und was tust du?... Ich hab dir die Ziele auf dem Silbertablett präsentiert... Larry, wenn du das verdammte Produkt nicht an den Mann bringen kannst... Na schön, okay.«

Chili sah ihn eine Taste auf der Konsole drücken.

»Mitch. Nick Car, Mann. Ich rufe bezüglich deiner Zukunft an. Da fällt mir ein, willst du dieses Jahr zur Rose Bowl oder zur Super Bowl?... Okay, wie viele?... Lieber Himmel, lädst du alle deine Sponsoren ein? Keine Ahnung, ob ich so viele Tickets auftreiben kann, aber ich versuch's. Hör mal, Mitch. Zur Zeit habt ihr die einmalige Gelegenheit, als erster Sender an der Westküste Roadkill bis in die Top Forty zu pushen... Ich weiß, daß ihr ein alternatives Format seid, darum ruf ich dich doch an, Bro.«

Chili warf gerade einen Blick auf den Fernseher, MTV ohne Ton, als Raji mit einem Exemplar von *Hits* hereinkam, Elliot den Samoaner im Schlepptau. Offenbar zögerte Raji, als er Chili sah, doch dann ging er weiter, marschierte ohne ein Wort an ihm vorbei, hielt die Zeitschrift mit beiden Händen hoch. Er ließ sie auf den Schreibtisch fallen, und dieses Geräusch, ein lautes *Plopp*, bewirkte, daß Nick in seinem Drehstuhl herumfuhr.

Er sagte: »Großer Gott«, als er Chili sah, und wandte sich dann wieder seinem Meerblick zu. »Nein, Raji hat irgendwas fallen lassen, alles paletti. Mitch, ich wollte dir folgendes klarmachen, im Grunde *ist* Roadkill alternativ. Ich bring dir Derek vorbei, dann kannst du mit ihm plaudern... Derek Stones. Wir denken darüber nach und lassen uns eine Definition einfallen... Ich ruf dich an, Bro, sag dir rechtzeitig Bescheid.«

Nick nahm die Reeboks vom Schreibtisch und drehte sich mit einer durchaus wohlwollenden Miene um, Augenbrauen hochgezogen. »Chili, freut mich, dich zu sehen. Hast du dich extra schick gemacht, bevor du hergekommen bist? Was kann ich für dich tun, Mann? Nimm doch Platz.« Zu Raji sagte er: »Ich kenn den Burschen von früher, er ist das Vorbild für den berühmten Kredithai in den Filmen.« Dann wieder zu Chili: *»Schnappt zu* war gar nicht so übel. Ich hab mir überlegt, eine Gruppe Amnesia zu nennen, hatte bloß Angst, sie würden ihre Texte vergessen. Dann müßte ich ihnen vor jedem Auftritt einen Schlag auf den Hinterkopf geben.« Nick sah aus, als wolle er grinsen, sobald Chili es tat.

Chili starrte zurück und verzog keine Miene. Er zog einen Stuhl von dem Schreibtisch weg, drehte ihn ein wenig in Richtung Raji, der sich den anderen Stuhl griff, während Chili Platz nahm, Raji hatte die Mütze heute richtig herum auf, mit dem Schirm über den Augen, sein Bodyguard Elliot wartete in der Tür.

»Nur aus Neugier«, sagte Raji, »verrat uns doch mal, was zum Teufel du hier machst.«

Chili ließ Nick nicht aus den Augen. »Erstens will ich wissen, mit wem ich zu reden habe. Rede ich mit dir, Nicky, oder mit diesem Typ da?«

»Du redest mit uns beiden«, sagte Raji, »wir sind Partner.«

Chili sagte: »Stimmt das?«, den Blick immer noch auf Nick gerichtet.

»Chil und ich, wir kennen uns schon ewig«, sagte Nick zu Raji. »Wir verstehen uns.« Und zu Chili meinte er: »Vielleicht willst du mir unter vier Augen sagen, was du auf dem Herzen hast.«

»Das kann ich dir auch hier sagen«, entgegnete Chili. »Wo ist Joe Loop?« Knallte es Nick vor den Kopf und sah zu, wie der sein Headset berührte, als wolle er es abnehmen, was er aber dann doch nicht tat.

»Der alte Joe Loop?«

»Der unvergleichliche Joe Loop. Wo ist er?«

Nick wandte sich an Raji. »Hast du eine Ahnung, wovon er redet?«

Chili sagte: »Nicky, sieh mich an.«

»Was ist?«

»Wo ist Joe Loop?«

»Woher zum Teufel soll ich wissen, wo er steckt?«

»Heißt das, du weißt es nicht?«

»Warum sollte ich? Das letztemal hab ich ihn... keine Ahnung, wann ich ihn gesehen habe.«

»Du weißt nicht, wo er ist.«

»Nein, keine Ahnung.« Nick lehnte sich zurück, als hätte er den Kopf aus der Schlinge gezogen.

Bis Chili sagte: »Nicky?«

»Chil, so heiße ich jetzt nicht mehr.« Er wandte sich an Raji. »Sag du's ihm, ja?«

»Nicky«, wiederholte Chili. »Sieh mich an.«

»Was ist?«

»Ich erklär dir das nur ein einziges Mal«, sagte Chili. »Car-O-Sell – der bescheuertste Firmenname, der mir je untergekommen ist – vertritt Linda Moon nicht mehr. Sie hat gekündigt, will nichts mehr mit dir zu tun haben. Wenn du versuchst, sie unter Druck zu setzen, ihr irgendwo drohst oder ihr was antust, wirst du es zeitlebens bereuen, mindestens.«

Chili stand auf und wandte sich ab, ging zu dem in der Tür stehenden Elliot hinüber, ohne langsamer zu werden, und der trat im letzten Moment beiseite. Chili ging durch das Vorzimmer in den Flur und drückte auf den Aufzugknopf.

Er wartete.

Dann hörte er, wie sich die Tür zu dem Bürotrakt öffnete und wieder schloß, und er hörte, wie der Samoaner ohne Eile näher kam, seine Schritte klapperten auf dem gefliesten Fußboden... er wollte nicht grob werden, ihm etwas antun, das hätte er drinnen getan. Nein, das hier war Elliots Auftritt, er hatte ein Anliegen.

Als Elliot bei Chili ankam, drehte der ihm den Kopf zu.

»Ja?«

»Du hast da drin mit dem Falschen gesprochen.«

»Tatsächlich?«

»Nick hat keine Ahnung.«

»Und was ist mit Raji?«

»Der spricht nicht über das, was er weiß.«

»Bist du wirklich Samoaner?«

»Nicht zu knapp.«

»Und dein Name?«

»Solange ich will, bin ich Elliot Wilhelm.«

»Zeig mir das mit der Augenbraue noch mal.«

Elliot zog sie hoch und starrte Chili unverwandt an.

»Auf Kommando, das hast du drauf. Wenn ich was erfahren will, muß ich also mit dem Richtigen reden.«

»Zuerst mal mußt du die Wahrheit sagen. Ich ruf im Studio an, und da sagen die mir, daß du nicht mehr da arbeitest.«

»Mann, das tut mir leid, hab ich vergessen, du mußt nach Elaine Levin fragen. Ich arrangiere das. Ruf Elaine an und sag ihr, du bist der samoanische Bodyguard. Sie weiß Bescheid und macht dann einen Termin mit dir aus. Ich komme auch, und dann reden wir.«

»Über eine Filmrolle.«

»Die mir bereits vorschwebt. Wenn das, was du mir zu sagen hast, interessant ist, würde uns das weiterbringen. Verstehst du? Was ich hören will. Dann können wir über Probeaufnahmen reden.«

»Ohne Scheiß diesmal.«

»Ich gebe dir mein Ehrenwort«, sagte Chili, dem eine Frage einfiel. »Elliot, bist du homosexuell?«

»Das glauben alle. Was glaubst du?«

»Ich glaube, du fährst zweigleisig.«

Elliot blinzelte ihm zu. »Doppelter Genuß. Wie bei dem Kaugummi.«

Der Aufzug kam, und Chili ließ ihn stehen.

Kaum war Chili gegangen, sagte Nick als erstes zu Raji: »Du sitzt einfach da und sagst kein verdammtes Wort.«

»Der Mann hat mit dir geredet, nicht mit mir. Ich hab dir doch erzählt, was er neulich vor dem Club zu mir gesagt hat. Daß er Linda übernimmt? Darauf hast du gesagt: ›Was, du hast ihm keinen Arschtritt verpaßt? Hast ihm keine aufs Maul gehauen?‹ Dir hat er denselben Scheiß erzählt wie mir, und du bleibst sitzen und hörst es dir an, oder etwa nicht? Er setzt dich *unter Druck*, Mann, bedroht dich massiv, falls du sie anrührst, und du gibst ihm keinen Arschtritt, schlägst ihm keine in die Fresse, du hast nicht mal zurückgedroht.«

»Mir war schleierhaft«, erwiderte Nick, »worauf er hinauswollte. Warum er sich dauernd nach Joe Loop erkundigt hat.«

»Warum hast du ihn nicht gefragt?«

Der Mann sah aus, als leide er, jetzt gab er keine flotten Telefonsprüche von sich, fragte nur: »Hast du Joe gesehen?«

»Nicht seit ich ihn bezahlt habe, den vereinbarten Lohn. Das war gestern.«

»Worauf wartet er noch?«

»Joe Loop sagt, er muß den Mann erst finden. Deshalb hat er auch mehr Geld verlangt.«

»Wenn der Typ in dieses Scheißbüro marschiert, kann er doch wohl nicht so schwer zu finden sein. Chili weiß etwas«, befand Nick, »sonst würde er sich nicht nach Joe Loop erkundigen. Was? Hat er neulich nachts gesehen, wie Joe aus seinem Haus kam? Vielleicht kennt er ihn. Das hat er dann garantiert den Bullen erzählt. Vielleicht hat er das getan, und sie haben Joe eingelocht. Verstehst du? So läßt er mich das wissen, indem er fragt, ob ich weiß, wo er ist. Lieber Himmel, ich hab zwei, vielleicht drei Platten, die kurz vor dem Durchbruch stehen. Da hänge ich von morgens bis abends an diesem Scheißtelefon, und jetzt schwebt diese Geschichte über meinem Kopf. Was hat er eigentlich mit Linda vor?«

Die Überlegungen des Mannes wurden immer unzusammenhängender. Raji beobachtete ihn. Er trommelte mit den Fingern auf seinen Schreibtisch, ruckte immer wieder mit seinem Drehstuhl hin und her, als ob Insekten auf ihm herumkrabbelten. Er faßte sich an die Haare, an sein Headset, nahm es ab, knallte es auf den Tisch.

»Ich glaube, das ist das erstemal, daß ich dich ohne dein Telefon am Kopf sehe«, sagte Raji. »Du willst wissen, was er mit Linda vorhat. Er will *sie*. Sie ist was Besonderes, Mann. Er will, soviel er kriegen kann, und sonntags auch öfter, das will er.«

Was sagt man dazu. Das schien Nick zu beruhigen, er zappelte nicht mehr herum, faßte sich nirgendwo an. Offenbar dachte er nach. Genau. Jetzt schüttelte er den Kopf.

»Der Typ ist beim Film, er kann jederzeit einen wegstecken, dafür muß er sich nicht groß anstrengen. Nein, der hat Pläne mit Linda.«

»Ich hab auch Pläne«, warf Raji ein.

Nick schüttelte den Kopf. »Aus diesem Chicks-O-Rama-Scheiß wird nie was, und das weißt du ganz genau. Du kennst doch Michael von der Plattenfirma? Der hat mir sogar erzählt, ihr Interesse sei minimal. Wenn's hochkommt, machen sie eine CD und das war's.«

»Michael ist ein Weichei, den krieg ich rum.«

»Raj, Michael trifft keine Entscheidungen. Er ist bloß ein netter Typ, mehr nicht.« Nick stützte sich nun auf seinen Schreibtisch, hängte sich richtig rein. »Chili Palmer kennt wichtige Leute. Er hat Einfluß. Seine Filme sind Dreck, aber er kriegt sie gemacht, und darauf kommt's an. Er setzt sich durch. Wenn er mit

Linda etwas vorhat, sie zum Star machen will, stehen seine Chancen viel besser als deine mit den Scheiß-Chicks.«

Erstaunlich, eben noch war der Mann fast am Flennen, und plötzlich trumpfte er so auf. Raji hörte ihm zu.

Nick sagte: »Linda hat einen Vertrag mit Car-O-Sell Entertainment abgeschlossen. Nicht mit Chicks International, Chicks-O-Rama oder sonst irgendwelchen Chicks. Sie hat bei *uns* unterschrieben, Mann. Und in diesem Vertrag steht, von jedem Abschluß, den sie macht, sei es über einen Anwalt oder jeden beliebigen Dritten, gehen fünfundzwanzig Prozent an uns.«

»Mit anderen Worten«, ergänzte Raji, »wir warten ab und schauen mal, was passiert.«

Nick nickte mehrmals. »Wenn sie's schafft, holen wir uns unseren Anteil. Wenn nicht, was verlieren wir dabei?«

Elliot wartete in Rajis Büro an der Fensterfront, er stand dicht davor, um von oben einen Blick auf den Strand und das Meer werfen zu können, und sah dann direkt nach unten auf den Wilshire Boulevard. Er schätzte, multiplizierte sechs mit zehn, daß man von hier oben gut und gerne sechzig Meter tief fallen würde.

Der Typ in dem Hotel in Honolulu war vielleicht hundert Meter tief gefallen, und das hatte schon schrecklich weit ausgesehen. Ein Mann, der im Flugzeug neben ihm gesessen hatte. Netter Typ, redete gern, stellte Fragen.

Elliot war damals zum erstenmal nach Amerikanisch-Samoa geflogen, auf der Suche nach seinem Daddy, der wieder dorthin gezogen war, die USA satt hatte. Der Typ im Flugzeug hatte wissen wollen, ob er dort geboren sei. Nein, in Torrance. Ob er Soldat sei? Elliot verneinte, aber sein Dad sei bei der Marine gewesen, aus Samoa nach L.A. gekommen, wo er Elliots Mutter kennengelernt habe. Ob sie aus Samoa sei? Nein, sie sei Schwarze, teils schwarz, teils weiß. College? Elliot erzählte ihm, er habe in Long Beach die Jordan High-School besucht, abgebrochen und arbeite jetzt auf der Werft in San Pedro. Der Typ sagte: »Du bist ein ziemlich großer Junge, stimmt's?« Was sollte man auf so eine Frage antworten? Nach der Landung in Honolulu hatte Elliot drei Stunden Zeit bis zu seinem Anschlußflug, und der Typ lud ihn in sein Hotelzimmer ein, zum Relaxen und auf einen Drink. Als sie in dem Zimmer des Mannes im neunten Stock waren, einer Suite, mußte Elliot pinkeln. Der Typ folgte ihm aufs Klo, sah ihm beim Pissen zu und sagte: »Du bist also *wirklich* groß.« Elliot hatte ihn schon vorher im Verdacht gehabt, höflich wie er war, und wenn er sprach, klang er ein wenig weibisch, sah aber aus wie ein Geschäftsmann. Als sie wieder im Wohnzimmer waren, sagte der Typ: »Zeig ihn mir noch mal, und ich mach dir eine Piña colada«, und klang dabei noch weibischer als zuvor. Als Elliot antwortete, er müsse jetzt gehen, sagte der Mann: »Fürchtest du dich vor meiner Wenigkeit? Mein lieber Junge, mit dem Prügel da in deiner Hose könntest du mich totschlagen.« Elliot wiederholte, er wolle jetzt gehen, war aber offenbar neugierig oder so was mit seinen siebzehn Jahren, denn er ging nicht. Er stand da, als der Typ sagte: »Wer ziert sich denn da? Du weißt doch genau, warum ich dich mitgenommen habe.« Seine Stimme wurde jetzt sanft, als wolle er verführerisch klingen. »Oder etwa nicht? Na komm, sei mal ehrlich.« Und weiter: »Oh, was ist das denn?« Er streckte einen Finger aus, berührte Elliots Nase, und ehe der sich's versah, stand der Typ auf den Zehenspitzen, küßte ihn mit feuchten Lippen auf den Mund, und Elliot spürte, wie sich die Zunge des Typs in seinen Mund quetschen wollte. Daraufhin packte er ihn an seinem Anzug, hob ihn hoch – der Anzug hing jetzt in Höhe seiner Ohren, und der Typ sah verängstigt aus – und gab ihm einen festen Stoß, wollte nichts mit ihm zu tun haben, und, Scheiße, der Typ krachte durch das Fenster. Ein geschlossenes Fenster. Zerbrach im Fallen das Glas und schrie, bis er auf dem Gehsteig aufschlug.

Man machte Elliot keinen Prozeß. Man bot ihm eine Absprache an, nannte das Ganze Totschlag, und er kam in die Haftanstalt Kulani auf Hilo. Er hoffte auf vorzeitige Entlassung, bekam aber Schwierigkeiten, verletzte einen Schließer und schlitzte ein paar Knackis auf, die sich mit seiner Freundin angelegt hatten – einem niedlichen Typen, den er immer noch gelegentlich in West Hollywood traf –, und darum mußte er volle sechs Jahre absitzen, ohne Abstriche. Scheiße. Als er rauskam, arbeitete er als Roadie für verschiedene Bands, als Rausschmeißer, dann als Roadie für Boo-Yaa T.r.i.b.e., die berühmten samoanischen Rapper, anschließend nahm er den Job bei Raji an, um geschäftliche Beziehungen zu knüpfen. Als Raji damals wissen wollte, was er könne, antwortete Elliot: »Ich kann einen Mann im neunten Stock aus dem Fenster werfen. Ich kann einem Mann den Arm brechen. Ich kann ihn ordentlich aufschlitzen. Was soll's denn sein?«

Raji kam rein, ging direkt zu dem altmodischen Spiegel an der Wand, dem mit den Knäufen, an die er immer seine Kangols hängte, aber die, die er gerade trug, behielt er auf. Er betrachtete die Mütze im Spiegel, drehte den Kopf hierhin und dahin und zog dann den Schirm eine Spur näher zur Sonnenbrille hinunter. Dann legte er den Kopf schräg, damit er Elliot im Spiegel sehen konnte.

»Hast du das gehört? Chili Palmer? Er hat Nicky diesen Sieh-mich-an-Scheiß aufgetischt.«

»So wie neulich abends dir«, sagte Elliot, der immer noch an der Fensterfront stand.

»Ja, aber Nicky hat Angst vor ihm. Als der Mann weg ist, guckt mich Nicky an. ›Du hast kein verdammtes Wort gesagt.‹ Darauf antworte ich: ›Er hat nicht mit mir gesprochen, Bro, sondern mit dir.‹ Hätte ich den Mann vorhin schon erledigen wollen, hätte ich dir zugenickt – stimmt's? –, als er gegangen ist. Schmeiß ihn aus dem Fenster. Aber mir kommt da eine Idee. Moment mal.

Was, wenn wir Linda Moon Chili Palmer überlassen? Soll er doch die Arbeit machen, Auftritte besorgen, sie bei einem Label unterbringen, ihr mit Promo-Geld unter die Arme greifen. Verstehst du, was ich meine? Wir haben immer noch den Vertrag. Wenn sie den Durchbruch schafft, holen wir uns unseren Anteil als ihre Manager.«

»Du und Nicky.«

Beide nannten ihn Nicky.

»Genau. Wenn sie's nicht schafft, haben nicht wir uns die Finger verbrannt, sondern er.«

»Du willst diesen Chili Palmer also nicht umlegen.« Elliot wollte sichergehen, hoffte insgeheim, daß Raji das gemeint hatte.

»Hast du mir nicht zugehört? Wir warten ab, schauen mal, was Chili Palmer macht. Der Mann hat Geld, Connections, kennt Leute, der kennt bestimmt ein paar unabhängige Promotypen. Ich glaube allmählich, er könnte dafür sorgen, daß sie es schafft.«

Elliot fragte: »Ich mach also gar nichts.«

»Wenn du irgendeine Beschäftigung brauchst«, antwortete Raji, »dann laß mein Auto waschen.«

Elliot sagte: »Ich denk drüber nach« und sah, wie Raji ihm einen komischen Blick zuwarf, als wollte er sagen: Was geht denn hier ab?

14

Sie saßen in Darryls Crown Vic in der zweiten Autoreihe mit Blick auf das Ralphs-Schild, das große Oval da oben, der Blickfang des Einkaufszentrums an der Fairfax Avenue, Nähe Santa Monica Boulevard. Von links nach rechts: eine chemische Reinigung, eine Bäckerei, der Expreß-Fotoshop, den sie observierten, und Ralphs Supermarkt. Dort knickte das Einkaufszentrum im rechten Winkel ab, und danach hatte es Orthopädiebedarf, belegte Baguettes, Uhrenreparaturen, Augenuntersuchungen sowie, als letztes, Zahnbehandlung für die ganze Familie zu bieten... eins der Schilder daran war auf russisch. Chilis Blick wanderte wieder zum Fotoladen.

»Was sagen Sie zu dem Schild ›Wir erledigen Ihre Schnappschüsse‹? Und wenn der dann wirklich der Typ ist, der Tommy erschossen hat?«

»Ich dachte mir schon, daß Ihnen das auffallen würde«, sagte Darryl. »Und noch was. Der Mann hat elektronische Briefkästen, betreibt Versandhandel, macht Paßfotos – die kommen hier rüber und versuchen es in allen möglichen Branchen. Wenn man auf dem Santa Monica Boulevard nach Osten fährt, da wimmelt es nur so von Russen.«

»Wie heißt der Typ?«

»Roman Bulkin, untersetzt, sechsundfünfzig Jahre, Körperbau wie der Mann, den Sie beschrieben haben. Hat aber eine Glatze, kleinen Haarkranz seitlich am Kopf. Vielleicht können Sie ihn ohne seine Zweitfrisur nicht identifizieren.«

»Soll ich reingehen?«

»Er kommt gleich raus, ist bald soweit. Sein Wagen steht direkt vor uns, der Lexus.«

»Den hat der Schütze nicht benutzt«, sagte Chili.

»Es wäre auch zu schön, um wahr zu sein, wenn der Mann so dämlich wäre.«

»Wie sind Sie auf Roman gekommen?«

»Zunächst mal hat er Dreck am Stecken. Zwei Anklagen wegen Körperverletzung, die Leute, die er zusammengeschlagen hat, sind aber nicht aufgetaucht. Drangekriegt hat man ihn wegen Wechselbetrugs, er hat Schecks ausgestellt, die ihm nicht gehörten. Er ist auf Kaution draußen, der Prozeß steht an. Was Sie interessieren dürfte, er wird auch verdächtigt, Kredithai zu sein, mit seinem Laden als Hauptquartier.«

»Viel Glück.«

»Ich weiß, was Sie meinen. Wir brauchen einen Kläger, jemanden, dem man die Beine gebrochen hat.«

»Ich verrate Ihnen mal was«, sagte Chili. »Einem Typ, der mit seinen Zahlungen im Rückstand ist, ein Bein zu brechen, mag eine gewisse Befriedigung mit sich bringen, aber wie soll er zurückzahlen, wenn er sich nicht rühren kann? Wenn man sich seine Kunden sorgfältig aussucht, braucht man nachher nicht grob zu werden.«

»Ich will mich nicht mit Ihnen streiten«, sagte Darryl, »da sind Sie der Experte, so wie Roman Bulkin bei der russischen Mafia. Das weiß ich vom FBI. Der Mann an der Spitze, der Boß, ist der *pachan*. Eins unter ihm kommen die sogenannten *Experten*, das sind die Vollstrecker. Nach denen gibt es die *Männer*, und unter ihnen nur noch die *Ausgestoßenen*, die den türkischen Kaffee kochen und das Clubhaus saubermachen. Sie gehorchen dem sogenannten ›Diebescodex‹, dem *Vorovskoy Sakan*, Vorschriften, nach denen sie keine Tätigkeit ausüben dürfen, die nichts mit Verbrechen zu tun haben. Sie dürfen weder Frau noch Kinder haben, außerdem gilt das Übliche, von wegen die Klappe halten und so weiter. Sie haben ein ungeschriebenes Gesetz, daß sie sich von der Polizei nichts gefallen lassen. Wenn man sich mit denen anlegt, kann das übel enden.«

»Da kommt einer raus«, sagte Chili, »und noch einer.« Er sah auf die Uhr.

»Ja, so langsam wird es Zeit«, bestätigte Darryl. »Noch ein paar, die arbeiten für Bulkin. Wenn Sie sich die genau ansehen wollen, im Handschuhfach liegt ein Fernglas.«

Chili nahm das Glas heraus und einen braunen Umschlag, der daneben lag.

»Lassen Sie den gleich draußen«, sagte Darryl, »dazu kommen wir noch.«

Chili legte den Umschlag auf seinen Schoß und richtete das

Fernglas auf den Fotoladen. »Das sind alles kräftige untersetzte Burschen.«

»Die fahren jetzt rüber zu Yani's am Crescent Heights«, erklärte Darryl, »ihr privater Club, und spannen aus. Als hätten sie nicht schon den ganzen Tag rumgehockt.«

»So sind Mafiosi nun mal«, sagte Chili, »wenn sie sich hinsetzen, ziehen sie in aller Ruhe die Bügelfalte an ihrer Hose zurecht, damit sie an den Knien nicht ausbeult, dann prüfen sie sie alle paar Minuten wieder nach.«

»Diese Leute ziehen sich nicht besonders schick an«, kommentierte Darryl, »aber sie sind in so ziemlich jedes organisierte Verbrechen verstrickt, das einem einfällt. Dieseltreibstoffhandel auf dem Schwarzmarkt, sie kaufen und verkaufen das Zeug, zahlen nie Steuern. Das FBI will sie wegen Betrugs haben. Ich will Bulkin wegen Mordes drankriegen und ihn für den Rest seines Lebens im Staatsgefängnis einbuchten. Wir sind uns ziemlich sicher, daß diese Typen – da kommt noch einer – Schutzgelderpresser sind. Bulkin macht beispielsweise folgendes, er fotografiert das Geschäft eines Mannes, etwa von einem Armenier, der einen Laden für Partybedarf hatte. Seinen Angaben nach kommen Bulkins Leute reinmarschiert, geben ihm ein Foto von seinem Laden, die Fassade, dann sagen sie ihm, so ein hübsches Geschäft sollte eigentlich versichert sein. Der Armenier antwortet, er sei versichert. Darauf sie, das hätte er nicht mehr nötig, wenn er ihre Versicherung nimmt, die verhindert, daß dem Laden was zustößt. Sie geben ihm ein paar Tage Zeit, sich die Angelegenheit zu überlegen, und dann kommen sie mit einem anderen Bild des Ladens wieder, dieselbe Aufnahme. Diesmal sagen sie kein einziges Wort. Sie halten ein Streichholz dran, und der Armenier sieht seinen Laden in Flammen aufgehen. Das läßt er sich nicht gefallen, er geht zu den zuständigen Bezirksbehörden und gibt eine Strafanzeige auf. Zwei Tage später wird er erschossen, allem Anschein nach bei einem Überfall.« Darryl drehte den Kopf Chili zu und sah ihn an, doch der schwieg, hatte jetzt das Fernglas auf dem Schoß liegen. »War Tommy Athens nicht auch in dieser Branche tätig, früher mal?«

Chili antwortete: »Als wir im Swingers beim Essen saßen, hat er mir von seinen Problemen erzählt. Bei dem einen, das er erwähnte, hab ich mir damals nichts weiter gedacht. Er hat von einem Einwanderer erzählt – nicht Russe, Einwanderer –, der versucht hätte, *ihm* eine Versicherung zu verkaufen, dabei könne er selbst über die verschiedenen Varianten, wie man so was macht, ein Buch schreiben.«

»Tommy hat es also getan, früher mal.«

»Das war seine Spezialität, Schutzgelder kassieren. Aber als er mir von dem Einwanderer erzählte, mußte ich aufs Klo. Hab kaum hingehört. Aber warum dachten Sie, Tommy wär selber mal in so was verwickelt gewesen?«

»Machen Sie den Umschlag auf«, antwortete Darryl. »Da ist ein Foto drin.«

Chili zog es heraus, Format zwanzig mal fünfundzwanzig Zentimeter, eine Farbaufnahme des Hauses am Silver Lake, wo die Büros von NTL Records lagen: ein großer Flachbungalow, dunkelbraun, teilweise hinter tropischen Sträuchern und Bäumen versteckt. Das Plattenstudio, ein hinter dem Haus aus Betonblocksteinen errichtetes Gebäude, war nicht zu sehen.

»Ich war heute vormittag da«, sagte Darryl, »und unterhalte mich gerade mit Tiffany, dem Mädchen mit dem Irokesenhaarschnitt. Wir sehen uns im Büro um, plötzlich zieht sie in Tommys Schreibtisch eine Schublade auf und holt dieses Foto heraus. Sie sagt, ein Typ mit irgendeinem starken Akzent hätte es gebracht. Er sei ein paarmal vorbeigekommen, als Tommy nicht da war, und beim letzten Besuch hätte er das Foto dagelassen, ohne jede Erklärung. Ein paar Tage später sei der Typ wiedergekommen, und diesmal war Tommy da. Sie hat ihn angerufen, der Typ mit dem Foto sei da. Daraufhin kommt Tommy aus seinem Büro, geht zu dem Kerl und semmelt ihm eine, schlägt ihn voll ins Gesicht. Tiffany sagt, das Komische daran sei gewesen, daß Tommy Lederhandschuhe anhatte. Er war also vorbereitet, hatte erwartet, daß der Typ wiederkam. Sagt kein Wort, geht hin, knallt dem Typ eine und schmeißt ihn raus. Tiffany konnte es nicht fassen. Sie fragt: ›Wer war das?‹ Und Tommy: ›Ein beschissener Versicherungsvertreter.‹ Aber«, fährt Darryl fort, »laut Tiffany fiel nur dieses eine Mal das Wort Versicherung. Der Typ hatte gar keine Gelegenheit, irgend etwas zu sagen. Tommy wußte also, was der Mann wollte, stimmt's? Ich hab Tiffany gefragt, ob der andere ihrer Ansicht nach Russe war. Sie war sich nicht sicher. Ich hab sie mit aufs Revier genommen und sie mein Russenbuch durchblättern lassen. Und wen sucht sie raus? Mr. Roman Bulkin.«

»Wenn Tommy noch an Leben wäre«, warf Chili ein, »könnten Sie ihn wegen Körperverletzung festnehmen. Aber um diesen Mord Bulkin anzuhängen, haben Sie nicht genug in der Hand.«

»Wir können Bulkin *überhaupt nichts* anhängen. Wir überprüfen, ob die Waffe, mit der Tommy umgelegt wurde, dieselbe ist, mit der damals der Armenier umgelegt wurde. Sollte das der Fall sein, kämen wir der Sache eventuell näher.«

Chili sagte: »Hoffentlich kommt er bald raus, ich muß aufs Klo.«

»Haben Sie ein Problem?«

»Höhenangst.«

»War das nicht ein Filmtitel? Wer hat da noch mal mitgespielt, ist mit Anne Bancroft verheiratet? *Höhenangst*... Da kommen ja noch zwei. Und da ist unser Freund persönlich, Roman Bulkin. Sehen Sie ihn sich gut an.«

Chili richtete das Fernglas auf den untersetzten glatzköpfigen Mann, der in der Ladentür stand und zusah, wie zwei seiner Leute zu ihren Wagen gingen; Bulkin hob eine Hand und winkte.

»Auf beiden Augen ein Veilchen.«

»Von der gebrochenen Nase, die Tommy ihm verpaßt hat. Sagen Sie mir, ob Sie ihn gesehen haben.«

Chili betrachtete den Mann, bemüht, in dem Gesicht dasselbe Gesicht wiederzuerkennen, das er vor Swingers im Auto gesehen hatte, mit der zu großen Perücke, die ihm in die Stirn hing.

»Ich möchte zu gern ja sagen«, gestand Chili.

»Mann, und ich möchte, daß Sie's tun.«

Chili ließ das Glas sinken. »Er ist wieder reingegangen.«

»Aber Sie glauben, daß er es war.«

»Ich bin mir ziemlich sicher.«

»Sicher genug, um ihn vor Gericht zu identifizieren?«

Chili überlegte. »Nein«, sagte er dann und betrachtete den Fotoladen. »Ich muß ihn aus der Nähe sehen«, sagte er, reichte Darryl das Fernglas und öffnete die Wagentür.

Darryl sagte: »Mann, er *kennt* Sie.«

»Wahrscheinlich hat er uns sowieso schon bemerkt. Solange ein Crown Vic auf dem Parkplatz steht, wird er nichts unternehmen. Rühren Sie sich nicht, bin gleich wieder da.«

Darryl sah noch, wie Chili das Foto wieder in den Umschlag steckte, als er den Parkplatz überquerte.

Bulkin stand hinter einem gläsernen Tresen und wartete. Als Chili näher kam, wanderte der Blick des Mannes zur Tür und zu den draußen parkenden Autos, sein Gesicht lag im Licht, die blauen Flecke unter seinen Augen wurden allmählich gelb. Er war so klein wie der Mann, der Tommy erschossen hatte. Bulkin schaute an Chili vorbei und fragte: »Was kann ich für Sie tun?«

Für Chili hörte er sich an wie Akim Tamiroff, ähnlicher Akzent, leiser gutturaler Tonfall. Er legte seinen Umschlag auf den Tresen, zog das Foto heraus, und als er aufblickte, starrten ihn Bulkins lädierte Hundeaugen an. Chili sagte: »Haben Sie dieses Foto gemacht?« und sah, wie Bulkin in einer fließenden Bewegung nach unten sah und wieder hochblickte.

»Glaub ich nicht.«

Akim Tamiroff in *Wem die Stunde schlägt*. Mißmutig, die

Stimme tief und mürrisch, vom Wein gezeichnet, sagt der betrunkene Pablo: Glaub ich nicht, Inglés.

»Sind Sie ein Kredithai, Roman?«

»Ich weiß nicht, was das ist.«

»Ein Wucherer, einer, der Geld verleiht. Wie hoch sind Ihre Zinsen?«

»Sie glauben, ich verleihe Geld?«

»Ich glaube, Sie haben überall die Finger drin, Roman – Mädchen, Schutzgeld, Betrug, Sie stellen ungedeckte Schecks aus, klauen Autos und erschießen Leute. Hab ich irgendwas vergessen?«

»Wenn Sie nicht wissen, was Sie wollen, warum gehen Sie nicht?«

Chili sagte: »Sie haben sich ein paar genehmigt, stimmt's? Mit den Jungs Wodkas gekippt? Erstaunlich, werdet ihr nicht schneller wütend, wenn ihr einen getrunken habt? Wie sagt man auf russisch dazu, abgefüllt?«

»Warum gehen Sie nicht?«

»Hätt ich fast vergessen. Was ich fragen wollte, wieso haben Sie Ihren Mop nicht auf? Deine Perücke, Roman. Mit der du wie ein Arschloch aussiehst.«

Chili wartete.

Bulkin sah von ihm weg, sein Blick wanderte nach draußen.

»Roman, sieh mich an.«

Die lädierten Augen richteten sich auf ihn.

»Ja?«

»Der Typ, den du zu mir nach Hause geschickt hast«, sagte Chili, »Ivan Suvanjiev? Ich weiß, wer ihn umgebracht hat.«

Chili registrierte anerkennend, wie der Mann ihn unverwandt ansah, ohne daß er ein Wort verlor, mit einem Muskel oder mit der Wimper zuckte, der Typ war ein Muster an Selbstbeherrschung.

Mehr wurde nicht gesagt.

Chili stieg wieder in den Crown Vic.

»Er ist es.«

Darryl sagte: »Wir haben ihn.«

»Ich weiß, daß er es ist«, ergänzte Chili, »aber ich kann ihn vor Gericht nicht identifizieren.«

»Können oder wollen Sie nicht?«

»Wo ist da der Unterschied?«

»Aber wenn Sie sicher sind ...«

»Ich kann nicht behaupten, daß er der Typ ist, der damals die Zweitfrisur getragen hat. Ich hab ihn sogar danach gefragt, was ein Fehler war. Jetzt wird er sie verbrennen, falls er's nicht schon getan hat. Der Mann war schon praktisch im Sack, und dann hab ich ihn nicht dazu gekriegt, den letzten Schritt zu tun.«

Beide schwiegen ein Weilchen, saßen einfach nur da, bis Chili sagte: »Was wäre, wenn Bulkin herausfände, wer seinen Kumpel erschossen hat, den Typ in meinem Haus?«

»Gar nichts. Joe Loop ist tot.«

»Ich denke da an denjenigen, der ihn beauftragt hat.«

»Wissen Sie genau, daß er beauftragt wurde?«

»Da es nichts Persönliches war, klar. Joe wäre nicht in meinem Haus gewesen, wenn ihn nicht jemand dafür bezahlt hätte.«

»Sie haben Geheimnisse vor mir, hm?«

»Ich schmiede Pläne«, antwortete Chili und wartete ein wenig, ehe er fortfuhr: »Was ist, wenn man erfährt, wer Joe Loop beauftragt hat, es ihm aber nicht nachweisen kann? Also bringt man die Information in Umlauf, und Bulkin findet heraus, wer es ist.«

»Man bringt die Information in Umlauf«, sagte Darryl.

»Na ja, man kann ihm schließlich nicht einfach den Namen des Typs nennen.«

»Nein, man muß diskret vorgehen. Mit anderen Worten«, stellte Darryl fest, »man sorgt dafür, daß Bulkin Joes Auftraggeber umlegt.«

»Genau, und dafür buchtet man Bulkin ein.«

»Mann, Sie sind immer noch ein Krimineller, stimmt's? So wie Ihr Gehirn arbeitet. Ist das Ihr Ernst?«

»Ich sagte doch, ich schmiede Pläne. Ich suche nach Möglichkeiten, wie es funktionieren könnte.«

»Ich dachte, Sie lassen die Dinge gern auf sich zukommen und nehmen, was Sie kriegen können.«

»Wenn das, was auf mich zukommt, funktioniert, klar.«

»Aha, aber jetzt nehmen Sie die Sache *selbst* in die Hand«, sagte Darryl, »und solche Pläne können in die Hose gehen. Am besten erzählen Sie mir, was da vorgeht, wovon ich nichts weiß?«

»Es gibt da einen Kerl«, sagte Chili, »über den Sie mal in den Akten nachschlagen könnten, wenn Sie wollen. Ich kann mir zwar nicht vorstellen, daß er einen Profikiller wie Joe Loop beauftragt, aber man weiß ja nie.«

»Erst wenn man es überprüft hat. Wie heißt er?«

»Raji.«

»Mehr haben Sie nicht, nur Raji? Hat der Mann keinen Nachnamen?«

»Ich werde ihn fragen«, versprach Chili.

Als er aus dem Wagen stieg, sagte Darryl: »Verraten Sie mir eins«, und Chili hielt inne, sah ihn über die Schulter hinweg an. »Als Sie versucht haben, diesen Mr. Bulkin zu provozieren, was haben Sie erwartet, daß er über den Tresen auf Sie losgeht?«

Chili antwortete: »Ich dachte: Scheiße, wenn Tommy ihm eins in die Fresse hauen kann, dürfte ich keine Probleme kriegen. Bis dann.«

Am frühen Abend tauchte Elliot vor Rajis Wohnung mit Gartennutzung am Charleville Boulevard hinter dem Hotel Beverly Wilshire auf. Raji schloß die Tür, aus der es nach Gras und Räucherstäbchen roch und durch die man Erykah Badus sanfte Stimme hörte, und kam in den Hof. Das hieß, daß er eine Frau bei sich hatte. Hier draußen zwischen den Pflanzen war es düster und ruhig, und es roch gut.

»Rat mal, wen ich gesehen habe?« sagte Elliot. »Ich komme gerade aus dem Big Man's Shop, dem an der Fairfax Avenue, direkt gegenüber von Ralphs, im Einkaufszentrum? Also, ich hatte drüben geparkt und schaue über die Straße zu meinem Auto rüber.«

»Mann, erzähl mir einfach, was du gesehen hast.«

»Chili Palmer. Chili Palmer stieg gerade aus einem Crown Vic, dem Zivilfahrzeug, das die Bullen benutzen. Auf der anderen Seite steigt ein Farbiger im Anzug aus und sagt etwas zu Chili Palmer. Dann ist Chili Palmer zu seinem eigenen Wagen gegangen, einem alten Mercedes ein paar Reihen entfernt, stieg ein und fuhr weg. Verstehst du, was ich sage?«

»Du hast Chili beobachtet«, sagte Raji, »als er mit einem Polizisten geredet hat.«

»Bei dem er im Wagen saß, bevor er ausstieg.«

»Verstehe.«

Elliot sagte: »Wenn sie Joe Loop gefunden haben, hätte der Cop es Chili Palmer erzählen können. Und deshalb hat Chili Palmer Nicky gefragt, ob er wüßte, wo Joe Loop ist. Das heißt, soviel wie, *er* weiß es. Aber Nicky hatte keine Ahnung, was der Mann da redet, weil du es ihm nicht gesagt hast. Oder?«

Raji schüttelte den Kopf und sah aus, als dachte er darüber nach. Erst schüttelte er den Kopf, dann nickte er.

»Genau, als hätte er Nicky erzählt«, sagte Raji schließlich, »daß er Bescheid weiß.« Raji holte eine Zigarette heraus und zündete sie an. »Das hab ich gespürt«, fuhr Raji fort und stieß den Rauch aus. »Ich hab gemerkt, daß der Mann *irgendwas* wußte. Darum hab ich nichts gesagt und dir auch kein Zeichen gegeben. Nur gut, daß du den Mann dabei ertappt hast, wie er sein Spielchen spielt. Du hast ein gutes Auge für das, was nicht astrein aussieht... darum sollst du auch auf mich aufpassen.« Raji zog an seiner Zigarette und blies noch ein wenig mehr Rauch an Elliot vorbei in das orange leuchtende Verandalicht, Elliots massiger Körper verdeckte den Himmel. »Sieh mal«, sagte Raji, »ich dachte, wir warten am besten in Ruhe ab, bis wir herausfinden, was der Mann weiß oder zu wissen glaubt. Dann dachte ich: Na klar, und er soll Linda haben – das habe ich auch zu Nicky gesagt –, mal sehen, was er draus macht. Wenn sie den Durchbruch schafft, wedeln wir mit dem Vertrag und kriegen unser Managerhonorar.«

»Das hast du mir schon gesagt«, sagte Elliot. »Aber wenn hier einer als Manager tätig war, dann du.«

»Das ist mir auch klar.«

»Während Nicky mit seinem Telefon herumspielt. Mit anderen Worten«, fuhr Elliot fort, »wozu brauchst du Nicky?«

15

»Ich hab mal bei Casablanca Records gearbeitet«, sagte Hy Gordon, »da kam man vom Sunset Boulevard rein und war in dem Film *Casablanca*, Rick's Café. Im Foyer standen ein ausgestopftes Kamel, Palmen, Korbmöbel, und Discomusik in den Büroräumen. Laut? Es war unglaublich laut – hat mich in den Wahnsinn getrieben. Man konnte sich nicht unterhalten. Aber ich sag dir eins, die Kollegen fanden es phantastisch. Das war 'ne total entspannte Atmosphäre, und weißt du, warum? So ziemlich alle waren stoned. Die Geschäftsleitung verteilte die Droge deiner Wahl, gratis. Hier hat man ein Haus, mehr nicht.«

Hy Gordon meinte damit das Geschäftsgebäude von NTL Records. Er sagte, es sähe aus wie ein leeres Wohnhaus, in das man ein paar Schreibtische und Computer gestellt und das Ganze eine Schallplattenfirma genannt hatte.

Edie war in Hys Büro und ging die Bücher mit ihm durch, um

rauszufinden, ob NTL irgendwelche Außenstände hatte. Edie sagte, genau das habe Tommy gemacht, ein Haus gekauft und eine Büroeinrichtung reingestellt. Sie fragte Hy, was er denn wolle, Jalousien?

Hy gefielen die nackten Fußböden nicht. Ihm gefielen die für Verkauf und Werbung zuständigen Mitarbeiter im Wohnzimmer nicht, man kam da rein und sah das Personal, junge Leute in gammeligen Klamotten, die mit Plattenläden und Radiosendern telefonierten. Edie sagte, wer hier hereinkomme, könne sofort sehen, daß NTL aktiv und im Geschäft sei. Hy gefiel nicht, daß der Versand im Eßzimmer untergebracht war. Edie fragte, wo er ihn denn haben wolle, in der Küche? Hy sagte, wozu bräuchten sie überhaupt eine Küche?

Chili war auch da, hauptsächlich, um Dale und Speedy kennenzulernen, die mit Linda im Aufnahmestudio probten. Um irgendwas zu sagen und um Interesse zu bekunden, fragte Chili, warum sie den Eingangsbereich nicht abtrennten, ihn mit ein paar Pflanzen und so was aufpeppten, Poster an den Wänden, Plakate im Flur, der in den zentralen Bürobereich führte?

Sie beachteten ihn nicht.

Edie teilte Hy mit, Tommy sei Geschäftsmann gewesen, kein Innenarchitekt ... sie verteidigte einen Mann, dessen Tod ihr augenscheinlich nicht besonders naheging; das schwarze Kleid war vielleicht ein Zugeständnis. Sie sagte, Tommy habe sich nicht mit der Büroausstattung beschäftigt, sondern seine Zeit dem Geldverdienen gewidmet.

»Wo steckt das Geld denn?« fragte Hy. »In den Büchern taucht es jedenfalls nicht auf – was für ein Buchführungssystem das auch sein mag, denn ich kenne es nicht.«

»Er hatte sein eigenes System«, erklärte Edie.

»Eigentlich«, meldete sich Tiffany aus der Tür ihres Büros, »hatte er zwei Sätze Bücher. Für den Fall, daß einer verlorenging oder es mal einen Brand gab, sagte Tommy immer.«

Chili fragte: »Hat er beide Sätze hier aufbewahrt?«

»Ich glaube, er hat den einen mit nach Hause genommen.«

Chili und Hy sahen Edie an.

Die nickte. »Das stimmt, letzte Woche. Das Duplikat.«

Chili sagte: »Edie?«

»Stimmt. Sie liegen wohl noch zu Hause.«

»Man legt keine zwei identischen Fassungen seiner Buchführung an«, stellte Hy fest, »außer sie sind nicht identisch. Ich glaube, er hat die richtigen Bücher zu Hause, und diese hier wurden manipuliert, um sie den Musikern zu zeigen, und zwar denen, die glauben, sie würden von ihm übers Ohr gehauen, und die seine Bücher sehen wollen.«

Chili sah wieder Edie an, stand nahe genug, um in ihrem Ausschnitt Sommersprossen zu erkennen, die er letztes Mal nicht bemerkt hatte, ihr schwarzes Leinenkleid war tief ausgeschnitten, die Beine nackt in Stöckelschuhen und dem kurzen Rock. Er sagte: »Vielleicht solltest du Hy die richtigen Bücher zeigen, damit wir sehen, wie es um die Firma wirklich bestellt ist.«

»Ich hab einfach angenommen«, sagte Edie, »daß es dieselben Bücher sind, die Tommy mitgenommen hat.« Sie betrachtete die offen auf Hys Schreibtisch liegenden Ordner, ließ sich Zeit. »Ihr glaubt also, die zu Hause sind anders, hm?«

»Falls nicht«, antwortete Hy, »sind wir schon aus dem Rennen, bevor wir so richtig drin waren.«

»Dann hab ich also etwas, das für unseren Erfolg dringend nötig ist«, stellte Edie fest. Dann wandte sie sich mit allem, was sie hatte, Chili zu, mit ihrem Aussehen und ihren Büchern. »Bin ich in dem Film, Chili?«

Tiffany folgte ihm nach hinten ins Aufnahmestudio, war gesprächig, fragte, was Edie gemeint hätte. Wollte sie wissen, ob *sie* persönlich in dem Film mitspielen oder ob jemand anderes sie verkörpern würde? Chili antwortete, das wisse er auch nicht genau. Tiffany sagte, warum er sie denn nicht gefragt habe, statt zu behaupten, ohne sie ginge es nicht. Chili blieb an der Tür zu dem aus Betonblocksteinen errichteten Studiogebäude stehen und drehte sich zu Tiffany um. »Ich will nicht wissen, was sie gemeint hat. Ich besetze nicht, ich will nur rausfinden, ob aus dem, was gerade passiert, irgendwas werden kann.« Er sagte: »Mehr tue ich nicht«, bemüht, nicht verärgert zu klingen. »Okay?«

Tiffany sagte: »Okay.«

Es fiel ihm schwer, sie direkt anzusehen, aber er tat es doch und mußte sie einfach fragen: »Was hast du da für Dinger auf der Nase?« Es sah aus, als durchbohrten winzige Stöckchen ihre Nasenspitze; sie ragten steil empor, wie zwei zarte kleine Hörner.

»Fledermausflügelknochen«, sagte Tiffany.

Chili machte: »Oh.«

Als er die Tür zum Kontrollraum öffnete, fragte er sich, woher man Fledermausflügelknochen bekam, und da traf sie eine Klangwoge aus den Lautsprecherboxen – Odessa jammte im Studio, auf der anderen Seite der gläsernen Trennwand: Linda bearbeitete ihre tiefhängende Gitarre, sang eine Zeile, nickte im Takt; auf einem Barhocker thronte Dale in einem flotten Freizeithemd, und Speedy, schulterlange Haare und Sonnenbrille, saß hinter seinem spartanischen Schlagzeug. Der Toningenieur telefonierte gerade und hob zur Begrüßung die Hand hoch.

Curtis noch was, ein junger Typ im Wollhemd, ausgebeulter Hose und schwarzen Converse-Turnschuhen. Chili war ihm schon mal begegnet. Er hörte Curtis am Telefon sagen: »Du hast den Stein ausgepißt? Ist ja Spitze, Mann. Was hast du mit dem Demerol gemacht?«

Laut Hy hatte der Junge für Don Was Filmmusiken produziert, und Don sagte, Curtis hätte es drauf, eines Tages werde er Hits abmischen. Bis dahin, sagte Hy, sei er billig zu haben.

Tiffany sagte gerade: »He, die spielen ja«, was ein wenig überrascht klang. »Ist der Song von ihnen?«

Chili sagte, wenn er das sei, dann höre er ihn heute zum erstenmal.

Curtis legte den Hörer auf und trat ans Mischpult. »Sie sind in der Aufwärmphase, machen ein bißchen AC/DC. Gerade spielen sie ›Whole Lotta Rosie‹. Davor haben sie ›Back in Black‹ gebracht, und ich muß sagen, Linda ist super. Sie spielt eine exzellente Gitarre. Wenn man genau hinhört, merkt man, daß sie AC/DC-Rhythmen mit einer einfachen, vom Blues abgeleiteten Leadgitarre kombiniert. Ich würde unheimlich gern ein paar Samples drumherum bauen, Lücken füllen, dem Sound mehr Volumen geben. Ihr neues Stück ›Be Cool‹ könnte ich auf jeden Fall runder machen. Und bei dem anderen, ›Odessa‹, kann man sich das Leitmotiv vornehmen.«

Chili sagte: »Sie ist gut, stimmt's?«

»Und ob, und originell ist sie auch, aber ihre Musik klingt für mich noch unfertig. Die kann noch ein paar Akzente und Grooves gebrauchen.«

»Ich muß unbedingt Radio hören«, erklärte Chili, »um rauszufinden, was angesagt ist und wer was macht. Ich höre da von allen möglichen unterschiedlichen Musikstilen – Metal, New Age, Pop, Urban …«

Curtis sagte: »Es gibt allein etwa neun verschiedene Metal-Varianten. Speed Metal, Funk Metal, Death Metal …«

Chili sagte: »Ich frag die Leute, was ist Alternative Music? Darauf antworten sie nicht, sondern erzählen mir, welche Radiosender ich hören soll. Was ist denn nun eigentlich Alternative?«

»Mittlerweile so ziemlich alles«, antwortete Curtis, »was nicht Hardrock ist.«

»Seht ihr? Niemand gibt mir eine klare Antwort.«

»Also gut«, sagte Curtis, »im Grunde ist es verwässerter Rock. Es könnte aber auch balledesker Punk sein.«

»Und was ist Punk?«

»Drei Akkorde und ein Schrei.«

»Nun mach mal halblang«, protestierte Tiffany, »da steckt viel mehr dahinter. Angefangen hat es als Hardcore, wie Bad Religion, dann gibt es den puren Stoff, wie Minor Threat, und Surf Punk wie von Agent Orange.«

»Alles nur Abklatsch«, sagte Curtis, »sogar Seattle. Ohne Iggy and the Stooges gäb's die alle nicht, und das ist dreißig Jahre her. Damals gab's MC5 und Velvet Underground, aber Iggy hat mit ›Raw Power‹ die Initialzündung geliefert, auf die das alles aufbaut. Ohne Iggy hätte es die Ramones, Blondie, die Talking Heads und die Sex Pistols nicht gegeben. Was hat Bowie gemacht? Iggy gecovered. Dann, und erst dann kommt man zu Nirvana, zu Pearl Jam und zu dem, was als Rock gilt, den man heute ›Alternative‹ nennt.«

Chili fragte: »Und was ist mit den Rolling Stones?«

Darauf sagte Curtis: »Dazu ist ja das meiste von dem heutigen Zeug die Alternative, nämlich zu richtigem Rock 'n' Roll, von den Stones, Aerosmith, Jimi Hendrix, Clapton, Jeff Beck, Neil Young.«

Tiffany sagte, sie habe vorhin Hendrix vergessen.

Chili ließ nicht locker: »Und was ist mit Janis Joplin?«

Tiffany sagte: »Diese Tussi, jetzt bist du aber in grauer Vorzeit gelandet«, doch Curtis meinte, Janis gehöre unbedingt mit auf die Liste. Chili betrachtete durch die Glasscheibe Odessa, die gerade ihren Song beendeten. Linda hob die Hand und winkte ihn herein.

Curtis zählte inzwischen Led Zeppelin auf, Van Halen, Pink Floyd, Eric Burdon, U2, Bon Jovi, Tom Petty…

Tiffany nannte sie alle Dinosaurier.

Auf dem Weg zur Tür rief Chili: »Und was ist mit Dion and the Belmonts?«

»Na also«, sagte Linda, »endlich lernt ihr euch mal kennen.« Seit ihre Mitstreiter eingetroffen waren, klang Linda ein wenig mehr nach West Texas. Chili wurde vorgestellt. Dale stieg von seinem Hocker, um ihm die Hand zu geben; Speedy blieb hinter seinem Schlagzeug sitzen, hob einen Trommelstock und wirbelte ihn zweimal zwischen den Fingern.

Chili nickte ihm zu: »Speedy, wie geht's denn so?«

Speedy antwortete nicht, kaute sein Kaugummi und musterte Chili, als wolle er erst mal abwarten, ob der sich bewährte.

Also sagte Chili: »Wir haben einen Auftritt für euch. Kommenden Montag im Viper Room.«

Jetzt ergriff der kleine Trommler mit den schulterlangen Haaren doch das Wort. »Um wieviel Uhr Montag?«

»Neun Uhr.«

»Abends oder morgens? Wahrscheinlich ist es sowieso egal. Wer geht schon montags in Clubs?«

Linda sagte: »Speedy, du bist jetzt in L.A. Es gibt keinen Unterschied zwischen Montag und anderen Abenden.«

Speedy antwortete: »Danke, daß du mich dran erinnerst.«

»Hy Gordon hat das arrangiert«, sagte Chili. »Er ist ein guter Freund von Sal, einem der Clubeigentümer, und Jackie, dem Talentscout. Hy ist noch an ein paar anderen Gigs dran, und wir mieten einen Bus für die Tournee, drei Wochen unterwegs.«

Speedy fragte: »Was für einen Bus?«

Das Bürschchen konnte ganz schön nerven. Chili fragte: »Würde es was ändern, wenn ich's dir sagte?«

»Hauptsache, da ist ein Klo drin. Mann, ich hasse Busse ohne Klo.«

Dale sagte: »He, dein Film *Schnappt Leo* hat mir gefallen. Der war echt gut.«

Chili bedankte sich und wartete, rechnete damit, daß Dale noch etwas sagte, doch der schwieg, und es entstand eine Gesprächspause. Chili überlegte, was er sagen sollte, sah dabei immer noch Dale an. Ihn fragen, wie es in Austin war? Als nächstes würden sie Texas und Kalifornien miteinander vergleichen.

In die Pause hinein sagte Speedy: »Ich bin mal mit dem Bus nach El Paso gefahren, vierhundertvierundfünfzig Kilometer auf der Suche nach Arbeit. Dieses eine Mal hatte ich im Dos Amigos ein paar Bierchen gekippt, bevor ich in den Bus gestiegen bin. Wir fahren da draußen am Arsch der Welt rum, und, Mann, ich muß echt dringend pissen. Also geh ich zum Fahrer und sage: ›Mann, ich muß mal pissen.‹ Darauf er: ›Ich halte für niemanden an. Sie müssen bis zur nächsten regulären Haltestelle warten.‹ Ich sage: ›Auch gut, dann piss ich eben in den Bus.‹ Da hat er angehalten. Ich steig aus und pisse seitlich den ganzen Bus an, ich hab nämlich so nah dran gestanden, daß mich keiner sehen konnte, und dann bin ich wieder eingestiegen.«

»Wenn wir zu 'nem Gig gefahren sind«, erzählte Linda, »egal ob nach Big Spring oder rauf nach Lubbock, hat Speedy auch immer seine Pinkelpausen gebraucht.«

»Aber er lügt doch«, warf Dale ein. »Als er zum Pinkeln aus dem Bus gestiegen ist, hat der ihn stehenlassen.«

»Das war 'n anderes Mal«, wiedersprach Speedy. »Danach bin ich zwei Stunden bis zu 'ner Tankstelle marschiert. Sag ich zu dem Tankwart: ›Wo zum Teufel bin ich hier eigentlich?‹

Darauf er: ›Du bist in Van Horn, was glaubst du denn, wo zum Teufel du bist?‹«

Linda sagte: »Ich erinnere mich an einen Wasserturm, auf dem *Van Horn* stand. Meines Wissens haben wir da nie angehalten.«

Chili blickte von einem zum anderen.

Dale sagte: »Der Kerl hat sich bestimmt gefragt, was zum Teufel du da gemacht hast, wenn du nicht gewußt hast, wo du warst.«

Chili sah Speedy an.

Doch Linda spann den Faden weiter. »Wißt ihr noch, wie wir Roy Orbison gesucht haben und deshalb nach Wink gefahren sind?«

Dale sagte: »Als hätten wir erwartet, daß er die Straße entlanggelatscht kommt. Dabei war er schon weggezogen.«

»Wink ist Roy Orbisons Heimatstadt«, sagte Linda zu Chili, und der nickte.

»In Bussen«, verkündete Speedy, »lernt man 'n Haufen seltsame Leute kennen. Erst fragen sie einen, wo man hin will, und dann erzählen sie einem ihre Lebensgeschichte. Ich hab Leute getroffen, die kein Zuhause hatten, die sind mit Bussen durch die Gegend gefahren und haben sich auf Busbahnhöfen rumgetrieben, bis sie rausgeschmissen wurden. 'ne junge Frau sagt zu mir: ›Oh, ich wohne bei meiner Mutter, aber ich halt's nie lange aus, weil sie nicht ganz richtig im Kopf ist.‹ Eine andere junge Frau erzählt mir, daß sie Songs schreibt, die hatte ein kleines farbiges Baby dabei, na ja, halb farbig. Ich antworte: ›Ach, sing mir doch mal was vor.‹ Es war peinlich, wenn man da so neben ihr saß. Sie hatte eine unglaublich hohe, süßliche Stimme. Ihr Lied hieß ›I'm Good with Animals‹, und es war der blödeste Song, den ich je gehört hab. Er hat davon gehandelt, daß Tiere sie mögen, aber Männer sie nicht mal grüßen. Was ich mir gut vorstellen konnte, sie sah zwar nicht übel aus, hatte aber gräßlichen Körpergeruch. Ich sage zu ihr: ›Warum fährst du nicht erst mal nach Hause, duschst ordentlich und kümmerst dich um dein Baby?‹ Sie hat gesagt, wegen des farbigen Babys sei sie zu Hause rausgeschmissen worden, ihre Eltern wollten es nicht mal ansehen. Die sagten, sie hätte ihr ganzes Leben verpfuscht, und jetzt könnten sie ihr nicht mehr helfen. Die Kleine wollte nach El Paso, um Gesangsunterricht zu nehmen. Hatte sich alles genau überlegt. Sie wollte bei Schönheitswettbewerben mitmachen, und ihr besonderes Talent wäre, daß sie ihre eigenen selbstverfaßten Lieder sang. Ich hab gesagt, ich würde bei der Miss-America-Wahl nach ihr Ausschau halten. Ach ja, aber vorher hab ich sie noch gefragt, wie sie den Gesangsunterricht bezahlen wollte.« Speedy verstummte, sein Blick richtete sich auf die Tür hinter Chili.

Dort stand Edie Athens und hielt die Tür auf.

Linda sagte: »Kommen Sie rein, lernen Sie die Jungs kennen.«

Edie sah sie nicht mal an, ihr Gesichtsausdruck war angespannt, sie fixierte Chili. Sie sagte: »Sin Russell ist hier. Er bedroht Hy.«

Chili betrat das Büro, das Jackett offen, Hände in den Hosentaschen, immer schön locker bleiben, und sagte: »Ich suche Sinclair Russell«, woraufhin sich Sin und seine vier Rapper, die dicht an dicht um den Schreibtisch herumstanden, zu ihm umdrehten, ausdruckslos, unbewegt hinter den Sonnenbrillen; Kopftücher und in die Stirn gezogene Wollmützen, weite Wollhemden, die ihre massigen Körper verbargen. Einer trug das Hemd offen, von seinem T-Shirt lugte das Gesicht von The Notorious B.I.G. hervor. Auf der anderen Schreibtischseite stand einer bei Hy, der eine aufgeschlagene Kladde hielt und aussah, als hätte er Schmerzen. Sin stand gleich rechts von Chili – der sein Foto oft genug gesehen hatte, um ihn wiederzuerkennen –, ein etwa fünfzigjähriger Mann im cremefarbenen Trainingsanzug und passendem Homburg.

Er sagte: »Du bist also Chili Palmer, hä, der Filmmensch.«

Chili trat zu ihm, bis er ihm Auge in Auge gegenüberstand, so daß sich ihre Zehen fast berührten, und sagte: »Ich bin Chili Palmer, ich bin Ernesto Palmair, ich war Chili der Wucherer, Chili der Kredithai, und ich bin Chili, The Notorious K.M.A.«

Sin Russell sagte: »Scheiße.« Und weiter: »Du bist also berüchtigt, hm? Was bedeutet K.M.A.?«

»Kiss My Ass – Leck mich am Arsch«, sagte Chili dem Mann ins Gesicht, »den Namen hab ich auf der Straße bekommen. Was kann ich für dich tun?«

Sin antwortete nicht, versuchte sich offenbar darüber klarzuwerden, ob dies eine Respektlosigkeit ihm gegenüber gewesen war.

Chili wandte den Blick nicht von ihm, setzte nach. »Wir beide kennen uns bereits, stimmt's? Ich würde sagen, aus Rikers, wo wir auf unseren Gerichtstermin gewartet haben?«

Jetzt sprach der Mann. »Ich war noch nie in Rikers, in meinem ganzen Leben noch nicht.«

»Jedenfalls warst du im Bundesknast im Norden von New York, in Lompoc«, fuhr Chili fort, »wo du die Jungs hier kennengelernt und deinen Männerchor zusammengestellt hast, was? Ropa-Dope, und damit hast du was Neues geschaffen, Slam Rap, über das Leben im Knast, wie das ist, wenn man seine Zeit absitzt.«

»Darüber, daß wir da drin machen, was wir wollen. Darüber, daß wir Songs wie ›White Boy Bitches‹ und ›Yo White Ass is Mine‹ singen«, konterte Sin. »Ich bin hier, um meine Tantiemen abzuholen.«

»Damit ich das wirklich auf die Reihe kriege«, sagte Chili, »du warst nie in Rikers?«

»Hab ich dir doch gerade gesagt.«

»Und ich war nie in Lompoc. Aber wir wissen, wie man verhandelt, stimmt's? Wie man Meinungsunterschiede löst.«

»Hier zählt nur eine Meinung«, sagte Sin. »Meine.«

»Was sagst du, wieviel habt ihr zu kriegen?«

»Tommy hat mir gesagt, eins Komma sechs Millionen.«

»Ich geb dir dreihundert Riesen.«

»Du meinst, dreihundert als Anzahlung.«

Chili erwiderte: »Was stehen wir hier rum? Komm mit«, führte den Mann in seinem Trainingsanzug und Homburg zu einem Kunstledersofa, einem roten, das Tommy laut Edie im Angebot gekauft hatte.

Sobald sie saßen, bot Chili dem Mann eine Zigarre an. Sin griff zu und steckte sie sich zwischen die Zähne, um das Ende abzubeißen, woraufhin Chili sagte: »Warte«, und seinen Zigarrenabschneider herauskramte. Er trennte die Zigarrenspitze ab, nahm Sin das gute Stück aus dem Mund und reichte ihm das gekappte Ende, damit er es sich zwischen die Zähne steckte; Sin beobachtete ihn durch seine Sonnenbrille, rührte sich aber nicht. Chili zündete mit dem Daumennagel ein Streichholz an und hielt es an die Zigarre.

»Ziehen. Genau so, weiter. Gut, jetzt hast du's geschafft. Du hast da eine echte Havanna im Mund, die kostet vierzig Dollar, Mann. Wie schmeckt's?«

Sin nahm die Zigarre aus dem Mund und betrachtete sie, während Chili sich selbst eine anzündete und zu den Ropa-Dopers rübersah, die ihn beobachteten, mißmutig, mit ihren Sonnenbrillen, den breiten hängenden Schultern ... Chili sagte: »Ich wollte, ich hätte so ein Team. Das heißt, nicht um zu rappen. Ich hab ein Problem, Sin. Wenn man einen Blick auf Tommys Soll wirft, sieht man Beträge, die für Versicherung, für Promoveranstaltungen ausgegeben worden sind – anscheinend die üblichen Ausgaben. Bei einem Blick in sein Scheckbuch entdeckt man die entsprechenden Beträge, auf Tommy ausgestellt oder bar ausgezahlt, alles Abhebungen. Laut Edie beläuft sich das auf insgesamt 'ne halbe Million.« Er drehte sich zu der in der Tür stehenden Edie um, bemerkte ihren verdutzten Blick. »Stimmt das nicht, 'ne halbe Million?«

Sie hatte zwar keine Ahnung, was er da quatschte, nahm aber den Ball sofort auf und sagte: »Vorsichtig gerechnet.«

»Letzte Woche«, fuhr Chili fort, »wollten sie die nächste Zahlung. Tommy sagte, er hätte das Geld nicht. Darauf haben sie ihm mächtig Druck gemacht, und er hat dreihundert Riesen zusammengekratzt. Das war zwei Tage bevor sie ihn umgelegt haben.«

Sin Russell sah seine Rapper an. »Hört ihr das?« Und zu Chili sagte er: »Wer sind diese *sie*, von denen wir hier reden?«

»Die Russen.«

Sin paffte an seiner Zigarre. »Was für Russen?«

»Russen. Typen mit russischen Namen. So wie der Tote, den sie in meinem Haus gefunden haben.«

»Hast du den erschossen?«

Chili hob den Kopf und stieß eine Qualmwolke aus. »Soll ich

vielleicht vor all diesen Leuten darüber reden, die ich überhaupt nicht kenne?«

»Aber das heißt doch, daß die Russen Schutzgeld von ihm erpreßt haben.«

»Ich muß dir wohl die Wahrheit sagen«, sagte Chili. »Tommy hat Schwarzpressungen verkauft. Deshalb hat er das Aufnahmestudio eingerichtet. Er hat Hits kopiert, große Hits, Madonna, Elton John, die Spice Girls, und die Raubkopien billig nach Südamerika verkauft. Hat sich dumm und dämlich verdient.«

Sin Russell glotzte ihn an.

Sins Ropa-Dopers glotzten ihn an.

Hy Gordon glotzte, sein Mund stand offen.

Chili sah sich nach Edie um. »Sein wichtigster Markt war doch Südamerika, stimmt's?«

Edie bestätigte: »Genau, Südamerika«, sie spielte mit. »Die CDs haben sie in geklauten Autos versteckt, die ein Freund von Tommy da runtergebracht hat.«

Wunderbar. Man konnte sich doch immer darauf verlassen, daß der Witwe eines Gauners etwas einfiel.

Da keiner etwas sagte, spann Chili den Faden weiter.

»Die Russen haben das rausgefunden – *die* schmuggeln übrigens Cherokee-Jeeps nach Rußland –, und Tommy mußte sie am Profit beteiligen. Alles klar? Er konnte doch unmöglich zu den Bullen gehen.«

Chili beobachtete Sin, der sich das durch den Kopf gehen ließ und nach Ungereimtheiten suchte, sah, daß er etwas sagen wollte, und kam ihm zuvor.

»Ich weiß, was du sagen willst. Wenn er einen Profit gemacht hat, wie konnte er den dann in seinen Büchern unterbringen? Man zahlt keine großen Geldsummen ein, ohne daß das Finanzamt davon Wind bekommt. Wißt ihr, was er gemacht hat?«

Chili schaute kurz zu Hy Gordon rüber, der es kaum erwarten konnte.

»In den Büchern hat er das, was er beispielsweise an einer Madonna-Raubkopie verdient hatte, als Ropa-Dope-Profit untergebracht oder hat es einer seiner anderen Bands wie Roadkill zugeschrieben. Darum, Sin, mein Freund, hast du gedacht, ihr wärt so erfolgreich, daß Tommy sagte, euch stünden eins Komma sechs Millionen zu. Er mußte euch solche Tantiemen zahlen oder riskieren, daß sein Schwindel aufflog. Aber ich muß euch nicht bezahlen«, fuhr Chili fort, »weil ich keine Schwarzpressungen mache. Von jetzt an müßt ihr euch mit dem zufriedengeben, was die Platte einspielt; und laut der korrekten Buchführung schulde ich euch die dreihundert Riesen, die ich euch angeboten habe. Das einzige Problem ist, daß ich sie nicht habe. Tommy hat sie letzten Samstag den Russen gegeben. Außerdem hat er ihnen gesagt, er würde keine Raubkopien mehr machen, er würde aus diesem Geschäft aussteigen. Was soviel hieß wie: Leckt mich am Arsch. Darum haben sie Tommy am Montag darauf umgelegt, während er mit mir zu Mittag gegessen hat.«

Geschafft.

Mal sehen, wie das rüberkam.

Sin schob die Zigarre von einer Seite des Mundes auf die andere, ein nachdenklicher Mann in Homburg, Sonnenbrille und Designer-Trainingsklamotten.

»Also diese Russen haben die Kohle jetzt.«

»Die finanzieren damit ein Kredithai-Gewerbe. Bargeld sofort, soviel man braucht.«

»Das weißt du genau.«

»Ich hab's überprüft.«

»Hör zu, eins will mir nicht in den Kopf, man nennt dich doch Notorious K.M.A., warum holst du dir das Geld nicht selber zurück?«

»Hab ich dir doch gesagt«, antwortete Chili, »ich hab kein Team«, und sah zu den Ropa-Dopers rüber. »Einen Trupp kräftiger junger Männer, die sich nichts gefallen lassen.«

»Mit anderen Worten, ich soll's machen.«

»Es ist euer Geld«, bestätigte Chili. »Wenn ich es mir irgendwie zurückholen würde, müßte ich es sofort dir geben, korrekt?«

»Das leuchtet mir ein.«

Sin zog an seiner Zigarre, blies den Rauch aus und zog wieder dran.

»Verrat mir mal eins. Angenommen, man will von diesen Leuten Geld leihen, wohin geht man da?«

16

Elaine saß nicht gern im Freien, im Ivy nicht, nirgends. Sie bekamen drinnen den ersten Tisch links, und Elaine sagte: »Du drehst dem Raum besser nicht den Rücken zu, setz dich neben mich.«

Chili sagte, wenn er nach *Schnappt Leo* mit ein paar Leuten hierherkam, habe er immer den Tisch in der Mitte bekommen. Wenn er jetzt reservierte, steckten sie ihn ins Hinterzimmer.

Heute war Dienstag.

Elaine sagte: »Na ja, wenn der neue Film Erfolg hat, stufen sie dich wieder hoch. Wo waren wir stehengeblieben? Nein, zuerst bestellen wir was zu trinken.«

Als Elaines Scotch und Chilis Bier schließlich gebracht wurden, hatte er einiges rekapituliert: »Montag ist Tommy erschossen worden. Am selben Abend hab ich Linda kennengelernt. Dienstag hat sie Kontakt zu ihrer Band aufgenommen. Ich bin zu Edie Athens gegangen, habe sie aufgefordert, die Plattenfirma zu behalten und drumherum einen Film zu drehen. Leider will sie eine Hauptrolle haben. Mittwoch war mein Bild in der Zeitung. Ich komm nach Hause, finde einen toten Russen in meinem Wohnzimmer und rufe Darryl Holmes an.«

»Die Nacht hattest du bei Linda verbracht.«

»Genau, passiert ist aber nichts. Ich habe zum erstenmal ihre Musik gehört und dich von dort angerufen, und zwar Donnerstag morgen. Freitag bin ich ins Studio gekommen, hab dir das Video gezeigt, die CD dagelassen ... was hältst du davon?«

»Ganz in Ordnung.«

»Mehr nicht?«

»Nein, gefällt mir, ich steh aber mehr auf Sinatra. Du hast mir von Joe Loop erzählt, daß Joe und der Russe mit derselben Waffe erschossen wurden. Dieser Aspekt hat mir gefallen.«

»Am selben Freitag war ich bei Nicky Carcaterra. Raji war auch da. Ich habe ihnen gesagt, sie sollten Linda vergessen.«

»Den genauen Wortlaut, bitte.«

»Ich hab ... irgendwas gesagt, von wegen, falls er sie bedroht oder ihr irgendwie weh tut ... Nein, ich hab gesagt: ›Wenn du ihr irgendwie drohst oder ihr etwas antust, wirst du es zeitlebens bereuen, mindestens.‹«

Elaine sagte: »Das ›mindestens‹ ergibt keinen Sinn.«

»Weiß ich, aber als es mir einfiel, kam es mir irgendwie bekannt vor.«

»Aus *Schnappt zu*. Michael sagt es.«

»Mist – das stimmt, hatte ich vergessen. Als ich dort war, hab ich Elliot gesehen, den Samoaner. Weil ich Angst hatte, daß er mich in einen Fahrstuhlschacht wirft, hab ich ihm gesagt, er soll dich anrufen, einen Termin für Probeaufnahmen ausmachen.«

»Er hat angerufen und eine Telefonnummer hinterlassen. Jane meinte, er klingt nett.«

»Mir wäre es lieber, wenn du Probeaufnahmen mit ihm machst, ihm vor der Kamera Fragen stellst, dir seine Antworten anhörst.«

»Bist du jetzt unter die Psychologen gegangen?«

»Ich suche nicht nach Macken; wenn ich ihn etwas frage, interessiert mich, was er antwortet.«

»Du willst wissen, ob er seinen Arbeitgeber anschwärzt.«

»Heutzutage sagt man ›verpfeift‹. Tja, vielleicht verquatscht er sich und erzählt uns was. Also, später hab ich Darryl Holmes getroffen, der gerade die Russen observiert hat, bin dann in den Laden spaziert und einem gewissen Bulkin begegnet.«

»Guter Name. Das hast du mir bereits erzählt. Glauben kann ich es zwar immer noch nicht, aber erzählt hast du's mir.«

»Ich mußte mich davon überzeugen, ob es der Typ war, der Tommy umgelegt hat. Jetzt weiß ich, daß er's ist, kann's aber nicht beschwören.«

»Du hast mir von Sin Russel und den Rappern erzählt.«

»*Russell.*«

»Du hast dir die ganze Geschichte ausgedacht, spontan?«

»Ja, aber am Abend vorher hab ich mich mit einem Typ an der Bar unterhalten, im Four Seasons ...«

»Du wohnst nicht bei Linda?«

»Ich war eine Nacht da.«

»War sie enttäuscht? Als du gegangen bist, meine ich.«

»Ja, sie wollte, daß ich bleibe.«

»Linda ist nicht dein Typ?«

»Jemand will mich umbringen, Elaine. Wenn die rauskriegen, wo ich bin, und ballernd ins Haus stürmen ... irrtümlich Speedy töten ... Nein, wenn jemand Speedy abknallt, dann vorsätzlich. Er nervt.« Chili hielt inne. »Aber vielleicht hat er eine ziemlich gute Story auf Lager.«

»Du hast meine Frage nicht beantwortet.«

»Nein, sie ist nicht mein Typ. Ist das ein Annäherungsversuch, Elaine?«

»Ich mache nur Konversation.«

»Wann hatten wir das jemals nötig? Wir können jederzeit endlos lange Gespräche führen.«

»Das stimmt wirklich. Uns fällt es immer leicht, ins Gespräch zu kommen. Weißt du, was ich dich schon seit Ewigkeiten fragen wollte? Ob es dir damals das Herz gebrochen hat, als Karen mit dir Schluß gemacht hat.«

»Ob es mir das Herz gebrochen hat?«

»Du weißt schon. Warst du deprimiert, gekränkt, stinksauer?«

»In erster Linie war ich überrascht. Jetzt bin ich drüber weg. Wenn sie einen Drehbuchschreiber heiraten will... Keine Ahnung, vielleicht muß sie Buße tun, Wiedergutmachung leisten für die vielen miesen Sex- und Horrorstreifen, die sie mit Harry gedreht hat.«

»Denkst du oft an sie?«

»Nein. Na gut, manchmal, klar. Aber nicht, wie du's dir vorstellst.« Sie saßen auf einer Bank, ihre Hüften berührten sich fast. Chili wandte Elaine den Kopf zu. »Du hast die Haare anders.«

»Ich hab sie schneiden lassen.«

»Du trägst Make-up.«

»Wenn ich ausgehe, schon. Wir beide treffen uns normalerweise nur in meinem Büro, außerhalb winken wir uns höchstens mal in 'nem Restaurant zu.«

Chili sah sie immer noch an, fing an zu lächeln. »Du hast Universal verlassen, weil sie dich ins Ivan Reitman Building gesteckt haben.«

Elaine sagte: »Und?«

»Ich find's komisch, mehr nicht. Überrascht hat's mich nicht, weil es zu dir paßt.« Die Getränke kamen, und Chili trank einen Schluck Bier. »Egal, ich hab also mit diesem Typ an der Bar geplaudert...«

»Im Four Seasons.«

»Genau – ich hatte mir überlegt, bei Edie zu übernachten, die hat massenhaft Zimmer. Aber da war schon Derek Stones mit Tiffany. Die sind aus ihrer Wohnung geflogen, weil sie 'n Fernseher auf den Wagen des Hausmeisters geschmissen haben, vom Balkon.«

»Das könnte man in den Film einbauen.«

»Gibt es schon.«

»Stimmt, *Zwei glücklose Cowboys*. Aber wer hat die Glotze vom Balkon fallen lassen, Newman oder Lee Marvin?«

»Ich glaube, es war Newman. Jedenfalls erkennt mich dieser Typ an der Bar. Terry soundso von Maverick Records, er war mit einer seiner Interpretinnen verabredet, einer prominenten Sängerin, hat mir aber ihren Namen nicht gesagt. Wir haben uns über Filme unterhalten. Er hat *Schnappt Leo* gesehen und sagte, er hätte ihm sehr gut gefallen. Die Frau, mit der er verabredet war, hat sich verspätet, deswegen hatte ich Gelegenheit, ihn nach dem Musikgeschäft zu befragen. Wie man einen Künstler groß rausbringt. Muß man sich einen unabhängigen Promoter nehmen? Braucht man ein Video? Er war wirklich nett. Nebenbei hat er erwähnt, daß eine neue Veröffentlichung von großen Stars sofort kopiert und als Raubpressung überall auf der Welt verkauft wird. Das hab ich dann bei dem Gespräch mit Sin Russell und seinen Dopers verwendet. Sonntag war mein Ruhetag. Hab am Hotelpool *Spin* und den *Rolling Stone* gelesen und bin dabei eingeschlafen. Linda hatte Probe... hab mit keiner Menschenseele geredet, erst später. Da hat diese Tussi angerufen und ist am selben Abend bei mir vorbeigekommen.«

Elaine sagte: »Diese Tussi?«

Raji war schon ein paarmal in Vitas Wohnung gewesen, in Venice, zwei Blocks vom Pazifik entfernt, wo die Häuser in zwei Reihen hintereinanderstanden, eine Reihe oben, eine unten. Vita wohnte oben. Man ging die Holztreppe seitlich am Haus hinauf und betrat eine Wohnlandschaft voller Kissen. Auf dem Sofa lagen so viele Kissen, daß man sich eine Ecke zum Sitzen freiräumen mußte. Kissen auf den Stühlen, Kissenstapel auf dem Fußboden. Hübsche Kissen in flotten Farben und Mustern. Einmal fragte er sie, warum sie Kissen so mochte. Vita antwortete, sie verliehen einer Bleibe einen Anstrich von Gemütlichkeit und zwanglosem Schick. Er sagte: Schon, aber um ins Bett zu kommen, muß man erst mal die ganzen Kissen wegräumen. Vita erwiderte, darüber würde er sich nie Gedanken machen müssen. Ihm war unbegreiflich, was diese Frau für Probleme hatte.

Heute, an diesem Sonntag nachmittag, hatte Raji seine beige Kangol-Mütze richtig herum auf, ging die Treppe hinauf und hatte eine andere Frage an Vita. An Kissen kein Gedanke. Er klingelte, packte die Mütze ganz oben, um sie zu lockern und wieder richtig aufzusetzen, dann schob er sich mit einem Finger die Sonnenbrille auf die Nase. Die Tür ging auf, und sie stand vor ihm.

Vita machte: »Oh-oh.«

»Was soll das heißen, ›Oh-oh‹? Ich wollte dich bloß mal besuchen, Mädchen. Toll siehst du aus.« Raji bewunderte den pink- und orangefarbenen Kimono, den sie anhatte und mit der Hand zuhielt. Wenn Rajis Vermutung stimmte, war sie darunter splitternackt. Dann erzählte er ihr, er würde gern hereinkommen und sich setzen, ein erfrischendes Getränk zu sich nehmen, ein Glas Grapefruitsaft mit einem Schuß weißen Rum, Vitas Spezialität. Er sah ihr nach, als sie in die Küche ging, um den Drink zu mixen, da sie nicht groß genug war, um ihn rauszuwerfen. Raji legte sich zwischen die Kissen auf das Sofa und machte die Beine lang, um seine Lucheses auf den Couchtisch zu packen. Während er die Stiefel betrachtete, dachte er über Sporen nach. Er hatte daran gedacht, sich ein Paar große Western-Sporen zu besorgen; die klirrten so cool, wenn man ging. Sporen hatten was. Vita kam zurück, mit einem Drink in der Hand und einem angezündeten Joint. Sie hielt ihm das Glas hin, der Drink gelb und trübe.

»Setz dich zu mir.«

Nein, sie nahm den Sessel am Ende des Couchtischs, setzte sich, schlug die Beine übereinander und stopfte den Kimono unter ihre runden Schenkel.

Raji sagte: »Da ziert sie sich. Als hättest du noch nie einem Mann deine Füße um den Hals gelegt und dabei geschrien, weil es dir gefällt, was er mit dir macht.«

Vita sagte: »Schätzchen, du wirst meine Füße nie da oben spüren, also stell's dir gar nicht erst vor. Heute ist Sonntag, das heißt du hast 'n Kater und bist geil. Wieso scheint das beides eigentlich immer zusammen aufzutreten?«

»So hat Gott uns nun mal geschaffen, Kleine. Hat dafür gesorgt, daß wir etwas wollen, was den Schmerz lindert. Ich will dich nicht flachlegen, sondern nur mal gucken, wie's dir so geht. Nachsehen, ob du zufrieden bist. Nachsehen, was du brauchst, jetzt wo wir dichtgemacht haben, bis ich ein neues Chick finde. Was gibt's Neues von Linda?«

»Nichts.«

»Trommelt sie ihre Rockabilly-Band wieder zusammen?« Er streckte die Hand in Richtung Vita aus. »Laß mich mal ziehen.«

Sie mußte aufstehen, um ihm den Joint zu geben, und als sie wieder Platz nahm, sagte sie: »Sie sind schon wieder zusammen. Montag nacht spielen sie, im Viper Room.«

»Machst du mit?«

»Linda hat Stimme genug, sie braucht mich nicht.«

»Hat sie dir geraten, ihrem Beispiel zu folgen, bei den Chicks auszusteigen?«

»Wir sind Freundinnen, wir geben einander keine Ratschläge. Soll ich dir verraten, was ich will, was ich wirklich, wirklich will?«

Das kam aus einem Lied der Spice Girls, aber ihrem Tonfall nach machte sie sich darüber lustig.

»Erzähl's mir, dann weiß ich's.«

»Wieder als Backup-Sängerin arbeiten. Irgendeinen großen Star tragen, egal ob sie weiß, daß sie von mir getragen wird, Hauptsache, ich weiß es.«

»Du bist gut genug, um solo aufzutreten.«

»Wenn ich einen Taillenumfang von fünfzig Zentimetern und Whitney Houstons Organ hätte, dann ja. Dann würden wir beide jetzt nicht miteinander reden. Ich weiß, was ich draufhab, aber das interessiert keinen.«

Raji sagte: »Du bist einfach nicht ehrgeizig genug.«

»Dafür falle ich aber auch nicht immer wieder auf die Nase.«

»Meiner Ansicht nach mußt du rausfinden, was funktioniert, wo sich deine Stärken am lohnendsten einsetzen lassen. Aber wenn es sein muß, solltest du abwarten. Aufs Timing kommt es an. Daß man weiß, wenn man zuschlagen muß.«

Jetzt musterte sie ihn durchdringend.

»Du hast doch was vor, stimmt's? Hast ein As im Ärmel.«

Raji fragte: »Willst du mitspielen?«

»Vita«, sagte Chili, »eine von den Chicks International. Sie hat mich angerufen – von Linda wußte ich, wo ich war – und gesagt, sie solle mit mir reden, ob sie ins Hotel kommen könnte.«

»Da hat sie doch schon am Telefon mit dir geredet«, warf Elaine ein. »Warum mußte sie dich treffen?«

»Hab ich nicht gefragt. Ich dachte, es wird irgendwas Privates sein, das sie mir persönlich sagen will.«

»Sie wollte dich benutzen. So oder so.«

»Du kennst sie doch gar nicht.«

»Sag schon, was ist passiert?«

Als der Kellner Speisekarten brachte, legten sie die beiseite und bestellten noch einen Drink.

»Vita kam rauf...«

»Hast du ein Zimmer oder eine Suite?«

»Eine Suite mit einem Schlafzimmer. Vita kommt rauf und erzählt, Raji sei bei ihr gewesen, ihr ehemaliger Manager.«

»Der Typ«, sagte Elaine, »der deiner Meinung nach Joe Loop beauftragt hat, falls es nicht der andere war, Nicky. Ich versuche, die Personen nicht durcheinanderzubringen.«

»Raji taucht bei ihr auf. Er erzählt Vita, sie wollen nichts dagegen unternehmen, daß Linda sich abgesetzt hat. Sie warten ab, ob sie mit Odessa den Durchbruch schafft. Falls sie's schafft, melden sie sich und pochen auf Einhaltung des Vertrags.«

»Bringen euch vor Gericht.«

»Das meint er vermutlich, oder daß man sich außergerichtlich einigt. Raji möchte, daß Vita in Lindas Nähe bleibt. Daß sie sich der Band anschließt, falls die auf Tournee geht, vielleicht Keyboard spielt, Background singt. Raji will über Vita an Insiderinformationen herankommen, sie soll ihm verraten, wie sich die Band macht, wie das Publikum reagiert, wie viele Tickets sie verkaufen. Raji will über ihre Einnahmen auf dem Laufenden sein, sie bei der Schlußabrechnung mit einbeziehen und seine fünfundzwanzig Prozent kassieren. Vita hat ihm erzählt, Odessa würde sich nie darauf einlassen, die seien eine Drei-Mann-Band; außerdem würde sie selbst so was nicht machen.«

»Wenn sie's nicht macht«, sagte Elaine, »warum erzählt sie es dir dann?«

»Damit ich über Rajis Pläne Bescheid weiß, er hat nicht aufgegeben. Wir haben uns eine Zeitlang unterhalten, ich habe gefragt, was sie so macht. Die Frau ist garantiert über vierzig, man sieht's ihr aber nicht an. Hat Dreadlocks, oder vielleicht sind die auch nicht echt, weiß nicht genau. Mit anderen Worten, Vita ist kein Neuling. Sie ist das – wie sagt man noch gleich? – wie der Prototyp für die schwarzen Backup-Sängerinnen, die man bei jedem Auftritt sieht, wo schwarze Mädchen Backup singen. Wenn du verstehst, was ich meine.«

»Sie ist Profi.«

»Erste Sahne. Darum sag ich zu ihr: ›Weißt du, was du bei deiner Erfahrung tun könntest? Mit Odessa als Tourmanagerin auf Tournee gehen.‹ Sie hat gedacht, ich wäre übergeschnappt. ›Was, ich soll als Spionin für Raji arbeiten?‹ Darauf ich: ›Nein, nicht für ihn, für *mich*. Du erzählst mir, was Raji vorhat, und du erzählst ihm, daß es die Band nicht schafft.‹ Vita ruft: ›Yeah!‹ Die Idee gefällt ihr. Sie macht es, wenn Linda einverstanden ist. Kaum war Vita weg, hab ich Linda angerufen, und sie sagte: toll. Sie würde Vita sogar in die Band aufnehmen, glaubt aber, Speedy wäre dagegen.«

»Ist Speedy Rassist?«

»Er ist unheimlich schwierig. Er bemüht sich, wenn irgend möglich anderer Meinung zu sein.«

Elaine sagte: »Er will nicht, daß man ihn für einen Waschlappen hält. Gott, hätte ich doch bloß was zu rauchen.«

»Außerdem ist er ziemlich klein«, sagte Chili, »so ein drahtiger Latino.« Und weiter: »Gegen eine Zigarre hätt ich auch nichts einzuwenden. Übrigens hättest du gestern im Viper Room sein müssen. Wir stehen gerade vor dem Club und paffen eine – das war vor dem Auftritt von Odessa –, als die Russen auftauchen.«

Vor der schwarzgestrichenen Fassade des Clubs gab es ein paar Parkbänke, die man für die Raucher dort aufgestellt hatte; doch die standen herum und redeten oder beobachteten die anderen Leute oder die Autos, die im Licht der Straßenlampen auf dem Sunset Boulevard vorbeibrausten: Chili, Linda, Speedy und vielleicht ein halbes Dutzend andere, die ins Freie getreten waren. Über ihnen und über der Markise, die von der Eingangstür bis zur Straße reichte, verkündete die weiße Schrifttafel ODESSA. Nur der Name, groß.

Wenn Leute zur Tür kamen und sie öffnen wollten, sagte ihnen ein Raucher, der Eingang sei um die Ecke, in der Larrabee Street. Oder einer der Rausschmeißer, dessen Gestalt den ganzen Türrahmen füllte, kam zur Tür und sagte es ihnen. Die Rausschmeißer hatten Headsets, damit sie sich miteinander verständigen konnten. Einer von ihnen öffnete die Tür, wenn die Raucher zurück in den Club wollten.

Linda ging als erste. Sie wirkte distanziert, verschlossen, während sie auf den Auftritt wartete. Schließlich sagte sie: »Bis gleich dann« und warf ihre Zigarette weg. Jetzt standen nur noch Chili und Speedy draußen, der Drummer trug sein Tanktop, ein Tuch um die Stirn gebunden und lederne Armbänder an den

Handgelenken. Daß Linda verschwunden war, ging in Ordnung. Chili wollte Speedy etwas fragen.

»Weißt du noch, wie du mir von der jungen Frau mit dem Baby im Bus erzählt hast?«

Speedy sagte: »Ja …?« Argwöhnisch. »Was ist damit?«

»Eine wirklich gute Geschichte«, sagte Chili. »Ich frage mich, was danach passiert ist.«

»Was soll das heißen? Glaubst du, ich hab sie in ein Motel abgeschleppt?«

Lieber Himmel, das war vielleicht ein Typ.

»Du hast doch erzählt, daß ihre Eltern sie zu Hause rausgeschmissen haben.«

»Stimmt, wegen dem farbigen Baby. Sie hat erzählt, ein Soldat aus Fort Bliss hätte ihr das angehängt. Sie hat gesagt, als sie es ihm erzählte, hätte er nur erwidert: Och, das ist aber schade, er wurde nämlich verlegt.«

»Als du sie kennengelernt hast, war sie unterwegs nach El Paso?«

»Sie wollte dahin, den Typen suchen. Sie hat nämlich geglaubt, er hätte sie angelogen und wär immer noch in der Gegend.«

»Und sie wollte Gesangsunterricht nehmen?«

»Ja, sie wollte singen lernen. Und sich operieren lassen, sich ein Paar neue Titten besorgen und bei der Miss-America-Wahl mitmachen. Dann würde der Typ, der sie geschwängert hatte, sie im Fernsehen sehen, bereuen, daß er sie sitzengelassen hatte, und sie würden wieder zusammenkommen. Was für ein Traum, stimmt's? Scheiße, die würden sie nicht mal in die Nähe vom Miss-America-Wettbewerb lassen, nicht mit so 'ner hohen Quietschstimme.«

Speedy sah kurz zur Straße hinüber, als ein Auto vor dem Club stoppte – im Halteverbot, wo die Markise endete –, redete aber weiter, erklärte, natürlich habe er ihr das nicht gesagt, wollte sie nicht kränken, auch wenn sie eine ziemlich dämliche Tussi gewesen war.

Während er Speedy zuhörte, registrierte Chili den Wagen zwar – Straßenlaternen beleuchteten in vier Meter Entfernung dunkles Metall –, sah aber nicht hin. Erst als er die laute Stimme des Mannes hörte, der sagte: »Was ist Odessa?«

Der Akzent bewog Chili, zu dem Auto rüberzusehen: eine schwarze viertürige Limousine, ein Lexus, wie der, in den Roman Bulkin im Einkaufszentrum eingestiegen war, vor seinem Fotoladen. Ein großer Blonder auf dem Beifahrersitz hatte das Fenster geöffnet. Offenbar saß nur ein Mann auf der Rückbank, es war aber zu dunkel, um zu erkennen, ob er kahl war oder eine Perücke trug. Der Blonde stieg gerade aus, er hatte eine Statur wie ein Ochse, trug einen gammligen Anzug, der ihm zu eng war, zu klein, und ein grell gemustertes Freizeithemd – von der Sorte, die man in Boutiquen sieht und sich fragt, wer wohl so ein Hemd kauft. Der Typ erinnerte Chili an Steve Martin, wenn er in *Saturday Night Live* seine »Wild and crazy guy«-Sketche spielte. Der Mann kam jetzt auf sie zu, während Speedy gerade Chili erzählte, die junge Frau habe so schlimm gerochen, daß er es bereut habe, sich neben sie gesetzt zu haben; er habe durch den Mund atmen müssen. Der Russe blieb vor Chili stehen und schaute zur Markise hoch.

»Odessa. Was ist das?«

Chili antwortete: »Ich sag Ihnen, was es nicht ist.« Soweit kam er, bis sich Speedy den Typ vorknöpfte: »Hey, ich unterhalte mich gerade mit dem Mann hier. Was dagegen?«

Der Russe musterte ihn, verblüfft oder verwirrt. Er sagte: »Ich wüßte gern, was ist dieses Odessa«, und ging, mischte sich unter die Menschen, fragte wieder nach Odessa.

Speedy sagte: »Ist das denn zu fassen? Scheiß Ausländer. Icchh wißte gerrn, was ist disses Odessa.«

Chili sah zu dem Lexus hinüber, auf dem die Lichter des Sunset Boulevard glänzten, und Speedy redete immer noch.

»Weißt du, was ich zu dem hätte sagen sollen?«

Er verstummte, als der blonde Russe auf dem Weg zum Auto an ihnen vorbeikam. Chili beobachtete, wie die hintere Fensterscheibe nach unten rollte. Der blonde Russe beugte sich vor, um mit dem Mann auf der Rückbank zu sprechen, ehe er wieder neben dem Fahrer Platz nahm. Das Wagenfenster blieb offen. Kopf und Schultern eines Mannes tauchten auf.

»Ich hätte sagen sollen: Das ist eine Stadt in Westtexas, Partner, daher haben wir unseren Namen. Das hätte ihn noch ein bißchen mehr verwirrt.«

Jetzt schob sich eine Hand auf die Unterkante des Fensters, Daumen nach oben, Zeigefinger auf Chili gerichtet.

Chili ging zu dem Wagen hinüber, zu Roman Bulkin, der aus seinen lädierten Augen zu ihm aufblickte, jetzt hob Roman die Hand, hielt sie wie eine Pistole, zielte damit auf Chilis Gesicht und sagte: »Peng, du tot«, mit diesem leisen Knurren in der Stimme. »Aber du weißt nicht, wann, stimmt's?«

Der Wagen fuhr ab, und Speedy sagte: »Du hast noch nie von Odessa gehört? Scheiße, wo hast du denn seither gelebt?«

»Und darum bin ich jetzt immer besonders vorsichtig«, sagte Chili, »bis entweder Darryl den Russen festnimmt oder die Ropa-Dopers mit ihnen fertig sind.«

Elaine nahm einen Schluck von ihrem Scotch. »Ich verstehe nicht recht, welche Rolle Russell dabei spielen soll.«

»Russ*ell*. Der nimmt vor ein Uhr mittags keine Anrufe entgegen, ich hab also noch nicht mit ihm gesprochen. Vermutlich passiert es heute oder morgen.«

»Was denn?«

»Sin kassiert seine dreihundert Riesen ein.«

»Moment. Hat denn der Russe wirklich das Geld?«

»Elaine, das hab ich dir doch schon erklärt. Den ganzen Quatsch mit diesem Geld von den Raubpressungen. Nein, er hat das Geld nicht. Es gibt keins. Aber solange Sin glaubt, es gäbe welches... Weißt du, wie sich der Russe anhört, sein Akzent?«

»Wie Akim Tamiroff«, sagte Elaine. »Was hast du nun vor, du spielst ein Problem gegen das andere aus, und dann?«

»Ich hoffe, daß beide verschwinden.«

»Aber stiftest du Russell und seine Jungs nicht zu einer Straftat an?«

»So was tun die nun mal, Elaine. Das sind Vorsänger mit Vorstrafenregister, üble Typen. Früher oder später landen sie im Knast, ob ihnen nun jemand dabei hilft, Scheiße zu bauen, oder ob sie das selbst machen müssen. Das liegt halt in ihrer Verbrechernatur. Tommy hat ihnen nur deshalb Tantiemen gezahlt, weil er sich nicht getraut hat, es nicht zu tun, da bin ich mir ziemlich sicher. Wenn ich mir diese Typen vom Hals schaffen kann, und diese Scheißrussen, und Raji und Nicky, dann kann ich mich auf Odessa konzentrieren. Das ist der Film, Elaine. Wird Linda nun ein Star oder nicht?«

»Wie kam sie gestern abend an?«

»Phantastisch. Sie hat das Publikum um den Finger gewickelt, volles Haus, fast zweihundert Leute. Weil die Band im Viper Room auftrat, war sie gestern ein wenig mehr rock- als country-orientiert – Speedy hat losgelegt, der Typ ist echt schnell, der prügelt vielleicht auf seine beiden Trommeln ein. Wenn man dem zusieht, glaubt man irgendwann, er könnte der echte Speedy Gonzalez sein. Irgendwann traue ich mich mal und frage ihn, warum er nicht mit einem kompletten Schlagzeug spielt. Nach dem Konzert, wir waren an der Bar und haben ein Bier getrunken, hab ich ihn noch mal nach der jungen Frau im Bus gefragt, eins war mir nämlich nicht klar. Und zwar, wie sie ihren Gesangsunterricht bezahlen wollte.«

Elaine ergänzte: »Und die Brustoperation.«

»Speedy meinte: ›Als Prostituierte, hat sie mir erzählt.‹ Und dann sagte er: ›Hey, wenn sie unbedingt will.‹«

»Was sollte das heißen«, fragte Elaine, »er könnte der echte Speedy Gonzalez sein?«

»Ein alter Witz«, sagte Chili, »und nicht sehr lustig. Aber wichtig war gestern abend, daß jede Menge Leute aus der Musikbranche im Publikum waren, die Hy eingeladen hat. Später hat Linda erzählt, ein Musikverleger, ein Filmproduzent – den Namen weiß sie nicht mehr – und ein paar A&R-Leute hätten ihr ihre Karte gegeben und würden gern mit ihr reden. Ein einziger Auftritt, schon ist sie heiß.«

Elaine fragte: »Hat sie ihnen gesagt, daß sie bei NTL ist?«

»Na ja, unterschrieben hat sie ja noch nicht. Wir haben zwar drüber geredet, uns geeinigt, daß ich als Manager fünfzehn oder zwanzig Prozent kriegen sollte, und die Hälfte der Verlagseinnahmen für ihre Songs, weil ich schließlich alles bezahle. Hy war zu beschäftigt, um einen Vertrag aufzusetzen. Er hat eine dreiwöchige Tournee in Arbeit.«

»Macht dir das keine Sorgen?«

Elaine klang, als mache es ihr Sorgen.

»Ob ich Angst habe«, sagte Chili, »sie könnte bei einer anderen Plattenfirma unterschreiben? Nein. Aber um die Wahrheit zu sagen, ich hab auch noch nicht groß drüber nachgedacht.«

»Das würde sie doch nicht tun, so wie du dich für sie einsetzt?«

»Für Geld würde sie es vermutlich nicht tun«, sagte Chili. »Aber in dieser Branche … wer weiß?«

17

Alles war für Mittwoch abend vorbereitet.

Chili sagte zu Sin Russell: »Spätestens um halb sechs bin ich vor dem Einkaufszentrum. Du und deine Jungs, ihr seid eine Straße unterhalb vom Social Club and Crescent Heights. Sobald ich sie aus dem Fotoladen kommen sehe, ruf ich an und gebe euch das Stichwort. Und zwar: Die Russen kommen, die Russen kommen.«

Das war Mittwoch vormittag, am Telefon.

Wann er den Eindruck hatte, daß Sin es begriffen hätte, wollte Chili sagen: Und damit meine ich nicht Alan Arkin in einem Scheiß-U-Boot.

Doch der Mann fragte bloß: »Das ist also das Stichwort?«

Also wurde Chili ein wenig ausführlicher. »Ich folge dem letzten aus dem Fotoladen rüber in den Verein. Wenn ihr mich also vorbeifahren seht, wißt ihr, alle Russen sind drüben, und ihr könnt die Bude filzen.«

Sin fragte: »Und wo bist du?«

»Wenn ich vorbeifahre, muß ich ja wohl in meinem Wagen sitzen.«

»Wo fährst du hin?«

»Keine Ahnung. Nach Hause.«

»Ich dachte, du wärst The Notorious K.M.A. Stört es dich nicht, daß du die ganze Action verpaßt?«

»Das ist dein Auftritt, Mann, nicht meiner. Was hab ich davon?«

»Wir werden es so machen«, sagte Sin, »wir treffen uns alle im Einkaufszentrum. Sobald sie rauskommen, folgen wir ihnen in den Club. Ich sitze bei dir im Auto, wir fahren vorneweg.«

Chili fragte: »Wie viele Wagen?«

»Deiner und zwei, drei andere.«

Chili sagte: »In dem Einkaufszentrum ist immer 'ne Menge los, da kann man nicht einfach sein Auto parken. Bei so vielen Wagen läßt sich's schwer so einrichten, daß wir alle zusammen abfahren.«

»Ich parke, wo ich will«, sagte Sin, »auch auf Behindertenparkplätzen. Davon gibt's immer irgendwo welche.«

»Schon, aber die sind zu nah an dem Fotoladen. Da sehen sie uns; die wissen, wer ich bin.«

»Mann, das hört sich an, als ob du keinen Wert auf meine Gesellschaft legst. Paß auf, ich brauch dich, Notorious. Du bist der Belastungszeuge, zeigst mir den, der deiner Firma das viele Geld geklaut hat. Und wir sind die Polizei, wir sammeln das Beweismaterial ein.«

»Das lassen sie sich nicht einfach so gefallen«, sagte Chili. »Die haben keine Achtung vor Cops.«

Sin sagte: »Wer hat die schon?«

»Anders ausgedrückt, die hassen sie. Diese Jungs sind schwer bewaffnet, Sin. Wenn du denen sagst, du bist ein Cop, rasten sie völlig aus.«

Sin erwiderte: »Ich hab dir gesagt, wie wir's machen.«

Raji wartete vor dem Haus Wilshire Boulevard Nummer 100, kurz nach achtzehn Uhr, draußen war es dunkel. Er bewegte sich, machte sogar ein paar Steptanzschritte in seinen Stiefeln, hörte aber trotzdem nicht, daß die Sporen so klirrten, wie sie sollten. Endlich, *endlich* tauchte der Wagen vor der Ampel am Ende des Wilshire Boulevard auf, wo er rasch wendete und zurück zu Raji fuhr, der mittlerweile am Bordstein wartete.

»Weißt du eigentlich, wie lange ich hier schon rumstehe?«

Der Trottel hatte seine neuen Sporen an, wie Elliot auffiel. Er könnte Raji so einiges übers Warten erzählen, über all die Stunden, in denen er sich zu Tode gelangweilt hatte, während er auf dieses Bürschchen wartete. Statt dessen sagte er nur: »Ich mußte was abholen.«

»*Mich* mußtest du abholen, und sonst gar nichts.«

»Ich hab einen Anzug gekauft, der war heute fertig.«

Raji saß jetzt im Wagen, das Auto fuhr an.

»Wozu brauchst du einen Anzug?«

»Für meine Probeaufnahme.«

»Aha. Hat dir das Chili Palmer gesagt?«

»Eine Frau bei Tower. Sie sagt, die werden mich anrufen.«

»Verstehe. Rufen Sie nicht an, wir rufen Sie an ... und zwar an dem Tag, wo sie riesige samoanische schwule Nigger zu Probeaufnahmen einladen. Merkst du denn nicht, was das Arschloch macht? Wie er versucht, dich umzudrehen, dich gegen mich aufzuhetzen? Weil er Angst hat, daß ich dich auf ihn loslasse? Daß ich sage, reiß dem Arsch den Kopf ab, und zwar sofort? Verstehst du? Er hat Bammel vor dem, was ich ihm antun kann. Scheiße, sogar ganz allein, wenn's sein muß.«

»Die Frau sagt, ich könnte für einen Film vorsprechen.«

»Und den Quatsch glaubst du? Was für eine Frau?«

»Ich hab den Namen nicht verstanden.«

»Die erzählt dir doch nur, was Chili Palmer ihr aufträgt. Merkst du das nicht? Mann, ich weiß echt nicht, ob ich noch warten kann, so wie der mich nervt. Ich hatte von Anfang an meine Zweifel. Verstehst du? Nicky meint: Na gut, laß uns abwarten, mal sehen, ob Linda den Durchbruch schafft. Ich bin einverstanden, na schön, okay, hab aber echte Zweifel. Hast du mich verstanden?«

Elliot strich sich die Haare aus der Stirn, ehe er sich umdrehte und Raji ansah. »Ich dachte, es wäre deine Idee gewesen zu warten.«

»Hey, Scheiße, guck auf die Straße.« Raji beugte sich vor und stellte das Radio an. »Das hab ich nie gesagt. Nicky hat es so gedreht, daß es sich gut anhörte, und ich war irgendwann einverstanden.«

Sie fuhren jetzt im Berufsverkehr ostwärts; seit sie den Strand verlassen hatten, hielt sich Elliot auf der Mittelspur. Raji drückte auf eine Stationstaste, die auf Power 1-0-6 eingestellt war, den Hip-Hop-Sender. Elliot griff rüber und machte das Radio wieder aus.

»Scheiße, was soll das?«

»Ich hab doch meinen Anzug abgeholt«, sagte Elliot, »im Big Man Shop? Den Wagen stell ich wie immer im Einkaufszentrum gegenüber ab. Als ich rübergehe, sehe ich Chili Palmers Auto.«

Jetzt horchte Raji auf. »Und? Heißt das, er hat sich wieder mit dem Cop getroffen?«

»Zuerst dachte ich, es wär der Cop. Nein, Sin Russell ist zu Chili Palmer in den Wagen gestiegen.«

»Russ*ell*. Bist du sicher, daß es Sin war?«

»Er war's ganz sicher. Hatte seinen Hut auf.«

»Die haben sich unterhalten, hm? Bestimmt hat Sin Chili Palmer erzählt, daß er Geld haben will. Der Mann macht sich rar, aber Sin hat ihn aufgespürt. Wie lange haben sie geredet?«

»Sie sind zusammen weggefahren.«

»Ach ja? Und du?«

»Ich bin hierhergekommen und hab dich abgeholt.«

Sie ließen sich im Verkehr treiben und sahen im Dunkeln Bremslichter aufleuchten, Elliot blieb geduldig, wartete auf Raji. Raji hielt hier die Reden. Er redete, ob er was zu sagen hatte oder nicht. Manchmal mußte er über etwas nachdenken, und das brauchte seine Zeit. Und wenn er sich zu lange Zeit zum Nachdenken ließ, brauchte er einen Anstoß. Darum sagte Elliot:

»Es macht dich echt wahnsinnig, daß du dich mit Chili Palmer abfinden und warten mußt, ob er das Mädchen zum Star macht, stimmt's? Dabei hast du durch das Warten nichts zu verlieren. Das hast du mir selbst gesagt. Aber sich mit Nicky abfinden, das ist wieder was anderes. Schließlich seid ihr angeblich Partner.«

»Sind wir auch«, sagte Raji, »fifty-fifty.«

»Er gibt dir 'n Büro, läßt dich die Künstler managen und kassiert die Hälfte von deinem Geld.«

»Das ist so vereinbart.«

»Die Hälfte von deiner Kohle, falls Linda groß rauskommt. Aber du kriegst nichts von dem, was Nicky dadurch verdient, daß er in sein Headset labert und einen auf unabhängigen Promoter macht.«

Wenn sie über ihn sprachen, nannten sie ihn inzwischen nur noch »Nicky« – seit Chili Palmer ins Büro gekommen war und ihn so genannt hatte, als er sich nach Joe Loop erkundigen wollte.

Elliot mußte bremsen, weil sich ein Auto direkt vor sie setzte. Raji griff ins Lenkrad, drückte auf die Hupe und schrie: »Arschloch!«

»Der kann dich nicht hören«, sagte Elliot. Er wartete, bis sich Raji ein wenig abgeregt hatte und es im Wagen ruhig geworden war, ehe er ihn noch ein bißchen mehr anstupste, sagte: »Wer braucht schon einen Boß, wenn er 'n Partner wie Nicky hat.«

Jetzt sah Raji ihn an.

»Hast du irgendwelche Probleme? Was soll das heißen?«

»Du brauchst einen neuen Partner.«

»Nämlich dich, stimmt's? Mit anderen Worten, wenn ich dich recht verstehe, du willst die Hälfte von Linda.«

»Nickys Hälfte«, sagte Elliot, »sobald er weg ist.«

Eine Zeitlang wurde es still, weil Raji wieder über Nicky nachdenken mußte.

»Ich hab noch nicht entschieden, wie ich's machen soll.«

»Ich weiß wie«, sagte Elliot. »Schmeiß ihn aus dem Fenster und laß es wie Selbstmord aussehen.«

Raji sagte: »Elliot« – mit dem Unterton: Bist du bescheuert oder was? –, »die Fenster im Büro kann man nicht aufmachen.«

Elliot erwiderte: »Ich rede nicht vom Büro.«

Raji hörte ihn zwar, doch Raji war der Boß. Wenn er einmal erklärt hatte, Elliot sei im Irrtum oder bescheuert, blieb es dabei, da ließ sich Raji nicht reinreden.

»Der Mann begeht also Selbstmord. Wie soll das gehen, er rennt quer durchs Zimmer und stürzt sich *durchs* Fenster? Daß die Scheibe zersplittert? Und er sich dabei selbst in Fetzen schneidet?« Das hatte Elliot keineswegs gemeint. Ihm schwebte vor, den Mann in ein Hotelzimmer zu bringen, beispielsweise ins Roosevelt, und ihn da aus dem obersten Stockwerk zu schmeißen. Doch Raji redete immer weiter.

»Soll Nicky einen Abschiedsbrief hinterlassen? ›Ich ertrage nicht mehr, was das Leben mir zu bieten hat, darum springe ich durch dieses Scheißfenster‹? Damals mit dem Mann auf Haiwaya hat das geklappt, und darum denkst du: Ja, so läuft's, genau so wird's gemacht. Mann, das ist die dümmste Idee des Jahrhunderts.«

Elliot hätte am liebsten gesagt: Bist du fertig? Hast du dich endlich lange genug selbst quatschen hören? Doch das brachte nichts. Er schwieg lieber und fuhr gemächlich weiter, als denke er über etwas nach.

Nach einer Weile sagte Elliot schließlich: »Ich weiß, wie du's machst.« Als wär es ihm gerade erst eingefallen. »Du hast doch diese Knarre ... Bestimmt würdest du gern gestiefelt und gespornt auf Nicky zugehen und ihn erschießen, *wumm*, genau ins Herz, während er dich ansieht.«

Raji nickte. »Das wär 'ne Möglichkeit.«

Jetzt stellte er es sich vor.

Und Elliot sagte: »Und warum tust du's dann nicht?«

18

Vom Sofa aus, den Kopf auf Kissen gebettet, sah er Deckenbalken, nackte Bleiglasfenster, Regale volle Bücher, einen gemauerten Kamin, überall im Zimmer Farbtupfer von Blütenpflanzen und Gemälden, die wie Plakate aussahen; er sah Zeitschriftenstapel, dicke Sessel mit hellgrünem Muster, in einem Ständer in der Diele Schirme, eine Hutablage ... Über ihm tauchte Elaine mit einem Drink in der Hand auf, den sie ihm anbot.

»Du hast keinen Fernseher.«

»Im Schlafzimmer. Ist Scotch genehm?«

»Prima.«

»Ich dachte, ich hätte noch Wodka. Ist wohl doch alle.«

Sie reichte ihm das Glas. Er nahm einen ordentlichen Schluck, spürte es brennen – oooh, Mann – und hob wieder den Blick, um zu sehen, wie sie ihn mit ausdrucksloser Miene betrachtete.

»Was ist passiert?«

Er würde es ihr erzählen, aber noch nicht sofort. Er sagte: »Du siehst anders aus.«

»Ach ja?«

Sie sagte es ganz leise, und das gefiel ihm.

»Elaine, es gibt keinen Grund zur Beunruhigung.«

»Wirklich?«

»Aber es stimmt, du siehst wirklich anders aus.«

Sie zuckte die Schultern in dem weiten Baumwollpulli, sah weg und dann wieder ihn an. Die Jeans hatte er nicht erwartet. Im Studio trug sie immer Kostüme mit hochgekrempelten Ärmeln; manchmal sah er sie barfuß durchs Büro marschieren, wie sie redete und dabei rauchte, zu ihrem riesigen Aschenbecher ging, um eine Zigarette auszudrücken, und wenn sie wieder wegging, kokelte die Zigarette weiter. Sie war für die Produktion in einem großen Studio verantwortlich und wurde respektiert.

Zu Hause wirkte sie sanfter.

Wie sie ihn aus ruhigen braunen Augen ansah.

Er sagte zu ihr: »Du bist ja einfach nur eine junge Frau« und mußte über seine eigenen Worte lächeln.

Sie sagte: »Willst du mich anbaggern, Chil?«

»Kann schon sein. Aber nicht absichtlich. Es ist eher eine Art Reaktion.«

»Worauf?«

»Auf dich. Du baggerst doch mich an, stimmt's? Zum Beispiel gestern beim Mittagessen.«

»Stehst du immer noch unter Schock?«

»Ich hab Ohrensausen, aber sonst geht's mir gut.«

Seit sie weg- und ihn wieder angesehen hatte, hatte sie den Blick nicht von ihm abgewandt. »Kannst du aufstehen?«

Er stellte seinen Drink auf den Couchtisch, legte die Hände auf seine Knie und schob und hievte sich in die Höhe. Sie standen keinen halben Meter voneinander entfernt.

Sie sagte: »Sieh mich an.«

Er lächelte nicht, aber es fehlte nicht viel.

»Ich seh dich ja an.«

Sie sagte: »Ich kann's kaum erwarten, daß wir uns endlich küssen.«

Es war ihr ernst, klang aber dennoch mädchenhaft. Ihre Augen, ihr Mund direkt vor ihm, makellos, kein Lippenstift.

Er sagte: »Genau das dachte ich auch gerade, Elaine« und legte die Hände um ihren schlanken Körper, zog sie an sich, Elaine schloß die Augen, und sie küßten sich, fanden zueinander und waren dann ganz bei der Sache, bis sie sich wieder trennten und einander ansahen, beide lächelten ein wenig vor Erleichterung, daß es keine Probleme mit Mundgeruch gab oder einer zu stürmisch oder gleichgültig war. Nein, es war toll.

Elaine sagte: »Wir könnten ein bißchen rumprobieren, mal sehen, was draus wird.«

Chili sagte: »Wenn wir uns hinlegen und rumprobieren, wissen wir's.«

Elaine sagte: »Los, ziehen wir uns aus« und ging mit ihm nach oben.

Sie liebten sich, und es ging gut.

Dann ruhten sie sich aus, liebten sich noch mal, und es ging sogar noch besser, viel besser.

Als sie im Dunkeln fest umschlungen dalagen, wollte er wissen, ob sie Jüdin sei. Ja, antwortete sie, von Geburt an. Er sagte, er habe sich nur gewundert, weil sie so oft Jesus gerufen habe. Sie fragte ihn, wo seine Vorfahren herkämen, und er sagte, vor allem aus Italien. Er fragte, wie alt sie sei. Sie sagte, vierundvierzig. Er sagte, er sei erstaunt, daß sie der Frage nicht ausgewichen sei, nicht mal gezögert habe. Sie wollte wissen warum, was so schlimm dran sei, vierundvierzig zu sein? Gleich danach sagte sie, sie würde sich jetzt eine Zigarette genehmigen. Er sagte, er dachte, sie hätte aufgehört. Sie sagte, zu besonderen Anlässen sei es erlaubt. Ob er was dagegen habe? Er sagte nein, überhaupt nicht, er werde auch eine rauchen. Er sagte, es sei denn, sie wollte es noch einmal probieren. Sie sagte, sie sollten das Schicksal besser nicht herausfordern. Ob er noch ein Klingeln in den Ohren hätte? Er sagte, nur ein kleines bißchen.

Er hatte ihr erzählt, eine Blendgranate habe ihn aus dem Verkehr gezogen. Als würde man gegen eine Backsteinmauer geschleudert, nur schlimmer. Großer Gott, was so 'n Ding für einen Krach machte...

Inzwischen saßen sie aufrecht im Bett, die Kissen hinter sich geknüllt, waren nackt unter der Decke, die teilweise über beide gezogen war, eine Lampe brannte, und Elaine rauchte eine Zigarette aus einem Päckchen, das sie eben erst geöffnet hatte – was Chili auffiel –, Chili rauchte eine Zigarre, und zwischen beiden stand ein Aschenbecher.

»Man könnte hundertmal daran vorbeifahren, ohne es zu bemerken. Es gibt kein Schild, es könnte alles mögliche sein – weißer Stuck, war vielleicht irgendwann mal ein Restaurant, bevor diese eingewanderten Mafiosi es übernommen haben. Vor dem Eingang, der aussieht, als führte er in einen Innenhof, ist eine Art Gitter, und darauf hängt ein kleines Schild mit der Aufschrift *Yani's*. Da drin sitzt ein Typ und guckt dich genau an; wenn du wie ein slawischer Gangster aussiehst, macht er die Tür auf. Sin und ich gehen hin... es ist dunkel, die Ropa-Dopers und ein paar andere Typen mit Schrotflinten, die sie mitgebracht haben, bleiben etwas im Hintergrund, so daß der Türsteher sie nicht sieht. Sin sagt: »Wie geht's denn so, Genosse?« und steckt eine große verchromte Vierundvierziger durchs Gitter. Das macht er ausgesprochen cool. Der Typ öffnet die Tür, und Sin bedeutet den Ropa-Dopers, ihm zu folgen. Jetzt sind wir alle im Patio, eine Art Foyer, direkt vor uns führen große Doppeltüren ins Haus. Als Sin eine davon einen Spaltbreit öffnet, hören wir von drinnen Musik.«

»Balalaikas?« fragte Elaine.

»Vermutlich. Eric Clapton war's jedenfalls nicht. Sin zieht die Tür auf, und wir nichts wie rein. Es sah aus wie ein Restaurant, jede Menge leere Tische, aber niemand hat da gesessen. Alle standen hinten im Raum in der Nähe der Bar. Lauter Männer, vielleicht zehn Typen in Klamotten, wie man sie seit zwanzig Jahren nicht gesehen hat, als wär's 'ne Art Retrokongreß, lauter beschissene Spießer auf einem Haufen. Bloß daß diese Spießer Gangster sind und uns alle anglotzen, was 'n hier los? Was wollen denn diese Typen hier? 'ne Ladung Farbiger mit Sonnenbrillen auf den Nasen und Knarren in den Händen.«

»Und du«, ergänzte Elaine.

»Genau, und ich. Sin läßt seine Jungs ausschwärmen, die mit den Schrotflinten jeweils an ein Ende, der Rest hatte großkalibrige Automatikspritzen, Glocks und Berettas, die sie seitlich runterbaumeln ließen. Auf der Fahrt hatte Sin erzählt, er würde den Russen eine Marke zeigen und sagen, sie sollten das geklaute Geld rausrücken. Und wenn sie's nicht täten, ich zitiere ihn wörtlich, ›legen wir die Motherfucker um, einen nach dem anderen, bis sie's rausrücken‹.«

»Was für eine Marke«, hakte Elaine nach, »wollte er sich als Cop ausgeben?«

»Ja, und ich mußte mitspielen, obwohl ich da nichts zu suchen hatte, weil ich der Belastungszeuge bin. Ich sage zu ihm, wenn du eine Marke vorzeigst, drehen diese Russen durch, die hassen

Cops. Es stellte sich heraus, daß ihm gar keine Gelegenheit blieb, das Ding zu zeigen oder auch nur ein Wort zu ihnen zu sagen. Roman Bulkin sieht mich an und sagt: ›Warum bringst du diese Nigger her, in meinen Laden?‹ Damit war das Gespräch schon beendet.«

»Das N-Wort«, sagte Elaine.

»Mehr braucht Sin nicht. Scheiß auf falsche Polizeimarken, die Ropa-Dopers fangen an zu ballern, und die Russen sehen zu, daß sie da rauskommen, ziehen Waffen. Ich sehe ein paar von denen zu Boden gehen. Ich sehe, wie Bulkin hinter sich greift, der Typ hinter der Bar gibt ihm etwas, das Bulkin in unsere Richtung wirft. Ich sehe es auf uns zukommen, es dreht sich in der Luft, und ich denke noch: O Gott, das ist 'ne Stange Dynamit. Es fällt auf den Fußboden und rutscht unter einen Tisch direkt vor Sin. Höchstens zwei Sekunden lang passiert nichts. Und dann, Mann, explodiert das Ding. Es gibt einen irrsinnig hellen Blitz, wie wenn jemand einen Scheinwerfer genau auf dein Gesicht richtet, und dann macht's *wumm*. Elaine, ein so unglaublich lauter Knall, mitten in dein Gesicht, in deinem Kopf. Als wär dieses Geräusch eine Backsteinmauer, die *gegen dich* rennt, nicht umgekehrt. Mir hat es die Beine weggerissen, und ich bin direkt in einen von Sins Leuten geflogen, hab ihn mit meinem Kopf voll im Gesicht getroffen. Wie ich so daliege, sehe ich Typen auf dem Boden liegen, ein paar andere stolpern noch herum, die irgendwie nicht die volle Wucht der Explosion abbekommen haben. Denn das war's wohl, eine Blendgranate, keine normale Granate, die einen Menschen zerfetzt oder ihm den Kopf abreißt. Der Typ hat diese Dinger hinter der Theke bei den Oliven gelagert. Plötzlich seh ich einen von Sins Leuten mit 'ner Schrotflinte; er lehnt auf einer Seite des Raums an der Wand und schüttelt den Kopf. Dann fängt er an zu schießen, lädt durch und schießt, lädt durch und schießt, und ich sehe, wie Roman Bulkin zu Boden geht und noch ein anderer Russe dazu, während der Typ immer weiterballert, das Gewehr fallen läßt, eine andere Kanone aufhebt und *damit* weiterschießt. Sin lag auf dem Boden, genau wie die meisten anderen auch... Dann bin ich abgehauen. Ich hab nichts mehr gehört, konnte kaum gehen, bin immer wieder gestolpert – o Mann, ich kann dir sagen... Hab's aber bis zum Wagen geschafft und bin eingestiegen...«

»Und hierhergekommen«, fuhr Elaine fort.

»Genau, überrascht dich das? Mich schon. Wenn ich jetzt drüber nachdenke. Ich hab nicht groß überlegt, wo ich hinfahren sollte, bin einfach hergekommen.«

»Du wußtest, ich würde mich um dich kümmern«, sagte Elaine. »Aber wie hast du das Haus gefunden? Wußtest du, wo ich wohne?«

»Loma Vista Nähe Mountain Drive. Vor drei Jahren hab ich dir mal die erste Fassung von *Schnappt Leo* vorbeigebracht. Ich wußte, das Haus würde ich wiedererkennen, ein großes Gebäude, sieht irgendwie englisch aus. Irgendein Promi hat mal nebenan gewohnt.«

»Dean Martin, zwei Türen weiter. Was ist mit der Polizei?«

»War keine zu sehen, als ich weg bin.«

»Was passiert jetzt?«

»Wir sehen uns die Spätnachrichten an.«

»Kommt das im Film?«

»Worauf du dich verlassen kannst. Nach allem, was ich durchgemacht habe?«

»Dir ist doch klar, daß du gerade das Drehbuch schreibst, die Dinge ins Rollen bringst.«

»Klar, aber alle verhalten sich rollengemäß, Elaine. Ich zwinge keinem meinen Willen auf.« Er lächelte sie nett an. »Möchtest du's noch mal versuchen?«

»Ernsthaft?«

»Ein Versuch kann nichts schaden.«

Elaine zog die Schublade ihres Nachttisches auf, tastete darin herum, drehte sich dann zu ihm um und hielt zwei weiße Pillen in der Hand.

»Nimm eine.«

»Was ist das, ein Aufputschmittel?«

»Eine Pfefferminzpastille, für frischen Atem.«

19

Darryl Holmes rief ihn Donnerstag morgen im Four Seasons an. Chili war noch nicht wieder da. Als er gegen elf im Hotel eintraf, hörte er seine Nachrichten ab, rief Darryl zurück, und sein einziger Freund von der Polizei blaffte ihn an.

»Wo sind Sie gewesen?«

»Was soll das heißen, wo bin ich gewesen?«

»Der L.T. will wissen, ob Sie selbst ins Revier kommen oder ich Sie holen lassen muß.«

»Steht der L.T. neben Ihnen?«

»Sie haben eine Stunde Zeit.«

Die Abteilung Organisiertes Verbrechen war in einer Ecke des Mannschaftsraums untergebracht, einen von Schreibtischen und Aktenschränken gesäumten Gang von Darryls Zimmer entfernt. Chili nahm Platz und mußte dann warten, während Darryl ihn anglotzte. War das Enttäuschung in seiner Miene, oder was sonst?

»Haben Sie's in den Nachrichten gesehen? Heute morgen in der Zeitung gelesen?«

Chili bejahte, allerdings, anstatt einen auf ahnungslos zu machen, »Was denn?« zu fragen und Zeit zu vergeuden.

»Fünf Männer erschossen«, fuhr Darryl fort. »Drei Russen, einer davon Roman Bulkin. Zwei weitere Russen schwer verletzt im Cedars Sinai Hospital, mit Schußwunden, aber am Tatort sind keine Schußwaffen zu finden. Zwei unter dem Namen D-Block und The Hole bekannte Rapper liegen tot auf dem Boden, im Liegen hingerichtet, unter dem Fußboden wurden Hohlspitzgeschosse gefunden. Sinclair Russell liegt mit einem Schädelbruch auf der Intensivstation im Cedars, Kiefer an zwei Stellen gebrochen, die meisten Zähne weg… Offenbar hielten sie ihn für tot, darum haben sie ihn nicht wie die anderen beiden hingerichtet. Ein paar andere von seinen Leuten werden wegen schwerer Gehirnerschütterung behandelt. Laut Diagnose ist das auf die Einwirkung einer Blendgranate zurückzuführen. Wissen Sie, was eine Blendgranate ist?«

»Hab schon mal davon gehört.«

»Hören tut man die Dinger allerdings, davon wird man taub. Wie haben Sie's denn geschafft, die Rapper und die Russen zusammenzubringen?«

Chili sagte: »Das verrate ich Ihnen nicht.«

Und wieder glotzte sein Gegenüber ihn an.

Chili sagte: »Halten Sie mich für schwachsinnig? Daß ich mich selbst belaste? *Ihnen* verrate ich's, Darryl, falls es unter uns bleibt, aber nicht, wenn Sie's aufschreiben und dem L.T. geben. In diese Lage wollen Sie doch wohl nicht geraten, oder? Also vergessen wir's einfach.«

»Ich ermittle in einem Mehrfachmord. Verstanden? Das ist mein Fall. Ich werde bei nichts von allem ein Auge zudrücken.«

»Ich mache keine Aussage. Das muß ich auch gar nicht. Sie haben Augenzeugen.«

»Ein paar Russen, die kein Englisch sprechen und nicht mit dem Dolmetscher reden wollen.«

»Dann heizen Sie ihnen ein.«

»Oder ich nehme eine Gegenüberstellung vor, mal sehen, ob die Zeugen Sie identifizieren.«

Chili sagte: »Die Typen, von denen die Rapper erschossen wurden, die betäubt auf dem Boden lagen, das sind Ihre *Zeugen*?

Warum sind Sie dann hinter *mir* her? Ich bin derjenige, den sie umbringen wollten.«

»Ich will nicht Sie«, jetzt klang Darryl müde, »ich muß das aber durchziehen, egal, was dabei rauskommt.«

»Darryl, stellen Sie die beiden Russen vor Gericht, ohne Kaution. Bringen Sie die zwei hinter Schloß und Riegel, und schließen Sie den Fall damit ab. Eine Schießerei zwischen zwei Gangs. Ich hab immer noch Raji und Nicky am Hals, oder wer sonst Joe Loop auf mich angesetzt hat. Hat denn ein Opfer überhaupt keine Rechte?«

Darryl blickte ihn wieder eine Weile starr an, holte dann einen Aktenordner auf seinen Schreibtisch und klappte ihn auf. »Sie wollen mehr über Raji wissen. Ich war drüben bei der Abteilung Bandenkriminalität, denke, vielleicht spar ich mir so den Computer. Ich komme mit so technischem Zeug nicht so gut klar. Sag ich zu denen: ›Wer kennt Raji?‹ Darauf der Sergeant: ›Nach welchem suchen Sie denn?‹ Ich muß also ans Gerät und Rajis raussuchen.« Darryl warf einen Blick auf den Aktenordner. »Ihrer heißt Robert Taylor.«

»Benutzt er den Namen auch?«

»Nein, Mann, der steht auf seiner Geburtsurkunde. Er ist Robert Taylor. Hat ein paar Einbrüche hinter sich, war Mitglied einer Autoschieberbande, hat 'ne Zeitlang im Knast gesessen. Danach wird Robert Taylor auf dem Computerausdruck zu Reggie. Reggie Jackson, Reggie Miller... weil er nach der Geburt den Namen eines Filmstars bekam, muß er vermutlich Promi-Namen als Decknamen nehmen, als wären die seinesgleichen. Völlig phantasielos, bis er auf Raji gekommen ist. Damit taucht der Typ als kleiner Zuhälter auf. Ist ein paarmal bei Razzien festgenommen worden, aber sonst nicht weiter aufgefallen.«

»Er verwendet keinen Nachnamen.«

»Nur Raji. Wie Liberace. Da fällt mir ein, der Typ, der für ihn arbeitet... kennen Sie Elliot?«

»Ja, der schwule Samoaner.«

»Darauf wollte ich hinaus. Als ich herausgefunden hab, daß Raji Zuhälter ist, hab ich mit den Leuten von der Sitte geredet. Dort hab ich erfahren, daß Raji ein paar Stripperinnen vertritt und einen schwulen Bodyguard namens Elliot Wilhelm hat.«

»Das ist nicht sein richtiger Name.«

»Weiß ich, er kam als Willie Willis zur Welt. Aber warum sollte sich ein Mann, der sich als Samoaner ausgibt, Elliot Wilhelm nennen lassen?«

Chili sagte: »Wenn Sie Willie Willis heißen würden...«

Darryl unterbrach ihn. »Sehen Sie, das Interessante an Elliot ist, daß er im Gefängnis von Kulani gesessen hat, auf Hawaii, weil er einen Mann aus dem neunten Stock durchs Fenster geworfen hat. Im Knast hat er Probleme gekriegt, wurde gewalttätig, hat einem Schließer den Arm gebrochen, mit einem selbstfabrizierten Messer beinahe zwei Häftlinge umgebracht.«

»Also nicht gerade der Typ, dem man auf die Zehen treten will«, stellte Chili fest und dachte an die Probeaufnahmen, die er dem Mann versprochen hatte. »Elliot will um jeden Preis zum Film. Darum hat er sich den Filmstarnamen zugelegt.«

»Ach ja? Kann er schauspielern?«

»Genau das macht er doch schon. Schmeißt einen Mann aus dem Fenster... aber wenn man mit ihm redet, benimmt er sich wie ein zweihundertvierzig Pfund schwerer Teddybär. Kommt er aus Hawaii?«

»Dort hat er das Verbrechen begangen, und dort ist er verurteilt worden. Jetzt treibt er sich mit Raji herum, übersehen kann man ihn nicht, darum hat ihn die Sitte überprüft. Seine Mama, Marcella Willis, ist Afroamerikanerin, wohnhaft in Compton. Sie nennt das Kind Willie und erzählt ihm, sein Daddy sei Samoaner und in der US-Marine gewesen, als sie mit ihm zusammen war. Sie hat behauptet, sie wollten heiraten, doch kaum bekam sie Willie, ließ der Mann sie sitzen und ging zurück nach

Samoa. Sie sagt, der Mann sei höchstens Halbsamoaner gewesen, aber groß und kräftig. Willie ist noch keine zwanzig, als er seinen Namen ändert und beschließt, seinen angeblichen Daddy zu finden, aber er kommt nur bis Hawaii. Verstehen Sie, es gefällt Elliot, Samoaner zu sein, ohne daß er über irgendwas deren Kultur und Gebräuche weiß. Er sieht irgendwie samoanisch aus, groß und breit genug ist er, aber damit hat sich's auch schon.«

»Was auch immer er sein mag«, sagt Chili, »sein Vorstrafenregister ist jedenfalls viel beeindruckender als das von Raji – ein Gewaltverbrecher im Gegensatz zu jemand, der mit geklauten Autos und Nutten handelt.«

»Womöglich«, warf Darryl ein, »hat er ja den Russen in Ihrem Haus erschossen. Schon mal daran gedacht?«

»Aber was hat dann Joe Loop damit zu tun? Mir gefällt unsere bisherige Arbeitshypothese. Joe hat den Russen erschossen und wurde dann mit seiner eigenen Waffe getötet.«

»Tja, eventuell hat ja der gewalttätige Elliot Joe Loop umgelegt. Ihn sogar zuerst zusammengeschlagen, weil ihn sein Boß Raji beauftragt hat.«

»Erst werfen Sie mir vor, mir etwas zusammenzureimen«, sagte Chili, »jetzt tun Sie's selbst.«

»Ach ja? Ich dachte, ich setze aus Mosaiksteinchen einen Fall zusammen und versuche, einen Mord aufzuklären. Den ich abschließen will, um dann die Russenschießerei zu klären, bevor noch mehr auf mich zukommt. Meine Frau wollte von mir wissen, warum ich in letzter Zeit so viele Überstunden mache. Ich hab ihr geantwortet, weil Chili Palmer einen Film macht.«

Als Chili an diesem Morgen neben Elaine aufwachte, hatte er das Gefühl, mit einer Frau aufzuwachen, könnte zum erstenmal eine eigenständige Erfahrung sein, an die er nicht nur als Teil einer gemeinsamen verbrachten Nacht dachte. Manchmal wachte man auf und konnte sich nicht mehr genau an den Namen der Frau erinnern, die neben einem lag; hieß sie Joanne oder Joanna? Manchmal wachte man neben einer Frau auf, die mit offenem Mund schnarchte, und fragte sich, ob das wirklich dieselbe war, die man am Abend zuvor in einer Cocktailbar kennengelernt und die einen an eine berühmte Schauspielerin erinnert hatte, deren Name einem bei der Gelegenheit nicht eingefallen war und jetzt immer noch nicht einfiel. Als er neben Elaine, aber vor ihr aufwachte und sie ansah, wie sie so dalag, war ihm die letzte Nacht in lebhafter Erinnerung. Und als er ihr Gesicht berührte und sie die Augen aufschlug, reagierte sie kein bißchen befangen oder verschämt. Sie sah ihn an und sagte lächelnd: »Du bist noch da.« Als er zurücklächelte, fragte sie: »Was denkst du gerade?« Er antwortete, er müsse an die berühmte Zeile aus *Casablanca* denken, habe aber das Gefühl, ihm falle noch etwas Besseres ein. Sie sagte: »Die Schlußzeile? Die läßt sich nur schwer übertreffen.« Er sagte, er wolle sich etwas Originelles ausdenken. Sie fragte: »Tja, hat es dir denn gefallen?« Er sagte, es habe ihm wunderbar gefallen, es sei toll gewesen, und er habe das Gefühl – irgendwie komisch, aber er habe das Gefühl, wenn man zuerst gut befreundet sei und dann miteinander ins Bett gehe ... Elaine unterbrach ihn mit den Worten: »Brich dir keinen ab, Chil. Weißt du, ›wunderbar‹ und ›toll‹ reicht vollkommen.«

Später am selben Nachmittag ging es nur um Geschäftliches: eine Besprechung mit Hy Gordon bei NTL, um Odessas Tournee in die Gänge und ihre neue Single auf den Markt zu bringen.

»Das wird dich 'ne Stange Geld kosten, Chil. Fünfzig Riesen fürs erste. Damit decken wir nur die eine Region ab, Radiosender und Plattenläden. Tourspesen nicht mitgerechnet. Wenn du willst, kann ich sofort aufhören.«

Chili saß an einem Sofaende mit Blick auf Tommys riesigen Schreibtisch, auf der anderen Seite war Hys kleiner Kopf zu sehen. Chili sagte: »Nein, red weiter.«

»Zuerst die Tourneekosten. Sie brauchen keinen Greyhoundbus. Ich miete einen Kleinbus mit fünfzehn Sitzplätzen plus jeder Menge Platz für Verstärker, Equipment und Gepäck. Dale hat sich als Fahrer angeboten. Ich wollte dir noch sagen, der Junge ist eine echte Entdeckung. Drei Wochen unterwegs, Verpflegung und Unterkunft für vier, Vita mitgezählt... Moment mal, fünf. Ich hab Curtis vergessen, der ist für den Sound verantwortlich. Also, einschließlich des Busses belaufen sich die Tourspesen auf siebeneinhalbtausend. Sie werden ein paar hundert CDs und dreißig Dutzend T-Shirts mitschleppen. Die sind übrigens schwarz, und vorn ist eine rote Ölpumpe drauf, darüber der weiße Schriftzug ›Odessa‹. War Lindas Idee. Damit lassen sich noch mal fünf Riesen oder mehr verdienen, abhängig von der Publikumsreaktion, wie gut den Leuten die Show gefällt. Wenn sie drauf abfahren, könnte das fast die Spesen abdecken.«

Das leierte er herunter, während er die Notizen auf dem Schreibtisch betrachtete und dabei nicht sehr begeistert wirkte.

Chili fragte: »Warum macht dich das nicht glücklich?«

»Ich mach mir Sorgen«, sagte Hy. »Wir haben die CD neu abgemischt und mit neuen Songs ergänzt. Einen davon werden wir als Single auskoppeln, um ihn an die Radiosender zu schicken. Nun könnte ich mir vorstellen, daß wir ein wenig zu früh dran sind.«

Das klang irgendwie seltsam. »Hy, die spielen seit zehn Jahren zusammen. Und dann glaubst du, sie sind noch nicht soweit?«

Hy sagte: »Als erstes stelle ich mir die Frage: Wo gehören sie hin, in welche Kategorie? Also, es ist Rock 'n' Roll mit Country-Einschlag. Linda nennt es ›Americana‹. Meiner Ansicht nach ist diese Nische zu klein, darauf kann man sich nicht konzentrieren, da rutscht man in die Lücke zwischen Country und Rock. Darum machen wir wohl besser einen auf Alternative Music. Schicken die Scheibe an kleinere Sender mit dem entsprechenden Zielpublikum. Wenn sie da gespielt wird, werden sich die großen Sender von selbst drum kümmern. Nächste Woche spielen sie in vier Clubs in L.T. Das organisiere ich gerade. In der Woche drauf gehen sie auf eine regionale Tournee, drei Wochen lang, spielen ausschließlich vor ausverkauften Häusern. Wir schalten Zeitungsanzeigen, um sicherzugehen, daß keine Sitze leer bleiben. Das soll dafür sorgen, daß sie im Gespräch bleiben. Wenn Odessa in San Diego eintreffen, also gegen Ende der ersten Woche, spielen Alternativesender ihre Single.«

Chili sagte: »Warum schicken wir sie nicht an sämtliche Sender im Einzugsbereich ihrer Tournee? Sie hören sich die Scheibe an, dann gefällt sie ihnen oder nicht.«

»Weil die sie nicht spielen werden«, sagte Hy, »außer sie merken, daß sie zu ihrem Format, zu ihrem Image paßt, zu der Musik, die ihre Hörer hören wollen. Deshalb brauchen wir den Promoter, der die Spieler kennt und einige von ihnen in der Tasche hat.«

»Was kostet der?«

»Fünfundzwanzig Riesen, und die ist er wert. Die Hälfte davon gibt er einer ausgewählten Reihe von Radiosendern, die damit Werbung machen, Hörer zu gewinnen. So wird das heute gemacht, der Promoter vertritt quasi diese speziellen Sender. Er schickt unsere Scheibe dem musikalischen Leiter eines Senders. ›Jagst du die für mich durch den Äther, Bro?‹ Sobald die Scheibe gesendet wird, ruft er wieder an. ›Danke, Bro, aber kannst du sie zur Hauptsendezeit spielen?‹ Er hat Leute draußen, die sich um die anderen Sender kümmern.«

»Fünfundzwanzig«, sagt Chili, »klingt gar nicht so schlimm.«

»Das ist nur der Anfang. Wir bieten ihm noch mal fünfundzwanzig als Prämie an, je nachdem, wie oft die Scheibe gesendet wird. Als nächsten Schritt der Kampagne spuckt man zwanzig Riesen aus, um mobile Teams loszuschicken, die für uns die Plattenläden abklappern. Das wird mit der Tournee kombiniert. Wenn Odessa in einer Stadt auftritt, schwärmen die mobilen

Teams in die Plattenläden aus. Sie bearbeiten den Geschäftsführer, stecken ihm ein paar Gratiswaren zu, damit er die CD auch garantiert ins Regal stellt, sie im Laden spielt und das scharfe Foto von Linda Moon ins Schaufenster stellt. Sie verteilen Flyer, hängen überall in der Stadt Plakate auf, verschenken Singles an Schüler... Wenn wir den Teams zwanzig Riesen geben, noch mal zehn als Prämie drauflegen – abhängig von einem Umsatzziel, das wir ihnen vorgeben –, dann reißen die sich für die Scheibe den Arsch auf.«

»Mit diesen Prämien«, sagte Chili, »reden wir hier von achtzig Riesen. Und dann?«

»Tritt Phase zwei in Kraft«, antwortete Hy, »landesweite Promotion und eine landesweite Tournee. Aber nur, wenn die Platte im Zuge der regionalen Promotion Erfolg hat. Sie muß in Phase eins zünden, bevor wir das ganze Land beackern.«

»Und bevor wir überhaupt anfangen«, sagte Chili, »hast du schon deine Zweifel, was Linda angeht.«

Hy schüttelte den Kopf. »Linda ist nicht das Problem, Linda ist unser einziges Produkt. Nein, ich rede von der CD. In Clubs kommt die Musik an, aber wenn wir sie über den Äther schicken, muß sie meiner Meinung nach noch ein bißchen fetter klingen.«

Das kam Chili bekannt vor, und ihm fiel ein, was Curtis über das Einbauen von Samples gesagt hatte. »Dein Toningenieur findet, die Musik bräuchte noch ein paar Grooves.«

»Na siehst du. Curtis hat bei Platten den vollen Durchblick. Mir hat er dasselbe gesagt, er möchte gern noch an der Single arbeiten, die wir auskoppeln wollen, sie neu abmischen. Mit seinen Worten: ›Ich könnte dieser Scheibe Beine machen und sie die Charts hochjagen.‹«

Chili sagte: »Du weißt, daß Linda bei der Plattenfirma ausgestiegen ist, die ihr Demo aufmotzen wollte. Sie hat das Geld zurückgegeben.«

Das quittierte Hy mit einem Achselzucken. »Da war sie noch

jung. Du bist der Manager, der Geschäftsmann, red mit ihr. Frag Linda, ob sie ein Star werden oder ihr Leben lang in kleinen Clubs auftreten will. Chil, ich behaupte nicht, einen Remix zu machen, garantiert einen Hit, nein; aber so hat die Platte viel bessere Chancen, im Radio gespielt zu werden.«

»Ich glaube nicht, daß sie einverstanden ist«, sagte Chili und sah, wie Hy ihn musterte, als überlegte er, was er als nächstes sagen sollte, zögerte aber noch.

»Wie du weißt, ist die Plattenfirma, also NTL, nicht auf ihre Zustimmung angewiesen.« Jetzt war es raus. »Wir können machen, was wir für das Beste halten. Es ist ein Geschäft, Chil. Wir verkaufen keine Musik, sondern Tonträger.«

Chili sagte, er müsse es sich noch überlegen.

»Überleg nicht zu lang. Übernächste Woche gehen sie auf Tournee.«

»Hast du einen unabhängigen Promoter verpflichtet?«

»Ja, ich hab mit Nick Car gesprochen. Er sagt, er würde es machen, aber er müsse sich den Song erst anhören.«

»Den will ich nicht«, sagte Chili. »Meine Güte Hy, warum gehst du ausgerechnet zu Nicky, obwohl du so viele Leute kennst?«

»Es geht hier nur ums Geschäft, hab ich doch eben gerade gesagt, oder? Daß du ihn für 'ne Pfeife hältst, ist unwichtig. Wenn wir Nick Car die Scheibe geben, verschafft er uns Airplay. Genau das tut er, er hält, was er verspricht. Du brauchst überhaupt nichts mit ihm zu tun zu haben.«

Chili dachte darüber nach, während Hy ihn beobachtete.

Dann sagte Hy: »Dir paßt es nicht, ausgerechnet Nick so viel Geld zu bezahlen.«

»Das stimmt«, sagte Chili, »aber wenn du auf ihm bestehst, werd ich mich nicht mit dir streiten. Gib ihm die Scheibe, und biete ihm einen Vertrag an. Dann besuch ich ihn in seinem Büro. Ich hab ihm noch was zu sagen.«

»Mach den Deal nicht kaputt, Chil. Das soll nicht heißen, daß du ihm gegenüber ausgesucht höflich sein oder dich zwanglos mit ihm zusammensetzen sollst …«

Edie kam ins Büro und hörte die letzten Worte.

Sie sagte: »Ich hätte nichts gegen ein wenig zwangloses Beisammensein. Man kann diese ganze Geschichte mit dem Trauern auch übertreiben. Ich mußte mir ganz neue Outfits kaufen, dieses hier ist von Saks. Gefällt's euch?« Edie breitete die Arme aus und drehte sich im Kreis. »Entzückend, nicht wahr? Kleines Cocktailkleid. Aber ich trage nicht sehr oft Schwarz.« Sie sank neben Chili auf das Sofa und legte ihm eine Hand aufs Knie. »Arbeitet ihr beiden, oder labert ihr bloß?« Als Hy ihr sagte, sie besprächen die Tournee und die Promo-Vorschläge, nahm sie die Hand wieder weg und machte ihre Tasche auf. Dann sagte sie: »Moment.« Sie holte ein Päckchen Virginia Slims heraus, die langen, und ein Feuerzeug. Edie steckte sich eine Zigarette zwischen die Lippen, drehte ein halbes dutzendmal vergeblich an dem Feuerzeug und wandte sich dann Chili zu, als der ihr ein Streichholz hinhielt, das er mit dem Daumennagel anzündete.

Edie sagte: »Chil, du bist so verdammt cool.« Sie nahm einen langen Zug an der Zigarette und stieß eine Rauchwolke aus. »Aber weißt du was? Ich hab gerade etwas abgezogen, das *dermaßen* cool ist, daß ihr's nicht glaubt, wenn ich es euch erzähle.«

Hy sagte: »Du hast dir ein paar Drinks genehmigt, stimmt's?«

»Stingers. Hab seit Jahren keinen Stinger mehr getrunken. Früher hab ich die Dinger geliebt. Ich hab also Stingers mit einem Typen getrunken, der nicht mal trinkt. Dreizehn Jahre trocken, und sieht phantastisch aus. Wir haben uns über die alten Zeiten unterhalten … ich weiß gar nicht, wo wir gegessen haben, irgendwo in Santa Monica. Jetzt, wo ich reich bin, mag er mich viel lieber. Das geht aber in Ordnung, wir sind seit langem befreundet. Damit meine ich, seit über zwanzig Jahren. Es war cool.

Hy sagte: »Logo ist es ziemlich cool, mit Steven Tyler zu Mittag essen.«

Das kam für sie überraschend, und sie ließ Asche auf ihren schwarzen Rock fallen. »Woher weißt du das?«

»Ich hab gelesen, daß sie dieses Wochenende in der Stadt sind. Und ich wußte, daß du dich früher um ihre Wäsche gekümmert hast, und jetzt kommen sie zu dir nach Hause.«

Edie entspannte sich, während sie sprach, lehnte sich jetzt zurück, schlug die Beine übereinander. Dann legte sie Chili wieder die Hand aufs Knie.

»Stimmt«, sagte Edie, »es ist wirklich cool, mit Steven zu Mittag zu essen. Aber das hab ich nicht gemeint. Wozu ich Steven überredet habe, ist viel cooler.« Sie schaute von Hy zu Chili. »Seid ihr bereit?«

Chili nickte. »Ich bin bereit.«

»Samstag abend spielt Odessa im Forum als Vorgruppe von Aerosmith.«

Chili und Hy waren wieder allein im Büro, Edie hatte sich aufgemacht, um Linda und den Jungs im Aufnahmestudio die Neuigkeit mitzuteilen.

Chili sagte: »Ich mag Edie. Sehr sogar.«

Hy sagte: »Ich auch. Sie ist ein Schatz.«

»Mir gefällt ihr neues Outfit.«

»Genau, der Rock.«

»Obenrum gibt's auch nichts zu meckern.«

»Sie hält sich für reich.«

»So, wie ich Tommy kenne«, sagte Chili, »hat sie vielleicht wirklich was auf der hohen Kante. Ich kann mir nicht denken, daß er seine gesamten Einkünfte versteuert hat.«

Hy sagte: »Macht einen richtig fertig, wie sehr die arme Frau trauert, nicht wahr?«

Chili blickte auf, als Tiffany hereinkam. Ihm fiel auf, daß ihre Fledermausflügelknochen verschwunden waren. Als sie ihn ansah, berührte er seine Nase.

»Was ist mit deinen Flügeln passiert?«

»Die haben mich tierisch genervt. Die Dinger waren dauernd im Weg und haben weh getan.« Sie wandte sich an Hy. »Ich bin fertig mit der Suche.«

Hy fragte: »Und?«

»Es gibt eine Band, die Little Odessa heißt, eine andere nennt sich The Odessa File, und, wer hätte das gedacht, noch eine, die einfach nur Odessa heißt. Die gibt's schon seit Ewigkeiten.«

Alle schwiegen.

Hy sah Chili an. »Ich hab Tiff für alle Fälle im Internet suchen lassen. Ist das nicht unfaßbar? Offenbar hat Linda nie nachgesehen, ob sie die einzige Odessa sind. Die T-Shirts mit dem Namen und der Ölpumpe sind bereits bestellt. Auf den Inlays für die CDs ist dasselbe Logo drauf... Was machen wir jetzt?«

20

Elaine fragte: »Und was *macht* ihr jetzt?«

Es war früher Montag nachmittag, und sie waren in ihrem Büro im Studio, wobei Chili das Gefühl hatte, daß ihm jetzt an Elaine jedesmal etwas Neues auffiel, wenn er sie traf. Erst ihre Frisur... jetzt eine Brille, die er noch nie gesehen hatte, mit kleinen runden Gläsern, ganz vorn auf ihrer Nasenspitze. Sie wirkte wach und aufmerksam, aber entspannter als sonst, und hatte etwas frisch Gewaschenes in ihrem gestärkten weißen Hemd, dessen obere Knöpfe offenstanden.

»Eine Weile«, antwortete Chili, »dachten wir, daß wir auf den T-Shirts sitzenbleiben. Aber dann haben wir überlegt, nein, sie haben einen Song namens ›Odessa‹ im Repertoire; über eine Stadt; darin geht's um eine bestimmte Stimmung, um Gefühle für einen Ort. Den Song bringen sie auf ihrer Tour, und wenn er da draußen ein paar Herzen anrührt, verkaufen sie die T-Shirts.«

»Aber den Namen müßt ihr trotzdem ändern?«

»Schon geschehen. Du hast es verpaßt«, sagte Chili, »Samstag abend im Forum.« Gern hätte er Elaine mitgenommen, damit sie Linda kennenlernen und Odessa als Vorgruppe von Aerosmith hören könnte, doch am selben Abend hatte ein Film ihres Studios Premiere, und Elaine mußte anwesend sein und über den roten Teppich schreiten.

»Wie heißen sie jetzt?«

»Rat mal. Nein, halt. Ich will das vorbereiten.«

»Als Szene in dem Film?« Chili sagte: »Die könnte echt gut werden.«

Er erzählte ihr, daß er ihnen eine extralange Limousine besorgt hatte, eine schwarze, so daß sie stilvoll vor dem Forum eintrafen, vorbei an der Schrifttafel, wo sie ihren in kleinen Buchstaben unter *Aerosmith* stehen sahen, runter in die Tunneleinfahrt, die von der 90th Street abging – der Eingang für Musiker, Basketballspieler und Jack Nicholson –, und dann quetschten sich Odessa aus der Limousine und suchten den Weg nach oben. Sie konnten Aerosmith hören, die gerade beim Soundcheck waren, und Linda wollte gern zusehen; doch der Ordner hatte etwas dagegen. Dann kam Edie – in einer Limo mit Hy, Tiffany, Derek Stones und Curtis, dem Toningenieur –, Edie in schwarzem Leder, ihrem Rock-'n'-Roll-Traueroutfit. Dem Ordner erzählte sie, sie sei Stevens Freundin, und wenn der Ordner gern wolle, daß sie in diesem Scheißtunnel rumhängen müßten und Steven sauer würde … auch gut, aber sie würde es Steven erzählen müssen. Danach durften sie in die Halle, wo die Roadies immer noch beim Aufbauen waren und Aerosmith gerade »Lover in An Elevator« probten.

»Kennst du den Song?«

Elaine sagte: »Ich glaub schon«, klang aber nicht sehr überzeugend.

»›Livin it up while you're going down‹«, sagte Chili.

Er erzählte Elaine, sie hätten die Band kennengelernt, nette Kerle, ganz offen und ungezwungen, sie sahen einen an und hörten zu, wenn man etwas zu sagen hatte. Edie war am gesprächigsten. Derek schmollte. Dale sagte kaum ein Wort. Sie gingen hinter die Bühne in die Garderobe, die sonst die L.A. Lakers benutzten, ein großer Umkleideraum mit Teppichboden und einem Klappstuhl vor der Kabine jedes Spielers; in der Mitte des Raums stand ein Büffet mit dem üblichen Zeug, Salate, Rohkost, Hähnchen, Shrimps, belegte Schnittchen, Tee, Mineralwasser. Chili fuhr fort, schilderte die Szene aus der Erinnerung:

Linda fragte Steven, wo er seine Klamotten herhabe. Er sagte: »Komm mit, ich zeig dir ein paar«, und ging mit ihr zu seinem offenstehenden Schrank.

Edie hielt sich an Tom Hamilton, den sie fragte, ob er seine Tennissachen mitgebracht habe. Na klar, und prompt verabredeten sie sich am Sonntag zu einem Spiel im Riviera Country Club. Speedy erzählte Joey Kramer, er benutzte nur zwei Trommeln und zwei Becken, worauf Joey erwiderte: »Das reicht doch für den Anfang«, was Speedy natürlich als Beleidigung auffaßte. Er sagte: »Mir ist aufgefallen, daß du Schwierigkeiten hast, weil du zu schnell wirst, wenn du ein Solo beendet hast.« Und Joey meinte: »Ja, aber wenn ich ein Solo spiele, bleibt die Band auf der Bühne. Was macht deine, fährt die mal eben ins Hotel?«

Edie sagte, früher habe sie diesen Jungs die Unterhosen gewaschen, als wäre sie immer noch stolz darauf, und ihnen Joints gedreht.

Joe Perry unterhielt sich mit Chili über *Schnappt Leo* und erzählte, auf Tournee hätten sie sich den Film zweimal angesehen.

Brad Whitford sagte, er habe den Namen Leo Devoe benutzt, wenn sie sich in Hotels anmeldeten, und manchmal, zur Abwechslung, Larry Paris, den Namen, den Leo immer benutzte, wenn er sich verstecken mußte.

Linda probierte eins von Stevens Outfits an, den langen weißen Leinenmantel mit purpurrotem Futter, und sagte zu Steven: »Findest du, ich sollte mir was Besonderes anziehen?« Dabei drehte sich Linda, der Mantel wirbelte. Steven antwortete, da müsse er erst mal ihre Show sehen, und fuhr fort: »Es heißt, du hast wirklich was drauf.« Und zu Curtis sagte er: »Bist du gut? Wenn nicht, schenk ich Linda ein T-Shirt, auf dem steht: ›Ich kann die Scheiß-Monitorbox nicht hören!‹«

Edie sagte: »Weißt du noch, wie du immer ’ne Flasche Jack Daniel’s auf dem Schlagzeugpodest haben mußtest? Das ist vorbei.«

Curtis sagte zu Joe Perry: »Ich hab gehört, du hättest mal eine Linkshänder-Strat mit einem Telecasterhals und einer blauen Travis Bean L-500 kombiniert.«

Perry sagte: »Ich wollte eben so laut spielen, wie es ging, und sie echt umhauen.«

Elaine unterbrach Chili. »Daran kannst du dich noch Wort für Wort erinnern?«

»Ich hab später Curtis gefragt, was er gesagt hat. Solche Dialoge mag ich, die charakterisieren die Personen, die so etwas von sich geben.« Ohne Elaine aus den Augen zu lassen, fragte er: »Warst du mal verheiratet?«

»Ja, mit einem Anwalt. Er hatte Mundgeruch.«

»Ich war auch einmal verheiratet. Debbie ist nie aus Brooklyn rausgekommen.«

Und Elaine sagte: »Ich weiß alles über dich, Chil.«

Er fuhr mit seiner Erzählung fort:

Tom Hamilton beschrieb Dale, wie es war, vor achtzigtausend Leuten zu spielen. Wie es war, als sie vor langer Zeit einmal auf der Bühne mit Flaschen beworfen wurden. Tom ermahnte Dale, bloß nie zu koksen, um besser drauf zu sein; davon spielte man zu schnell. Dale nickte dazu.

Edie sagte: »Erinnert ihr euch an die abgefahrenen Sachen, die ihr früher gemacht habt? Motelzimmer mit Kettensägen zerlegen? Den Fernseher an eine Verlängerungsschnur anschließen, damit er weiterlief, wenn ihr ihn aus dem Fenster geschmissen habt, bis er im Pool landete?«

Steven sagte, er nenne diese Phase die wunderbaren Jahre, »weil wir uns wundern, wo sie geblieben sind«.

Brad Whitford sagte: »Oder ob es sie überhaupt gegeben hat.«

Joe Perry: »Eigentlich erstaunlich, daß noch keiner von der Band gestorben ist.«

Steven sagte zu Linda: »Man muß mit der Zeit gehen. Wenn man glaubt, man hätte alles im Griff, ändern sich die Regeln.« Und weiter: »Weißt du, was passieren kann? Man hat Erfolg und gibt seine Macht an Manager und Plattenfirmen ab und geht keine Risiken mehr ein.«

Joe Perry warnte sie: »Laß nicht zu, daß sie dir den Spaß an der Sache nehmen.«

Joey Kramer sagte zu Speedy: »Zwing's nicht, laß die Stöcke die Arbeit machen.«

Chili sagte zu Elaine: »Ich hab zu Tom Hamilton gesagt, wir müßten den Namen ändern, und wollte wissen, woher sie *Aerosmith* hätten. Er hat geantwortet, Joey Kramer habe den Namen aus dem Hut gezaubert. Er bedeute gar nichts, der Klang habe ihnen gefallen.« Was sonst. »Hy hat sich eine Weile mit dem Tourneebuchhalter unterhalten. Da habe ich nicht zugehört; wäre vielleicht besser gewesen. Und ich habe nicht gehört, was Edie der Wäscherin erzählt hat. Sie hat allerdings einen Polizisten in West Virginia erwähnt, der ihnen was zu kiffen gegeben hat, als sie nichts auftreiben konnten.«

Elaine sagte: »Klingt, als hätte sich Edie köstlich amüsiert.«

»Und wie, sie war der Motor des Abends.«

»Du hast doch gesagt, Derek war da? Ich finde den Namen klasse, Derek Stones.«

»Derek war total eingeschüchtert«, sagte Chili, »weil er es mit so berühmten Leuten zu tun hatte, darum machte er einen auf gelangweilt. Hat darauf gewartet, daß sie ihn ansprechen. Er hätte

Fragen stellen oder einfach nur zuhören können wie Dale, vielleicht ein bißchen was lernen. Ich finde ihn aber gut.«

»Du meinst für den Film.«

»Was glaubst du denn?«

»Vielleicht macht er noch irgendwas Interessantes.«

»Das bezweifle ich. Er kam zu mir – wir sind gerade angekommen und stehen noch bei den Autos herum –, da kommt er zu mir und sagt:. ›Stell mir die Frage.‹ Ich weiß natürlich, was er meint, sage: In Ordnung; und bringe den Spruch: ›Derek, willst du dich mit mir anlegen?‹ Darauf er: ›Wenn ich mich mit dir anlegen wollte, Mann, wär das deine letzte Erinnerung.‹« Chili zuckte die Achseln. »Besser kriegt er's nicht hin.«

»Was hast du zu ihm gesagt?«

»Er soll weiter dran arbeiten. Der Arme, will um jeden Preis ein Star sein, vor achtzigtausend kreischenden Fans auf der Bühne herumstolzieren, während die kleinen Mädchen in der ersten Reihe ihm ihre Titten zeigen... Stell dir mal vor, einer von diesen Typen zu sein, eine lebende Legende, und was das für ein Hick wäre, vor so vielen Leuten aufzutreten. Ich hab mir gedacht: Warum hast du nicht Gitarrespielen gelernt und bist Rockstar geworden?«

Elaine sagte: »Statt Gangster.«

»Ich wäre gern mal einer, nur ein paar Tage lang. Mal sehen, wie das so ist.«

Linda sagte: »Verrätst du mir nun den neuen Bandnamen oder nicht?«

»Wir haben beschlossen, daß sie als Odessa auftreten müssen, so wie im Radio geworben wurde, als Vorgruppe von Aerosmith. Das Konzert war ausverkauft, es waren also mindestens achtzehntausend Leute im Publikum. Und als Odessa auf die Bühne kam, waren bestimmt schon...«

Elaines Miene brachte ihn zum Verstummen, sie wirkte beherrscht, schaute aber an ihm vorbei. Als er sich im Sitzen umdrehte, sah er ihre Assistentin Jane in der Tür stehen und sagen:

»Sie dürfen da nicht rein.« Doch der riesige Samoaner stand schon im Büro, trug heute einen hellgrauen Anzug, ein weißes Hemd und eine schrille rote Krawatte, in der Hand hielt er einen Baseballschläger, der farblich zur Krawatte paßte.

»Elaine«, sagte Chili, »ich möchte dir Elliot Wilhelm vorstellen, den Schauspieler, von dem ich dir erzählt habe.«

Elaines erster Gedanke: Sag Jane, sie soll den Sicherheitsdienst rufen. Zu Chili sagte sie mit gedämpfter Stimme: »Wie ist er hier reingekommen?«

Chili fragte: »Wie bist du durchs Tor gekommen, Elliot?«

»Ich bin einfach durchgegangen.«

»Hat man nicht versucht, dich aufzuhalten?«

»Sie müßten jeden Moment da sein.«

Chili sagte zu Jane, die immer noch in der Tür stand: »Das geht schon in Ordnung. Sagen Sie ihnen, Mr. Wilhelm hatte es eilig, wollte nicht zu spät zu seiner Besprechung kommen.«

Nach kurzem Zögern nickte Elaine, und Jane verließ das Zimmer, schloß die Tür hinter sich.

»Tja, du hast es geschafft«, sagte Chili zu Elliot. »Setz dich doch.«

Elliot hatte eine Überraschung in petto. Er schwang den roten Baseballschläger, als wäre er der Stab eines Tambourmajors, bewegte sich dabei nach rechts in Richtung Fernsehgerät, wo mehr Platz war.

Elaine sah Chili an. Was sollte das denn? Doch Chili beobachtete den Samoaner bei seiner Tambour-Nummer, und Elaine dachte, daß der Name Elliot Wilhelm zu einer Figur aus einem Vierziger-Jahre-Film gehörte, die Louis Calhern oder vielleicht Edward Arnold gespielt hatte. Diesen Elliot Wilhelm hier konnte sie sich nicht in einem Film vorstellen, außer ein hawaiianisches Luau-Fest kam darin vor; allerdings sah er genausosehr nach hellhäutigem Schwarzen aus wie nach Samoaner.

Er sagte: »Ich will euch zeigen, daß ich das kann, ein netter Mensch sein, die Kids unterhalten. Oder ich kann richtig ungemütlich werden und Sachen kaputtmachen«, was er auch tat, er schwang den Schläger mit einem Rückhandschlag in den Fernseher und zerschmetterte die Mattscheibe.

Elaine merkte, wie sie zusammenzuckte, und wollte sich gerade von ihrem Stuhl erheben, als Chili sie mit einer Handbewegung zurückhielt, sich zu dem Samoaner umdrehte und sagte: »Elliot, so ein Benehmen funktioniert hier nicht.« Vollkommen ruhig.

Elliot sagte: »Hab ich eure Aufmerksamkeit? Gut. Weißt du, wie lange ich schon darauf warte, hierherzukommen, seit du mich vor dem Martini das erstemal gefragt hast? Zwei Wochen, Mann.«

Chili fragte: »So lange schon?« Dann drehte er sich zu Jane um, die wieder in der Tür stand und auf den Fernseher starrte. Chili versicherte ihr, es sei okay, alles im Griff. Dann fiel ihm offenbar etwas ein – Elaine beobachtete ihn –, und er sagte: »Hier liegt doch bestimmt ein Exemplar von *Schnappt Leo* herum, stimmt's? Das Drehbuch?« Jane sah erst Elaine an und bekam das Okay, ehe sie Chili antwortete, ja, sie hätten eins. Chili sagte: »Würden Sie uns bitte eins bringen? Es muß nicht die Endfassung sein.« Elaine nickte Jane zu, und die machte die Tür hinter sich zu.

Elliot wiederholte: »Zwei Wochen warte ich schon.«

Chili sagte ihm, er solle sich setzen und sich benehmen. »Dir ist doch klar, daß du den Fernseher bezahlen mußt.«

Elliot sagte: »Wenn das der Preis dafür ist, daß ich hier bin.«

»Wir haben doch *gesagt*, daß wir dich anrufen.«

»Ach ja, und wann?«

Chili sagte: »Wenn ich das mal so direkt sagen darf, Elliot, deine beschissene Einstellung gefällt mir überhaupt nicht.«

Elaine klammerte sich an die Armlehnen ihres Sessels.

»Glaubst du vielleicht, Elaine hier hat nichts anderes zu tun, als dich in irgendeinem Streifen unterzubringen? Elaine hat das

Sagen in diesem Studio. Und du kommst rein und zertrümmerst ihren Fernseher. Was soll eigentlich der Scheiß, Elliot, warum rennst du mit 'nem Baseballschläger durch die Gegend?«

»Den hab ich immer im Wagen liegen.«

»Zeig mal her.«

Elaine sah zu, wie Elliot zu ihnen rüberkam, um Chili die Keule zu geben. Der nahm sie am dicken Ende und befahl Elliot, sich zu setzen. Mitten in ihrem Büro entwickelte sich eine Filmszene.

»Das ist Aluminium.«

»Genau, die effektive Schlagfläche ist größer.«

»Warum hast du dir keinen Louisville Slugger geholt?«

»Mir gefällt das Rot. Den Slugger gibt's nicht in Bunt.«

»Wenn irgendwer Raji in die Quere kommt, knallst du ihm dann das Ding über den Schädel?«

»Nein, Mann, ich spiel damit Baseball.«

Elaine merkte, daß er ein kleines bißchen grinste, und bestimmt sah Chili es auch. Er sagte: »Wirfst du oder fängst du, Elliot?«

»Meistens werfe ich.«

Jane kam mit dem blau eingebundenen Skript von *Schnappt Leo*. Als Chili die Hand ausstreckte, gab sie es ihm, nach einem kurzen Blick auf Elaine, und ging. Chili legte den Schläger auf den Schreibtisch. Er schlug das Drehbuch auf, blätterte auf der Suche nach einer Szene die Seiten um, und sagte dabei zu Elaine:

»Elliot ist homosexuell.«

Elaine sagte: »Ach ja?«, was durchaus freundlich klang, sie versetzte sich jetzt in die Szene, war nicht mehr nur Beobachterin.

»Er schlägt beidhändig«, sagte Chili.

Und Elaine sagte: »Aha«, und ging dann noch einen Schritt weiter, fragte Elliot: »Ziehen Sie manchmal Frauenkleider an?«

»In meiner Größe gibt's keine besonders schicken Sachen«, antwortete Elliot. »Haben Sie mal Kate Smith gesehen? So sehe ich aus.«

»Elliot«, sagte Chili, »ist der einzige schwule Bodyguard, von dem ich je gehört habe.«

Elliot lachte. »Du hast ja keine Ahnung. Wenn wir wollten, könnten wir einen eigenen Club aufmachen. Gar kein schlechtes Leben, nicht viel zu tun, außer man arbeitet für 'n Schwulen.«

»Ist Raji schwul?«

»Nö, der steht auf die kleine Asiatin. Die ist seine Liebessklavin. Noch eine Woche, und er schickt sie anschaffen.«

»Warum arbeitest du für ihn?«

»So komme ich ins Showgeschäft.«

»Aber du willst doch Schauspieler werden. Er macht in Musik.«

»Ich will zwar zum Film, das heißt aber nicht, daß ich nicht singen kann.«

»Was singst du denn, den ›Hawaiian War Chant‹?«

»Paß auf«, sagte Elliot, »dein Problem ist, daß du mich für dämlich hältst. Ich verpaß dir nur deshalb keinen mit dem Schläger, weil ich mich benehmen muß, sonst darf ich keine Probeaufnahmen machen.«

Chili sagte: »Möchtest du für Elaine noch mal die Augenbraue hochziehen?«

Elliot antwortete: »Diesen Augenbrauenscheiß mach ich auch nicht mehr. Hast du mich verstanden?«

»Ist ja gut, sei ganz du selbst. Ich weiß, daß du ein echt knallharter Typ bist«, fuhr Chili fort, »sonst wärst du ja kein Bodyguard. Schon mal jemanden umgebracht?«

Elaine zählte bis sechs.

»Ja, einmal. Beim erstenmal, als mich ein Mann auf den Mund geküßt hat.«

»Und den hast du aus dem Fenster geworfen.«

»Du hast Nachforschungen angestellt, was?«

»Also wirklich, Elliot, natürlich. Hast du danach noch jemanden umgelegt?«

»M-m, bin sauber geblieben, damit ich zugreifen kann, wenn meine Chance kommt. Aber... da, wo ich jetzt bin, bei Raji, da spielt sich nichts ab. Das bringt mir nichts, wenn sich nicht ingend was entscheidend ändert.«

»Du willst also weiter nach oben.«

»Und ob, ich muß in die Geschäftsleitung. Irgendwas, worauf ich zurückgreifen kann, falls ich es als Bühnen- und Leinwandstar nicht schaffe.«

»Sie haben ein ganz schönes Selbstvertrauen«, stellte Elaine fest. »Haben Sie schon mal beim Film gearbeitet?«

»Ein paarmal. Ich war in *Die Prärie, wo die Blasmusik spielt*, dem Pornowestern. Dieser ganze Rindersex hat mich ziemlich angeödet. Ich war eine schwule Rothaut. Außerdem Statist – kleine Scherzrollen, rein ins Bild, raus aus 'm Bild – in ein paar anderen, und dann hatte ich die Nase voll von diesem Pornodreck.«

»Na, dann woll'n wir mal sehen, ob du wirklich gut bist«, sagte Chili und gab Elliot das Skript. »Seite 87, fängt gleich oben an. Du bist Bo. Du machst alles, was Geld bringt. Du bist ein Kind der Straße, aber nicht ungebildet, Autodidakt. Mehr als alles auf der Welt willst du Filme machen. Im Augenblick dealt Bo mit Drogen und leitet einen Limousinen-Service. Laß dir ein paar Minuten Zeit, wenn du magst.«

»Das ist *Schnappt Leo*«, sagte Elliot. »Den Film hab ich dreimal im Kino gesehen und noch dreimal zu Hause. Diesen Typen, Mann, den kenn ich aus dem FF. Warum hast du mir ausgerechnet diese Rolle ausgesucht?«

»Du bist der Typ dafür«, sagte Chili. »Oder du könntest es sein, mit einer anderen Krawatte. Setz dich da drüben auf die Couch, und lies dir deinen Text durch.«

Elaine beobachtete ihn, während er sich vom Schreibtisch entfernte. Sie merkte, daß Chili ihm nachblickte und sich dann zu ihr umdrehte und ihr zuzwinkerte, mit Pokerface, scheinbar ernst, doch er amüsierte sich, aber sie wußte, daß das nichts mit

Elliot zu tun hatte; er dachte an sie. Und so blinzelte sie zurück, mußte dabei aber ein wenig lächeln. Sie zogen das beide gemeinsam durch. Sie sagte: »Du bist ein cooler Typ, Chil. Weißt du das?« Und sie mußte lächeln, als er mit den Schultern zuckte, diesmal ernst.

Elliot kam zurück zum Schreibtisch und setzte sich. »Ich bin soweit.« Chili forderte ihn auf anzufangen, worauf Elliot sagte: »Ich rede mit einem Typ, der für mich arbeitet, mache ihm klar, wer ich bin. Ich sage zu ihm: ›Weißt du, warum ich ab und zu gern mal 'ne Limousine fahre? Weil ich gern zuhöre, höre, was für Deals eingefädelt werden und so was. Ich höre gern, wer angesagt ist und wer nicht. Auf welche Namen man in diesem Monat setzen kann. Welcher Topmanager von welchem Studio abgesägt wird, weil er auf das Drehbuch eines wichtigen Produzenten gepinkelt hat. Wer die angesagten Agenten sind, welche Deals sie einfädeln, wer zweihundert Anrufe am Tag kriegt. Ich höre gern, wie der Agent dem Schauspieler sagt, er soll seine Knarre ziehen, er soll töten, um den Deal zu machen, er soll ja keine Gefangenen machen, verdammt noch mal.‹«

Elaine beobachtete ihn, wie er das Skript zuklappte, seine Finger die Stelle markierten. Er sah sie direkt an, als er fortfuhr. »›An Wochenenden treiben sich ein paar Agenten und Studiobosse in den Bergen über Malibu herum und spielen mit diesen CO^2-Gewehren Krieg. Laufen im Wald rum und schießen mit Farbkugeln aufeinander. Verstehst du? Die reden davon, wie sie töten werden, um ein Geschäft abzuschließen. Dann ziehen sie los und albern mit Spielzeugwaffen rum.‹« Elliot grinste, als er sich Chili zuwandte. »›Scheiße, hä? Glaubst du, mit solchen Leuten werd ich nicht fertig? Alter, so was hab ich in echt gemacht…‹«

Elaine beobachtete, wie er die Hände über dem auf seinem Schoß liegenden Drehbuch faltete und sich zurücklehnte. Sie sah Chili nicht an, wußte auch so, daß er darauf wartete, daß sie zuerst sprach.

»Der Typ, der für ihn arbeitet«, sagte Elliot, »will wissen, wieviel er kaltgemacht hat, und Bo antwortet: ›Was macht das für einen Unterschied? Ein einziger, und du hast Blut an den Händen.‹ Was soviel heißt wie: wenn man's einmal getan hat, kann man's auch wieder tun. Das war eine meiner Lieblingsszenen, weil da richtig tiefe Wahrheit drinsteckt. Versteht ihr? Ich kenne Leute in der Branche, die wirklich so reden.«

»Ein paar«, sagte Elaine, schwieg kurz und fuhr dann fort: »Das war sehr hübsch, Elliot. Ich würde sagen, da haben Sie den Nagel auf den Kopf getroffen. Chil?«

»Ja, das war in Ordnung, Elliot. Der Satz gefällt dir, ›Ein einziger und du hast Blut an den Händen‹, stimmt's?«

»So sieht der Typ das.«

»Siehst du es genauso? Wer hat denn nun Joe Loop erledigt, du oder Raji?«

Elaine sah, wie er Chili mit seinen dunklen, tiefliegenden samoanischen – oder was auch immer – Augen anstarrte. Diesmal zählte sie bis neun.

»Ich bin sauber«, sagte Elliot.

Wieder zählte sie, bis fünf, ehe Chili sagte: »Na schön, wir rufen dich wegen der Probeaufnahmen an«, und stand auf.

Elliot fragte: »Wann?« und rührte sich nicht.

»Wenn dein Telefon klingelt«, antwortete Chili, unterwegs zur Tür, »und jemand vom Studio dran ist. Elliot, sieh mich an. Es passiert, wenn es passiert.«

Elaine sagte: »Nächste Woche«, und Elliot nickte ihr zu. Sagte nichts, sondern nickte nur. Dann stand er auf und ging zu Chili, stand in voller Lebensgröße ein Weilchen neben ihm, bevor er das Zimmer verließ.

»Er ist nicht schlecht«, stellte Elaine fest. Chili saß wieder. »Ja, aber als was besetzt man ihn?«

»Als das, was er ist, als Muskelprotz. Oder besetz ihn total untypisch. Ich dachte, er gefällt dir.«

»Ich denke dauernd, er schmeißt mich gleich aus dem Fenster.«

»In welchem Stock wohnst du?«

»Zur Zeit halte ich ihn mir noch mit den Probeaufnahmen vom Leib. Willst du ihn wirklich testen?«

»Ist mir lieber, als daß er mein Büro zerlegt. Glaubst du, er hat Joe Loop umgebracht?« Sie betrachtete den Baseballschläger, der auf dem Schreibtisch lag, als Chili antwortete:

»Nachdem er ihn mit dem Schläger zusammengeschlagen hat, der in seinem Wagen liegt? Nein, glaub ich nicht. Elliot sagt, er ist sauber, und ich glaube ihm.«

»Warum?«

»Weil das gesünder ist, als ihm nicht zu glauben. Meiner Ansicht nach ist Joe Loop von Raji erledigt worden, und Elliot, der nicht annähernd so dumm ist, wie er aussieht, will, daß wir das wissen.«

Elaine sagte: »Die Keule.«

»Die er uns hiergelassen hat«, sagte Chili. »Ich gebe sie Darryl, der gibt sie dem Labor, und dort findet man Rajis Fingerabdrücke überall darauf, oder jedenfalls genug davon, sowie Spuren von Joe Loop am dicken Ende. Dieser Elliot ist raffiniert. Der hat sich alles genau überlegt, er will in die Geschäftsführung, falls er kein Star wird...«

»Bühnen- und Leinwandstar«, ergänzte Elaine. »Beim Wort ›Bühne‹ bin ich hellhörig geworden.«

»So nennt man das, Bühnen- und Leinwandstar.«

»Und Odessa hat die Bühne des Forums betreten«, fuhr Elaine fort, »mit ihrem neuen Namen. Und der lautet...«

»Nein, ganz falsch, sie wurden als Odessa vorgestellt. Sie hatten ihre Verstärker aufgedreht, alles bestens aufeinander abgestimmt, und dann ging ihr Set los. Sie waren phantastisch. Linda hat gesungen ›Saw You at the Hop‹, sie hat ›Changing of the Guard‹ gebracht, und am Ende hat sie das Mikro genommen und etwa zwölftausend Leuten – es war noch nicht voll – mitgeteilt, sie hätte eine Veränderung bekanntzugeben. Sie sagte, weil es schon eine andere Band namens Odessa gäbe, änderten sie den Namen in… und schreit ›Linda Moon!‹«

Elaine sagte: »Tja, warum nicht. Was hältst du davon?«

»Ja, mir gefällt's. Für Linda gibt es keine Alternative. Lindas Ansicht nach gibt es auch keine Alternative dazu, sich da oben vor ein paar tausend Menschen hinzustellen. Sie sagte, das sei besser, als high zu sein. Speedy hat sie dann daran erinnert, daß die vielen Leute gekommen waren, um Aerosmith zu sehen, nicht sie. Weißt du, was Linda entgegnet hat? ›Nicht alle.‹ Darauf Speedy zu mir: ›Hast du das gehört? Das heißt, daß sie an LSD leidet.‹ Ich dachte, sie hätte vielleicht einen Trip eingeschmissen. Er meinte: ›Nein, das steht für Lead-Singer-Dünkel. Linda glaubt, alles dreht sich nur um sie.‹«

Elaine sagte: »Er hat recht, oder?«

Chili antwortete: »Das werden wir auf der Tournee herausfinden.«

Dann machte er sich auf den Weg zu Nicky Car.

21

Raji stand an seiner Bürotür, im Inneren des Büros, und horchte. Wenn man die Tür aufmachte, war man im Empfangsbereich der Car-O-Sell-Suite. Er hörte, wie sich die Tür zum Flur mit den Fahrstühlen öffnete und wieder schloß, und er dachte sich: Robin. Feierabend, nach Hause gegangen.

Okay. Jetzt oder nie.

Er machte die Tür auf und wollte gerade den Empfangsbereich betreten, als er abrupt stehenblieb.

Robin war nicht gegangen. Chili Palmer war hereingekommen. Er stand an Robins Schreibtisch und unterhielt sich mit ihr, beide standen, Robin hatte ihre Tasche abmarschbereit in der Hand, was erzählte sie ihm gerade, nein, sie habe keine Karies?... Dann zeigte sie diesem Filmtypen ihre perfekten weißen Zähne, bestimmt in der stillen Hoffnung, daß sie ihm irgendwann später mal ihren perfekten weißen Arsch zeigen durfte. Raji machte die Tür wieder zu und ging quer durchs Büro zu seinem gläsernen Schreibtisch. Was will der hier?

Nicky noch einmal warnen? Laß Linda in Ruhe?

Oder sich über etwas unterhalten, das zwischen ihnen ablief, jedoch von Nicky nie erwähnt worden war.

Raji wandte sich von dem Schreibtisch ab und ging auf Zehenspitzen – wirklich, in seinen Cowboystiefeln auf Zehenspitzen – wieder zur Tür, öffnete sie eine Spaltbreit, linste hindurch und sah, wie Chili Palmer Nickys Büro betrat, während Robin um ihren Schreibtisch herumging und sich auf dem Weg zum Ausgang verabschiedete. Raji hörte, wie sich die Tür der Bürosuite öffnete und ins Schloß fiel. Er schloß seine Tür wieder, bewegte sich aber nicht, sondern stand da und dachte:

Ist dir eigentlich klar... Aber natürlich. Doch dann wiederholte er es im stillen, wollte sich selbst hören, wie er es dachte.

Ist dir eigentlich klar, daß Chili Palmer der letzte Mensch sein wird, der Nicky Car lebend gesehen hat?

Und Robin wird diejenige sein, die es der Polizei erzählt. Ja, Mr. Palmer ist in Nicks Büro gegangen, als ich gerade Feierabend hatte und nach Hause ging, um 17 Uhr 10. Robin wußte es genau, 17 Uhr 10, 17 Uhr 12, so in dem Dreh. Attraktive Blondine, hochnäsig. Saß genau vor seiner Nase und ließ ihn nicht ran. Manchmal sagte er zu ihr: »Du weißt ja gar nicht, was dir entgeht.« Und Robin erwiderte dann: »Du auch nicht, Ace, und du wirst es nie erfahren.« Eingebildete Schnalle.

Also gut, es wird so ablaufen: Sobald Chili Palmer geht, betrittst du den Empfangsbereich und wartest, bis du den Fahrstuhl hörst. Überzeug dich, daß er weg ist, nichts vergessen hat. Überprüf die Kanone. Das kannst du genausogut jetzt gleich tun. Raji zog Joe Loops Beretta aus seinem Hosenbund unter dem seidigen weiten Jackett und lud durch. Okay, jetzt hatte die Knarre ein Hohlspitzgeschoß im Hals. Er öffnete die Tür einen Spaltbreit. Nun mußte er aufpassen, daß er Chili Palmer auch wirklich gehen hörte. Dann ins Büro gehen. Wie geht's denn so, Nick? Gleich würde er es tun, nachdem er so viele verschiedene Möglichkeiten durchgespielt hatte, und zwar:

Laß es wie ein Carjacking aussehen, und jag ihm eine Kugel durch den Kopf.

Warte in der Tiefgarage, bis er kommt.

Warte beim Haus seiner Freundin im Gebüsch auf ihn. Vor seinem Haus in Bel Air ging es nicht, zuviel Security.

Scheißegal, geh einfach rein und tu's. Als er an diesem Morgen an seinem gläsernen Schreibtisch gesessen und durch die Tischplatte auf seine Stiefel geguckt hatte – die Scheißsporen, die sich ständig in den Hosenaufschlägen verfingen, hatte er abgemacht –, hatte er schließlich beschlossen, einfach da reinzugehen, sobald Robin weg war, und das Arschloch abzuknallen. Jetzt würde er eben reingehen, sobald Chili Palmer weg war.

Fragte sich nur, was der da drin machte.

Er wartete darauf, daß Nicky aufhörte zu telefonieren, und hörte zu, wie er sein Produkt anpries:

»Glaub mir, die Kleine ist Hardrock, sie ist Blues, und sie hat einen Countrytouch. Wenn du sie spielen hörst, Mann, sie verbindet Malcolms Rhythmus – mit Angus Youngs simpler bluesiger Leadgitarre, das packt man in einen Mixer, dazu ihre Stimme, ihre Persönlichkeit, und heraus kommt einen Kombination von AC/DC und Patsy Cline … Im Ernst, Bruder … Wie lange, realistisch betrachtet? Sechs Wochen. Linda macht hier eine Regionaltournee, runter nach San Diego und rauf bis zur San Francisco

Bay, bevor ich sie landesweit promote. Linda Moon, Bro. Du wirst sie spielen, bevor du's selber weißt... Klar, ich schick dir 'ne Single, und du hörst garantiert von mir. Ciao.«

Chili fragte ihn: »Was sind das für sechs Wochen?«

»Bis sie bereit ist, groß rauszukommen, und damit hab ich um ein halbes bis ein Jahr untertrieben. Ich hab mir die CD angehört, die Hy geschickt hat, und in meinen Ohren ist das eher ein Entwurf, eine Richtung – da wollen wir hin –, und jetzt komplettieren wir das Ganze, so daß es zwar neu, aber erkennbar kommerziell wird. Die Musik muß noch mal ganz neu abgemischt werden. Wenn ich die Scheibe so promote, wie sie ist, werden ein paar Leute wohlwollend nicken, ja, ganz nett, mal was anderes, aber du kriegst nicht die Beachtung, die du brauchst – o Mann, diese Mucke *packt* einen wirklich. Verstehst du, was ich sage?«

»Die Aufnahme«, sagte Chili, »muß neu abgemischt werden.«

»Und zwar«, fuhr Nicky fort, »weil sie sonst eher untergeht, als daß sie auch nur in die Nähe der Charts kommt. Übrigens passiert das wahrscheinlich sowieso, auch wenn man sie aufpeppt. Von den meisten Alben – ich rede hier von fünfundsechzig, siebzig Prozent – verkauft man nicht mal tausend Stück. Drei Prozent der veröffentlichten Alben machen drei Viertel sämtlicher Umsätze aus. Wie schätzt du denn Lindas Chancen ein?«

»Sie kann singen«, sagte Chili.

»Ach ja? Genau wie die Mädels, die über Möbelhäuser und Waschpulver singen; die haben bessere Stimmen, einen größeren Stimmumfang als die meisten Tussis mit Platinplatten, aber wer sind sie? Sie haben bloß eine Stimme, und das bedeutet im Musikgeschäft gar nichts. Soll ich versuchen, Linda zu verkaufen? Macht einen Remix. Hast du mit ihr drüber gesprochen?«

»Noch nicht.«

»Laß es. Mach's einfach neu.«

»Das kann ich nicht machen.«

»Weil du nicht richtig in diesem Business drinsteckst. Du

siehst das anders, und einen Fuß hast du auch drin. Aber du hast dich der Sache nicht mit Haut und Haaren verschrieben. Auf die Knete kommt's an, Chil, wie in jeder anderen Branche auch. Ich wiederhol's noch mal, es ist völlig egal, wie gut die Kleine singt. Wenn sie's kann, ist es das Sahnehäubchen, aber du verkaufst den ganzen Kuchen, das ganze Drum und Dran, alle Zutaten zusammengemischt.« Nicky guckte auf einmal verdutzt und lächelte. »So hab ich das eben zum erstenmal gesehen. Gar kein schlechter Vergleich, stimmt's? Wie man die Zutaten mischt.«

»Ja, echt super«, sagte Chili. »Du übernimmst also die Promotion, ob wir die Scheibe neu abmischen oder nicht.«

»Für euer Geld bekommt ihr meinen Sachverstand, und die Garantie, daß die CD ein paarmal im Radio gespielt wird. Meine Analyse der Scheibe gibt's gratis dazu. Ob du sie akzeptierst, ist deine Sache.«

Chili fragte: »Bekomme ich von dir Lindas Vertrag als Dreingabe?«

Danach war erst einmal Ruhe.

Dann sagte Nick: »Ich verrate dir was, Bro. Mit diesem beschissenen Headset auf dem Kopf kann ich an einem einzigen Tag mehr verdienen als in Monaten, wenn ich mit Raji halbe-halbe mache. Damit meine ich seine Management-Geschichten. Er beteiligt mich und kriegt dafür eine Visitenkarte mit seinem Namen, auf der Car-O-Sell-Entertainment steht. Ich werde vergessen, was du bei deinem letzten Besuch hier über meinen Firmennamen gesagt hast. Ich will auf folgendes hinaus, Raji beteiligt mich an dem Kleinkram, sieht aber von meinen Einkünften keinen Cent, null. Ich bin mehr als autark, daher kann ich auch sagen, klar, wenn du Linda willst, nimm sie, kein Problem. Nimm sie und versuch, sie zu vermarkten. Aber Raji wird dir was ganz anderes erzählen, denn der hat 'ne echte Gangstermentalität. Du hast ihm seinen Act ausgespannt, und das kann er dir nicht durchgehen lassen. Er hat mich gefragt, wo er Joe Loop findet.

Genau wie du. Ich sag zu Raji: Scheiße, woher soll ich das wissen?«

Chili sagte: »Nicky…«

»Chil, also wirklich. Nicky war ich vor Ewigkeiten mal, okay? Ich heiße Nick.«

Er war jetzt erwachsen, verdiente fünfundzwanzig Riesen fürs Telefonieren… Gönn ihm seinen Namen, wenn er ihm so viel bedeutet.

»Nick? Wußtest du, daß Joe Loop tot ist?«

»Nein, was ist passiert?«

Er klang überrascht, und das war er wohl auch, nahm Chili an.

»In den Hinterkopf geschossen. Zweimal.«

»Ach ja?«

»Mit seiner eigenen Waffe. Derselben, mit der er den Russen erledigt hat, in meinem Haus, als er mich gesucht, aber den Falschen umgelegt hat.«

Darüber mußte Nick offenbar erst mal nachdenken, ehe er sagte: »Was hat der Russe in deinem Haus gesucht? Ich weiß noch, daß ich was darüber gelesen habe, aber dazu stand da nichts.«

»Die Frage ist falsch gestellt«, sagte Chili. »Sie muß lauten: Wer hat Joe Loop umgelegt? Mit seiner eigenen Knarre. Ihm erst den Schädel eingeschlagen und ihn dann erschossen.«

»Zwei in den Hinterkopf, das hört sich an wie ein Mafiamord.«

»Raji hat's dir nicht gesagt?«

»Woher soll er das wissen?«

»Nick«, sagte Chili, »ich sag Nick zu dir, wenn du mit dem Gelaber aufhörst, klar? Raji kommt zu dir, weil er Joe Loop sucht. Will wissen, wo er ihn findet, und du sagst zu Raji: ›Scheiße, woher soll ich das wissen‹?«

»Stimmt. Genaugenommen sagte ich zu ihm, ich hätte keine Ahnung. Joes Name fiel nur dieses eine Mal. Raji hat ihn nie wieder erwähnt.« Er verstummte und fuhr dann fort: »Mann, ich frag mich, was da passiert ist.« Er sah weg und blickte dann wieder Chili an. »Ich wollte aber gerade folgendes sagen, ja, von mir aus vertrittst du Linda, ich hab nichts mehr damit zu tun. Aber du verstehst, warum ich nicht für Raji sprechen kann.«

»Wollen wir uns wieder dem Geschäft widmen?«

»Darum sind wir doch wohl hier? Hey, Typen wie Joe Loop werden andauernd umgelegt. Das ist ihr Ding, Mann, sie werden wegen irgendwas sauer oder langweilen sich und schießen sich gegenseitig über den Haufen; das ist ihr Schicksal.«

Chili sagte: »Dann muß Raji Joe Loop ohne deine Hilfe gefunden haben.«

»Sieht ganz so aus.«

»Hat ihm ein Honorar versprochen und ihn zu meinem Haus geschickt. Am nächsten Tag ist Joe tot.«

Nick sagte: »In der Zeitung hab ich nichts darüber gelesen. Du vielleicht?« Als Chili den Kopf schüttelte, fragte Nick: »Woher weißt du's dann?«

»Von einem befreundeten Cop, er arbeitet an dem Fall.«

»Du machst Witze.«

»Nick, ich war mit Tommy Athens zusammen, als er umgelegt wurde. Zwei Tage später komme ich nach Hause und finde den Russen. Die ganze Zeit hält mich mein Freund, der Cop, auf dem laufenden. Von ihm hab ich erfahren, daß sie mittlerweile denjenigen suchen, der Joe Loop beauftragt hat.«

Nick sagte: »Ach ja?«, lehnte sich gegen die Rückenlehne seines Sessels und beugte sich vor, stützte sich auf den Schreibtisch. Er nahm das Headset ab. »Hast du ihnen Raji ans Messer geliefert?«

Chili schüttelte den Kopf.

Nick sagte: »Das bewundere ich. Muß ich echt sagen.«

»Hä?«

»Du bist kein Verräter.«

»Nick, wenn ich ganz sicher wüßte, daß er Joe beauftragt hat...

ich würde ihn sofort der Polizei liefern. Ich kann's nicht nur nicht beweisen, sondern es könnte auch jemand ganz anderes sein.«

»Du glaubst, es muß nicht unbedingt Raji gewesen sein?«

»Ja, aber wer sonst?«

»Sprichst du etwa von *mir*, Herrgott noch mal?«

»Ich sag dir nur«, antwortete Chili, »ich werd's nicht übers Knie brechen. Vielleicht war's Raji, vielleicht waren es du und Raji zusammen. Ich glaub nicht, daß du's allein warst. Nein, mich beschäftigt jetzt was ganz anderes, nämlich wie ich eine CD verkaufe.«

»He, Chili, nun mach mal 'n Punkt. Auf gar keinen Fall bin ich in Rajis Scheiß verwickelt. Meine Güte, vertrau mir doch ein bißchen.«

»Das einzige, wovor ich Angst habe«, sagte Chili, »ist, daß die Cops dich verhaften und vernehmen. Was für eine Zeitverschwendung.«

»Du hast doch wohl nicht meinen Namen erwähnt?«

»Nein, eigentlich nicht.«

»Was soll das heißen, eigentlich nicht?« Nick spie die Worte aus.

»Das heißt, ich habe bis jetzt noch keine konkreten Namen genannt. Aber du weißt ja, wie die Cops einem keine Ruhe lassen; die können einen völlig verrückt machen. Ich bemühe mich, ihnen gegenüber dichtzuhalten. Schließlich will ich nicht, daß sie dich einbuchten, wo du doch so viel Arbeit hast. Aber ich hab mir gedacht, falls du festgenommen wirst, weil sie dich vernehmen wollen…«

»Chil, damit hab ich *nichts* zu tun. Nicht das geringste, Alter, ich schwör's.«

»Hör zu«, sagte Chili. »Ich will auf folgendes hinaus, falls man dich festnehmen sollte und du nicht für Lindas Platte arbeiten kannst, wäre ich ganze fünfundzwanzig Riesen los, stimmt's? Darum dachte ich mir, warum zahlen wir dein Honorar nicht in

Raten, bis ich sicher weiß, daß du damit nichts zu tun hattest?« Chili holte einen Scheck aus der Innentasche seines Jacketts und legte ihn vor Nick auf den Schreibtisch. »Jeweils fünf Riesen«, sagte Chili, »das hier ist die erste Rate. Bist du einverstanden, Nick? Oder bestehst du auf voller Bezahlung, und wir müssen uns Sorgen machen, was passiert, wenn du in den Knast kommst?«

Chili beobachtete ihn, wie er darüber nachdachte, mit gerunzelter Stirn.

»Soll das 'ne Drohung sein oder was? Ich nehm die fünf, oder ich kriege Schwierigkeiten?«

Chili antwortete: »Das kannst du sehen, wie du willst.«

Es gab zwei Möglichkeiten. Entweder er ging rein und erschoß den Wichser, oder er ging rein, fand heraus, was Chili Palmer gewollt hatte, und erschoß ihn dann. Und ging wieder raus. Jawoll, rausfinden, was los war, und dann reinen Tisch machen. Raji berührte die Beretta unter seinem Jackett, die sich hart gegen seinen Bauch preßte, fühlte sich aber auch gut und betrat das Büro.

Nick saß an seinem Schreibtisch, hatte aber das Telefon nicht auf, und sagte: »Hast du ihn gesehen? Chili Palmer, ist gerade gegangen.«

»Ach ja? Was wollte er denn?«

»Ich übernehme in ihrem Auftrag die Promo für Linda Moon. Die Idee kommt von Hy Gordon, und Chili war da, um das Ganze zu besprechen.«

Damit war die Frage beantwortet. Aber warum sah ihn Nick so komisch an, angespannt, als ließe ihm irgend etwas keine Ruhe, stocksteif saß er in seinem Sessel. Hier ging irgendwas vor, was Raji nicht verstand, und das brachte ihn aus dem Konzept, aus dem Rhythmus, warf seinen Plan über den Haufen, den Mann zu erschießen und wieder zu gehen. Er sah zwar den Scheck auf dem Schreibtisch liegen, konnte den Betrag aber nicht lesen.

»Du wirst die CD verkaufen, hm?«

»Sie wollen das Rundum-Paket. Die Scheibe verkaufen ohne Ende.«

Der Mann schien lockerer zu werden, wirkte nicht mehr so angespannt wie zuvor. Er sagte: »Weißt du noch, wie ich dir gesagt habe, Chili kennt die richtigen Leute, hat Kontakte? Darum lehnen wir uns einfach zurück und warten ab? Tja, es stellt sich heraus, daß ich ihr Mann bin. Sie kommen zu mir, weil sie wissen, daß ich Ergebnisse liefere.«

Genau, der Mann wirkte wieder total locker und entspannt, laberte einen wie üblich voll.

»Du glaubst, du kannst die Scheibe zum Hit machen?«

»Wenn einer, dann ich. Du bist ein Glückspilz, Raj.«

»Wieso?«

»Ich werd für dich eine schöne Stange Geld verdienen. Wenn die Aufnahme groß rauskommt, gehst du sofort zur Plattenfirma und streichst dein Honorar als Manager ein. Das gehört ganz allein dir; ich verdiene mit der Promotion genug. Du gehst hin und sprichst mit Hy Gordon und sonst keinem. Er leitet NTL für Tommys Witwe.«

»Heißt das«, fragte Raji, »daß wir jetzt nicht auf Chili Palmer zu warten brauchen?«

»Scheiß auf den Typ«, sagte Nick. »Du hast doch *mich*.«

Das Auto wartete vor dem Bürogebäude auf ihn. Raji stieg ein, und Elliot schoß los, als wären sie auf der Flucht.

»Mann, ganz ruhig. Langsam.«

»Hast du's getan?«

»Ich war kurz davor. Reingehen, ohne ein Wort. Aber weißt du, wer plötzlich aufgetaucht ist?«

»Chili Palmer«, antwortete Elliot. »Ich hab ihn gesehen, aber nichts zu ihm gesagt. Ich dachte eigentlich, daß du jeden Moment rausgerannt kommst. Hast du's wegen Chili nicht gemacht?«

»Er hat mir den Plan verdorben; hat Nicky damit beauftragt, für Linda die Promo zu machen. Dir ist doch klar, was das heißt?«

»Er hängt sich ans Telefon.«

»Das heißt, er wird die Platte verkaufen.«

»Und ...?«

»Und mir das gesamte Managerhonorar überlassen.«

»Und ...?«

»Und deshalb *brauche* ich Nicky. Verstehst du? Aber Chili Palmer brauche ich nicht mehr. So, wie es jetzt aussieht, verdiene ich an Linda und kann mich um Chili Palmer kümmern. Mit anderen Worten, ihn *umlegen.*«

»Warum?«

»Was soll das heißen, warum? Für meinen Seelenfrieden.«

»Das ist doch bescheuert.«

»Für dich vielleicht schon, schließlich bist du eine fettärschige samoanische Schwuchtel. Sieh mal, Elliot, dein Problem als Homo besteht darin, daß du nicht weißt, wie ein Mann denkt. Ich rede hier über einen richtigen Mann, nicht über jemanden, der nur wie einer aussieht.«

Elliot packte das Lenkrad fester.

»Was hat dir Chili getan?«

»Mann, er hat sich mit mir angelegt. Mir mein Talent gestohlen, meine Sängerin.«

Seine laute Stimme hallte durch den Wagen, der mit geschlossenen Fenstern durch den Verkehr schlich, man sah die ersten Autoscheinwerfer, erleuchtete Neonschilder der Geschäfte. Elliot dachte, er wäre es gewöhnt, daß Raji einen auf harter Mann machte, doch jetzt umklammerte er das Steuer fest mit beiden Händen und hörte, daß Raji einen Mann töten wollte, der nicht getötet werden sollte. Elliot sagte: »Wenn du mit Linda Geld verdienst, dann hat er sie dir nicht gestohlen. Mann, du bist immer noch ihr Manager.«

»Aber trotzdem hat er sich mit mir angelegt. Dabei bleibt's, und das wurde nicht ausgeräumt.« Als Raji das sagte, wurde seine Stimme noch lauter. Dann beruhigte er sich wieder. »Das verstehst du nicht, denn wenn du erst einmal ein Homo bist, ist deine Selbstachtung sowieso den Bach runtergegangen.« Und weiter, in einem Ton, als rede er mit einem Kind: »Du hast ja gemerkt, ich laß mir nicht alles gefallen wie du. Bestimmt wartest du immer noch drauf, daß sie dich wegen der Probeaufnahmen anrufen.«

»Ich hab im Studio probegelesen, und sie haben gesagt, ja, es hat ihnen gefallen.«

»Wer hat das gesagt?«

»Chili und die Frau, die da das Sagen hat, Elaine. Ich sollte aus dem Skript von *Schnappt Leo* probelesen.«

»Haben sie dich angerufen?«

»Ich bin in das Büro von der Frau gegangen.«

»Aber sie haben dich nie angerufen, wie sie's versprochen haben, stimmt's? Was hast du gemacht, bist du eingebrochen? Durchs Fenster geklettert?«

»Meine Probeaufnahmen sind nächste Woche.«

»So? An welchem Tag?«

»Das sagen sie mir noch.«

»Sie rufen dich an?«

Elliot umklammerte das Lenkrad und gab keine Antwort. Wenn er gar nichts sagte, hielt Raji vielleicht den Mund. Etwa eine Minute lang blieb es still im Wagen. Elliot dachte daran, das Radio anzustellen, entschied aber, daß er die Stille vorzog. Sie paßten sich dem Verkehrsfluß auf dem Wilshire Boulevard an, kamen jetzt an Hochhäusern vorbei, große protzige Wohnhäuser auf beiden Seiten der Straße.

In die Stille hinein sagte Raji: »Sie sagen, sie rufen dich an, hm?«

Elliot trat mit voller Wucht das Bremspedal durch: Reifen quietschten, und Raji wurde heftig gegen das Armaturenbrett geschleudert, als das Auto abrupt auf der Mittelspur des Wilshire Boulevards zum Stehen kam. Elliot wartete, während Raji sich wieder aufrappelte und wutentbrannt fragte: »Was soll das, spinnst du?«

»Wenn du das noch einmal sagst, kündige ich.«

»Was?«

»Ob sie mich anrufen.«

Hinter ihnen hupten die ersten Autos.

»Du mußt mir versprechen, daß du's nicht mehr sagst.«

»Mann, ich mach doch nur Spaß.«

Elliot öffnete die Fahrertür.

»Darf ich nicht mal 'n Witz machen?«

Elliot stieß die Fahrertür auf.

»Also *gut*, ich sag's nicht mehr.«

Sie wurden immer noch angehupt.

»Und du wirst Chili nicht umlegen.«

»Also, Mann, das ist wieder was anderes.«

»Wenigstens nicht vor meinen Probeaufnahmen.«

Ein weißer hemdsärmeliger Mann mit Bierbauch kam zu Elliots Seite des Wagens und sagte in einem unangenehmen Ton: »Haben Sie irgendein Problem?«

Elliot stieg aus und sagte: »Nein, hab ich nicht.«

Der hemdsärmelige Mann sah zu ihm hoch, sagte: »Lassen Sie sich Zeit« und ging zu seinem Auto zurück.

Jetzt sagte Raji: »Elliot, steigst du endlich wieder ein?«

Elliot steckte nur den Kopf ins Wageninnere.

»Versprochen?«

»Also gut, ich erschieße ihn erst nach deinen Probeaufnahmen. Aber was ist, wenn sie dich hinhalten oder sagen, sie hätten es sich anders überlegt?«

»Dann helf ich dir«, versprach Elliot.

22

Endlich lernte Elaine Linda Moon kennen, die Band spielte als Vorgruppe von Harry Dean Stanton im total überfüllten Jacks Sugar Shack. Linda langte über den Tisch, schüttelte Elaine die Hand und sagte: »Hi, Sie wollte ich unbedingt kennenlernen«, lehnte sich zurück, um sich in dem schummrigen Raum umzusehen, und sagte: »Wow, sieht so aus, als wären wir schon ziemlich populär.« Speedy war nicht am Tisch, um ihr mitzuteilen, daß Harry Dean und sein alkoholgetränkter Blues die Attraktion des Abends waren, und niemand anderes verspürte das Bedürfnis, sie aufzuklären. Hy sagte hinter vorgehaltener Hand zu Chili: »Gut, daß sie so selbstbewußt ist.« Edie sagte: »Ich finde Harry Dean Stanton toll.« Hy sagte: »Wenn man den bei Dreharbeiten sieht...« Und Edie fuhr fort: »Dann hält man ihn für einen der Beleuchter, stimmt's?« Hy antwortete: »Nein, die gehören da hin. Harry sieht immer so aus, als wär er gerade zufällig da reingestolpert. Aber meines Wissens verpaßt er nie seinen Einsatz und hat immer seinen Text parat.« Edie fragte Elaine: »Ist er nicht für *Lusitania* vorgesehen?« Elaine sagte: »Wir bemühen uns um ihn.« Edie: »Als Kapitän oder Vater der jungen Frau?« Elaine: »Eins von beiden, es sind beides gute Rollen.«

Linda sagte: »Wir fangen mit ›My Little Runaway‹ an.«

Hy sagte: »Harry Dean kann alles spielen, er ist phantastisch.« Edie sagte: »Soviel ich weiß, spielt Johnny Depp den U-Boot-Kapitän.« Elaine: »Wir verhandeln noch mit seinem Agenten.« Edie: »Ich hab gehört, Sandra Bullock will unbedingt die Frauenrolle haben, weigert sich aber vorzusprechen.« Elaine: »Das stimmt nicht.« Edie: »Und darum kriegt Diaz die Rolle.« Elaine: »Vielleicht.« Edie: »Sie wird mit etlichen anderen Schiffsbrüchigen aus dem Wasser gezogen und von dem U-Boot an Bord genommen. Sie verliebt sich in Johnny Depp. Er versteckt sie in seiner Kabine …« Derek Stones fragte: »Bumst er sie?« Edie: »Er hält sie versteckt, während sie die Überlebenden bei lebendigem Leib durch die Torpedorohre rausschießen …« Elaine: »Das wird überarbeitet.« Edie: »Ich hab's in *Entertainment Weekly* gelesen.« Hy: »Und die müssen's ja wissen.«

Linda verkündete: »Wir spielen ›Changing of the Guard‹, ›Hammer on the Nail‹, ›Stealing My Thunder‹, ›Wake Up, What's the Matter‹ …«

Hy sagte: »Cameron Diaz find ich klasse.«

Linda sagte: »Und als Zugabe nehmen wir ›Saw You at the Hop‹ und beenden den Gig mit ›Odessa‹.« Zu Chili sagte sie: »Es sei denn, du findest, wir sollten mit ›Changing of the Guard‹ aufhören.«

Chili beobachtete Curtis, der sich an der Bar mit Nick Carcaterra unterhielt.

Linda: »Chil, hast du mich gehört?« Chili sagte: »Ich würde auf ›Odessa‹ verzichten und das Ganze mit ›Changing of the Guard‹ abschließen.« Linda: »Aber ich mag ›Odessa‹.« Chili: »Liegt ganz bei dir.« Als er merkte, daß Elaine ihn ansah, sagte er zu Linda: »Ihr habt diese Woche noch zwei Auftritte, im Troubadour und im Toes in Redondo Beach. Tausch die Songs aus. Ihr müßt nicht jedesmal dasselbe Set spielen.« Linda: »Ich *weiß*. Wieso willst du nicht, daß ich ›Odessa‹ spiele?« Chili: »Wie gesagt, es liegt ganz bei dir. Spiel, was du willst.« Elaine sah ihn immer noch an. Elaine und, großer Gott, hinter ihr näherte sich Elliot Wilhelm dem Tisch, legte jetzt eine Hand auf die Rückenlehne von Elaines Stuhl, jeder am Tisch ließ sich Zeit dabei, den Samoaner in seinem grauen Anzug und dem roten Halstuch statt der roten Krawatte zu betrachten.

Elliot sah Chili an und sagte dann zu Elaine: »Ich will nicht stören, wollte nur noch mal nachfragen, Sie sagten, Sie wollten mich auf jeden Fall anrufen.«

»Heute ist Dienstag«, sagte Elaine. »Spätestens Freitag.«

»Und wann mache ich dann die Probeaufnahmen?«

»Das teile ich Ihnen dann mit.«

»Mach ich dann dieselbe Szene, nur daß ich wirklich mit jemandem rede?«

»Es sei denn, Sie haben eine Szene, die Sie lieber spielen würden. Aber falls Sie Requisiten brauchen, dann nichts Kompliziertes.«

»Nein, ich bräuchte nichts Besonderes«, sagte Elliot. »Ich arbeite schon an einer Nummer, will aber noch nichts verraten.«

»Das geht in Ordnung«, sagte Elaine.

Der Samoaner sah Chili an, und der nickte. »Du hast die freie Auswahl.«

»Ich hab die freie Auswahl, ja?«

Chili sagte: »Elliot, bis bald. Okay?«

Alle am Tisch sahen Chili an, als Elliot ging. Derek fragte: »Diesen Affen wollt ihr in einem Film auftreten lassen?« Linda sagte: »Ich wüßte gern, was das für eine ›Nummr‹ ist.« Sie erzählte dem Tisch, Elliot könne eine Augenbraue in die Höhe ziehen und sei angeblich Samoaner, stamme aber in Wirklichkeit aus Torrance. Hy wollte von Derek wissen, wo Tiffany sei. Der antwortete: »Sie kommt immer zu spät.« Hy fragte ihn, wo denn sein Nasenring sei. Derek sagte: »Ich hab 'ne Scheißerkältung, Mann, und mit dem Ring drin kann ich mir die Nase nicht putzen.« Elaine entschuldigte sich und ging, um Harry Dean Stanton zu begrüßen.

Linda rückte näher an Chili heran, damit sie nicht gegen Chuck Berry anschreien mußte, der aus der Anlage dröhnte, seinen klagenden Blues sang.

»Elaine ist nett.«

»Ja, das stimmt.«

»Überhaupt nicht eingebildet. Sie sieht auch gut aus für ihr Alter.«

»Sie ist nicht älter als ich.«

»Nein, aber du bist ein Mann. Männer kriegen keine Wechseljahre. Sie steht auf dich. Warst du mit ihr im Bett?«

»Wir sind alte Freunde.«

»Du gehst nicht mit Freundinnen ins Bett?« Als Chili zögerte, fuhr sie fort: »Du warst mit ihr im Bett, willst aber nicht drüber reden, es geht mich auch nichts an.« Und gleich danach: »Warum sollen wir nicht ›Odessa‹ spielen?« Sie fixierte ihn, ließ nicht locker.

Chili sagte: »Die Band heißt jetzt Linda Moon. Ich dachte, es könnte das Publikum irritieren. Wer sind die denn nun, Linda Moon oder Odessa?«

»Es ist ein Ort und eine Stimmung, und davon handelt dieser Song. Das weißt du doch.«

Chili sagte: »Ich dachte mir, es wäre womöglich ein bißchen zu countrymäßig für dieses Publikum oder für die Tournee, wenn du von ›underneath the Texas sky‹ singst.«

»Gefällt's dir nicht?«

»Doch, natürlich. Meine Lieblingszeile ist: ›Drinking hot water from a railway tank‹. Ich möchte nur, daß ihr sofort angenommen werdet, und zwar von Leuten, die euch noch nie vorher gehört haben.«

»Ich fühle diesen Song«, sagte Linda, »und zwar mehr, als vielleicht jeden anderen Song, den ich geschrieben habe. Darin schaue ich zurück, denke: da komme ich her, da hat alles angefangen. Der Text lautet: ›The little girl's got her head in the clouds, she thinks, she's going somewhere‹, und das *stimmt*, ich weiß es, spüre es. Das ist mir klargeworden, als wir im Forum aufgetreten sind. Da haben Tausende geschrien, die Arme durch die Luft geschwenkt. Ich hatte das Gefühl... da kommt nichts anderes gegen an. Man macht einfach bloß sein Ding, klar, aber es kommt einem so vor, als hätte man all die vielen Menschen da draußen im Griff, als müßten sie tun, was man will.«

»Du weißt, daß du groß rauskommen wirst.«

»Wie es in dem Song heißt, ›Three chords and a million miles‹. Tja, ich bin jetzt auf dem besten Weg, und nichts wird mich aufhalten.«

Chili fragte: »Weißt du noch, wie Joe Perry gesagt hat, laß nicht zu, daß sie dir den Spaß an der Sache nehmen?«

Linda sagte: »Willst du damit andeuten, ich soll mich selbst nicht so wichtig nehmen, oder was?«

Ihr konnte er nichts vormachen.

Elaine betrat das Schlafzimmer mit einem Scotch in jeder Hand, gab einen davon Chili, stellte ihren auf den Nachttisch, zog ihren Kimono aus – mehr hatte sie nicht an – und stieg wieder zu ihm ins Bett.

Chili sagte, sie verwöhne ihn nach Strich und Faden. Elaine nahm den Aschenbecher vom Tisch, stellte ihn zwischen sich und Chili, holte ihre Zigaretten aus der Schublade und zündete sich eine an. Sie sagte: »Wenn du das so siehst, Kleiner, dann verwöhnen wir uns gegenseitig. Wir bringen hier den verdammten besten Geschlechtsverkehr zustande, den ich in meinem ganzen Leben hatte.«

Chili stellte seinen Drink auf die Bettdecke, hielt ihn zwischen den Oberschenkeln fest, während er seine Zigarre anzündete, und zwischen den Zügen sagte er: »He ... wir sind auf einer Wellenlänge ... Wir laufen synchron. Ich kann dich spüren – zum Beispiel, als Linda sagte, welche Songs sie spielen wollte, hab ich gespürt, daß du wußtest, was los war.«

»Du wolltest nicht, daß sie ›Odessa‹ spielt. Warum nicht?«

»Siehst du? Du hast es gemerkt.«

»Dann hast du einen Rückzieher gemacht.«

»Ich wollte nicht, daß Linda den Song bringt. Live hört das Publikum ihre Version, dann kommt die CD raus, und da klingt er ganz anders. Ich hätte es nicht erwähnen dürfen.«

»Du hast den Song von Curtis bearbeiten lassen.«

»Gestern abend hab ich ihm das Okay gegeben. Der Rat stammte von Nick Car, dem Experten. Curtis hat nur gesagt, es sei schon erledigt. Er habe gewußt, daß ich mich früher oder später an ihn wenden werde. Curtis und ein paar Freunde, Studioleute, haben ›Odessa‹ zerlegt und dann mit Hilfe eines Computers – frag mich nicht, wie – verschiedene Sounds eingebaut, Musikfetzen, so 'ne irische Trommel, wie im *Riverdance*. Dann mischen sie Lindas Stimme rein, was manchmal klingt, als begleite sie sich selbst, dann wieder wie ein Echo. Man hört leise Blechblasinstrumente im Hintergrund und was weiß ich nicht alles. Curtis hat mir den Remix vorgespielt, und es ist ein echter Hammer, viel dramatischer als das Original. Er ist wehmütig und melancholisch, aber heavyer, eine Art Klagegesang, mit diesem Beat, dem Wummern, das sich durch den ganzen Song zieht.«

»Und du befürchtest«, sagte Elaine, »daß Linda einen Koller kriegt, sobald sie den Song hört.«

»Wenn er rauskommt, sind sie auf Tournee. Ich mußte mich entscheiden, ob ich Linda noch eine Weile froh und glücklich sein oder sie diese Fassung hören lasse. Aber ich muß auch realistisch sein, wie eine Plattenfirma denken und den Remix machen.«

»Wenn es so funktioniert«, sagte Elaine, »muß sie sich dran gewöhnen. In unserer Branche läuft es genauso. Ein Regisseur liefert seinen Film ab. Sagen wir, er hat ihn auch geschrieben – er identifiziert sich völlig mit diesem Film. Er liefert seinen Schnitt ab, das Studio zeigt ihn vor einem Testpublikum und sagt dem Regisseur, die Reaktion sei eher lauwarm; man müsse noch was dran machen. Wenn der Regisseur dumm ist, sagt er: ›Ohne mich.‹ Ist er arrogant und nimmt sich wichtig, sagt er: ›Scheiß drauf‹, nämlich auf das Testpublikum. ›Was wissen die schon?‹ Darauf sagt ihm das Studio: ›Wir schließen uns dem großen Kurosawa an, der gesagt hat: Beim Filmemachen kommt es darauf an, dem Publikum zu zeigen, was es sehen will. Wenn wir kein Geld verdienen, können wir keine Filme machen.‹ Was tut daraufhin der durchschnittlich intelligente Regisseur?«

»Er schneidet den Film um«, sagte Chili, »dreht eine Szene neu, fummelt an der Filmmusik herum ... Ich hab vergessen, wie wir drauf gekommen sind.«

»Entweder sie hört auf«, antwortete Elaine, »oder sie findet sich damit ab und akzeptiert den Remix.«

»Genau«, er klang ein wenig verwundert. »So einfach ist das.«

»Nein, ist es nicht.« Elaine stellte ihren Drink ab und sah ihm in die Augen. »Du manipulierst. Wenn es einfach nur darum geht, ob sie den Remix akzeptiert oder nicht, würdest du es ihr sagen. Du würdest sagen: ›Hör dir das bitte mal an.‹ Und dann würdest du es ihr vorspielen.«

»Das hab ich mir auch überlegt, aber ich glaube, daß es so nicht geht.«

»Nein, du wolltest, daß sie auf Tournee geht, einen guten Eindruck von diesem Geschäft bekommt, daß sie vor einem wohlwollenden Publikum spielt, das seine Zuneigung zeigt – sie ist eine sehr attraktive junge Frau –, damit sie es spürt, sie hat das Publikum im Griff und glaubt, sie wäre schon ein Star. Und dann hört sie die Platte.«

Chili sagte: »Das ist gut, Elaine. Das ist sehr gut, weißt du. Im Forum hat sie den neuen Bandnamen verkündet, Linda Moon. Das hat ihrem Ego gutgetan.«

»Sie hört den Song also unterwegs, während sie tourt«, sagte Elaine, »nicht in einem Tonstudio, wo nur ihr zwei steht und zuhört. Du schaust mit sehr ernster Miene nach unten ...«

»Nein, du hast völlig recht.« Chili legte seine Zigarre in den Aschenbecher und hatte nun die Hände frei, die er in die Höhe hob. »Und weißt du, wo es passieren wird? In einem Radiosender in San Diego. Nick Cark bereitet das mit dem Programmdirektor vor. Die Band spielt an diesem Abend in einem Club, The Belly Up. Linda tritt anschließend in einer Sendung auf, um mit einem

Discjockey darüber zu sprechen. Er fragt, ob sie die CD schon gehört hätte, im Radio. Nein, hat sie nicht. Darauf sagt der DJ, er habe sie zufällig da und werde sie ihr vorspielen. Und das tut er.«

Elaine sagte: »Du bist auch da.«

»Ich muß da sein.«

»Sonst würdest du nicht mitbekommen, wie sie reagiert. In Gegenwart eines Mannes, der berufsmäßig Platten auflegt und ihr erzählen wird, es sei ein Hit, er finde den Song phantastisch. Es sei denn, der Typ ist ein totaler Flegel. Man konfrontiert sie also damit, und sie reagiert so oder so.«

Wie ein Schraubstock hielten Chilis Kiefer die Zigarre fest. »Eine tolle Szene, oder? Es könnte sogar die Schlüsselszene des Films werden.«

»Oder im Leben der jungen Frau«, sagte Elaine.

»Darum geht's ja, um ihr Leben, ihre Karriere. Schafft sie den Durchbruch, oder schafft sie ihn nicht? Das könnte ein wichtiger Augenblick werden.«

»Und wenn dir nicht gefällt, was passiert?«

»Dann machen wir's auf die altmodische Art, soll sich der Drehbuchautor was einfallen lassen. Scooter, der auch *Schnappt Leo* geschrieben hat.«

Elaine drückte ihre Zigarette aus. »Heb dir doch die Zigarre für später auf, und ich geb dir ein Pfefferminzdrops.«

»Damit du nachher noch eine Zigarette rauchen kannst?«

»Um die Wahrheit zu sagen«, antwortete Elaine, »seit ich aufgehört habe, rauche ich mehr. Aber ich glaub nicht, daß es mir schadet.«

23

Raji hatte an diesem Dienstag abend zu Elliot gesagt: »Mußt du den Mann nicht genauso im Auge behalten wie ich? Willst du, daß er sich vergißt und du nicht weißt, wo er steckt? Du übernimmst einen Tag, ich den nächsten, immer abwechselnd. Du fängst an.«

Mittwoch rief Elliot aus dem Auto Raji an. »Mann, ich bin fix und alle. Ich mußte die ganze Nacht durch die Gegend fahren, während er im Haus von Elaine war, der Frau aus dem Studio.«

»Wieso fährst du denn rum? Du sollst dasitzen und das Haus beobachten.«

»In Beverly Hills, spinnst du? Mann, da stehen nachts keine Autos auf der Straße. Wenn man da herumsitzt, kommen die Bullen und fragen einen, was man da macht.«

»Du bist also durch die Gegend gefahren.«

»Hierhin und dahin, hab 'ne Tasse Kaffee getrunken, bin so etwa jede Stunde zurückgekommen, um nachzusehen, ob sein Wagen noch in der Auffahrt steht. Um zehn Uhr morgens, etwas später, fahr ich gerade den Kreisel am Mountain Drive rauf, als er runterkommt. Hat echt nicht viel gefehlt. Ich folge ihm also bis zum Four Seasons am Doheny Drive. Offenbar kennen ihn die Hausdiener, Mr. Chili Palmer, tun so, als ob sie sich freuen, ihn zu sehen. Sie parken den Wagen, und er geht ins Hotel. Dann hab ich mir die Telefonnummer besorgt. Ich hab angerufen und mich mit Mr. Palmer verbinden lassen. Als er abgenommen hat, hab ich aufgelegt. Er wohnt also da.«

»In welchem Zimmer?«

»Ich hab noch mal angerufen und gefragt: ›Ist da das Zimmer fünf-achtunddreißig?‹ Er sagt nein und legt auf.«

»Hast du die Zimmernummer oder nicht?«

»Hab ich doch gerade gesagt, er hat sie mir nicht verraten.«

»Es gibt verschiedene Möglichkeiten, an so was ranzukommen.«

»Und zwar?«

»Was hast du dann gemacht?«

»Ich hab auf der anderen Straßenseite geparkt. Sein Wagen kam nicht raus. Um eins rufe ich ihn an. Die Frau in der Vermittlung sagt, er will nicht gestört werden; wenn ich will, kann ich eine Nachricht hinterlassen. Ich denke mir, der Mann schläft. Verbringt die Nacht mit Elaine, kommt auf sein Zimmer zurück und hält ein Nickerchen?«

Raji sagte: »Weißt du, was du hättest tun können? Die Hotelflure rauf- und runtergehen und nach einem ›Bitte nicht stören‹-Schild an einer Tür suchen.«

»In wieviel, zwölf Stockwerken? Und alle Zimmermädchen gucken mich schräg an? Anschließend überschlage ich, wie viele Leute nicht gestört werden wollen. Hör zu, um drei Uhr hat er das Hotel verlassen und ist an den Silver Lake gefahren, zur Plattenfirma. Da ist er immer noch.«

»Und wo bist du?«

»Im Haus eines Freundes in West Hollywood?«

»Und wer beschattet Chili Plamer?«

»Du doch wohl.«

»Wie krieg ich dann den Wagen?«

»Du hast also eine Idee«, sagte Elliot, »hast dir aber nicht überlegt, wie man sie durchführt, hm?«

Mittwoch nacht war Raji dran: Er folgte dem Mann vom Silver Lake über den ganzen Sunset Boulevard bis zum Mountain Drive, einmal herum bis Loma Vista und zu dem Haus, wo die Studiotante wohnte. Dann fuhr Raji zu seinem eigenen Haus, wo Miss Saigon auf ihn wartete – mittwochs hatte sie ihren freien Tag in der Stripbar beim Flughafen. Am nächsten Morgen rief er um neun Uhr Chili Plamer in dessen Hotel an. Er rief zweimal an, ehe Chili ranging, gegen halb elf. Raji sagte: »Hier ist der Beverly Hills Flower Shop. Wir haben hier eine Zustellung, aber der Auftraggeber hat die Zimmernummer vergessen. Wie war die doch gleich, acht noch was?« Der Mann sagte, sie sollten die Blumen beim Empfang abgeben, und legte auf. Nachmittags ließ Raji Miss Saigon nach Silver Lake fahren, um nachzusehen, ob Chilis alter Mercedes vor NTL Records stand. Sie rief an und sagte, sie hätte sich verfahren.

Dieser Observationsscheiß war echt nicht so einfach, wie es aussah.

Donnerstag abend war Elliot wieder an der Reihe: Er folgte dem Mann bis zu Elaines Haus, wendete und fuhr zu seinem Freund nach West Hollywood, sein ehemaliger Zellengenosse im Knast von Kulani, um dort zu übernachten. Andy hieß er und spielte gern das laszive Flittchen aus einem Film noir der vierziger Jahre. Wenn Elliot reinkam, sagte Andy beispielsweise: »Hallo, du Prachtkerl.« Oder er sagte: »Hallo, Fremder. Neu in der Stadt?« Oder: »Hallo, Seemann. Welcher Wind hat dich denn hergeblasen?« Manchmal war er auch gern Little Orphan Annie, weil er buschige rote Haare hatte, und Elliot mußte sich den Turban aufsetzen, den ihm Andy gemacht hatte, und Punjab spielen, die rechte Hand ihres reichen Daddys, der Annie verwöhnte. Elliot gefiel es am besten, wenn Andy sich nicht verstellte und beide sie selbst sein konnten. Andy choreographierte Musikvideos, arbeitete mit Backup-Sängern, und er half Elliot bei seiner Nummer für die Probeaufnahmen. Dabei stand er da, Elliot hinter ihm, und sagte: »Fünf, sechs, sieben, acht ...«, und Elliot ahmte seine Bewegungen nach. Mit der Idee für diese Nummer trug Elliot sich schon eine Weile herum – ohne daß er Raji gegenüber je auch nur ein Wort davon erwähnt hätte –, seit er als Roadie gearbeitet und für Konzerte aufgebaut hatte. Tja, jetzt wurde es auf jeden Fall ernst, oder jemand würde dran glauben müssen.

Freitag morgen stand Chili Palmers Wagen nicht in Elaines Auffahrt. Elliot fuhr zum Hotel, wartete eine Weile auf der anderen Straßenseite und rief dann an, ließ sich mit Mr. Palmer verbinden. Die Vermittlung sagte ihm, Mr. Palmer gehe nicht ran. Elliot fragte, ob er nicht gestört werden wolle. Die Vermittlung verneinte, er nehme einfach nicht ab. Elliot rief Raji an und sagte, der Mann sei offenbar verschwunden.

Raji rief Nick Car an, und als Robin sich meldete, fragte er, ob sie Linda Moons Tourneeplan für die erste Woche habe. Er sah Robin die Unberührbare, vor sich, wie sie an ihrem Schreibtisch saß und auch ein Headset trug, um nicht hinter Nick zurückzustehen. Hinter Nicky.

Sie sagte: »Sie haben im Toes gespielt. Sie haben im Foothill in San Diego, im Ice House in Palm Springs gespielt. Heute abend treten sie im Coach House in San Juan Capistrano auf, morgen abend ist das Belly Up in San Diego dran… Sonntag nachmittag das LaPlaya bei Del Mar; das ist ein Nacktbadestrand.«

»Willst du mitbekommen, mal checken, was da los ist?«

Robin sagte: »Weißt du, wie die Leute aussehen, die an Nacktbadestränden rumhängen?«

»Sag's mir.«

»Wie Leute, die lieber nicht an Nacktbadestränden rumhängen sollten.«

»Macht Chili Palmer die Tournee mit?«

»Hat man mir nicht gesagt.«

»Frag Nick für mich.«

Etwa eine Minute verstrich. Dann hörte er Nick sagen: »Sag ihm, wenn er Chili Palmer zu nahe kommt, sorge ich dafür, daß er entsetzliche Qualen erleiden und sein Leben lang nie wieder gehen können wird.«

Und dann Robins Stimme: »Nick meinte, ich soll dir sagen,

falls du in die Nähe von Chili Palmer kommst, läßt er dir die Beine brechen.«

»Warum hat er's nicht so gesagt?«

»Er liest viel, aber die falschen Bücher.«

»Sieh mal«, sagte Raji, »wenn ich ihm nicht zu nahe kommen darf, muß er da unten sein. Verstehst du, was ich meine?«

»Klar, Nick hätte sagen müssen: Nein, da ist er nicht. Also, fährst du hin?«

Raji schüttelte den Kopf. »Ich wollte nur wissen, ob er in der Stadt ist.«

Als er dem Mann sagte, es würden Blumen gebracht, hatte der geantwortet, er solle sie beim Empfang abgeben. Das war gestern gewesen. Vielleicht war dem Typen aufgefallen, daß er gar keine Blumen bekommen hatte, aber das war egal. Nun kam Raji auf die Idee, das mit den Blumen noch mal zu versuchen – und zwar nicht nur, um die Zimmernummer herauszukriegen, sondern auch, damit er ins Zimmer kommen und sich umsehen konnte. Er rief Miss Saigon an und sagte der kleinen Asiatin, sie solle sich bereithalten, er werde sie gleich abholen.

Sein Plan sah vor, daß sie an einem Blumenladen hielten und ein Gebinde für fünfzig Dollar aussuchten, das dem Filmproduzenten Mr. Chili Palmer gebracht werden sollte, der im Four Seasons wohnte. Raji sagte zu der Blumenfrau: »Es muß vor siebzehn Uhr abgegeben werden, wenn Mr. Palmer vom Studio zurückkehrt. Verstehen Sie? Damit er in sein Zimmer kommt, und da steht es schon.« Raji schärfte der Blumenfrau ein, der Zeitpunkt sei enorm wichtig. Er gab ihr einen Zehndollarschein für den Blumenboten sowie einen Zettel, den er den Leuten vom Hotel überreichen sollte, und auf dem stand: WICHTIG: MUSS VOR SIEBZEHN UHR IM ZIMMER SEIN! Ob die Blumenfrau das schaffen könne? Sie sagte, sie wisse nicht, was sie daran hindern sollte. Aber sie müsse sich allmählich ranhalten, schließlich sei es schon vier Uhr.

Um sechzehn Uhr dreißig setzte Raji Miss Saigon vor dem Hotel ab und schärfte ihr ein: »Bleib im Eingangsbereich, und schau ab und zu auf die Armbanduhr. Es sind garantiert Securityleute in der Nähe, kann man gar nicht übersehen. Beachte die gar nicht. Die werden dich nicht für 'ne Nutte oder so was halten, du siehst hübsch aus.« Das stimmte, sie trug ein weißes, nicht zu kurzes Kleid und hielt ihre Tasche mit beiden Händen, als wäre sie gerade von draußen reingekommen. Sie mußte nichts weiter tun als abwarten, bis der Blumenbote kam. Der gibt den Strauß den Leuten am Empfangstisch, die geben ihn dem Pagen, und dem folgt Miss Saigon in einigem Abstand, wohin er auch geht, und merkt sich die Nummer des Zimmers, das er betritt. Minh Linh fragte: »Was hast du davon, wenn du das Zimmer kennst?« Raji sagte, sie solle sich deswegen nicht ihr süßes Köpfchen zerbrechen.

Um fünf Uhr nachmittags parkte Raji auf der anderen Straßenseite. Die kleine Miss Saigon verließ das Hotel und stieg ins Auto.

»Zimmer zehn-zwölf. Ich verstehe immer noch nicht ...«

Raji zeigte ihr den Dietrich, den er Joe Loop abgenommen hatte. »So macht man das.«

Das Ding war nutzlos bei Türen, wo man eine Plastikkarte in den Schlitz schob und wartete, bis das grüne Licht aufleuchtete, doch in diesem Hotel verwendete man Schlüssel, und der Dietrich funktionierte, wenn man damit umgehen konnte. Man rastete mit dem Dietrich herum, bis man ein Klicken hörte, und dann machte man die Tür auf. So gelangte Raji in die Suite, und als er durch den Flur blickte, schaute er genau auf das fünfzig Dollar teure Blumengebinde, das auf einem runden Tisch neben den Balkontüren stand.

Er spähte zuerst in den Schrank direkt neben der Tür, sah ein paar dunkle Anzüge, einen Blazer, ein halbes Dutzend hellblaue identische Baumwollhemden, frisch gereinigte Klamotten in Plastikhülllen, Krawatten an einem Haken innen an der Tür, der

Safe stand offen, leer, ein Schuhlöffel mit langem Ledergriff, den Raji in seiner inneren Jackettasche verschwinden ließ.

Keine Zahnbürste, Rasierer, Aftershave – keiner dieser persönlichen Artikel im Bad. Raji nahm die kleinen Fläschchen mit Shampoo, Conditioner und Körperlotion, das Mini-Nähetui, den Schuhputzlappen sowie die Duschhaube und steckte alles in die Seitentaschen seines Jacketts.

Eine nicht mehr ganz volle Obstschale stand auf dem großen Fernsehgerät im Wohnzimmer. Raji genehmigte sich ein paar Weintrauben, ging dann ins Schlafzimmer und zog ein paar Schubladen auf. Der Mann trug solche knappen bunten Unterhosen, dunkle Strümpfe, mehrere T-Shirts, ein paar Taschentücher, keine unter den Klamotten versteckte Rolle Geldscheine. Die Minibar war abgeschlossen.

Zurück im Wohnzimmer zog er die federleichten Vorhänge auf, öffnete die Balkontür und trat hinaus ans Geländer. Als er zehn Stockwerke tief nach unten sah, entdeckte er eine gepflegte Gartenanlage mit Gehwegen. Eine stilvolle Absteige, wenn man unterwegs war oder Angst hatte, zu Hause zu nächtigen. Er ging wieder hinein, schloß und verriegelte die Balkontür und ging dann zum Schreibtisch.

Na so was, da lag ja der Zimmerschlüssel. Und am Telefon blinkte das rote Lämpchen. Raji drückte auf den Knopf, und eine Stimme, offenbar die einer netten weißen Lady, teilte ihm mit, er habe zwei noch nicht abgehörte Nachrichten. Weiter wies ihn die Stimme an, welche Taste er drücken sollte. Das tat er, und die Stimme fuhr fort: »Die erste Nachricht, zehn Uhr zwanzig.« Dann meldete sich eine andere Frauenstimme.

»Hi, hier ist Elaine. Hoffentlich hast du den Kaffee und den Zettel gefunden. Ich hab gestern abend vergessen, dir von meinem frühen Termin zu erzählen, und wollte dich nicht stören. Jetzt hat sich rausgestellt, daß ich mal eben nach Vancouver rauf muß. Alles weitere später.«

Die nette weiße Dame sagte, das sei das Ende der Nachricht. Er könne eine Taste drücken, um sie noch einmal zu hören, eine andere drücken, um sie zu speichern, oder wieder eine andere Taste drücken, um sie zu löschen. Raji löschte sie. Die nette weiße Dame sagte, es gebe noch eine zweite Nachricht, und nannte die dazugehördende Zeit, 14 Uhr 35. Es war wieder Elaines Stimme.

»Chil? Ich bin mit dem Flugzeug unterwegs nach Vancouver. Ich freue mich nicht darauf, einen Regisseur zu feuern, aber ich habe keine Wahl. Wenigstens bricht es mir nicht das Herz, Alexander Monet hat sich nämlich als Arschloch erster Güte entpuppt. Die Schauspieler haben die Nase voll, und die Muster sind Schlafmittel, daher... Wo bist du, Essen gegangen? Ich wollte dich unbedingt anrufen, bevor du heute abfährst. Ich habe versucht, Elliot Wilhelm zu erreichen, aber er ist nie zu Hause und hat keinen Anrufbeantworter. Würdest du ihn bitte anrufen, bevor er beschließt, mein Büro in Trümmer zu legen? Sag ihm, daß wir die Probeaufnahmen für kommenden Dienstag ansetzen. Er würde das ohnehin lieber von dir erfahren. Ich bin morgen oder Sonntag wieder da. Mit einer neuen Packung Zigaretten, Kleiner. Tschüs.«

Die Stimme der netten weißen Dame sagte Raji, worauf er drücken mußte, um das Ganze noch mal zu hören, was er tat, um sicherzugehen, daß er sich nicht verhört hatte.

Elliot bekam seine Probeaufnahmen.

Doch er wußte es noch nicht.

Oder er würde es nie erfahren.

Chili Palmer war schon weg, ohne seine Nachrichten zu kriegen, die nette weiße Dame hatte ja gesagt, beide seien noch nicht abgehört worden. Was bedeutete, daß Elliot die Nachricht auch nicht bekam. Keine Mitteilung über die Probeaufnahmen, wie sie es ihm versprochen hatten. Also konnten sie ihn mal. Elliot hatte gesagt, wenn sie ihn noch mal versetzten, würde er helfen, Chili Palmer zu erledigen. Oder nicht? Raji dachte: Du hast versprochen zu warten, es erst nach den Probeaufnahmen zu machen, und er hat gesagt, wenn sie wieder nicht anrufen… genau, er hat gesagt: »Dann helf ich dir.«

Die nette weiße Lady forderte ihn auf, die Drei zu drücken, wenn er die Nachricht löschen wollte.

Raji drückte die Drei.

Erledigt.

Beim Gehen nahm er den Zimmerschlüssel mit. Genau wie das Gebinde, das er im Wagen Miss Saigon mit den Worten gab: »Halt das mal für mich.«

Am Freitag morgen fand Chili Elaines Zettel in der Küche: »Habe das Haus um sieben Uhr früh verlassen, Besprechung um acht. Entscheide das Schicksal eines aufgeblasenen Regisseurs.« Abends hatte er ihr erzählt, daß er wahrscheinlich erst am Nachmittag zu der Tournee stoßen würde.

Doch jetzt dachte er: Warum so eilig? Fahr morgen runter. Lieber wollte er die Nacht hier mit Elaine verbringen als mit der Band in einem Motel. Er könnte sich den Tag freinehmen und gar nichts machen, versuchen, nicht einmal zu denken. Seiner Meinung nach kamen ihm einige seiner besten Ideen, wenn er nicht nachdachte. Hier sein, wenn Elaine nach Hause kam, und sie überraschen. Etwas trinken, essen gehen… Er war gern mit Elaine zusammen. Mit ihr zusammen war er immer er selbst. Er sah gern ihr Gesicht, ihre Miene, ihre Hände, ihre dunkelbraunen Augen, und er betrachtete sie gern, wenn sie nackt war: Eine so weiße Haut wie ihre hatte er noch nie gesehen. So ein großes Haus, aber kein Swimmingpool. Sie arbeitete, auf ihrem Schreibtisch lag immer ein Stapel Drehbücher.

Sie hatte ihn gefragte: »Wie soll der Film denn heißen, ›Schnappt Linda‹?«

Und er antwortete: »Oder ›Schnappt euch die Goldenen Schallplatten‹.« Doch dann sagte er: »Es muß nicht *schnappt* im

Titel vorkommen, er gehört nicht zu irgendeiner *Schnappt*-Trilogie.«

Elaine sagte: »Wie wär's mit ›Linda Moon‹ als Titel?»

Chili sagte: »›Shine on Linda Moon‹.«

Und Elaine: »›Linda Moon läßt die Sonne verblassen.‹«

»Das ist gar nicht übel.«

»Aber was ist, wenn der Film gar nicht von ihr handelt?«

»Von wem handelt er dann?«

»Es ist wie in *Die amerikanische Nacht*. Man nimmt, was man sieht... Entweder hat man eine Idee, mit der es funktioniert, oder nicht.«

Chili sagte: »Oder Scooter läßt sich ein Ende einfallen.«

Er glaubte immer noch, daß der Film von Linda handelte.

Gestern abend hatte Elaine gesagt: »Du stellst sie vor vollendete Tatsachen.«

Morgen nachmittag in dem Radiosender, wenn Linda zum erstenmal den Remix hörte, von dem sie nichts wußte. Woraus sich vielleicht eine Szene machen ließ.

Was war daran so schlimm?

Aber schob er das Treffen mit Linda auf die lange Bank? Wollte er ihr vielleicht nicht unter die Augen treten, solange sie nicht wußte, was ihr bevorstand? Oder lag es daran, daß er die Zeit lieber mit Elaine verbringen wollte?

Gegen sechzehn Uhr rief er in ihrem Büro an. Jane sagte: »Haben Sie denn ihre Nachricht nicht bekommen? Elaine bleibt vermutlich bis Sonntag in Vancouver.«

Es wurde spät. Der Verkehr war bestimmt mörderisch... Er würde hierbleiben und morgen fahren. Er mochte Elaines großes englisches Landhaus und fühlte sich hier allmählich ganz wie zu Hause.

24

Der Hotelangestellte im Hilton am Jimmy Durante Boulevard wies Chili den Weg nach hinten zu den Zimmern 168, 169 und 170. An dem dort abgestellten großen Kleinbus erkannte er, daß er sie gefunden hatte. Als er an die erste Tür klopfte, tat sich nichts, doch die nächste öffnete sich, und da stand Vita.

»Hey, der Manager. Wird auch Zeit, daß du hier anrückst. Komm doch rein.«

»Wie läuft die Tournee?«

»Wir finden ziemlich viel Beachtung, die Leute schwärmen richtig von Linda. Von denen kriegt sie viel mehr Zuneigung als hier, das kannst du mir glauben.«

»Was ist denn los?«

»Das Mädchen wird allmählich unausstehlich.«

»Linda?«

»Von wem reden wir denn hier? Klar, Linda.«

»Ist sie wegen irgendwie schlecht drauf?«

»Ruhm, Aufmerksamkeit; sie fährt total darauf ab.«

Chili hörte die Toilettenspülung und warf einen Blick ins Zimmer. »Ist sie da drin?«

»Ist sie nicht«, antwortete Vita, »wenn du's genau wissen willst. Sie wohnt nebenan, hundertachtundsechzig.«

»Ich hab geklopft, es hat sich nichts gerührt.«

»Verstehst du jetzt, was ich meine?«

»Bestimmt ist sie ausgegangen.«

»Sie ist da«, sagte Vita.

Speedy kam aus dem Klo, mit nacktem Oberkörper und gesenktem Kopf, versuchte gerade, seinen Gürtel zuzumachen, und sagte: »Scheiße«, weil er ihn nicht zubekam. Endlich, geschafft. Als er aufschaute, sah er Chili dastehen und sagte: »Mann!«, nicht nur überrascht, eher so, als hätte man ihn bei etwas Verbotenem ertappt. Er brauchte ein Weilchen, um sich zu fangen, bis er beide Daumen in den Gürtel hakte und zu Chili sagte: »Du hast es also endlich geschafft.«

Vita sagte: »Mein Beschützer.«

Speedy sagte: »Hey, vergiß es«, griff sich sein Tanktop von einem Stuhl. »Willst du frühstücken oder nicht?«

»Ich komme gleich nach«, antwortete Vita. Als Speedy weg war, wandte sie sich wieder an Chili. »Er ist es nicht gewöhnt, mit einer Farbigen gesehen zu werden. Damit meint er mich. Und vielleicht gewöhnt er sich auch nie dran.«

Chili sagte: »Ihr beiden seid … was?«

»Man erlebt so seine Überraschungen, nicht wahr? Gestern abend hat mich irgendein Besoffener vor dem Club angetatscht. Nichts Ernstes, aber der kleine Speedy kommt rüber und sagt zu ihm. ›Zieh Leine, Arschloch, sie ist mit mir hier.‹ Dann haben sich die beiden geschlagen … ich hatte Angst, der Besoffene würde Speedy umbringen, aber der hat nicht lockergelassen, bis der Typ genug hatte. Speedy hat sich 'ne blutige Nase geholt, darum hab ich ihn hier in sein Zimmer gebracht und einen kalten Waschlappen draufgelegt, und tja, was soll ich sagen, ich bin über Nacht geblieben. Er ist ein netter kleiner Kerl, wenn er nicht wütend ist, aber das ist er meistens.«

»Du hast die Nacht mit Speedy verbracht?«

»Was hab ich denn gerade gesagt?«

»Ich bin nur erstaunt, mehr nicht.«

»Anscheinend hab ich dem kleinen Kerl die Augen geöffnet. Plötzlich fragt er mich alles mögliche über die Farbigen, wie er uns nennt, als würden wir eine andere Sprache sprechen als er, hätten andere Sitten und Gebräuche. Ich sag dann: Schon, aber das ist regional unterschiedlich. Es gibt genauso viele verschiedene Schwarze, wie es verschiedene Weiße gibt. Einige stehen den Weißen näher als ihrer eigenen Rasse, und umgekehrt. Speedy hat keinen blassen Schimmer von Menschen.«

»Du hast also die Zimmerverteilung geändert?«

»Das war Lindas Werk, gestern nacht. Auf einmal braucht sie ein Zimmer für sich allein, damit sie lange schlafen und sich tagsüber ausruhen, sich auf ihren Auftritt vorbereiten kann, ohne daß ich die Glotze einschalte. Inzwischen singt sie nicht mehr nur, sie tritt auf. Ich bin bei Speedy eingezogen. Speedy tritt nicht so sehr auf, der drischt eher auf sein Schlagzeug ein. Und Dale ist bei Curtis untergekrochen. Dale macht einfach alles mit. Sag ihm, was du willst, und Dale sagt: ›In Ordnung.‹ Linda geht auch Curtis auf den Geist. Sie trägt ständig das T-Shirt, das sie von Steven bekommen hat, wo draufsteht ›Ich kann die Scheiß-Monitorbox nicht hören!‹ Verstehst du, Curtis hatte ein eigenes Zimmer und Linda nicht. Linda fängt an, Befehle zu erteilen.«

»Sie ist nebenan?«

Vita zeigte mit dem Daumen. »Gleich da drüben. Sieh mal nach, ob sie einen Stern an die Tür geklebt hat. Würde mich nicht wundern.«

Chili trat ins Freie, ging rüber zu Zimmer 168 und hämmerte so lange an die Tür, bis er hörte, wie Riegel und Kette entfernt wurden, Linda ihn aus schläfrigen Augen anblickte und dann lächelte, als sie sich an ihn schmiegte und er die Arme um sie legen mußte, während Linda sagte: »Du hast mir so gefehlt.«

Sie sagte: »Weißt du, was ich auf der Bühne manchmal denke, sogar beim Singen? Ich denke an verschiedene Dinge, aber in letzter Zeit, seit wir auf Tour sind, denke ich immer wieder: Warum bin ich hier? Warum glotzen mich all die vielen Menschen an und zucken rhythmisch mit den Köpfen? Und dann frage ich mich wieder, warum ich das denke.«

Sie saßen sich auf den beiden Betten gegenüber, Linda auf dem, in dem sie geschlafen hatte, und Chili auf dem unbenutzten Bett, das noch mit der Tagesdecke bezogen war und auf dem einige von Lindas Kleidern lagen. Durch eine Lücke zwischen den Gardinen, die nicht ganz zugezogen waren, fiel Tageslicht herein, ansonsten war es düster in dem Zimmer. In dem hereindringenden Licht sah man ihre blassen Gesichtszüge, die unschuldigen verschlafenen Augen, ein kleines Mädchen in einem weißen T-Shirt. Hin und wieder setzte sie sich gerade hin, warf die Haare aus dem Gesicht und fuhr sich mit den Fingern durch, ehe sie wieder in sich zusammensackte.

»Ich frage mich, ob ich dieses Bedürfnis aufzutreten deshalb verspüre, weil ich als Kind nicht genug Aufmerksamkeit bekommen habe, schließlich hatte ich zwei ältere Schwestern, obwohl ich wahrscheinlich doch genug abbekommen hab. Oder ob ich gegen das normale langweilige Leben rebelliere, das ich führe.« Sie schwieg. »Was soll ich zu dem Radiointerview anziehen?«

»Saubere Jeans«, sagte Chili, »und einen weiten Baumwollpulli.«

»Ich hab keinen weiten Baumwollpulli. Ich habe nur ein Häkeltop, bei dem man den Nabel sieht. Ich überlege dauernd, ob es sozusagen meine Bestimmung ist, vor anderen Leuten aufzutreten. Ich meine nicht, sie irgendwie zu unterhalten, sondern ihnen zu zeigen, wer ich bin.«

»Ich dachte, der Grund war, daß du Musik magst«, sagte Chili. »Du singst gern und spielst gern Gitarre.«

»Klar, aber warum hab *ich* dieses Talent? Mir kommt's so vor, als müßte ich das machen, als ob mich irgendwas dazu treibt.«

Chili frage: »Warum genügt es nicht, daß du's gern tust?«

»Sheryl Crow hat Missouri in einer alten Rostbeule verlassen, wollte nach L.A., um den Durchbruch als Sängerin zu schaffen. Als sie hier ankam, hat sie mitten im Stoßverkehr auf der 405 gesteckt und ist ausgeflippt: ›Was mache ich hier eigentlich?‹ So was geht mir durch den Kopf, und ich denke an irgendwelche dummen Sachen, zum Beispiel, ob ich mir ein Auto kaufen sollte. Was für eins? Das heißt, wenn ich endlich richtig Geld verdiene. Sheryl Crow denkt beim Singen auch an alles mögliche; zum Beispiel an eine Hose, die kürzer gemacht werden müßte. Ich frage mich, ob mich nicht jemand frisieren und schminken sollte. Sheryl war mal Backup-Sängerin für Michael Jackson und Stevie Wonder… Ich hab auch schon mal Backup gesungen, als Sample auf den Platten von ein paar Künstlern. Sheryl hat bestimmt zwanzig Jahre gebraucht, um dahin zu kommen, wo sie heute ist. Sie ist siebenunddreißig…«

»Du nicht«, unterbrach Chili. »Und du bist auch nicht Sheryl Crow. Du singst, weil es dir Spaß macht, und das sollte reichen.«

»Tut es aber nicht«, widersprach Linda. Sie sank zwischen den Betten auf die Knie, um Arme und Kopf in Chilis Schoß zu legen, und fuhr dann fort: »Ich schaff's bis ganz nach oben, Chil. Das weiß ich, und das macht mir höllisch angst.«

Er tätschelte ihre Schulter, strich ihr übers Haar, und einen Moment lang war sie still, lag da und bewegte sich nicht. Dann rührte sie sich, hob langsam den Kopf, hatte einen entrückten Gesichtsausdruck, als sie sich zwischen seine Beine zwängte, beide Hände über seine Brust gleiten ließ, bis sie seinen Nacken erreichten. Jetzt küßte sie ihn, klammerte sich an ihn, legte sich ins Zeug, und er machte mit, ließ es geschehen, daß sie ihren Mund über seine Wangen wandern ließ, und den Kopf an seine Schulter legte. Er hörte ihre Stimme, wie sie murmelte: »Ich will mit dir schlafen.«

Chili fuhr ihr mit den Händen über den Rücken, spürte ihren Körper unter dem dünnen T-Shirt und dachte: Nur ein Quickie. Mach's einfach. Wenn du sie zurückweist, ist sie gekränkt.

Da schoben sich Elaines Augen zwischen sie. Die Augen waren zwar geschlossen, aber da waren sie nun mal, Bilder von ihr tauchten in seinem Gesichtsfeld auf und verschwanden wieder, kamen, verschwanden wieder und waren weg.

In dieser Situation mußte er vermutlich bedenken, in was für einem Zustand Linda war, das arme Mädchen fühlte sich momentan ganz allein auf der Welt, und er wollte sie *auf keinen Fall* kränken. Er wollte sich aber auch nicht zum Idioten machen. Was sprach gegen einen Quickie?

Aber dann, verdammt, war Elaine wieder da, Elaine öffnete die Augen, sah ihn lasziv an, amüsiert, aber ernsthaft sagte sie: »Los, wir ziehen uns aus.«

Linda sah zu ihm hoch. Sie musterte ihn, als er schwieg, runzelte dann die Stirn. »Willst du nicht?«

Chili fragte: »Darf ich ehrlich zu dir sein?«

Sie nickte, die Stirn immer noch leicht gerunzelt.

»Ich glaube, es wäre absolut phantastisch. Aber ich weiß, daß ich hinterher Schwierigkeiten hätte, damit umzugehen. Ich glaube, damit sollten wir beide uns nicht belasten. Das würde das, was zwischen uns beiden als Geschäftspartner abläuft, nur unnötig komplizieren.«

»Ich bin mir ziemlich sicher, daß du nicht schwul bist«, sagte Linda, »es muß also an Elaine liegen.« Sie zuckte die Achseln. »Na schön.«

»Aber selbst wenn es nicht so wäre«, sagte Chili, »sollten wir beide nichts miteinander anfangen, nicht ausgerechnet jetzt.«

Linda stand auf, ging zu ihrer Kommode und zündete sich eine Zigarette an, ehe sie ihn wieder ansah. »Ich hatte einfach Lust, 'ne Nummer zu schieben, Chil. Ich fand, es war ein netter Moment.« Sie ging ins Bad.

Chili hörte das Wasser laufen. Er stand auf und ging zur offenen Badezimmertür hinüber. Er beobachtete sie eine Weile, wie sie am Waschbecken stand, Zahnbürste in einer, Zigarette in der anderen Hand. »Du rauchst beim Zähneputzen?«

Sie sah ihn im Spiegel an. »Wenn mir danach ist.«

»Eins will ich auf gar keinen Fall«, sagte Chili, »nämlich dich verletzen. Glaub mir.«

»Nicht so wichtig«, sagte Linda. »Um wieviel Uhr fahren wir zum Sender?«

»Hey, hier ist Ken Calvert am Mikrofon, und er bringt euch in den kommenden vierzig Minuten von Alish's Attic, ditch, Witch, Redd Kross... und natürlich, wie versprochen, unsere Studiogäste heute nachmittag, Linda Moon und ihre Band aus Odessa, Texas. Linda, Dale und Speedy – wie geht's euch denn so?«

Chili, mit dem Toningenieur im Kontrollraum, beobachtete sie durch die Trennscheibe: Calvert trug einen Kopfhörer und saß mit dem Gesicht zu ihnen; Dale und Speedy drehten Chili den Rücken zu; Linda saß rechts, am Ende des Tisches, so daß Chili sie im Profil sah, und Linda sagte, ihnen gehe es gut.

Ken: »Tja, das glaub ich gern... schließlich habt ihr neulich für Aerosmith eröffnet. Soviel ich weiß, tretet ihr heute abend im Belly Up auf. Und morgen seid ihr die Vorgruppe der Chili Reppers im LaPlaya? Das sind echt dicke Brocken für eine neue Band. Klingt ganz so, als stünde euer Durchbruch in die erste Liga bevor.«

Linda: »Also, wenn uns die erste Liga haben will – wir sind bereit.«

Ken: »Dale, der Bassist. Macht dir die Tournee Spaß?«

Dale: »Das kann man wohl sagen.«

Ken: »Und Speedy, der Drummer. Soviel ich weiß, hat eure Band als Odessa angefangen. Jetzt heißt sie Linda Moon. Warum dieser Namenswechsel?«

Speedy: »Frag sie.«

Linda: »Es ging nicht anders, Ken, weil eine andere Band schon länger den Namen *Odessa* benutzt hat. Also haben die Jungs und ich die Köpfe zusammengesteckt und entschieden, der Name klingt irgendwie ganz nett.«

Chili sah, wie Dale und Speedy, für die das völlig neu war, sich zu ihr umdrehten.

Linda: »Ich bin mit ziemlicher Sicherheit die einzige Linda Moon weit und breit, darum kann uns wohl kaum was passieren. Wenigstens hoffe ich das, Ken.«

Sie trug dick auf, und aus ihrer Stimme hörte man ein wenig mehr West-Texas heraus als sonst.

Ken: »Euren Sound hat man eine Mischung aus AC/DC und Patsy cline genannt. Was bedeutet das genau?«

Linda: »Das stammt von einem Musikkritiker, und uns hat's irgendwie gefallen. Ich gebe ja zu, daß die meisten unserer Songs einen leichten Country-Einschlag haben, außerdem fühlen wir uns einem knochentrockenen Rock-'n'-Roll-Groove verpflichtet. Hoffentlich gibt es da draußen genug Leute, die unsere Musik mögen, denn wir spielen sie unheimlich gern.«

Ken: »Tja, wir habe eure nagelneue Single ›Odessa‹ hier, und die legen wir jetzt gleich für alle unsere Zuhörer auf. Habt ihr sie schon mal übers Radio gehört?«

Linda: »Nein, Sir, das ist das erstemal.«

Ken: »Ich hab sie mir jetzt ein paarmal angehört. Wollt ihr wissen, was ich davon halte?«

Linda: »Nur, wenn sie dir gefällt.«

Ken: »Linda, ich krieg gar nicht genug davon. Und hier ist sie, Linda Moons neue Single ›Odessa‹.«

Chili beobachtete alles durch die Scheibe: Linda betrachtete ihre Hände, die sie vor sich auf dem Tisch gefaltet hatte. Ken Calvert nickte rhythmisch mit dem Kopf, als Lindas Leadgitarre ertönte. Und jetzt ihre Stimme:

Ten years is a long time
Ten years is the blink of an eye

Und Linda hob den Kopf.

Three chords and a million miles
With a dream that just won't die

Im Hintergrund ertönten leise die irischen Trommeln, und Speedy richtete sich kerzengerade auf, schaute Linda an.

I remember the oil rigs churnin'
Saw the world from a back porch swing
By the light of the gas fires burnin'
Daddy'd say you ought to hear my little girl sing

Die Trommeln wummerten über dem Refrain, und auch Linda hatte sich aufgerichtet, saß jetzt stocksteif da. Dale zog die Schultern hoch und drehte sich zu Speedy um. Der rhythmisch nickende Ken Calver sah Linda an, die zuhörte, wie ihre eigene Stimme sie im Refrain begleitete.

Odessa
Underneath the Texas sky
Odesssa
Do you hear me when I cry?

Im Hintergrund akzentuierten leise Blechblasinstrumente die Stimmung.

Playin' to the radio hour by hour
Guitar too big and hands too small
Spend a whole summer pickin' Wildwood Flower
Mother Maybelle, she was ten feet tall

Linda drehte sich zu Ken Calvert um, als der ihr etwas sagte, dabei nickte, fragend die Augenbrauen hochzog. Sie wandte sich zu Chili um, und der machte es Ken nach, nickte und zog fragend die Augenbrauen hoch. Linda starrte ihn ausdruckslos an, und er bemühte sich, ihrem Blick standzuhalten, zuckte mit dem Kopf wie Ken Calvert.

Kids in school used to whisper out loud
Do you see that girl over there?
Poor little fool's got her head in the cloud
Yeah, she thinks she's goin' somewhere

Mit den ersten Takten des Refrains wurde die Musik lauter, und Speedy sagte etwas zu Linda. Dann sah er Chili mit seinem finstersten Mörderblick in die Augen. Als Linda ihn anstieß, drehte Speedy sich wieder um.

I don't care about fame and fortune
Camera in your eye and a dollar in the bank
I want to go runnin' through the fields
Drinkin' hot water from a railway tank

Chili sah, wie Speedy Dale anstieß, der sich auf den Tisch stützte. Dale warf ihm einen kurzen Blick zu. Linda beobachtete Ken Calver, der im Rhythmus der Musik mit dem Kopf ruckte.

Hotel rooms and smoke-filled bars
No this ain't no back porch swing
I want to go home but I've come too far
Daddy, you oughta hear your little girl sing

Zum Refrain wummerte die Trommel wieder ihre Countryklage.

Odessa
Underneath the Texas sky
Odessa

Und verstummte, als Lindas melancholische Stimme endete:

Do you hear me when I cry?

Den Schluß bildeten die Gitarrenakkorde, mit denen der Song begonnen hatte, und dann Stille.

Ken: »Wow. Ein wirklich bewegendes Stück. Es handelt davon, daß man nicht wieder nach Hause zurückkann.«

Linda: »Jedenfalls nicht für lange.«

Ken: »Diese Anspielung auf Maybelle ... das ist doch die Mutter der berühmten Carter-Familie, oder? Deren Tochter June Carter mit Johnny Cash verheiratet ist?«

Linda: »Das stimmt, Ken. Am Anfang hab ich soviel von Maybelle übernommen, wie ich konnte. Das war eine ganze Weile bevor mein Daddy allen Leuten erzählt hat, sie sollten sein Töchterchen mal singen hören.«

Ken: »Heute hast du deinen eigenen Stil gefunden. Ich weiß aber nicht recht, ob ich ihn knochentrocken nennen würde. Ein recht spannender Sound, mal was anderes. Mir war, als hätte ich da irgendwo einen Dudelsack gehört.«

Linda: »Alles außer pakistanischem Sprechgesang, Ken. Manchmal vergesse ich, daß noch ein Arrangeur hinter uns steht, der den Sound aufpeppt.«

Ken: »Na, auf jeden Fall funktioniert's.«

Linda: »Sheryl Crow hat einmal gesagt, eine Schallplatte sei wie ›ein Schnappschuß von einem selbst, wie man war, als man sie aufgenommen hat‹. Wenn wir das nächstemal ›Odessa‹ spielen, könnte der Song ganz anders klingen.«

Ken: »Ganz gleich, wie ihr ihn spielt, Linda, meiner Meinung nach habt ihr einen Hit.« Seinen Zuhörern sagte er: »Heute abend tritt Linda Moon live in The Belly Up auf. Eins könnt ihr mir glauben, Linda sollte man sich ansehen, auch wenn sie keinen Ton singt. Diese junge Dame braucht sich nicht zu verstecken.«

Chili verließ den Radiosender erst etwas später. Der Toningenieur, ein junger Bursche, wollte ihm unbedingt erzählen, wie gut ihm *Schnappt Leo* gefallen habe, und daher unterhielten sie sich noch ein Weilchen darüber. Als Chili schließlich nach draußen kam, war der Tourbus weg.

Vor den Motelzimmern traf er auf Vita.

»Sie sind in die Cocktailbar gegangen, um über deinen Verrat zu diskutieren. Speedy droht damit, dich mit seinen Trommelstöcken totzuschlagen.«

»Hast du's gehört?«

»Ja, und es ist echt heavy. Ich bin total begeistert.«

»Was hat Linda gesagt?«

»Zu mir ... kein Wort. Ich hab ihr Kontra gegeben, weil sie ein eigenes Zimmer haben wollte, deshalb redet sie nicht mehr mit mir. Speedy sagt, sein Schlagzeug ist auf der ganzen Scheißscheibe nicht zu hören, darum macht er Schluß und will heute abend nicht auftreten. Ich hab Dale gefrag, was er davon hält. Es gefällt ihm ganz gut, aber er meint, es ist nicht von ihm. Er sagte: ›Ich hab noch nie Dudelsack gespielt.‹ Ist da ein Dudelsack drauf?«

»Frag Curtis«, schlug Chili vor. »Wo ist er?«

»Versteckt sich, bis sie zum Soundcheck dran sind. Ich hab zu Linda gesagt: ›Du wirst doch mit Chili reden, oder?‹ Sie meinte, wenn sie wiederkommt. Ich hab noch ihren Zimmerschlüssel, wenn du drinnen warten willst.«

»Was glaubst du, was sie sagen wird?«

»Wir haben's hier mit einer ganz neuen Linda zu tun«, sagte Vita. »Ich weiß es also echt nicht. Hast du gemerkt, wie sie sich bei dem Discjockey eingeschleimt hat? ›Ja, Sir‹, ›Das stimmt, Ken?‹ Wie sie einen auf nettes kleines Mädchen vom Lande gemacht hat?«

»Hab ich gemerkt.«

»Linda zieht alle Register, wenn sie will, sie tut, was nötig ist.«

»Solange man nicht an ihrer Musik rummacht. Sie hat schon

mal einen Vertrag platzen lassen, ihnen ihr Geld nicht zurückgegeben.«

Vita sagte: »Oder hat sie's zurückgegeben, weil es nicht genug war?«

Das Zimmermädchen war da gewesen, und die Vorhänge waren jetzt aufgezogen. Chili saß am runden Tisch neben dem Fenster im Sonnenschein, saß dort fast eine halbe Stunde, ehe Linda reinkam, eine Zigarette in der Hand. Eben erst angezündet. Sie sah ihn nicht an. Sie ging zum Nachttisch, ließ den Schlüssel fallen und betrachtete sich kurz im Spiegel. Chili beobachtete sie. Er hatte vor, gleich zur Sache zu kommen, was er auch tat.

»Was hältst du davon?«

Sie drehte sich zu ihm um, immer noch die Sonnenbrille auf der Nase.

»Mir hat's gefallen.«

»Echt?«

»Ich fand es phantastisch.«

»Du willst mich wirklich nicht verarschen?«

»Hast du gehört, was Calvert gesagt hat, es wäre spannend, mal was anderes? Das stimmt. Dale will wissen, ob wir jetzt einen Synthesizer mit auf die Bühne schleppen. Speedy hat gefragt, ob wir in Zukunft nur noch auf Beerdigungen spielen. Unter den Bandmitgliedern herrscht ziemliche Unruhe. Aber so, wie ich es sehe, ist das ihr Problem. Speedy jammert gern. ›Ich konnte mich gar nicht hören.‹ Dann besorg dir noch ein paar Trommeln, hab ich zu ihm gesagt. Er spielt heute abend, und morgen spielt er auch, um die nackten Mädels zu sehen. Die Chili Peppers werden sich vermutlich richtig heimisch fühlen. Ich hab Dale und Speedy gesagt, wir ziehen diese Gigs durch. Danach ist es ihre Sache, ob sie weitermachen oder aussteigen wollen, die Welt ist voller Musiker. Ich singe, wie ich will, und nehme mir dazu die Leute, die gerade angesagt sind, damit ein bißchen Fleisch auf die Rippen kommt. Wenn nötig, werd ich Rock über Hiphop packen. Warum nicht? Man muß am Ball bleiben, richtig? Nein … man muß es besser machen und darf sich dem Fortschritt nicht verschließen. Mutter Maybelle ist tot und begraben, und jetzt bin ich dran, und weißt du was? Ich freu mich drauf. Ich hab's gespürt, als wir im Forum aufgetreten sind, wie uns das Publikum gemocht und nach mehr geschrien hat. O Mann, aber dann kamen Aerosmith, und die Leute sind total abgedreht, und da hab ich beschlossen, das will ich auch. Schön, was macht man also? Man schließt Kompromisse. Das hab ich kapiert, als ich gesehen habe, wie Ken Calvert mit dem Kopf gezuckt hat, dieser Typ, der bestimmt, was die Leute im Radio hören. Ihm hat's gefallen. Es hat ihn berührt. Und mir ist klargeworden, Scheiße, mir hat's auch gefallen. Was soll's also?«

Linda rauchte ihre Zigarette, blies Rauch in die Luft, ging auf und ab, redete ununterbrochen.

»Ich werde einen Suchtrupp nach Curtis ausschicken. Ihm sagen, er soll bei NTL aufhören und als mein Produzent arbeiten. Mit ›Church of the Falling Rain‹ anfangen und sich die komplette CD vornehmen, die ganze Chose remastern. Dudelsäcke, Zithern, Tubas mit reinmischen, was er will. Curtis wird meine Geheimwaffe.

Chili sagte: »Moment mal«, das ergab keinen Sinn. »Warum soll er bei NTL aufhören?«

»Weil ich das auch tue. Weil wir beide miteinander fertig sind.«

»Du hast eben erst gesagt, dir gefällt, was da abgeht.«

»Mir gefällt die Musik. Nicht, wie du sie mir untergejubelt hast. So, daß du dabei zusehen konntest, weil du erwartet hast, daß ich im Studio einen Wutanfall kriege, eine Szene mache, die du in deinen Film einbauen könntest. Wie die Sängerin total durchdreht. So was soll bei uns ja vorkommen, wir sind hypersensible Menschen.«

»Das sieht dir nicht ähnlich.«

»Woher weißt du das? Du hättest mir den Song vorspielen können, nur für uns beide. Ich höre zu... Warum hast du's nicht getan?«

»Stimmt, das hätte ich machen sollen.«

»Aber da wäre keine große Szene bei rausgekommen, nicht wahr? Nein, lieber im Sender. Ich kriege einen Anfall und werfe mit irgendwas nach dir, durch die große Trennscheibe. Das müßte klappen.«

»Linda, ich hatte keine Ahnung, wie du reagieren würdest.«

»Tut mir echt leid, wenn ich dich enttäuscht habe. Du kannst es ja immer noch so abdrehen, wie du willst, auch wenn es dann nicht echt ist. Du redest dauernd vom Realismus – und am Ende hast du nichts weiter als irgendeinen Film. Einen, den du mit deiner Busenfreundin Elaine ausgetüftelt hast, deiner Alten. Und sie ist *wirklich* alt, oder nicht?«

»Wir sind gleich alt.«

»Tja, gut, wenn du auf so was stehst, schön.«

War sie sauer, weil er sie abgewiesen hatte? Und ließ es nun an Elaine aus? Das ging Chili durch den Kopf. Er fand, er sollte sie ein wenig aufklären, auf nette Art.

»Linda, du wirst noch merken, daß wenn du die Vierzig oder sogar die Fünfzig hinter dir gelassen hast, ist Sex besser als in jungen Jahren, befriedigender. Und weißt du, warum? Weil man ihn mehr zu schätzen weiß.«

»Heißt das, daß du haufenweise alte Frauen vögelst?«

»Red nicht so – du weißt, was ich meine.«

»Ich weiß, daß du bei mir hättest landen können, aber du hast es versiebt.«

Chili nickte resigniert. Er wollte sie nicht anschreien. Statt dessen sagte er: »Der Augenblick war da. Ich wollte schon, aber ich konnte nicht einfach nur... eine Nummer schieben. Klar? Dafür respektiere ich dich zu sehr.«

Sie sagte: »Oh, Mann, also echt«, und verdrehte die Augen.

»Und ich mußte an Elaine denken, ich geb's zu. Das kannst du mir glauben oder auch nicht, scheißegal. Aber hör mal, du solltest bei NTL bleiben. Tu, was du willst, ich werde den Film machen.«

»Und wie soll ich gespielt werden, als Miststück?«

»Vielleicht ab und zu. So, wie ich das sehe, steckst du gerade in einer Übergangsphase, von der idealistischen jungen Frau über die selbstquälerische Künstlerin – der ganze Quatsch von wegen ›warum ich, was tue ich hier‹ – bis schließlich zum Profi, der genau weiß, was er will, und es auch durchsetzt.« Chili stand auf und ging zu ihr hinüber. Er sagte: »Du bist ein echt harter Brocken, Linda«, nahm sie vorsichtig in die Arme und drückte sie an sich, »und das meine ich als Kompliment. Ich will nur das Beste für dich und helfe dir dabei, so gut ich kann.«

Er spürte, wie sie ihre Hände um seinen Rücken schlang, hörte ihre Stimme, die jetzt leise sagte: »Du hast da eine echt miese Tour abgezogen.«

»Tut mir leid, Linda, ehrlich.«

Er hörte sie seufzen.

»Chil, wenn ich bei NTL bleibe...«

»Ja...«

»Wieviel kriege ich dann für das Album?«

25

Elaine rief aus Vancouver Jane an, um herauszufinden, ob Chili sich gemeldet hatte. Jane verneinte, sie habe nichts von ihm gehört. Elaine sagte, sieh zu, daß du ihn findest. Jane rief im Four Seasons an, vergeblich, und dann bei NTL Records. Laut Hy Gordon war Chili in San Diego, er werde ihn finden und ihn bitten, Jane anzurufen. Zu Hause, sagte Jane, und gab ihm die Nummer. Hy gab sie an Tiffany weiter. Die rief Vita im Hilton an, und zwar in Del Mar, nicht in San Diego, und bat sie, diese Nummer an Chili weiterzugeben, damit der Jane zu Hause anrufen konnte. Vita erwischte ihn, als er gerade aus 169 kam, dicht gefolgt von Linda – die ihm den Rücken kratzte? *Irgendwas* machte sie jedenfalls gerade. Vita gab Chili die Nachricht und die Telefonnummer. Linda fragte ihn, ob Jane eine seiner Freundinnen sei. Chili erzählte ihr, wer Jane war, worauf Linda ins Zimmer ging, um ihm ihr Handy zu holen. Vita fragte Chili, ob er kein eigenes hätte. Chili antwortete, nein, er könnte es nicht leiden, wenn ihn Leute anriefen, mit denen er nicht reden wollte.

Raji rief Nick Car zu Hause an, holte ihn vom Tennisplatz, um zu fragen, was Lindas Platte mache.

Nick sagte: »Ich bin mitten in einem Spiel mit dem PR-Chef von Maverick Records, Herrgott noch mal. Ich mach ihn gerade fertig, zum erstenmal, seit wir gegeneinander spielen. Ich liege fünf zu vier vorn, führe vierzig-dreißig, stehe also kurz vor dem Satzgewinn. Jeden Moment hab ich ihn im Sack, und da willst du wissen, was irgendeine CD macht! Ich hab gedacht, es wäre jemand Wichtiges.«

»Wenn sich meine Zukunft wie geplant entwickelt«, sagte Raji, »dann bin ich wichtig und brauch mir von dir keinen Scheiß mehr anzuhören.«

»Sie ist seit zwei Tagen hier an der Westküste auf dem Markt, L.A., um San Francisco herum, heute auch in San Diego, und kommt besser an als erwartet. Wenn wir sie landesweit vermarkten, kommt sie in die Charts, mein Wort drauf, und du machst eine schöne Stange Geld.«

»Du bist ein Goldstück«, sagte Raji.

Dann rief Raji Hy Gordon an und sagte, Nick suche Chili Palmer, und ob Hy vielleicht wisse, wo der Typ stecke. Hy antwortete, Vita habe Tiffany erzählt, er sei in Del Mar im Hilton, wolle aber aufbrechen, sobald die Band zu ihrem Soundcheck müsse. Sag Nick, er müßte gegen neun wieder in L.A. sein. Tausend Dank, sagte Raji.

Als nächstes rief er Elliot an. »Weißt du, wo der Kerl war, dieser Chili Palmer? Hat unten in Del Mal beim Pferderennen gewettet. Was interessieren den du und deine Karriere, die dir so am Herzen liegt. Bestimmt würdest du ihn gern treffen, sobald er zurückkommt, hm?« Das bestätigte Elliot. Und Raji sagte: »Halt dich bereit, um acht Uhr hole ich dich ab. Und, Elliot? Zieh den Anzug an.«

»Erledigt«, sagte Elaine. »Ich hab ihn gefeuert.«

»Deswegen mußtest du da rauffliegen? Hättest du das nicht telefonisch machen können? Ich hatte keine Ahnung, wo du warst.«

»Morgen erzähl ich dir alles. Ich muß wieder in die Besprechung.«

»Elaine, der Discjockey hat die Platte gespielt.«

»Und...?«

»Sie ist begeistert.«

»Das gibt's doch nicht.«

»Ehrlich, sie findet das Arrangement toll. Ich weiß aber nicht, ob eine Filmszene dabei rausspringt. Vielleicht muß man noch ein bißchen daran feilen.«

»Du hast doch gesagt, du wußtest nicht, wo ich war? Ich hab dir gestern zwei Nachrichten im Hotel hinterlassen.«

»Ich bin seit Donnerstag nicht mehr da gewesen.«

»Du hast also nicht Elliot angerufen.«

»Ich wußte nicht, daß ich das tun sollte.«

»Ich hatte es eilig, hab's vergessen. Machst du das? Sag ihm, ich verspreche, daß wir die Probeaufnahmen nächste Woche machen, den Termin kann er sich aussuchen.«

»Ich rede mit ihm«, sagte Chili, »sobald ich zurückkomme.«

Raji wußte, daß die unterschiedlichsten Leute ins Four Seasons kamen. Manche Schauspieler, Musiker und Sänger erkannte man, andere nicht. Man sah Typen in schäbigen Lederjacken, Tasche über der Schulter, die einem zu verstehen geben wollten, daß sie Regisseure oder sonst irgendwie künstlerisch tätig waren. Man sah Typen aus Cabrios steigen, neben sich langbeinige Miezen in superkurzen Röcken. Man sah eine ganze arabische Sippe aus einer extralangen Limousine steigen. Man sah Managertypen in Anzügen; einige mit besagten langbeinigen Miezen, ein paar andere mit ihren Frauen. Wer sollte sich also groß Gedanken über einen riesigen Samoaner, machen, der ins Foyer spaziert kam? Selbst wenn sie sagten: Mann, guck dir mal diesen riesigen Samoaner an, würden sie kaum auf dessen Begleiter achten – so elegant Raji auch war in seinem schwarzen Seidenanzug, der Kangol-Kappe mit dem Schirm nach vorn auf dem Kopf und den schicken cremefarbenen Luchese-Schuhen.

Ein Page stieg zu ihnen in den Fahrstuhl. Er sagte: »Welches Stockwerk?« Raji sagte zehn und zog den Schlüssel heraus, den Chili Palmer auf dem Schreibtisch liegengelassen hatte, er übertrieb es nicht, achtete aber darauf, daß der Page den Schlüssel sah und dachte, sie wären Gäste. Am liebsten hätte Raji gesagt: Wir gehen zuerst in dein Zimmer und dann in meins. Damit der Page nicht dachte, sie würden sich ein Zimmer teilen. Doch der stieg im sechsten aus, und Raji blieb keine Zeit, ihn aufzuklären.

Sie betraten geräuschlos die Suite, die für die Rückkehr des Kerls vorbereitet war: eine frische Schale mit Obst, Blumen, das breite Bett aufgeschlagen, und auf dem Kissen lag ein in Goldpapier gewickeltes Bonbon; im Radio spielte irgendwelche Hintergrundmusik. Raji beobachtete, wie Elliot sich umsah, zweifellos beeindruckt, wie er die Vorhänge mit den daran befestigten Stöckchen zurückschob, die Balkontür aufmachte, hinausging und dann dastand, um nach West Hollywood und noch weiter zu blicken, wo in den Hügeln gerade die Lichter angingen. Als

Elliot zurückkam, hatte Raji in beiden Zimmern die Lampen ausgeknipst, und Elliot fragte: »Warum sehen wir nicht ein bißchen fern?«

Raji sah ihn in dem Licht, das aus dem Bad fiel. »Glaubst du, ich beantworte blöde Fragen?«

Elliot sagte: »Der kommt auf jeden Fall rein, ob die Glotze an ist oder nicht, stimmt's?«

Raji schaltete das Badezimmerlicht aus, kam zurück und setzte sich so hin, daß er den Flur im Blick hatte. Elliot nahm auf dem Sofa gegenüber vom Fernseher Platz.

Er sagte: »Weißt du schon, wie du's machen willst?«

»So, daß es dir gefallen würde«, sagte Raji.

»So, wie du Joe Loop umgelegt hast?«

»Wart's ab.«

Chili mußte am Empfang haltmachen, um sich einen Schlüssel zu holen.

In der Suite knipste er die erste Lampe an, zu der er kam, die auf der Fernsehtruhe, und blieb stehen, um dort den Schlüssel abzulegen, seine Brieftasche, Zigarren und Sonnenbrille. Als er das Jackett ausziehen wollte, sagte jemand:

»Chili Palmer.«

Er drehte sich um und sah zuerst Raji, eine Pistole im Schoß, dann Elliot auf dem Sofa. Er legte das Jackett über einen Stuhl und sagte: »Pat und Patachon, was kann ich für euch tun?«

»Ich möchte, daß du dich an etwas erinnerst«, antwortete Raji. »Was du mir mehrmals gesagt hast. Du behauptest beispielsweise, daß Linda nicht mehr für mich arbeitet. Sagst du mir das einfach ins Gesicht. Ich frag dich freundlich, wer bist du eigentlich, verdammt noch mal? Und du antwortest mir, du bist ihr neuer Manager. Du gehst mich frontal an, dabei kenn ich dich nicht mal. Beim nächstenmal fragst du Nick, wo Joe Loop ist. Wüßtest du gern, was aus ihm geworden ist?«

»Ich glaube, du hast ihn umgelegt«, sagte Chili und sah Elliot an. »Oder er war's. Mich überrascht, daß das nicht schon früher passiert ist, nach allem, was ich über Joe gehört habe.«

Raji sagte: »Hast du mal mit diesem Wichser gegessen? Ich war's. Man mußte ihn entweder totschlagen oder abknallen, und ich hab ihn abgeknallt. Aber du hast nicht *mich* gefragt, sondern Nick, und Nick hat von diesem Geschäft null Ahnung. Bei derselben Gelegenheit in seinem Büro sagst du, nicht mir, du sagst zu ihm: ›*Du* vertrittst Linda nicht mehr.‹ Das hat er *nie* getan. Ich war immer ihr Manager und bin's heute noch.«

»Was soll ich deiner Ansicht nach tun«, sagte Chili, »mich entschuldigen?«

»Ich will, daß du auf den Balkon gehst«, sagte Raji und hob die Pistole, die für Chili wie eine neuner Beretta aussah.

»Ist das die Kanone, mit der Joe Loop den Russen erledigt hat?«

»Es ist die, mit der ich dich abknalle, wenn du nicht da rausgehst.«

»Was macht das für einen Unterschied, ob du's hier oder draußen tust? Um den Teppich mußt du dir keine Sorgen machen.«

»Nein, wir werden folgendes tun«, sagte Raji, »wir sehen dir dabei zu, wie du Selbstmord begehst. Du setzt deinem Leben ein Ende, weil du nichts Besseres auf die Leinwand bringen kannst als deinen üblichen Schrott. Erschossen wirst du nur, wenn du nicht über das Balkongeländer hopst. Wenn ich abdrücke, bist du tot. Wenn du springst, hast du eine Chance weiterzuleben… bis du unten aufschlägst.«

»Wenn ich die Wahl habe«, fragte Chili, »darf ich's mir dann überlegen?«

Raji sagte: »Scheiß drauf. Elliot, heb den Mann hoch, und trag ihn raus.«

Als Elliot aufstand und zu Chili ging, sagte der zu Elliot: »Das war's dann mit deinen Probeaufnahmen.«

Elliot nahm ihn am Arm. »Genau, sie hat versprochen anzurufen. Was sie nicht getan hat.«

Chili sagte: »Elliot, sie mußte geschäftlich verreisen«, und verlieh seiner Stimme eine gewisse Dringlichkeit. »Darum hat sie nicht angerufen. Sie hat *mir* die Nachricht hinterlassen, ich sollte dich anrufen, aber ich war nicht hier. Geh rüber zum Telefon und drück auf die Nachrichtentaste. Dann hörst du, wie Elaine mich bittet, dich anzurufen.«

Raji, der inzwischen aufgestanden war, sagte: »Elliot, bring den Mann zum Schweigen«, begab sich zum Schreibtisch und schüttelte den Kopf. »Die rote Lampe leuchtet nicht.«

»Wenn Elaine mir sagt, sie hat eine Nachricht hinterlassen«, erwiderte Chili, »dann hat sie mir eine Nachricht hinterlassen. Nimm den Hörer ab, und drück auf die Nachrichtentaste.«

Das tat Raji, drückte und lauschte, dann hielt er Elliot den Hörer hin. »›Keine Nachrichten‹, sagt die Stimme der netten weißen Lady. Zur Zeit keine Nachrichten. Würdest du bitte den Mann nach draußen begleiten, Elliot, und ihn von dem Scheißbalkon schmeißen? Eine deiner Lieblingsbeschäftigungen?«

Elliot nahm Chili in den Schwitzkasten, und damit war die Sache erledigt, er schleppte ihn raus auf den Balkon, stieß ihn gegen das Geländer und ließ ihn los. Chili richtete sich auf, bewegte den Kopf von einer Seite auf die andere. »Du hast mir fast den Hals gebrochen.«

»Das kann er«, sagte Raji und betrat ebenfalls den Balkon. »Er bricht ihn und schmeißt dich übers Geländer. Oder du bist ein Mann und machst es selber. Kletter aufs Geländer und spring.«

Chili sah zu Elliot hoch. »Ich hab noch vor ein paar Stunden mit Elaine gesprochen. Sie sagt, sie hat hier angerufen und eine Nachricht hinterlassen. Ich sollte dich anrufen, weil sie in aller Eile nach Vancouver fliegen und diesen Arsch Alexander Monet entlassen mußte. Sie war geknickt, großes Ehrenwort. Sie hat gesagt: ›Ruf Elliot für mich an. Sag ihm, er kann die Probeaufnahmen nächste Woche machen, den Termin kann er sich aussuchen…‹«

»Das hat sie gesagt?«

Raji ließ nicht locker: »Elliot, der Mann lügt, der erzählt dir irgendein Märchen, um sein beschissenes Leben zu retten. So wie du, wie ich, wie es jeder machen würde.«

»Wenn keine Nachricht drauf ist«, sagte Chili, »hat sie jemand gelöscht. Oder sie wurde gespeichert. Wie auch immer, zu diesem Zweck war jemand in diesem Zimmer, der hier nicht hätte sein dürfen.«

Elliot sah Raji an. »Du warst hier. So hast du den Schlüssel bekommen.«

»Das hab ich dir doch gesagt. Aber es gab keine Nachrichten.«

»Woher weißt du das, hast du's überprüft?«

»Das Lämpchen hat nicht geleuchtet, das Nachrichten anzeigt. Guck dir doch das Telefon an. Siehst du da ein blinkendes Lämpchen?«

Elliot drehte sich um und ging zum Schreibtisch.

Chili sah ihm nach. »Nimm den Hörer ab, und drück auf die Nachrichtentaste. Find raus, ob welche gespeichert wurden.«

»Nichts ist gespeichert«, sagte Raji, der nahe genug bei Chili stand, daß er ihm die Mündung der Beretta gegen den Körper pressen konnte. »Deinen Arsch rettet nichts mehr. Spring vom Geländer, Mann, oder laß dich hier abknallen, mir egal.« Genau wie Chili wandte er den Kopf und sah, wie Elliot dastand, den Hörer am Ohr. Sie sahen zu, wie er auflegte und zurückkam; Raji sagte: »Ich hab's dir doch gesagt, richtig? Die Frau sagt: keine Nachrichten.«

Elliot schüttelte den Kopf. »Sie hat gesagt, man soll eine Taste drücken.«

»Ja, die erzählen irgendeinen Tastenscheiß, statt einem zu sagen, was man wissen will. Dann erfährt man, daß es gar keine Nachrichten gibt.«

»Ich hab auf die Taste gedrückt«, sagte Elliot, »und Elaines Stimme gehört.«

Chili sah, wie Raji ruckhaft den Kopf hin und her bewegte, Raji rief: *»Nein!«* Es war ihm ernst, er sagte zu Elliot: »Unmöglich, Mann. Da ist keine beschissene Nachricht drauf, die du hören könntest. Nicht eine, kein einziges Wort.« Er wirbelte herum, um Chili durch seine Sonnenbrille direkt in die Augen zu sehen. »Du weißt *genau*, daß da keine Nachricht drauf ist.«

»Ja, aber er hat sie gehört«, sagte Chili und sah Elliot an, der jetzt direkt vor ihnen stand. »Was hat sie gesagt?«

Raji schüttelte wieder den Kopf, sagte: »Von wegen, Mann, das ist völlig ausgeschlossen.« Und weiter: »Die Nachricht muß ich hören.« Er wandte sich von Chili ab, um hineinzugehen, doch plötzlich stand Elliot vor ihm. Raji sagte: »Laß mich da rein, du beschissener Spitzentänzer, geh mir aus dem Weg«, und schon wurde er in die Luft gehoben, hatte Elliots große Hände unter den Armen, Raji wand sich, verdrehte die Schultern und brüllte Elliot an: »Laß den Scheiß, Mann! Laß mich runter!«

Statt dessen, und Chili stand daneben und sah zu, hob Elliot Raji zu sich hoch, küßte ihn voll auf den Mund, sagte: »Und tschüs, Raj«, und warf ihn hinaus in die Nacht.

Dann sagte Elliot: »So schreien sie immer.«

Sonntag nachmittag bei Elaine, mit gekühlten Drinks auf der Terrasse, sie ließen sich die Sonne auf die Haut brennen:

»Ich hab den Empfangschef angerufen, damit die sich drum kümmern.«

»Was hast du ihm gesagt?«

»Jemand ist vom Balkon gestürzt. Sie haben die Cops gerufen, ich hab Darryl angerufen, meinen Dolmetscher in Polizeifragen. Er und seine Frau waren den ganzen Tag in einem Pflegeheim gewesen, hatten ihre Mutter hingebracht; also war Darryl noch so richtig gut drauf, bis er ins Hotel kam.«

Elaine fragte: »Haben sie Elliot festgenommen?«

»Eigentlich willst du wissen, ob wir die Probeaufnahmen noch machen müssen. Ich weiß es nicht. Sie haben ihn zur Vernehmung ins Revier an den Wilshire Boulevard gebracht. Elliot gibt die Tat zwar zu, aber damit habe er mir das Leben gerettet, und ich habe das bestätigt. Ich hatte eine Neun-Millimeter-Kanone in den Rippen stecken. Entweder wär ich erschossen worden, oder Raji, der mit der Absicht vorbeigekommen war, mich umzubringen, flog vom Balkon.«

Elaine sagte: »Aber Elliot hatte ihn doch begleitet.«

»Das muß die Polizei erst mal klären, das mit dem Vorsatz. Elliot sagt, er dachte, sie wären gekommen, um über Lindas Vertrag zu reden. Erst als sie im Hotelzimmer waren, hat er gemerkt, was Raji vorhatte. Ich sagte, ich wüßte nur, daß er mir das Leben gerettet hat. Darryl hat mich ungefähr eine Stunde lang angestarrt. Er starrt einen an, und davon soll man zusammenbrechen und ihm die Wahrheit sagen.«

Elaine sagte: »Aber es ist doch die Wahrheit?«

»Schon, aber wir haben ein paar Kleinigkeiten weggelassen, damit es nicht zu kompliziert wird.«

»Nämlich?«

»Das mit den telefonischen Nachrichten. Nach meinem Anruf bei Darryl hab ich das überprüft. Es gab keine gespeicherte Nachricht von dir.«

»Dann hat Elliot gelogen.«

»So hat er mir zu verstehen gegeben, daß er mir glaubt, daß du wirklich angerufen hast. Und das stimmt ja auch. Aber sieh mal, wenn er mir nicht geglaubt hätte, was dann? Wenn man diese Frage stellt... hätte er sich auf Rajis Seite geschlagen und mich vom Balkon geschmissen statt seiner? Ein paar graue Bereiche sind ja ganz okay, aber mit so etwas will man sich lieber nicht befassen.«

»Er hätte dich töten können.«

»Hat er aber nicht, er hat mir das Leben gerettet.«

»Was ist mit Joe Loop und dem toten Russen, diese ganze Geschichte?«

»Damit befassen wir uns noch, sie werden versuchen, die verbleibenden Lücken zu schließen. Ich habe Darryl den Baseballschläger gegeben. Er sagt, sie hätten Spuren von Joe Loops Blut gefunden, seine Fingerabdrücke, Rajis Fingerabdrücke, welche von Elliot, meine, die des Verkäufers... Falls Elliot uns die Keule gegeben hat, damit Raji überführt wird, dann hat es nicht funktioniert.«

»Dann hat er sie also nur mitgebracht«, stellte Elaine fest, »um meinen Fernseher zu zertrümmern.«

»Den du dir geliehen hast. Und sie haben Rajis Knarre, die er immer noch in der Hand hielt; sie mußten ihm die Finger mit Gewalt aufbiegen. Die Waffe wird im Labor geprüft, ob es die war, mit der Joe Loop ermordet wurde. Wenn ja, könnte Elliot ein paar Probleme kriegen.«

»Die Zeugen«, sagte Elaine, »die mitternächtlichen Picknicker im Park.«

»Wenn sie Elliot bei einer Gegenüberstellung identifizieren, ist er geliefert.«

»Wie können sie ihn übersehen?«

»Wir müssen abwarten, was passiert. Ich würde ihn immer noch gern verwenden.«

»Als was?«

»Elaine, der Typ hat mir das Leben gerettet. Da kann ich ihn doch wenigstens in einem Film unterbringen.«

26

Mike Downey, Darryls Freund bei der *Los Angeles Times*, schrieb den Hauptartikel. Sein anschließendes Interview mit Elliot trug die Überschrift:

Gut, daß ich da war, stimmt's?

Und die Story wurde landesweit von Zeitungen aufgegriffen. *Time* und *Newsweek* druckten eigene Artikel samt Fotos des lächelnden Samoaners, und innerhalb weniger Tage war Elliot Wilhelm im ganzen Land berühmt, der Mann, der Chili Palmer das Leben gerettet hatte. Mike Downeys Interview mit dem Mann, den er den »sanften Riesen« nannte, enthielt diese ehrlichen Antworten, die hier auszugsweise wiedergegeben werden:

MD: »Elliot, was haben Sie da wirklich gemacht?«

EW: »Dem Mann das Leben gerettet, schätze ich. Gut, daß ich da war, stimmt's? Ich hatte das Gefühl, daß Raji irgendwas vorhatte, darum bin ich mitgekommen. Chili Palmer ist ein Freund von mir, und ich wollte nicht, daß ihm etwas zustößt. Er ist ein wunderbarer Mensch.«

MD: »Mit anderen Worten, er ist mehr als nur ein Freund?«

EW: »Verstehen Sie mich nicht falsch. Chili ist hundertprozentig hetero, und dafür respektiere ich ihn. Ich bin, was ich bin.«

MD: »Hat die Polizei Ihre Vernehmung abgeschlossen?«

EW: »Die haben mich wegen Raji befragt, genau wie Sie jetzt. Ich habe der Polizei erzählt, ich hätte meinen Job als sein Bodyguard gekündigt, als er mir sagte, er habe einen Mann namens Joe Loop getötet.«

MD: »Hat man Sie nicht als Komplizen verdächtigt? Meines Wissens gab es zwei Augenzeugen, die zwei Männer sahen, von denen einer Sie gewesen sein könnten.«

EW: »Die Polizei wollte eine Gegenüberstellung vornehmen. Mein Anwalt hat argumentiert, das sei unzulässig, weil die Zeugen mein Foto schon so oft gesehen hätten. Deshalb haben sie mich auf freien Fuß gesetzt.«

MD: »Stimmt es, daß Chili Palmer Sie in einem seiner Filme auftreten läßt?«

EW: »Das stimmt, Mike. Zuerst wollte er Probeaufnahmen von mir machen, um zu sehen, ob ich schauspielern kann. Aber dann meinte er, das sei nicht nötig, ich würde auf jeden Fall in dem Film mitspielen, den er produziert.«

MD: »Wovon handelt der Film?«

EW: »Das wollte er mir nicht verraten. Ich sagte, auch gut, aber ich will beweisen, das ich Talent habe. Und so hat er dafür gesorgt, daß ich in zwei Wochen in einem Club auftrete, und zwar im Troubadour in Santa Monica.«

MD: »Was werden Sie da tun, Elliot, singen?«

EW: »Das ist eine Überraschung. Etwas, woran ich schon länger arbeite, was ich aber keinem verraten habe und das sich zu einer größeren Nummer entwickelt hat. Kennen Sie Linda Moon?«

MD: »Mit ihrem Hit ›Odessa‹? Wer kennt Linda Moon nicht.«

EW: »Wir sind gute Freunde. Sie hat mich besucht, als es ganz so aussah, als bekäme ich Schwierigkeiten.«

MD: »Tritt sie mit auf?«

EW: »Wie gesagt, Mann, es ist eine Überraschung. Sie müssen sich schon selbst ansehen, was wir machen.«

Elaine konnte nicht kommen. Sie mußte am selben Tag wegen einer Konferenz mit der Versicherung, der die Tower Studios gehörten, in New York sein. Vor allem deshalb ließ Chili den Auftritt von zwei Kameras auf Video aufnehmen. Einige Abende später sahen sie sich im Bett das Video an, tranken und rauchten dabei, Linda ihre Zigarette, Chili seine Zigarre. Chili startet das Band mit der Fernbedienung, und Elaine fragte: »Ist das Linda?«

»Allerdings«, sagte Chili, »und ihre Band, die haben ihren Spaß.«

Sie standen auf der Bühne, Instrumente angeschlossen, bereit loszulegen: Linda mit ihrer tiefhängenden Gitarre, Dale auf seinem Barhocker, Speedy hinter einem kompletten Schlagzeug mit allem Drum und Dran, und Vita hinter ihrem Mikro. Linda benutzte das Mikro in der Mitte zur Begrüßung: »Haltet euch an den Sitzen fest, Leute, euch steht einiges bevor. Hi, ich bin Linda Moon, und es ist mir ein Vergnügen, einen guten Freund von mir vorzustellen, der hier heute abend seinen ersten Auftritt hat. Macht euch auf eine ganze Tonne Gangsta Hiphop gefaßt. Hier sind Elliot Wilhelm and his Royal Samoans!« Sie schlug einen Akkord an, machte dabei ein paar Schritte zurück, und die Band stieg ein, Verstärker voll aufgedreht.

Elaine sagte: »O mein Gott!«

Denn sie sah Elliot und seine Rapper, wie sie mit weit ausholenden Schritten die Bühnenmitte betraten, sechs massige Männer mit schwarzen Filzhüten und Sonnenbrillen stolzierten die Bühne auf und ab und sangen dazu:

»*Swat man comin, uh-oh, uh-oh,*
Swat man comin, let's go, let's go, gotta hide this shit
or sniff it quick, pop it, shoot it, stick it, lick
all that dust, the whole nickel bag,
Swat man's comin with his .44 mag

Uh-oh, uh-oh (Bei den Uh-ohs stimmten Linda und Vita mit ein)
Shhh. Be cool.
Uh-oh, uh-oh.
Hear what I'm sayin? Be cool.

Swat man comin to snatch the blow, up the stairs an kick in the doh. This shit's too fine to put down the drain. Stop and think, girl, use your brain.
It's so fine we do some lines, pop it, shoot it, sniff it, freebase, fore the mothafucka shows his face.

(Refrain)

People in the hood they call Holly-wood
all get down on Mexican brown, on ludes,
on meth, on PCP, so why the fuck you pickin on me?
Come with your gun to stop my fun, want to send my ass
to the slam. Man, I'm quiet as a clam,
don't hurt nobody or cause a riot. You the mothafucka that
ought to try it.

(Refrain)

I ain't takin no more the man's shit, thought of a way to make him quit. One I dream where I hear him scream when I throw his ass from off a high place and the man is gone without leavin a trace. I know how, I've done it, see. Throw him away and set myself free.

Uh-oh, uh-oh.
I'm gonna do it.
Uh-oh, uh-oh.
Leave me to it.
Uh-oh, uh-oh.
Hear what I'm saying? Be cool.

Als Elliot Wilhelm and his Royal Samoans dasselbe Stück noch mal von vorn begannen, schaltete Chili aus.

»Es gibt noch viel mehr davon, falls man Rap mag.«

»Ich mag dieses ›Uh-oh, uh-oh‹«, sagte Elaine.

»Hy wollte Elliot vom Fleck weg engagieren. Er sagt, die sind besser als Ropa-Dope. Ich hab ihm geraten, vorher mit Darryl zu reden. Darryl war mit seiner Frau da. Er ist sich sicher, daß Elliot Dreck am Stecken hat. Zum Beispiel hat Elliot einen Baseballschläger gekauft.«

»Was glaubst du denn?«

»Er hat Raji geholfen. Vielleicht hat er ihm sogar gesagt, wie er's machen soll, Raji war nicht besonders helle. Aber für seine Rolle ist das genau richtig; wenn man Verbrecher wird, muß man halbwegs dämlich sein.« Als er zu ihr rüberschaute, sah er, daß Elaine ihn anblickte. Sie sagte nichts, sondern guckte nur. »Jedenfalls hat Darryl gesagt, er soll sich mit Elliot Zeit lassen.«

»Warum?«

»Ich will ihn in dem Film haben. Vielleicht so, wie du gesagt hast, ihn gegen den Typ besetzen. Rat mal, wer sich an ihn rangeschmissen hat, kaum daß sie mit ihm fertig waren?«

»Edie.«

Chili lächelte sie an. »Es ist ein Vergnügen, mit dir zu arbeiten, weißt du das?«

»Edie denkt sich wohl, wenn er so groß ist… Kannst du dir vorstellen, daß sie und Elliot zusammenkommen? Im Film, meine ich.«

»Schon, aber nicht darauf hinarbeiten, wie groß sein Schwanz ist, und am Ende kommen wir den Erwartungen des Publikums entgegen… Das ist Kinderkram. Er könnte sogar einen Indianer spielen… er war einer in *Die Prärie, wo die Blasmusik spielt*.«

Elaine sagte: »Den hab ich verpaßt.«

»Er sagte, er habe eine ›Rothaut‹ gespielt, hat sich über die Rolle lustig gemacht.«

Elaine sagte: »Ist schon klar« und nahm eine Zigarette aus der auf dem Nachttisch liegenden Packung.

Er sah ihr beim Anzünden zu. »Du rauchst noch eine?«

Sie sagte: »Ja, stell dir vor« mit ruhiger Stimme. Und in einem anderen Tonfall: »Willst du zählen, wieviel ich rauche?«

»Wenn man eine einfache Frage stellt«, sagte Chili fest, »glauben Frauen immer, es stecke irgendeine tiefere Bedeutung dahinter, daß ich dir beispielsweise sagen würde, du solltest nicht rauchen. Wenn du rauchen willst, rauch doch.« Er zog an seiner Zigarre, die aber inzwischen ausgegangen war. »Ich hab vergessen, dir zu erzählen, daß Linda für eine Million Dollar bei Maverick unterschreibt.«

»Das hast du *vergessen*, mir zu erzählen?«

Chili sagte: »An dem Abend«, mit einem Kopfnicken in Richtung Fernseher, »hat sie's mir gesagt. Wie sich herausstellte, hat Nicky Car sie mit dem PR-Chef von Maverick Records bekanntgemacht – Terry noch was, fängt mit 'm A an –, derselbe Typ, den ich in der Hotelbar kennengelernt habe, wo er mir was über Raubpressungen erzählt hat? Terry reicht sie an Guy Oseary weiter, den Talentbetreuer, und der bietet ihr die Million und Rick Rubin als Produzenten. Oder sie kann Don Was haben, wen sie will.«

»Das hast du vergessen, mir zu erzählen ...«

»Ich hab gesagt: ›Linda, ich dachte, wir hätten eine Vereinbarung.‹ Sie antwortete, die hätte sie gebrochen, als ich sie im Radiosender vor vollendete Tatsachen gestellt hätte. Hy hat ihr zweihundertfünfzig geboten, sie hat die Million genommen. Ich war enttäuscht, na klar, bin aber nicht überrascht. Sie hat den Killerinstinkt, den man haben muß oder den manche haben müssen. Ich hab zu ihr gesagt, sie sei ein harter Brocken, das war als Kompliment gemeint.«

»Und was für ein nettes. Dir ist es also egal?«

»In der Story funktioniert's.«

»Wer hat die Hauptrolle?«

»Sie.«

»Der Film handelt von ihr?«

»Genau.«

»Und am Schluß hilft sie dem Typen aus der Patsche?«

Chili trank ein Schlückchen, klemmte sich das Glas zwischen die Beine und zündete die Zigarre wieder an. Er zog dran.

»Im Film muß sie's nicht machen. Aber was wäre, wenn? Mir gefällt irgendwie, daß sie aussteigt.« Er paffte an der Zigarre. »Vielleicht ist sie doch nicht die Hauptfigur.«

»Wer dann?«

Er blies eine dichte Rauchwolke in die Luft und beobachtete, wie sie hochstieg und sich auflöste.

»Folgendes haben wir, Elaine: das Material, die Figuren, die Branche, unterschiedliche Situationen, einiges an Action... Ich sehe vor mir, wie Joe Loop in irgendeinem italienischen Restaurant den Mordauftrag erhält, in seinem Hemdkragen steckt eine Serviette. Weißt du, was ich nicht selbst erlebt habe, das kann ich mir ausmalen.« Er hielt inne. »Er kann immer noch von Linda handeln, der Erfolgsstory des Monats, wie sie mit dem Erfolg fertig wird.«

»Das ist ein anderer Streifen, die Fortsetzung.«

»Nimm bitte das Wort Fortsetzung nicht in den Mund, okay? Schau mal, wir haben alles nötige Material. Warum geben wir's nicht dem Drehbuchschreiber? Statt daß wir die Story versauen, soll Scooter das doch machen.«